远去的帆影

瓯江船帮漫话

郑卓雄 著

浙江工商大学出版社
ZHEJIANG GONGSHANG UNIVERSITY PRESS
·杭州·

图书在版编目（CIP）数据

远去的帆影：瓯江船帮漫话 / 郑卓雄著 . — 杭州：浙江工商大学出版社，2021.5
ISBN 978-7-5178-4289-7

Ⅰ．①远… Ⅱ．①郑… Ⅲ．①报告文学－中国－当代Ⅳ.
① I25

中国版本图书馆 CIP 数据核字（2021）第 012725 号

远去的帆影 ——瓯江船帮漫话
YUANQU DE FANYING —— OUJIANG CHUANBANG MANHUA

郑卓雄 著

策划编辑	祝希茜　周　斐
责任编辑	王　耀　唐　红　徐　佳
装帧设计	林朦朦
责任印制	包建辉
封面题字	陈远鸣
封底篆刻	江华东
出版发行	浙江工商大学出版社
	（杭州市教工路 198 号 邮政编码 310012）
	（E-mail：zjgsupress@163.com）
	（网址：http：//www.zjgsupress.com）
	电话：0571-88904980，88831806（传真）
印　　刷	杭州高腾印务有限公司
开　　本	787mm×1092mm 1/16
印　　张	22.5
字　　数	378 千
版 印 次	2021 年 5 月第 1 版　2021 年 5 月第 1 次印刷
书　　号	ISBN 978-7-5178-4289-7
定　　价	78 .00 元

序
山水诗路八百里

陈富强

　　大约 10 年前，郑卓雄出版他的第一部散文集《岁月履痕》，我遵嘱写了个序。此后，就少见卓雄有文学创作上的大动静出现，这段时间，我更多看到的，是作为摄影家的郑卓雄创作的摄影作品。也是在这个时间段内，卓雄出版了一部以梅花为主题的摄影作品集，但与一般的摄影集不同，每帧照片都配了一首散文诗，作者也是卓雄。写作散文诗是卓雄的强项，只是近年少见他创作，这本摄影集，标新立异，因为散文诗的出现，一下就让人有了欣赏的欲望。

　　我总觉得，卓雄在酝酿一部大作品。偶尔遇到，我问他最近在写什么，他说在采访瓯江船帮，他想写写他们。我曾读到其中一两篇，就是收录在本书中的《遥远的绝响》和《石浦村纪程》，但总感觉意犹未尽。于是，心里就有了一些期待，我的想法是，卓雄能静下心来，把瓯江船帮写得透彻一些，这样，就能在八百里瓯江留下一个鲜明的文学印记，某种程度上，是填补瓯江文化的一个空白。

　　果然，卓雄在临近 2019 年的最后几天，把他心里的瓯江浓缩成一个文档《远去的帆影》发给了我。接到卓雄电话时，我正在外地出差的路上，熙熙攘攘的人流中，卓雄说，他写瓯江船帮的书稿，已经发给我，希望我写个序言。我有些犹豫，瓯江船帮对于我来说是一个陌生的领域，但我有一个预感，一部为瓯江、为瓯江船帮立传的作品，就要出世。

　　对于瓯江，我有感情。多年以前，我参加过一个"瓯江文学大漂流"活动，从丽水龙泉沿江而下，一直走到入海口的温州。瓯江山水之美，出乎我的想象。其间，我们过缙云仙都、雁荡山、楠溪江、百丈漈、飞云湖，也过了松阴溪、好溪这些听名字就诗意不尽的溪流。一路上，与我同室的是来自江苏的著名作家储福金，我对福金老师说，浙江山水看瓯江。钱塘江在气势上或许要胜于瓯江，但山水形胜，瓯江显然不逊钱塘江。走了一趟瓯江，看了好山好水，但没见到卓雄和我说过的船帮，或许，那些船帮，随着时光推移，已经退出瓯江，但他们留下的瓯江号子，却仍然回荡在辽阔的八百里瓯江上空。

现在，当我陆续读完卓雄的这部作品，我似乎看到瓯江从它的源头奔腾而来，一路浩浩荡荡，向东入海。一条河流的流向，必然是生命的流向，瓯江流域内考古发现的新石器时代晚期遗址佐证,在四五千年前就有人类在沿江两岸生息繁衍。卓雄在开篇《文明的曙光》一文中，讲述了在那个历史与神话无法区分的年代，中原黄帝部落中有一群善于制造陶器的族人，被称为瓯人。瓯人南迁至汶山（现武夷山）一带，留下了"建瓯"这个古老的地名。之后又辗转于瓯江的源头，并顺江而下，定居在瓯江两岸，开始了瓯江流域的文明。从船上走下的人们在江边造起了城镇，沿江的城镇又吸引来更多的船与人。

但令我意想不到的是，历史上，瓯江居然有"恶溪"之名。卓雄在《瓯江之魂魄》一文中，讲述了"恶溪"的由来。和我的猜测大致相似。大江大河，难免汹涌，更难免惊心动魄。李白有诗《送王屋山人魏万还王屋》，称："却思恶溪去，宁惧恶溪恶。咆哮七十滩，水石相喷薄。"可见，瓯江在历史上的名声并不总是壮美如画。正是因为瓯江水情的多变，船帮的生存也就显得更加艰难。

《远去的帆影》为瓯江船帮立传的雄心十分明显。卓雄对瓯江水运工具的演变轨迹做了系统梳理，从早期的独木舟、竹筏，到后期较为先进的航船和机动船，这些水运工具，在南方十分普遍，在水乡没通公路之前，水运是主要的交通航道，而船则是主要的交通工具。我年少时，离镇外出，乘坐的交通工具，就是航船，虽然速度缓慢，但可透过船篷的缝隙，眺望两岸风光。与瓯江上航行的船舶不同，我所乘坐的船，因为河流航道相对狭小的关系，显然要小得多，也少波澜起伏。但瓯江则不同，如果遇到风，就会起浪，那么船帮的航行，就会遇到许多阻力。在《造船业轨迹》中，卓雄对丽水地区的木帆船制造业，进行了详细的描述，可以看出，卓雄不仅查阅了大量鲜为人知的史料，也做了大量的调查采访，所以，卓雄笔下的场景，现场感更强。类似的采访记录，贯穿全书，这也是本书一个十分可贵的特色。因为掌握的一手资料越多,写起来就越得心应手。

从作品结构上,可以观察到,《文明的曙光》是准备,《瓯江之魂魄》是统领,接下来,一幅八百里长卷就徐徐铺开,向读者展示《遥远的绝响》《船帮的信仰》《船帮的习俗》,以及那些《湮没的古镇》。而《无尽的诗路》则是一个漂亮的尾巴。文学创作上常说的"凤头豹尾",在这部作品的创作上,特别明显。

妈祖是流传于中国沿海地区的民间信仰,又称天妃、天后、天上圣母等,是历代船工、海员、旅客、商人和渔民共同信奉的神祇。"有海水处有华人,华人到处有妈祖",可见,妈祖在航海人的心里影响之大。瓯江船帮以妈祖为信仰,视妈祖为"护航女神",还有一个重要原因,瓯江船帮的祖先大多来自福建,而众所周知,妈祖诞生于福建莆田湄洲岛,有着福建血统的瓯江船帮,信奉妈祖,也在情理之中。

在所有篇章中,《溯望大港头》的信息量更丰富,与现当代的结合,也更紧密。事实上,我去过大港头,对这座瓯江边的小镇留下很深刻的印象,著名的古代水利设施通济堰就在大港头。卓雄写到了通济堰,这是毫无疑问的,作为中国历史上最著名的水利设施之一,通济堰在中国水利史上的地位,怎么评价都不为过。记得我去大港头那天,天气阴,后来又下起小雨,加上前几日连续大雨,看不到堰坝,只可见湍急的水流从堰坝上溢过。我想象不出 1500 年的时光,怎样从坝体上流过,也想象不出瓯江船帮在过通济堰时,是如何心旷神怡,他们不必担心河底的暗流,即使是雨水密集的雨季,也不必担心航道的危险,通济堰带给丽水百姓的恩惠,时间看得见。

在大港头一株枝繁叶茂、几乎独木可成林的樟树掩映之下,一间临瓯江的瓦屋,我和同行的伙伴们吃了一顿午餐。木窗之外,江水流过,几叶白帆,泊在江心。我所处的位置,现在也叫古堰画乡,"丽水巴比松"画派在此诞生。卓雄在书中写到了此处的历史与现实。卓雄有一个梦想:"在古樟树荫下,拥春光秋色入怀,抱夏风冬雪作枕,用一壶过去的老酒,醉眼欣赏大港头古镇最美的时候。"这何尝只是卓雄的梦想,但凡到过古堰画乡的,都有一个念想,能够在此久留,看日出,也眺日落。

大港头还有一段历史与中国的抗战连在一起。1937 年 12 月,杭州沦陷前夕,杭州等地一批铁工厂的机器抢运到大港头、小顺一带,民国二十七年(1938)2 月,浙江省建设厅铁工厂在大港头建立。这座铁工厂,其实就是兵工厂,每个月的生产能力可达到 1000 多支步枪、50 多挺机枪、五六万枚手（枪）榴弹和若干门迫击炮。为配合兵工厂生产，民国二十九年（1940），省建设厅专门在大港头附近的木寮建水电站 1 座，专供大港头兵工厂用电。水电站设计水头 8 米，装机 2 台共 20 千瓦时。可惜，水电站投产不久就毁于大火。值得一说的是，1939 年 4 月 2 日上午，时任中共中央军委副主席、国民政府军事委员会政治部副部长的周恩来在浙江省政府主席黄绍竑等陪同下抵达丽水，下午赴大港头、小顺视察浙江铁工厂。周恩来在秦香庙一厂大礼堂全厂职工大会上发表了《工人顶天立地》的演讲，他说："工人二字合起来，就是天字，工人阶级是顶天立地、创造世界的。现在你们办起了这样大的工厂，造出了大批武器，支援前方，打击敌人，这就是对抗日救国的巨大贡献。"周恩来这次浙江之行，还去了绍兴，与 5 位年轻的电力职工夜谈，为他们书写了包括"前途光明"在内的 5 个题词。80 年后，周恩来题词中的双重寓意全部实现，正如他的侄女周秉宜所言：这盛世，如您所愿。

　　对于卓雄来说，写作《远去的帆影》，可以说是一个里程碑。读完全书，大作品的架构和叙事呼之欲出。史料之详尽，采访对象之众多，在类似的作品中，也堪称翘楚。在写作《遥远的绝响》一文之前，卓雄先后走访了 30 多个居住在瓯江沿岸还健在的老船工，他们大都年事已高，行动也显出了老态，嗓音沙哑，疾病满身。但即使岁月老去，瓯江号子甜蜜与苦涩糅合的养分，依旧滋润着他们的每个日子。船工们早已把号子储藏在生命的记忆里，守住从时间上静静滑落的号子。当他们说唱起瓯江号子的时候，跃动的心像瓯江流水一样喜悦，脸上始终带着一种沉醉安详的神态，好像口中说着的，不是一首简简短短的船工号子，而是年轻时发生在自己身上的一件让人羡慕让人高兴的事儿，仿佛看到自己当年生命最生动的力度的展现。我深信不疑，没有在现场与船工面对面的采访，是写不出如此生动场景的。

　　卓雄为了写作此书所做的时间上的准备，应以年为单位，说十年磨一剑也不为过。他顺流而下，又溯流而上，对瓯江的熟悉程度之高，几乎可以叫出每个船工的姓名，知道哪座妈祖庙的具体地理位置，哪棵樟树在大港头的哪座古建筑前面。他与船工对话，和他们一起喝酒，一起看瓯江的潮涨潮落，一起回忆船工们的从前，那些难忘的岁月，在瓯江的流水里浸泡八百里，东流归海。这也是《远去的帆影》带给我的阅读感受，亦辽远，亦清丽，亦悲壮。

　　与《岁月履痕》相比，《远去的帆影》在艺术性的追求上，更上了一层楼。

卓雄以记录者和讲述者的身份出现，作品既有纪实的敦实，也有散文的灵气。每篇作品对史料的取舍和引用，驾轻就熟，语言上，也更追求精练和丽水地方特色。全书以《文明的曙光》开篇，《无尽的诗路》收尾。13篇文章，我是当作一部长篇散文来读的，这13篇文章，就是一部长篇架构中的13个章节，上下连贯，一气呵成，这既考验作者的写作功底，也给读者的阅读带来很好的体验。同时，卓雄对瓯江船帮的那份感情，通过一个个事件和人物，抒写得淋漓尽致。这是我读过的唯一一部专门书写船帮的瓯江大书，虽然视角集中在船帮，但船工们跨过的河流，让读者领略瓯江上下数千年的波澜壮阔和风云际会。

瓯江流域滋养的遂昌为丽水所属的一个山区小县，但曾有汤显祖主政若干年，构思创作出传世名著《牡丹亭》。汤显祖对丽水之爱，有诗为证，如《丽水风雨下船棘口有怀》：

> 石城双水门，落日远江介。
> 春潮风雨飞，暮寒洲渚带。
> 流云苍翠里，绪风箫鼓外。
> 分披悟曾历，合沓迷新届。
> 宿雾缅余丘，生洲隐遥派。
> 地脉有亏成，物色故明昧。
> 曲折神易伤，幽清境难会。
> 江花莞流放，岸草凄行迈。
> 不见林中人，自抚孤琴对。

瓯江流域，称八百里山水诗路，留下诗踪者众，既有汤显祖，更有李白、白居易、谢灵运、秦观、陆游、李清照、叶绍翁，以及丽水本土大家刘基。可谓星光灿烂，为瓯江生辉。

诗与远方，就在瓯江山水之间。正如卓雄所说，那流传下来的灿若繁星的诗篇，被数不清的年代阅览评价和注释，穿越上千年的二维空间，依然震颤着我们的灵魂，依然滋养着瓯江的文化生态。在珍珠般串起的瓯江山水诗路中，这部作品作为其中的一颗珍珠，毫不逊色。而且，随着时间的推移，它的成色会越来越好。这是卓雄为他的故乡献出的一部倾心之作，应当为瓯江铭记。

《远去的帆影》是我在2020年读到的第一部书稿，本文则是我在2020年写下的第一篇文字，从这个意义上来说，说是序，也可以。那么，就以此文，作为《远去的帆影》的序言。期待有一天，我能重返瓯江，看流水东去，时光飞驰，即使帆影飘逝不见，书也还在。这也是卓雄写作此书的意义。

2020 年 4 月于杭州

（陈富强，中国作家协会会员，

中国电力作家协会副主席，中国作协九大代表）

目　录

文明的曙光

一

远古洪荒，天文命理。

集合了亿万斯年雷电风雨的精魂，集合了无数高山草木的灵气，在一声低沉的呼啸声中，天地间诞生了神奇的瓯江。

这是一条发源于百山之祖的渊源之河，是一条在浙江境内仅次于钱塘江的浩荡之河，也是一条从农耕时代旧梦流向经济发展前沿的传奇之河。在中国难以胜数的江河当中，瓯江显然并不在声名显赫的大江名川之列，但在中国文明演进的历程中它发挥着极为重要的作用。

我们匆匆走过历史，回眼望，一条濡养了几千年文明的瓯江以一条河流的风骨为基础，在龙形的文身上，追溯一个起点。但文明起点在何处？远古有多远，远古有多古？

作为远古文明走廊的瓯江，1997 年 4 月，一个奇迹终于在浙江省西南部的钱塘江、瓯江上游的仙霞岭南麓大山深处显影，再一次展现出惊人的文化爆发力，那就是好川文化遗址（图 1-1）。

图 1-1 好川文化遗址

距遂昌县城约 12 千米的三仁畲族乡好川村，因可供耕种土地稀少，村民花巨资修水渠从附近的吴处水库引水，希望将村前的岭头岗茶园推平改造成水田。当隆隆的挖掘机开挖时，几块黑色的陶片把众人的目光吸引住了，令村民做梦也没有想到的是推土机推出的不是他们希冀的亩亩粮田、担担谷米，而是一穴穴连他们的祖辈也未曾听说的远古墓葬和从未见识过的坛坛罐罐，4000 年的文化就沉睡在这岗丘上，历史的明眸隐藏着沧桑的传奇。

本是一块平淡无奇的沿溪相对独立的平缓的岗丘，成为挖掘 4000 多年历史的一个重要引子。文物工作者赶到现场，捡到黑陶残片，还从村民那里收集到一件石钺，这更让人惊奇。近几百年来，好川并没有制陶的历史，更不用说是前所未见的黑陶和石钺了。

石钺从石斧演变而来，是新石器时代的东西。这也意味着，这地下埋藏着的是前人并不知的秘密。由此引起国家和省文物局、中国社会科学院、厦门大学、中山大学等科研院所考古专家的重视并实地考察，并引来了省文物考古组的考古发掘，经过近 2 个月的抢救性发掘，共清理 80 座墓葬，出土玉器、石器、陶器、漆器等随葬品 1028 件 (组)，经专家鉴定，这些文物均属良渚文化晚期，墓地随葬陶器中占据相当数量的大圆镂孔豆、瘦长袋足鬶，可以与良渚和大汶口文化晚期对应。其特点受良渚文化影响而又别树一帜，为早期瓯文化的代表和典型。一种文明从土的掩埋中重新发掘出来，将人类历史进程中一节断档的时间生动地连接了起来，开启了瓯江文明之源，证明了中华文明起源的多样性。

出土的这些器物，成为一个时代的重要佐证，挖掘了一段承前启后的历史，同时与周边的良渚文化、花厅基地、昙石山文化、樊城堆文化、山背文化、石峡文化、肩头弄文化、马桥文化以及松阴溪流域商周文化有着密切的联系，又有着自己浓厚的个性特征。它的文化面貌新颖独特，文化内涵丰富多彩，文化因素多元特点明显。学术界将此定为好川文化 [命名一般有三要素，有一定的空间 (地域) 范围，有一定的时间 (年代) 跨度，有一定的文化特征的遗迹遗物，例如一组有特征的陶器，例如玉琮、玉璧、玉钺等玉礼器]，并成为继河姆渡文化、良渚文化以后的又一种重要的史前文化。根据专家推断，好川文化的年代上限在良渚文化晚期，下限至夏末商初，距今 4200—3700 年。这一时期正是人类社会走向文明的一个分水岭，国家的概念开始出现，禅让制走向世袭制，原始社会过渡到了奴隶社会，承前启后，继往开来。前后积年 500 年左右，属分布在瓯江流域、仙霞岭北麓山地的农耕兼营狩猎采集的史前文化，因此也可以说，好川人是迄今为止所知的生活在浙西南地区的最早先民，是距今 4200 年前百越族先民聚落文化圣地。

这是浙江省继河姆渡文化、马家浜文化、良渚文化之后确立的又一种考古学文化，是浙西南地区史前考古发掘研究的重大突破，填补了浙西南地区无史前文明的空白。这一发现被列为 1997 年全国重大考古新发现。2005 年好川遗址被浙江省人民政府公布为省级文物保护单位，2013 年好川遗址被国务院公布为全国重点文物保护单位。我们终于找到了瓯江文明之源，知道了瓯江文明源远流长。

石破天惊，好川文化的分量从此就显得有些超重。一个在山沟沟里名不见经传的村落，从此与一个时代的文化连在一起，名扬四海。我们也有理由相信，是瓯江的"通道"作用，使得它为远古时代的人类所青睐。

在那个历史与神话无法区分的年代，瓯江又迎来一批行踪匆匆的中原黄帝部落人，其中有一群善于制造陶器的族人，这个适应力超强的群体，被称为瓯人。瓯人辗转南迁至汶山（现武夷山）一带，留下了"建瓯"这个古老的地名。之后又历经千辛万苦辗转于瓯江的源头，并顺江迁徙而下，最终于这片土地上止步。一个外来族系步了好川先民的后尘，以一种独特的栖居方式在陌生土地上立下足来，逐水而居，开荒拓土，开始了推进瓯江流域文明进程。

沿着它的足迹，我们可以寻找到一个王朝的身影，在秦汉以前这里作为瓯越地，属百越的一支，主体民族为百越人。《汉书·严助传》云："越，方外之地，剪发文身之民也。"《战国策·赵策》云："被发文身，错臂左衽，瓯越之民也。"三国时许靖致曹操书还叙说自己从会稽"南至交州，经历东瓯、闽越之国，行经万里，不见汉地"（《三国志·蜀书·许靖传》）。《史记》载：汉惠帝三年，汉廷举高帝时越功，曰闽君摇功多，其民便附，乃立摇为东海王，都东瓯，世俗号为东瓯王。东瓯在今就是温州，统治温州、台州、处州地区。《读史方舆纪要》称，（温州）府东界巨海，西际群山，利兼水陆，推为沃壤。……东瓯虽小，亦足以王。……因利乘便，必能有为。就浙而言，亦东南之形胜矣。东瓯国的建立，说明了从好川时期开始，一直作为蛮夷之地游离于中央政府统治的丽水，真正纳入大汉朝的统治，大大加强了中原文化对这一地区的辐射。

东瓯王驺摇复兴先祖旧业，保留了越族部族的自治形式，使东瓯与闽越、南越一样成为实际上处于独立状态的王国，他带领瓯人对这片土地进行了开垦，推广"火耕水耨"的种植技术，改变了瓯人"剪发文身"，以"蛇蛙鱼虾"为食的落后状况，开始从野蛮走向文明。

建元三年（前138）七月，东瓯国被闽越国攻打，告急于西汉，汉武帝发兵救援，后东瓯王广武侯望带着4万余部众，乘竹筏木排从温州经瓯江上溯，过丽水，沿松阴溪，到达古市一带上岸，转经衢州等地北迁至庐江郡即今江苏扬州、淮安一带。元鼎六年（前111），被汉武帝打败的东越国，其部众也同样从温州起步，沿同样的线路北迁，在这一过程中，松阴溪水运再一次发挥了重大的作用。

二

时值盛夏的一天，我带着对数千年历史的敬畏与虔诚，驱车前往盛名之下的遂昌好川这块古老神秘而又深邃的地方，用心灵去叩响那一扇历史之门，去观赏那一束曾经耀眼的文明之光。

车子出县城后，顺山势蜿蜒着，盘旋而上，目力在高度的递升中由逼仄渐渐转为开阔和明朗起来，田连阡陌绿意盎然，终于可以清晰地望见那一座青翠掩藏着4000多年历史的岭头岗。

岭头岗下的好川村（图1-2）被树木掩映着，显得异常幽静，一条潺潺流淌着的小溪如碧练般将古村轻拥入怀，滋润着古村的生长。明洪武十四年（1381），定遂昌为4个乡24个都，今三仁畲族乡好川为建德乡所辖的十五都沙口庄。《遂昌县志》卷二载："好川在邑西二十里，川流回环，旧有攀柱桥。"以村水得名。水，是好川村的命脉与灵魂。

好川村有着悠久历史文化底蕴，民风淳朴，畲族风土人情纯正。生存在这座古村里的每一个生命，都在用自己的方式捍卫着古村的鲜活。我走进好川村，只见大部分人家门前屋后种着花花草草，土坯房也进行过一些修整，村庄美丽整洁，成了远近闻名的美丽乡村精品村。

图 1-2 好川村全貌

　　好川村是厚重的，她沉淀了层层叠叠的历史，流逝了年年岁月的时光。一位热心的姓谢的老村民对我说：很久前，好川就是一座古代城堡，有好川府的传说，府城约有一千烟炊，人口不足万人，有三十六口井，三十六家打铁店，市井相当繁华，分三条大街：第一大街为坐轿骑马的官绅富豪进出、经商、集居的上等街；第二条街为一般富户出入的繁华街；第三条街是平民百姓集市交往，如挑柴、打铁、卖草鞋农具杂货的下等街。当时最大富户姓毛，不但人口多，家族兴旺，而且为习武练骑世家，在对面的半山峦开辟了一条环绕五华里练习骑马的跑道。这条环山跑道非常平坦，约有一半路程又非常显眼，几十匹马绕路跑来尘土飞扬，好像是千军万马进军，十分壮观。传说唐乾符年间，义军与官兵混战，大队人马争夺好川府，在城外驻扎。好川人为了防御外侵，保护府城，便利用跑马练习的阵势，装成屯兵向外示威。驻扎城外的人马报告首领说："此地驻守兵马太多，估计不下万人之众。"首领思索一下，下令全军原地驻守，守它一年半载，看他们这么多人马在高山上无水无粮不攻自破。好川人设法去高安头水塘里捞上几条大鱼，从山顶抛下。又有探子报告首领，山顶上有水而且有鱼。首领寻思这样围困不行，料他们也没有什么将才，准备攻打。好川人得知后，连夜编出几十双长42—48码不等的大草鞋，然后把草鞋在黄泥路上磨破后，抛在山脚各路边。探子拾起大得吓人的草鞋报告首领，首领下令退兵："行军不慎，定遭不测，能穿如此大草鞋者，身材高大可想而知，此处必有英雄威武大将，不可小视。"好川人护城不发一兵，侵敌自退，至今传为佳话。

但传说的好川府城像一张曝光的底片，已模糊不清，只留下一口水井还蹲在原来的位置，却被岁月的光，打磨成一件古董的模样，守着古村的秘密，守着生命的消失与再生。

好川人的祖先是什么时候来到这里日出而作、垦荒播种、结绳记事？祠堂是一个地方历史与文化的缩影。为了寻找这个答案，我进行"姓氏探源"，先后走访了张氏宗祠、邓家宗祠等宗祠，大概了解到他们张氏、邓氏的祖先先后从明朝自福建寿宁、汀州上杭县等地迁徙至此，扎根发芽，开枝散叶，拓展了一片广阔崭新的人居沃土。另从一户姓宋的老农家中珍藏的《宋氏家谱》中查阅到宋氏的祖先，远离故土在"他乡"辟地置屯，耕读传家。家谱中这样记载：原起商代，国号宋，国君微子君为帝乙长子，宋国封地在今河南商丘一带，子民以国为姓，为宋民。我祖茂公于清朝乾隆年间（1770），从南京徙居遂昌安口乡大山村苍坑，艰苦创业，家业日渐兴旺，嘉庆十八年（1813）迁后大柘塘根村。道光二十六年（1844）迁居三仁乡好川村樟呑，公元1922年第六世祖子林公迁居好川村吴处。

据史料记载，明末清初，由于瓯江流域长期战乱，人口大量减少，当地官府到"地窄人稠""生齿日繁"的闽汀州府各县招徕大批乡民，前来开山植靛（染料）。康熙至乾隆年间，长汀、上杭、宁化等县贫困农民掀起了移民浙西南山区的大潮，而后，移民并非为植靛，多为开创基业。至乾隆四十一年，浙南山区的汀州人及其后裔大约有23万，浙西山区则有近10万人，在云和、遂昌、宣平、汤溪等县，他们的人口接近或超过了本地人口，形成了人口重建。至今在丽水市的遂昌、云和、松阳、龙泉等县还有众多乡民操汀州口音，称为"汀州腔"，至今仍保留汀州风俗。

淹没在时间中的无尽回望和设问，都不能描画出当地村民的祖先沿着瓯江，最初到达瓯江支流松阴溪上游好川的生命状态、生存境况、生死境遇，起伏绵延的高山峻岭也难以称量他们远离故土在"他乡"的艰苦卓绝。他们的子子孙孙在这片土地上倚水而居，终生相守，不离不弃。一直以来，村民们并没有发现，比他们早数千年前，这里就燃起了人间烟火，留下一个历史断层。

随着时代的变迁，如今好川古村只留下一个躯壳，只有几幢残破不堪的老屋还见证着岁月。在小溪旁边的那一片向阳的溪滩上，一排排宽敞的楼房拔地而起，迎接着一个新好川的新兴，赋予它以独特的魅力。

三

我带着灵魂深处的渴望，沿着青石板，脚步轻叩古人幽远的梦，一步一步地走向岭头岗丘顶。岗顶相对平整，有一片绿油油的茶园正迎风招展，几株大樟树用苍老把山丘守护，平面大致呈鞋底形，面积约 5000 平方米。陪我一起来的村里一名老农对我说："原来这里到处是坟地，1970 年一批知识青年来我村插队落户，就驻扎在这山边的一排土坯房里，他们将这片坟地辟为茶园。"他顺手一指岗丘的中间被一层木板覆盖的墓地（图 1-3）说："这一片都是葬坑，当年发掘出的葬坑现在都填埋回去了。"我顺着老农手指的方向，将目光专注地投射在那考古界曾经为之震动的好川文化遗址上。如此重大的发现，就在眼前，我有些惊悚的敬畏，20 多年前热火朝天的发掘曾激动了多少考古专家的心，20 多年后这里又归于沉寂。当我凝望着眼前遗址时，就有一种震撼：人与大自然的故事居然在这里被挤压了三四千年，眼前的地层犹如一本千古的文献，记录着远古祖先蹒跚的脚印。

我站立在遗址这片寂寞的岗丘间，深情抚慰着这历史深处的珍贵遗存，思绪如浮云在遗址辽阔的长空翻飞。我想象当时，那些距我们久远了的生命是怎样的生命？诠释的是一种怎样的生命的意义？这群意志坚强的先人，是如何溯流而上、沿江流徙，一步步走进这大山腹地，做出一个示范子孙的决定？他们是如何身披

图 1-3 木板覆盖的墓地（作者摄）

兽皮、麻草，高擎野火，走进这洪荒的小小的岗丘，架起窄矮的茅屋，刀耕火种，把大手泥脚切入这片黄土地？如何以血和泪，以恣肆上千年的汗渍，以他们匍匐的热情、深深的下跪，坚守成一种亘古的秩序，一种荡气回肠的模式和风姿？

而他们又是从哪里来？良渚文化距今 5300—4200 年，1936 年，良渚文化发现后，良渚人的去向一直是历史之谜。而好川文化既然出现在良渚文化的晚期，很多人都会把良渚文化的消失跟好川人的出现联系在一起。"5300 年前良渚先民建立了中国第一个神王之国，开创了中华五千年文明历史的序幕。也许是一场历时多年的大洪水，导致良渚文明的衰落。4000 多年前，良渚王国神秘消失。几乎同时，浙南山区的崇山峻岭中，一个叫好川的地方，赫然出现良渚人的足迹。它们之间发生了怎样的故事？"杭州良渚遗址管理区党工委副书记、良渚遗址管委会副主任陈寿田在朋友圈写了这样一段悬疑范的解读。参加当年发掘的考古学家王海明曾说："原来我们对良渚文化的后续去向不是很明确，现在至少知道有一支，沿着钱塘江往好川方向走了。我们的理解是，当地应该是有部族的，良渚人到了那里，慢慢被当地同化了，良渚自身的因素越来越弱了，当地因素越来越强了。"他还很感慨地写过一首诗，大意是：良渚人往哪里去，往深山大坳里去。

考古学家王明达也说："我们可以这样理解，良渚文化的'近亲'到了好川、温州，如果用学术语言来表达——良渚文化的去向，现在找到了最重要的目的地之一。良渚文化的墓葬无一例外都是南北向的，但是好川文化的墓葬统统都是东西向的。不能说它的出现，就意味着良渚文化的消失。我们现在能证明，距今 4300 年前，良渚古城还是很辉煌的，但后来它消失了。但良渚人不可能无缘无故失踪，他们有一部分人是往北过了长江。过去学界传统观点认为，良渚文化的范围以环太湖为主，向北不超过长江，但当 2011 年位于江苏兴化和东台交界的蒋庄遗址被发现时，填补了长江以北地区良渚文化考古发现的空白。还有一部分人，就是沿着钱塘江往浙西南走了。"

另外，好川墓地也出土了很多"良渚"式的器物，"好川"成为"良渚"的绝配，无疑是延续了良渚的文明。良渚文化、好川文化与周边多种文化的相互碰撞、交流、融合、吸收，也许正是中国史前文化发展的一个典型特征。当然，无论他们从哪里来，他们的智慧和光芒凝聚于人类探索远古文明的目光，那些空前绝后的创造和点燃了瓯江流域文明的曙光的功绩是不可磨灭的。

后来我从有关考古挖掘资料了解到，此地墓群规模之大、墓葬数量之多是极为罕见的。墓地共有 100 多座，这些墓坑呈长方形，从墓坑的长度来看，当时的人并不会太高大。这些墓葬的头大多是朝东南，而且墓中都有生活物品作为陪葬，由此可见，好川人已形成自己的信仰，并形成一定的原始宗教习俗。更为重要的是，从墓葬中可以看出，当时已形成了非常明显的等级观念。好川的 2 个墓群，相隔二三十米，却有着天壤之别，高处的墓穴不仅大，而且出土的器物相对精致，还发现了像玉这种珍贵的物品，由此可见，这一高一低的墓群正显示出当时社会等级的分化，高处是相对富裕的贵族，低处则是平民。

在墓地里，虽然人的尸骨已化为尘土，然而，人类的智慧结晶却在这里延续了下来，4000 多年还依然有如此靓丽的身姿。可见人的生命是有限的，而历史是无限的。我们无法估量我们踩着的这片土地有多少的分量，却从这些非同寻常的墓坑痕迹里，读懂了历史的延续。

四

下山后，在这位老村民的引导下，我来到了村中的老宋根艺馆。偌大的展厅内，根雕琳琅满目。有长裙曳地的仕女，有形象逼真的弥勒佛，有活灵活现的十二生肖……件件浑然天成，栩栩如生。但我不是来领略根雕艺术的恢宏气势，感受根雕艺术的独特神韵的，而是来与这根艺馆的主人宋章才（图1-4）见见面。他是好川文化遗址从发现到挖掘的见证人。

宋章才年近八十，红光满面，精神矍铄，他回忆起当年发现好川文化遗址的情形，从发现到挖掘，一切都历历在目：

图1-4 宋章才（作者摄）

1997年，我担任好川村委会主任，我们村里的经济来源主要靠种地和养母猪。当时想创办村集体经济，岭头岗上有15亩地，山上80%的土地用来种茶，其余部分用来种杂粮，山上还有一些现代的坟墓。村里讨论后决定，把岭头岗（图1-5）推平租给人家，将这15亩地好好利用起来，开发成水田。4月10日，在县水利局有关领导的指挥下，推土机被弄到岭头岗顶，就开始推坡填坑。15亩地的平整工作眼看就要完成，连水渠都已经挖好了。到第四天中午，推土机推开的黄泥层中出现好多破碎陶片，上面有印纹，紧接着又推出几件黄泥疙瘩和4个泥碗。当时开挖掘机的驾驶员王元茂发现了这一情况，马上停下来看这是什么东西。他小心翼翼挖去碗中的黄泥，刚出土的泥碗为棕黄色，但经阳光照射后渐渐成了灰白色，极易碎。王元茂想起报上说的秦始皇兵马俑陶件一出土就变色，推断这些泥碗年代也很久远，肯定是文物。

图 1-5 岭头岗

　　村里人都不知道这是什么东西，有人说这可能是宝贝，这让我想起了这里有宝物的传说：上三殿，下三殿。谁能得了去，买得半天下。这是村里流传下来的故事，说是岭头岗上有宝物，一直没有被发现。难道就是这宝贝？我们将这些陶片送到了县文管会。4 月 20 日，县文管会会同三仁畲族乡政府就和我们村里协议暂停作业，保护现场。4 月 21 日晚，省考古所副研究员王海明和助理研究员刘斌来到遂昌。4 月 22 日，在现场发掘出一座墓葬，出土了玉锥、石钺、石镞、陶豆等器物。于是他们要我村全面停止开发土地。我以为他们拿几样东西回去研究就好了，想不到要全面停工，有些村民不乐意了。当时为了平整土地，前期投入了上万元，而且村里已经将这片田地承包给村民并预收了承包款。眼看就要完工了，却被禁止开发。不过村民们知道这里发掘的意义后，也就没什么意见了。

　　老宋继续对我说："小时候听我爷爷说，岭头岗脚下是一条河，木帆船上上下下，后来听说是一次泥石流把河流填掉了，河流就改道了，应该说好川现在的村址都是溪流。"

　　我不得而知，好川原始部落走向衰亡的直接原因是水患还是兵燹？我想水患始终威胁其安全也是一个不争的事实，而另一个原因是兵燹。不过，话又说回来，一切都以平常心待之，一切都会释然。是洪水侵吞也罢，是兵燹毁灭也罢，都是历史进程中自然和社会震荡的必然。

五

我没忘记此番前来察访的初衷，就来到了好川遗址展陈馆，我一下子被4000年前陶片的朴拙、厚重以及它的人间气息所吸引。这里陈列着许多好川文化的"遗物"，泥质灰陶、泥质灰胎黑皮陶、夹砂陶、印纹陶，集中地展现了当年的技术水平。鼎（三足盘）簋、钵、豆、罐、杯、石镞、石器、石锛……虽然有些残缺不全，甚至有些彩陶的油漆已脱落，而当我的目光碰撞到闪着4000多年汗珠的光泽、智慧的光泽时，我心底涌动着震撼还有感动，生发出了许多的感慨也引发出了太多的想象，让人思考关于历史与生命的价值与虚无。这些造型独特、博大精深的文物，每一件都可以让我们看到瓯江先人渔猎农耕的欢快、庄严祭祀的神圣，谛听到他们企盼通天的梦想和追求，感受到他们繁衍图腾的灿烂与辉煌。一件件散发着灵性神秘意识的杰作，像是被固定下来的心灵，剥开它的胎衣，则是先民们悲壮的奋斗史，更是瓯江远古文明最简单最恰切的历史注脚。

我想象着陶片在遥遥岁月中，怎样等待着一双知己的眼睛。想象当时的人们怎样在瓯江岸边盘桓：晨曦初露，溪水被汲起，有残星在波纹上轻跳，叮叮咚咚的滴水绵绵不绝，细细密密的软泥从指缝渗出。泥土终于等来了一个凤凰涅槃的机遇。它被一双双坚硬或柔软的手抚摩、捏揉，缠绵而持久。在与水的磨合调和中，饱经风雨而日渐僵硬的身体，被温情的手掌注入暖流。然后，古树的柴火在古窑里风化，每一块泥土都等待过裂变，却不是所有的泥土都有这样的幸运。

经过一番探寻，大概了解到，从墓葬随葬品看，好川文化陶器中夹砂陶数量不多，但夹砂陶釜始终存在，夹砂陶鼎数量很少，而可能作为陶鼎替代器的泥质陶三足盘数量不少，表明好川文化可能在仙霞岭山地为适应环境而有生产方式和生活方式的变化，反映精神意识的葬俗则保留了其原有的文化传统。

粉砂状泥质灰陶是好川文化最主要的陶系，泥质灰胎黑皮陶有一定的数量，这是好川文化陶器的一大特点。好川文化陶豆（图1-6）特别丰富，数量超过其他陶器数量的总和，占出土陶器总数的57%。陶豆样式丰富，形制演变轨迹清晰，发展序列明确。陶豆形体高大，豆盘很浅，豆盘下有发达的垂棱，豆把上流的圆形、三角形孔镂是好川文化陶豆最显著的造型特征，也是好川文化陶豆极具自身特点的装饰风格，它们构成好川文化的一个鲜明的文化特征。部分陶豆的口垂棱、圈足部位还有朱红彩装饰，这可能反映了当时人们是从侧面观察和欣赏这些陶器，相当一部分可能是有着特殊用途的陶礼器。

图 1-6 好川出土的陶豆

陶器的另一个显著特征是水器多，各有自己的发展序列。鬶（图1-7）、杯、盉等不同形态的水器有着不同的用途。从第二期墓葬开始几乎每墓一件，鬶就是烧水的主要器具，杯无疑是喝水的用具，而且很可能是用来盛酒的。部分陶杯也

图 1-7 好川出土的各种鬶（一种炊煮器）

有朱红彩装饰，有些可能是作为礼器使用的。三喙罐也为好川文化所特有。

好川文化陶器的又一特征是出现少量的拍印条纹、曲折纹陶器（图1-8）和表灰色硬陶器，这些在严格意义上不属于几何纹陶范畴，但它们应该是几何印纹硬陶的滥觞。

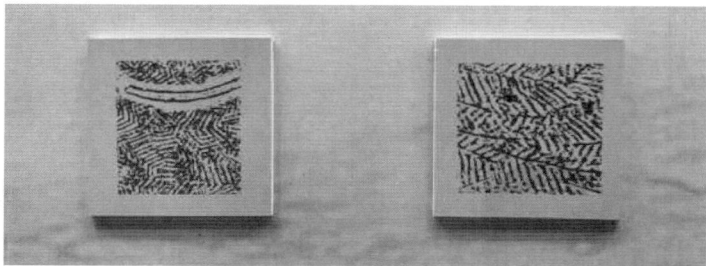

图1-8 好川出土的印纹陶器

亚腰形漆器、柄形漆器是好川文化又一具有鲜明自身特征的器物，很可能是好川文化象征某种身份地位的礼器。漆器上的饰物经历由石质到玉质的变化过程。镶嵌几何形曲面玉片漆器（图1-9）集中体现了好川文化精湛的玉作工艺和高超的漆器制作工艺技术。

图1-9 好川出土的嵌玉＋漆器组合

好川文化的石器以镞为主，石锛次之，石钺不多，石刀仅1件。石镞以桂叶形扁薄长铤镞居多且最具特征，柳叶形石镞少量。石锛形体都很小。石钺窄长形、斜刃、梃钻孔、并列双孔均是自身的形制特点。

石器，是加工自然物，而陶器，则是以水火土三元素形式化的创造物。此中奥秘，被宋应星《天工开物·陶埏》道破："水火既济而土合。"

先人筑窑烧陶，如同面对一个人造小宇宙，是原创世界的主宰者；人使用打制石器，是力学意义上的加工者，人能筑窑烧陶，则为化学意义上的造物者，他们从石器时代的加工者，转化为陶器时代的造物者，从直接利用自然物，转向以自然物为原材料创造自然界里原来没有的新事物。

我们的祖先用手指与泥土交谈，将他们的灵魂通过烈火的催生熔铸成永远的生命。那一只只生灵闪着点点光焰，带着远古部落的印记、泥土的鲜腥，用充满生机的野性呐喊，传导出历史脚步的轰鸣，在烈火的洗礼中伴随着民族从远古走进现代文明。

六

历史，往往像谜团一样，需要一步步去解开。

2002年秋，瓯江下游，在戌浦江与瓯江交汇处温州鹿城区上戌乡渡头村，有一座紧挨戌浦江，海拔仅61米，由几个低矮的小山包组成的俯瞰似鼠的老鼠山，戌浦江蜿蜒弯曲环老鼠山向东约500米汇入瓯江，周围高山连绵，和好川岭头岗有着相似的地貌环境。考古人员在此又发掘了一处遗址，是新石器时代晚期至夏商时期的大型岗丘型聚落遗址，发现以台形镶嵌玉片为主体的嵌玉柄形器，目前还仅见于良渚文化的刻符和陶器上的装饰。命名为"老鼠山墓地"，以其与"好川文化"相似，而被视为"好川文化"下山的一支。

老鼠山遗址（现称曹湾山遗址，图1-10）以山顶岗地为聚落中心，山腰、山坡均有遗存分布，面积近万平方米。老鼠山岗顶是该聚落的中心，也是遗址保存最好的核心。岗顶西南为居住区，东南为墓葬区。西南部揭示的连片的石构石础挖坑营建，底部有础顶石，周边有夹石，呈东南西北向排列，营建讲究，建筑规模大。

图 1-10 曹湾山遗址

墓地（图 1-11）在老鼠山岗顶的东南部，发掘面积达 635 平方米，已清理墓葬 35 座。墓葬自早至晚由内向外埋葬排列，几十个长形的坑墓有长有短，有

图 1-11 曹湾山墓地

些则像是几个长形叠加的。那些短形的坑墓应是孩子的墓葬。可以想象，先人们当年的生活是多么的艰辛，由于经受不了疾病和恶劣的自然条件，一些人没有走过童年。而那些叠加的坑墓则是因为不同时期的人们把死者埋在同一个位置造成的，考古学上称之为"打破"。

相邻的生活区地上有许多碎石，大小不一，这些石头有什么用呢？按考古专家的说法，是用来加固住房的。由于老鼠山顶起风时风很强劲，住房如果不进行加固，恐怕要被风刮走。为此，先人们搭建住房时，用碎石填埋木桩并用石头包围后捆绑，这就像现代人建房时打桩这道工序。由于工具落后，考古人员认为当时的房屋只是按简单的三角形搭建。按今人的观点，墓葬区和生活区应相隔较远，原以为自古就是，其实并非如此。老鼠山发掘出的公共墓葬区与生活区遗址相邻，岗顶西南为居住区，东南为墓葬区，就像院子和住房一样"亲密无间"。对此，考古人员推测说，可能是因为先人们畏惧大自然，认为亲人的灵魂可以保护他们。另外，他们也认为把死者埋葬在身边可以更好地照看他们。

好川墓地（图1-12）位于瓯江的源头仙霞岭北麓的松阴溪流域，老鼠山墓

图1-12 好川墓地

地则在瓯江下游戍浦江和瓯江的交汇处。好川墓地、老鼠山墓地，无论墓坑规模、随葬品数量，还是组合情况无不昭示两者等级不同，好川墓地的等级远远高于老鼠山墓地，如果好川墓地代表的是核心聚落的话，老鼠山墓地则意味着它是一个地区的中心聚落。老鼠山聚落居住区和墓葬区的等级、层次明显不同于好川墓地。老鼠山墓地的发现，为好川文化的聚落布局、好川文化的社会结构等问题的深入研究提供了极好的个案资料。

由于老鼠山顶出土了1000多件石器、陶器、铜器以及大量陶片，与地处瓯江源头的遂昌好川墓地相比，尽管墓葬形制、随葬品组合存在一定的区别，但文化面貌、内涵特征基本相同，如陶鼎、陶豆、陶盉、陶壶、陶罐形制、纹饰两者基本一致，锥形玉器（图1-13），尤其是目前仅见于好川文化的镶嵌玉片（图1-14）的柄形器从制作工艺到形制完全一致，毫无疑问它们是同一类型文化。老鼠山遗址的发掘，丰富了好川文化的内涵，使我们更为清晰地认识到，好川文化是一支以瓯江流域为主要分布区的距今4000年前后的史前文化。这也为浙南地区先秦文化发展序列和考古编年的建立提供了地层学依据，具有标尺性意义，老鼠山遗址也被列为第七批全国重点文物保护单位。

图1-13 锥形玉器

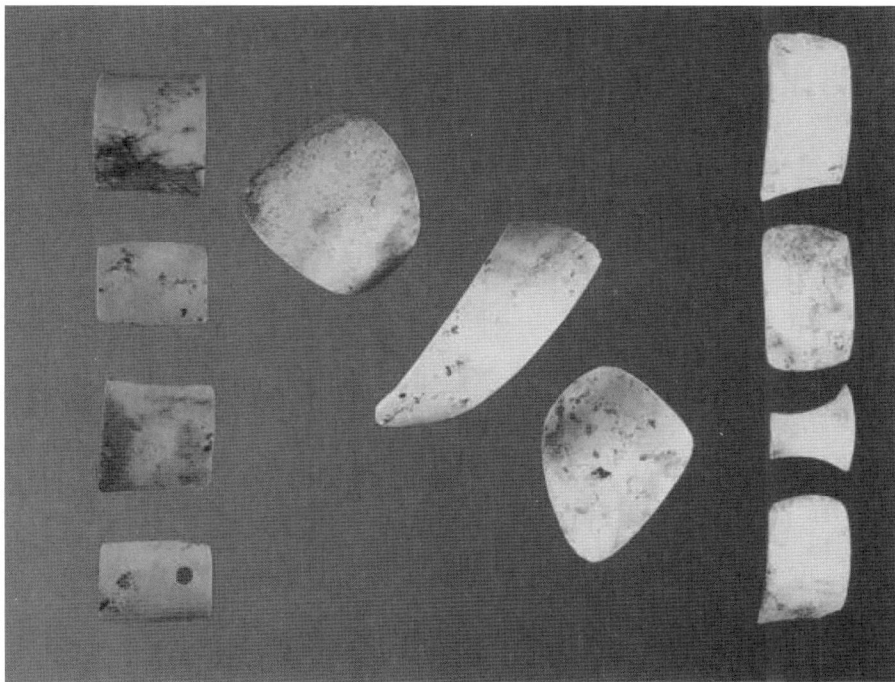

图 1-14 玉片

依据考古的想象，瓯人在窑前参天地，如天神主宰苍穹般主持着自己的窑，在窑里化育万物，陶冶水火土以造物。他们以新事物——"瓯"为自己命名，自称为"瓯人"，把他们拥有的那条江叫作"瓯江"，把瓯江流域叫作"瓯地"——那里的地形地貌地势，那山环水绕的出海口，也像是一只"瓯"。

与瓯有关的陶器制作，在温州市永嘉县渠口村一带，今天还能看到一些5000多年前的红或黑陶片。不光渠口，还有石门山、茶寮岭等史前文明的遗址里，也都发现陶片，足以证明，瓯人确有过那么一个时代。陶器首先是实用的，它改变了人与世界的原始关系，一个陶罐支在火焰之上，食物熟了，熟使味不再仅仅是野味，而是进入文明之味道。食物不仅仅是饕餮，还要味道。味道要鲜美，鲜已不够，还要美，美味必须有陶。一个陶器从火焰中诞生，泥巴获得了新的生命，它成为另一种容器，将大地生生不息的力量敞开到更广阔的空间中，生命之暗夜被陶器解放出来，大道之行，始于陶乎？

老鼠山墓地，以山顶岗地为中心，于山腰、山坡分区安排，成一孤丘型遗址。好川墓地亦如此，差别在于，两地出现了一种带有政权目标的制度安排，从好川到老鼠山，以瓯江流域为纽带，连成了一个"连山"之"瓯"政权，其中心及制高点位于好川。

史眼追着考古学逡巡，却将《山海经》的世界，逐渐发掘出来了。瓯、貙、妪等，字源相同，字意相近，即瓯人也。《山海经》里说"瓯居海中"，它与"闽在海中"的差别在于，那个"在"字，多半还是自然存在，而"居"字，则道出了瓯在山海之间，已经成长为一个文明的样式了。《山海经》，只用一个"瓯"字，便概括了这里的文明。

终于，瓯江的文明走向了最高的形式，瓯人在瓯江的入海口建立了国家，即东瓯国。据万历《温州府志》载，华盖山下早先建有东瓯王庙，南宋《绍定旧编》则载有东瓯王墓，弘治《温州府志》"瓯浦"条下原注曰"东瓯王故城"。史载东晋太宁间建郡城时，曾"凿二十八井以象列宿"，其中的一口水井至今犹在。谢灵运的《永嘉记》载：永宁县"昔有东瓯王都城，有亭，积石为道，今犹在也"。

迨至武帝建元三年（前138），东瓯王驺望迫于闽越的压力，乃审时度势请求归汉，东瓯从此投入大汉王朝的怀抱之中。东汉永和三年（138），置东瓯地设永宁县。东晋太宁元年（323），析临海郡置永嘉郡。隋开皇九年（589），撤临海、永嘉两郡设括州（后改括州为处州）。唐上元二年（675），置温州。早在东晋置永嘉郡时，就由著名学者郭璞主持，按"倚江、负山、通水"原则建成，后来，流域内其他州（府）、县治的选址也都在瓯江干、支流两岸。

斗转星移，世纪更迭。瓯江，从远古流淌到了今天——在她那亘古不变的跫音里，依稀回响起历代瓯越子民与天地抗争的呐喊声；在她那永不知疲倦的身影里，附丽了几个世纪瓯越子民太多的汗水、泪水和血水……

观古今于须臾，这顷刻的幽思，不知是否得到了这样的一个启发：人世岁月流逝，生存场所变迁，生活方式转化，但是历史脚步的踽踽前行以及和自然的对话相处，是一个永远不会改变的主题。俱往矣，行程永远指向未来；回望来时路，又总能感受到历史恩泽给予的人世照应，有如太阳星辰不舍昼夜的明亮指引！

好川，你永远在我持久的仰望和敬畏中。好川，你最初那绚丽的光焰，沸腾着一个民族的血液和万丈豪情，辉煌着一个民族持久而宽阔的远方。

瓯江之魂魄

一

瓯江，是浙南生命的源泉。它从远古就以深切的母爱和血脉之乳滋养、丰润了浙南大地。自古以来，就以其通达方便的水运优势成为商人们经商活动的重要交通舆图，助推着商业的繁荣，并在浙南交通史上占据重要地位。在某种意义上，船工是瓯江的灵魂，他们在不断完成物质交换的同时，也完成了不同地方的人的精神信息传递、沟通。他们是经年累月漂浮在江上的信使，是深奥历史差遣来的苦役和神灵。同时，他们在这条丽水、温州与外界沟通的大动脉上，承受了人世所有的雨雪风霜，历经了人世所有的苍茫。

瓯江（图 2-1）是浙江省境内仅次于钱塘江的第二大河流，位于浙江南部，东临东海，南与飞云江流域交界，西与闽江流域接壤，西北部、北部与钱塘江、

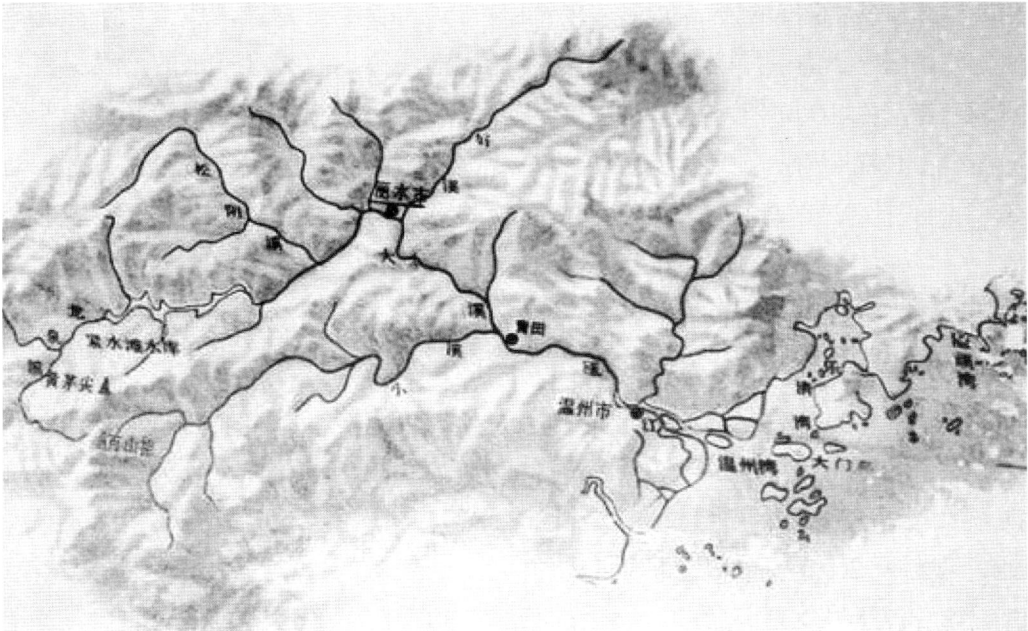

图 2-1 瓯江水系图

椒江两流域相邻。清光绪《永嘉县志》载，温州"三代时盖瓯国"，故称其江为瓯江。汉顺帝永和三年（133）析置永宁县，又名永宁江。东晋明帝太宁元年（323）分临海立永嘉郡，又名永嘉江。唐高宗上元元年（674）称温州，又名温江。唐元和七年（812）因有刺史韦宥"于江浒沙上得筝弦，投之江，忽化为白龙而去"之说（见《集异志》）而名屧江，谐音而为慎江。历史上，因其沿江曾盛植木芙蓉，繁花若霞，因以花名江，也叫芙蓉江。

瓯江发源于龙泉与庆元交界的仙霞岭洞宫山百山祖西北麓锅冒尖，自西南向东北一路咆哮翻涌，至丽水后折向东南一路宣泄原始的力量，贯穿整个浙南山区，经温州注入东海，几千年一如既往。干流全长388千米，凑成整数，号称八百里。

不过，这蜿蜒九曲八百里水路，有着桀骜不驯的天性，其顽劣天性得到前所未有的释放。在所有的大江大河中，有着极其鲜明的性格。

它属典型的山溪性河流，大自然鬼斧神工的杰作一一呈现，岩性河岸，卵石河床，河道时宽时窄，深潭与浅滩相间，整条河流几乎全在山谷中蜿蜒穿行，左右腾挪。河谷两岸地形陡峻，河谷纵向底坡较大。河岸除局部地段系沙泥外，大多是岩山，河床覆盖有较厚的卵石、大块石。它任性曲折跌宕不管不顾，一身横冲直撞的冒失与惊险。

除了深山峡谷的崎岖地貌，凶险也源于剧烈降落的水流高度。从瓯江源最高处江浙第一高峰的黄茅尖算起，到上游大港头镇不到200千米的流程，海拔急剧下降了约1600米，平均每千米下降8米，瓯江几乎是坐着滑梯一路急速俯冲而下。长江有着5500米的落差，但它用了6000多千米的缓冲将这5500米降到海平面；瓯江，却必须只用长江八分之一的长度，去消解超过四分之一的高度——与长江相比，瓯江的流程被严重压缩，俯冲力至少增加了1倍，直泻而下的姿态里，有些热切和率性。

一条被急促催行的江，必然是脾气暴烈的。滩多湾多，礁险水急，河水暴涨暴落，几乎是所有瓯江水系的共性。它在层层叠叠的大山中被束缚，被压抑，被迫在层峦叠嶂中千回百转，积聚起移山倒海的力量，也积累起疯狂的暴戾，它蔑视一切生命与一切法则，只是由着内心蓬勃的冲动，由着无需理由的情绪，倾泻出毫无城府又让你把握不定的东西。

如发源于磐安县大盘山，经缙云、丽水注入瓯江的好溪，古名恶溪，也称东港。古时，它是处州府城通往省城、京都和金婺宝地的水陆交通要道，也是处州各县市和永嘉（温州）北行的必经水陆道路，全长123千米，流域面积1238平方千米。航道曲折浅窄，滩多流急，礁石纵横，有"九十里间五十六濑名为大恶"之说。"晋王右军游此恶道叹其绝遂书'突星濑'于石，后里胥苦摹拓沉于水"（突星濑在丽水市东22.5千米），更是因为流急滩险，舟常覆溺，由此可见，道为恶道，可谓名副其实。中唐诗人方干"自缙云赴郡，溪流百里，轻舟一支"，曾用"激箭溪湍势莫凭，飘然一叶若无乘，仰瞻青壁开天罅，斗转寒湾避石棱"的诗句来描绘好溪航行的情景。

"恶溪"其实是个泛称，不分干流支流，涵盖了所有在丽水集结的瓯江水系，如《元和郡县志》就载："湍流险阻，九十里间三十六滩，名为大恶，隋开皇中，改为丽水，皇朝因之，以为县名。"

以"恶溪"之名，一脉从铸剑之山坠落的江水，收拢了大半个浙西南的锋芒。

瓯江大溪从青田县城到与丽水交界的90多里水路，山高水深，潭少滩（濑）多。虽然坡度不很大（0.1%左右），却有滩（濑）六十来处，大约二里一滩（濑）。丰水时一濑接一濑。假若逆水行舟，汹涌澎湃，惊心动魄，极为险恶，是永嘉到处州水路必经的大恶溪。

但大溪流经青田县境（特别是第一支流小溪口以上）段，因两岸高峰夹峙，中间河谷下切很深，虽然坡度不是很大，却因少潭多滩（濑），一路水势汹涌、湍急。史书亦称"青田恶溪"：

破石山，府西北二十里……上接青田恶溪七十二滩之水，东流入蜃江（瓯江）。（四库全书《浙江通志》卷二〇温州府永嘉县）

安溪（今温溪），府西北六十里……上接青田恶溪七十二滩之水，东流经破石山下……注于瓯江。（清顾祖禹《读史方舆纪要》卷九四浙江六温州府）

唐朝大诗人李白作《送王屋山人魏万还王屋》诗，有"却思恶溪去，宁惧恶溪恶。咆哮七十滩，水石相喷薄"的诗句。从诗中所描述的路径得知：友人魏万游台越……经永嘉，入"缙云川谷难"，就是说，沿瓯江逆流而上进入处州境"川谷难"[李白此诗作于唐玄宗天宝十三年（754），而公元742年至758年间，括州改缙云郡，温州改永嘉郡。故，李白诗称永嘉、缙云，而不是入缙云县境恶溪"川谷难"]，到达"石门最可观"即著名的青田石门洞景观。"却思恶溪去，宁惧恶溪恶。咆哮七十滩，水石相喷薄"的诗句，即青田恶溪的景象。

二

上千年以来，瓯江船帮在这条"恶溪"上来往穿梭，雄风尽展，抒写了一部可歌可泣的船帮史。

据文献记载，瓯江通航的历史，可追溯到 2000 多年前。瓯江干流自龙泉经云和入境，由西南向东北贯穿丽水市中部，折转东南入青田，最后抵达温州，这一航线早在 2000 年前的秦汉时期就已经通航，是浙南山区得以不断开发的源流。三国时（220—280），永嘉（即今温州）便可经青田溯航至松阳；晋代王羲之、谢灵运泛舟游江，则是有名的佳话。唐代，设睦州经婺州、处州至永嘉驿道，其中处州至永嘉一段多走水道。温州在唐宋时就已成为浙江省海运通口大邑，也是我国当时对外通商贸易的重要口岸。在南宋迁都临安（今杭州）后，温州经济出现"生养之盛，市里充满"的景况，故有"小杭州"之称。宋代诗人曾有诗云，"城脚千家具船楫"，"一片繁华海上头"。南宋温州知州楼钥说："良材兴贩，自处（州）过温以入于海者众。"

瓯江干流自温州可上溯至龙泉的八都、小梅，水运航线长达 300 多千米。在支流中，松阴溪可上溯至遂昌金岸；宣平溪可上溯至宣平的乌溪口；好溪可上溯至缙云五云镇；小安溪可上溯至莲都双溪镇；小溪可上溯至景宁的外舍、毛垟；楠溪江可上溯至永嘉溪口，下游还有温瑞塘河、乐馆塘河等水运航线，构成四通八达的水运网络。瓯江沿岸各县的山货和土特产，全部通过水上航线运输。

瓯江货运发展最早的货运记载，可见于北宋太平兴国八年（983）三月宋太宗"从转运使张齐贤之请，诏处州岁市铅锡六万斤"之条文，该批物品由瓯江漕运至开封。北宋元祐年间（1086—1093），龙泉县木材、青瓷等货物经瓯江大量外运，南宋（1127—1279），龙泉已成为全国最大的瓷业中心。宋代记述海上交通贸易等内容的《萍洲可谈》这样表述瓷器海运情况："舶船深阔各数十丈，商人分占贮货，人得数尺许，下以贮物，夜卧其上。货多陶器，大小相套，无少隙地。"也就是说船中主要是瓷器，多得堆满船舱的所有空间，人晚上只能挤在货物上睡觉。据清雍正《处州府志》记载：瓯江两岸发现古代窑址200多处。"瓯江上游窑牌林立，烟火相望，江上运瓷船只往来如织。"《龙泉县志》载：到了元代（1206—1368），龙泉瓷窑继续发展，仅已发现的元代窑址就为南宋时的3倍，畅销国内外的青瓷产品都是由瓯江水上运输经温州入海运往各地。1976年，在韩国新安郡附近的海底中，发现了一艘元代沉船。船中满载着中国瓷器、铜钱等物。后来捞起6400余件瓷器，其中数量最多的是龙泉青瓷。经过专家鉴定，这艘船是从宁波出发，曾在朝鲜停泊过，后在驶往日本途中遇难沉没的。船中这么多的龙泉青瓷，显然是先从温州经海道运往庆元，以后再转运外销的。于是，"海上丝绸之路"又有了"海上陶瓷之路"的美誉。横卧于金村溪畔（瓯江支流）的宋代水运码头（图2-2），至今还存有缆绳石和残留的石堰码头，被浙江考古学家确定为宋代运瓷码头，也是龙泉境内仅存的宋代水运码头。

图2-2 金村古码头（作者摄）

明代，海运禁止，但河运是没法禁的,瓯江水运仍然活跃。明洪武年间(1368—1398)，当时的明政府曾在处州设立"括苍水驿"，在青田县城清溪门（今称官埠头）设芝田驿，相当于现在的航运管理部门，负责对瓯江流域通航的船只进行管理。同时政府深度介入青瓷航运，如《处州府志》载："韩时中，洪武末同知，廉洁公平。督运海舟青器，措置得宜，民心悦服。"这说明当时的青瓷航运不是由龙泉管理，而是直接由处州府的副手同知管辖，管理级别之高说明当时地方政府对青瓷贸易的重视。

　　然而，因掌握着八百里"黄金水道"的航运，瓯江船帮的命运，亦随着历史的变迁浮浮沉沉。明代禁止民间建造双桅以上船舶从事海外贸易，加上倭寇对沿海地区的侵犯和骚扰，曾使瓯江航运一度受到严重影响。至隆庆年间（1567—1572），倭寇渐减。明政府为开辟财源，允许民间从事海外贸易，使水上交通贸易逐渐得到了恢复和发展。清顺治十三年（1656）颁"海禁令"，严禁商民船舶出海，以隔绝沿海人民与郑成功的联系。清康熙二十二年（1683），台湾回归大清，清康熙二十三年（1684），才诏开海禁。随着海禁的解除，温州港迅速繁荣，瓯江船运日益繁忙，瓯江船帮重新崛起，瓯江两岸的船帮古镇又出现了"店铺林立、商贾云集"的繁华景象。

　　清末至民国初期（1911—1921），瓯江航运仍为赣南、闽北及浙南山区与上海港口的货物流通渠道，瓯江上航行船只达8000艘。龙泉货运除部分棉布逆钱塘江而上，中途在兰溪设"窝"，再沿乌溪江到遂昌王村口，然后肩挑到龙泉外，龙泉、云和、景宁、松阳、丽水、青田等县的日用品、食盐、水产、南货等均由温州溯瓯江船运。

　　瓯江航运迎来历史上最繁荣时期当数抗战时期。那时，沪杭甬沦陷，浙赣线瘫痪，主要陆路交通被破坏，丽水成为抗战大后方，众多省级机关、团体、学校、工厂、商企和杭嘉湖地区逃难的人云集丽水。为保障浙江后方的供给，当时国民政府选择瓯江作为新的交通路线，瓯江航运于是风生水起，迅速发展和繁荣起来。在丽水的浙江铁工厂生产的武器、弹药通过瓯江用舴艋船运往全省，甚至全国的抗战前线，温州港的物资通过瓯江上行至松阳，转运至衢州等地和江西、重庆、四川等省、市。时任浙江省长的黄绍竑后来回忆道：当时的瓯江，最多时有4000多艘各种船只，不间断地运送各类军需战备物资。

　　在客运方面，清代以前无航班，大多是货船带客，或者临时雇用船只。从唐朝孟浩然"借问同舟客，何时到永嘉"，宋朝陆游"又泛小舟到括苍"等诗句中，可看出唐宋时期就已有内河客运。明代汤显祖任遂昌知县时，以及清浙江巡抚阮元巡视处州后赴温时，也都从丽水大水门乘船。清光绪三十二年（1906），瑞安县商人项申甫倡办永瑞汽轮公司，购置小拖轮1艘、驳船2艘，首航于温瑞塘河。民国八年（1919），青田至永嘉水上客运由永嘉县济瓯轮船公司负责经营。到民国十七年（1928），温瑞塘河上拖轮已增加到8艘。民国二十年（1931），西安轮船公司青田办事处建立，温州至温溪的江面上开始由汽轮拖带客运航船。民国二十八年（1939）丽青公路自毁后，瓯江客运日益繁荣，各种转运行、总公司、服务社之类水运机构沿江突起，足有几十个单位的交通船只在瓯江上下游竞相投运。丽水以下有专驶青田至温州间的永青快船公司，分日夜 2 班，有客船 32 艘；专驶丽水至温州间的丽青温快船公司，在丽水大水门设总站，温州在朔门设分站，为了适应客运形势，他们将大峃艇货船改装为客船，有木帆船 20 只专门从事客运。丽水人詹风发三兄弟组织的丽温客运，也有 60 艘舴艋船投运。瓯江下游被日军占据，云和、龙泉成为省级机关和难民的集居地后，瓯江航运公会、瓯江交通联运公司从永嘉迁至龙泉，"新龙""温龙""永龙"等快船公司经营丽水以上客运。丽、云、龙快船公司，每日由丽水、龙泉两地对开，途经局村、大港头、碧湖等处均可搭客。由 4 个船户办的丽碧松快船办事处，在丽水设总站，松阳设分站，大港头、碧湖设支站，专开碧湖至松阳区间客船，每晨碧湖、松阳各对开 2 艘，大港头、松阳各对开 1 艘，丽水至松阳视客源开行。瓯江丽水至局村，支流青田至白岩，另有专班，亦按日开行。各线客船总数达 200 余艘，除松（阳）—丽（水）客船停泊在小水门外，其余均集中在大水门。由于客船太多，客源不足，加上各单位调度欠当，船工纷纷私自揽客承载，秩序混乱。1945 年抗战胜利，省级机关、工厂纷纷回迁杭州，在丽水开办客船的许廛父、章达庵等先后返杭，客船业务改由丽水当地人办理。1946 年以后，水上客运萧条，至中华人民共和国成立前夕，丽水仅留十几艘小客船。

交通流就是经济流。来往如梭的帆船，折射出的是商业的繁荣，以及一个个行业的兴盛。

三

在典籍记载或有水文资料的全部上千年间，撒泼打滚的瓯江放肆地胡作非为，一代又一代船工遭困遇险，司空见惯。为改变水运条件，历代以来，官府及两岸人民曾不断进行小规模的河道疏浚、治理。

唐宣宗大中九年（855），53岁的段成式从长安来到处州任刺史，他到处州后，走访乡间，体察民情。当他察得恶溪是州城水患，且关系到东乡天王畈一带百姓的收成丰歉后，他深知"官不为民，则民必怨；河不兴利，则河自毁"的道理，决意开挖渠道，整治恶溪。经实地勘察，制订方案，一面组织民夫疏浚河床，治理险滩，使河道畅通；一面筑堰开渠，引水灌溉。后人遂将恶溪改为好溪，并在好溪之畔建立"思贤亭"纪念他。宋王十朋《游桐溪》诗中写有"段公不到溪岂好"的诗句，亦歌颂了段成式的政绩。但由于航道浅险，虽经历代疏浚，都难以彻底治理，嘉庆间至民国时"沙碛渐多，仅通竹筏，好溪之水遂淤塞而不可治"。

唐大和年间，刺史韦纾曾疏浚治理府城段大溪，在琵琶滩以南开凿新溪以分洪。时人朱庆余为作《和处州韦使君新开南溪诗》云："疏凿应殊旧，亭台亦自今。"

清康熙二十年（1681），霍维腾，字云升，任缙云知县。"时好溪航路（航道）长年失修，堵塞不能通航。清康熙二十二年（1683）霍君受分巡道令鸿杨公之命，组织民众探溪之广狭浅深，疏其壅圩，避其险阻，不到一旬之日而竣工。舟行无滞，水道方便。复义捐己俸禄，购置材料，请善匠造船十余艘，再募善水者十余人，分而操之，迫则应公役，暇则便于行。自此后数十年，缙丽通行称便。霍君所为乃与唐时段成式变恶溪为好溪名齐功同。"

瓯江上游的龙泉溪（图2-3），自古"暗崖积石，相蹙成滩，舟行崎岖，动辄破碎，盖尝变色而惴栗失声而叫号"。根据《处州府志》记载，北宋元祐年间，瓯江航道险滩多，水流急，每年都有几百条船被撞沉或倾覆，死者无数，经常听到江边揪心的哭嚎。宋元祐六年(1091)冬，会稽（今绍兴）人吴景晖以左朝请郎

图 2-3 龙泉溪航道原貌（徐新意供图）

担任处州知州，上任不久，他把疏浚瓯江当作处州的头等大事，上书朝廷，陈述理由，获得恩准，命疏凿以利舟筏往来。宋元祐壬申（1092）重修通济堰，"创叶穴以走暴涨淤沙"。处州各县共治理险滩165处，其中龙泉80滩，缙云30滩。瓯江疏浚后，船翻人溺的忧虑大大减少了。当时处州遂昌著名学者龚原，系王安石的得意门生，专门为此写了《治滩记》和诗。

清光绪《龙泉县志》载：邱栝，字公度，荆州人，元祐六年出知县事。县距郡溪行三百里，多滩碛，中为最险，与尉马应共议疏凿，至今赖焉。秩满吏民争挽留之，夜潜遁去。修建占、南二司马庙，自作记，以"弊而能变，变而能复"的辩证观点，激励后人同水患做斗争。

明崇祯(1628—1644)初，以举人授知县的游之英，"修好溪、通济二渠及下河，括苍诸埠，皆捐金为倡。以劳致疾卒。一生清廉，宦囊萧条，几不能归其榇焉"。

元、明两朝，无复治理。到了清朝"山间之陨石遂日积月累，复屹突于其间"航行渐至困难，陆续又有了小规模治理。

自西滩过石壁滩至雷公滩，是龙泉溪航行最险河段。船工谚云："西滩得病，七鼻喊救命，雷公滩送命。"光绪《处州府志》载：西滩峭壁下有"石锐钻丛戟，涛奔走怒雷"10字，不知何代镌。石壁滩铁壁千仞，横截于前。傍人放船，只争一篙之力，最为奇险。清嘉庆十五年（1810），"各处捐款整治瓯江上游（龙泉溪）石壁滩（又称七鼻滩），沉以巨石，填其险隘，调其水势"。

清同治十年（1871）三月，龙泉知县顾国诒捐俸倡导，再次组织大规模疏浚龙泉溪，并自作《浚滩记》，详记其事。清光绪《龙泉县志》载：东北下水接云和诸滩，中自管滩至大金滩凡42处，尤崎险难行，舟多覆溺。同治十年，知县顾国诒倡捐集资，次第疏凿，滩患顿减。民国时期，船民利用旱季，亦数次整治溪滩。

民国时期，政府对龙泉溪浅滩、险滩进行测量设桩，但未遑治理。龙泉境内，船民在旱季有过数次治滩之举。云和境内，过往船只靠船民自行临时疏通。之后，民国政府曾对瓯江温青段进行疏浚。

清光绪七年（1881），景宁县令程钟瑞疏凿天师石危滩。民国《景宁县续志》载：程钟瑞，字步庭，溧阳监生，光绪七年署景宁县事。勤政爱民，清厘狱讼，疏凿天师石危滩。

也许是这方水土本身就富含着智仁的营养，出了一批心性如水般澄明独有的义士，如叶云鹏、胡至登、陈之韬、王锡麟、官学健、高良仁等。

均溪河段原有一礁石，船只常触礁沉没，明嘉靖十五年（1536），碧湖叶云鹏捐资将礁石凿去。

清同治《景宁县志》载：天师石滩水底巨石磋砑，锋甚坚锐，为滩险第一。道光初年，有青田锡匠胡至登者，尚义鸠工凿其石，数十年颇沈安流。近则水势迁移，复为行舟者之患矣。

陈之韬，字裕六，库头人，邑庠生，壮贾于瓯。距村口下游溪港，顽石巉岏，运筏者屡遭湮溺，力为疏凿，不惜多赀，数十年咸资利赖。

龙泉义士王锡麟，出资凿平铁杓滩怪石。

清《遂昌县志》载：官学健，字纯庵。性刚毅，扶危济困，出于至性，其最巨莫如凿猪母石。石在西安念北庄，形如猪母，截踞中流，溪窄潭深，筏遇之，人货俱付急湍。又为我邑抵衢通省要道。就近居民借此拾遗为利，无敢凿之者。学健与父老议不允。乃走告西安县，相持年余案始定，学健鸠工凿石河流顺轨，独任五百余金，至今人咸德之。

最令人感动的是高良仁（1850—1937），他是在松阴溪畔一个叫象溪村的船形的村落里长大的，"家无恒产，自少力农，不识字。有祖风，热心公益，积有余资，即以修筑桥路，建设桥亭。年逾八旬，犹荷锄耕作，遇有路坍，亲自修补，以溪港礁石触船，每至伤人，屡出资雇匠，自松达丽，悉凿平之。某年秋，良仁亲自监工至丽水白岩溪中凿礁，因水涨未就，抱病归日，病已垂危，犹念念以礁事为虑，出积金数百，交从叔某继其事，谓不去此礁，死不瞑目，乃不数日，勿药而愈，竟得亲手完竣，寿臻大耋，事闻于朝，奖以'愚公好义'匾额，并给紫绶银章。县知事亦奖悬'功深利济'匾额"。

四

但瓯江航道终究未能摆脱宿命般的羁绊而翻腾起危害甚烈的恶浪。直到中华人民共和国成立初期，境内的瓯江干流，虽经多次整治，仍然险滩密布，航行艰难。

丽水至龙泉航道，航程117千米。丽水小水门至大港头段，习称大溪。大港头至龙泉段称龙泉溪或龙泉港，属瓯江上游。丽水至碧湖段航道水流较平缓，河面开阔。碧湖至龙泉段航道97千米，在大港头以上几乎都在山谷中穿行，两岸奇峰屹立，悬崖峭壁，滩多水急，礁石密布，全段落差130米，平均比降0.134%，共有滩险120处，其中碍航比较严重的有65处。西滩、七鼻滩、雷公滩3个险滩相连1千米左右，两侧为岩石和峭壁，急流击石，声似雷鸣。清代端木国湖诗："雷公击滩头，雷鼓殷滩尾，滩头响天上，滩尾响地底。"船舶在此发生事故，难以停靠抢救。石壁滩（即七鼻滩）上的西滩，更是令来往船工胆寒心惊，以至于流传开"穿铁杓、跳龙门、闯虎爪，冲过滩涡鬼门关，平演长潭三碗饭"的谚语，该处滩险虽经历代治理，均未根治。而枯水期绝大多数浅滩水深不足，最小水深仅0.2米，船队过滩，船工赤足下水以肩扛船，也由于航深不足，船队经常候雨待发，有时长达数月，造成物资积压或者货主弃水走陆。木排顺水下行，由于枯水航槽曲率半径过小，以及横流影响，常有排尾打在滩上，致使木排打散，造成祸事的危险。

95岁的老船工罗定祥（1921年11月20日出生，青田县腊口镇腊口村人，图2-4）在采访中，一谈到当年船行龙泉溪还心有余悸，他回忆道：

我兄弟5个，我排行老三，除一个哥被抓壮丁死在外面外，其他兄弟都帮人撑船，最小的弟弟生病死在龙泉。我没读过书，10多岁开始撑船，龙泉、松阳、景宁、温州、瑞安、永嘉都撑过，货船、航船（客船）都撑过。龙泉溪撑船最艰险，在这条航道行船，很少有单独一条独行的，一般是4条船以上做阵（一起做伴）。到了大港头以后海拔落差大，水流更急，险滩多，有时水满头顶心（已到危险地步）。其中云和境内的急、险滩特别多，西滩头一带，

图2-4 罗定祥（作者摄）

还有大牛岗一带，这些滩头都是非常难撑的地方。逆水行舟，不进则退，船只每遇到要上滩，就要放数十米长的纤绳，纤绳一头系在船上，另一头由一人在前拉着，其余合帮船工均下水，共同尽死命拉船上滩。一个人是难以撑船过滩的，只有靠人帮助拉纤绳，才能顺利过滩。一般从温州撑到龙泉要十二三天时间。

我撑船没有发生过事故，船没打破过。我水性好，还救过好几个人，一次船到青田坑口，一个小孩掉到水里，当时零下四五摄氏度，我一口气喝下半斤白酒，跳下水把小孩救上岸。新中国成立后，我先后在丽水航运公司、青田航运公司当船工，运过铁砂，60岁退休，儿子接班。

丽水至温州航道，全程135千米。其中丽水至温溪90千米为瓯江溪流段，温溪至温州45千米为涨潮河段，每天有2次潮汛涨落。丽水至温溪航道共有大小滩险52处，平均1.66千米就有一处，其中碍航的重点滩22处，平均4.12千米就有一个滩。全线水面落差42米，平均比降0.0486%。河底大都由鹅卵石覆盖，洪水期水流湍急，枯水期滩陡水浅，其中水流较急的相公滩，相传古时船只上滩时，乘船的"相公"也得出船涉水减载，故名"相公滩"。南宋绍兴三十年（1160）春，爱国诗人陆游乘小船溯瓯江北上，在激流险滩中发生折舵事故，经船工努力奋争，终于化险为夷。诗人便写下了"溪流乱石似牛毛，雨过狂澜势转豪，寄语河公莫作戏，从来忠信任风涛"的诗句。船只上滩时，船工必须下水拔船（背滩），拉纤辅助，结队过滩。在航行途中，有时必须疏浚浅滩才能过往。木排流放也常因转弯不及以致搁浅，事故频繁。发生特大洪水时，波涛汹涌，航运停止。同治《丽水县志》载："处郡之水，除庆元半入闽江……余皆汇于丽邑，经城东佛头岩（塔下）以入青田。岩有硝石，横截中流，甚雨则难于宣泄，故时有水患。"

青田县城下游的圩仁滩，是瓯江航道的"瓶颈"，成了上下船只通航的最大阻碍。圩仁滩滩平、水浅，船只到此经常搁浅，水浅得可以赤脚涉水通过，有些船工夸张地说："鸡都可以走过去了！"被称为"骷髅滩"。这里搁浅事故频发，最多一个月，发生了26起事故。船只搁浅，破损，漏水，货物损坏，还会引起航道阻塞。

月牙滩，因为形似月牙而得名。青田人叫它石郭滩，因为位于县城下面，也叫县下滩。月牙是美丽的，但这个滩带给人们的却不都是美丽的。青田人有句俗语："石郭人烧水落托。"（"水落托"是指洪水冲来的木材、树枝、树叶、稻草等，一年只要有一场洪水，就能给石郭村带来一年的柴火。）在以撑船为生的船工眼里，这是一片九死一生的地方。老船工詹国欣（1939年12月26日出生，青田县鹤城镇平演村人）对我说，从温州到龙泉，只有温州到温溪这段有潮水，省点力气，其余都得靠木桨一桨一桨往上划，撑篙一篙一篙往前撑。瓯江河流水系比较复杂，急流险滩、深浅莫测，多有旋涡。他村对面就是石郭汇，是最危险的地方，水急浪高。行船时，一旦水势看不准就会翻船，只有撑船明功（方言，意为船技娴熟）的人才可以平安过去，石郭滩过去，才算放心了。当年，他就亲眼看到有人落水被旋涡吞噬，后来连尸体都找不到。也听说当年国民党33师一个排坐船经过石郭滩时，曾经误入旋涡翻船，淹死9人。新中国成立后，他在县航运公司撑船，当时公司就有规定：大水涨到五尺五，就不能落港。因为旋涡非常厉害，加上舴艋船儿小，船与人随时有可能被旋进去。

"清溪曲曲几千滩，两岸云高万仞山。"小溪，乃瓯江最大支流，隋唐始通航，素有景宁经济命脉之称。旧时小溪叫"大溪"。从乾隆、同治《景宁县志》，到民国二十二年编《景宁县续志》，都记载为"大溪"。直到1990年编《景宁畲族自治县地名志》时，在"概况"中才做如下表述："洞宫山两脉夹一道骤然东倾的峡谷，集两侧诸山之水，跌宕奔流，出鹤口，入青田县境，与流经云和、丽水之大溪汇成瓯江，同归东海。这条与大溪互为丫角之势的瓯江支流，称为小溪。"从此，这条贯穿景宁全境的经流就叫小溪（图2-5），并区别于另一条瓯江支流大溪。

小溪干流全长215.9千米，系鹅卵石河床的中阻溪流，弯多滩险，俗有"三十六滩、七十二湾"之称，平均不足1千米即有滩峥，最低通航水位0.4米，枯水期最浅水深仅0.2米，船行十分困难，每年11月至翌年1月为停航期。其中对航行妨碍严重的险滩就有："溪流至此忽而横冲，势甚危险"的梧桐滩、"水势冲激，兼多顽石，舟行者惮之"的新亭滩、"滩行极险，商人乘桴过此，咸祀神以作福"的大均潭、"中蹲巨石，骇浪奔激有声"的大赤滩、"大石错立，水行石间，声如雷鸣"的汇头滩，复下为"水底巨石磋砑，锋甚尖锐，为滩险第一"的天师石滩，又行为"在白岸，一石孤浮，俨如鹭立"的鹭鸶滩，下为"在石埠坑，潭底有巨石，高广数丈"的将军滩，下流为"上游有大石，蹲伏溪中，下为鱼穴，水倾石罅，声若洪钟"故名的金钟滩，再行为"下游诸滩此为最险"的徐澳滩、"长600余米，弯曲半径小"的滩坑滩、"喉部水流集中，落差大"的白岩滩、"弯曲半径小，有暗礁"的郎回滩、"上段散浅，下段急陡，弯曲半径小"的城门滩、

图 2-5 小溪航道旧貌（初小青摄）

"喉部狭窄水流集中，弯曲半径小，落差大、礁多"的钓滩大浪、"基岸巨石凸出，几成直角弯曲，洪水时形成巨大旋涡"的铜锣滩。其中石棺材滩上段散浅，下段急陡，曾有诗云：

> 险哉棺材滩，放船汝独难。
>
> 中流石齿齿，曲岸水漫漫。
>
> 舟子轻性命，客人破胆肝。
>
> 鬼门关便是，烧福祝平安。

3年前，我走访了年近望九之年的老船工黄松林，他仍然保持一副挺拔而不失硬朗的身板，满手糙茧像一把铁锉，显露出长期瓯江漂泊生涯烙下的印迹，折射出奔流不息的瓯江给他留下的非同一般的人生积淀。他的记忆仍很鲜活：

图 2-6 小溪水堰（作者摄）

　　我祖辈就住在青田北山白岩附近一个村，上一辈都撑船。当时家境贫寒，我小学只读了 3 年，就跟父亲上船当帮手，二十几岁就只身一人在小溪讨生活。小溪河床窄，湾多、滩多，流急，晴不到几天就枯水，只能在丰水期抢运几趟。当时在船老大中，流传着"载客不上十，装货不越吨，月运不过一，全年无十趟"的说法。在这条溪上撑船十分艰险，当时有句古谚，"千山易过，一滩难渡"，那时候每年都要发生翻船死人事故，特别是洪水期。

　　在这条小溪上撑船的大都是青田人，放排的都是景宁人。新中国成立前，景宁没有专设航管机构，船工都要自揽货源。新中国成立后，1951 年 1 月，景宁才成立小溪民船基层工会，1954 年，设立了温州航运管理处西门站外舍工作组。1956 年，在外舍建立景宁第一民船运输合作社。于 1956 年初，我加入了民船运输合作社，由个体转入集体，吃上了公家饭。新中国成立前，小溪也无专用码头，船舶装卸都在溪滩，无固定装卸点，经常性溪水涨落影响货物卸装。1967 年省交通局拨款才建成了外舍码头，码头建成后，对船舶安全停靠、货物装卸起到了省时省工的作用。进出货物年吞吐量近万吨，船只增至 1000 多艘。1972 年丽水航管所拨款又建起了渤海码头。

我年轻的时候，一顿能喝2斤60度烧酒，饭量也大得惊人，一顿1斤米。力气比牛还大，像小溪这样的急流长滩，两三个人才能推船上去，我一个人就可以把装满4000多斤食盐的船拉上去。但一般年纪大的船工一个人撑是很艰难的，我们船帮有一种"抱团"精神，彼此之间相互支持，相互帮助，船只每遇到要上滩，就要放数十米长的纤绳，纤绳一头系在船上，另一头由一人在前拉着，其余合帮船工均下水，把麻制或蒲草制的肩攀的一端系在银缆上，并把肩攀套在肩上，一手握住银缆，共同拉船上滩，等合帮的船均上滩后，才分开上行。暮春、夏季、初秋时节我们大多光着身子，要随时频繁下水，时间上丝毫容不得宽衣解带。最重要的是为了防病，如果穿着衣服，一会儿岸上，一会儿水里，衣服在身上干了湿，湿了干，不仅不方便，而且容易得风湿、关节炎之类的病，所以不如不穿衣服。一到寒冬撑船真是辛苦哦，过浅滩放韧拉拔船的时候，由于水浅并已结成薄冰，下水踩着碎冰块前行，两脚先红后紫，最后冻得麻木而失去了知觉。尽管如此，还是咬紧牙关奋力向前。有时拉船上滩后，拉起的银缆都结冰了，铁硬一样，怎么卷都卷不起来，只能烧点热水将冰化开再卷好。

经常性有时船快要到温州西郭江边码头了，遇上退潮，船就被搁浅在滩涂的烂污泥中，要等下一次潮水来才能起船，但人还是要想办法过去，与等候在码头的货主接洽，那时候联系不方便。不管冬天还是夏天，都要把衣服脱下来，双手托举在头顶上，仅穿一条裤衩，深一脚浅一脚慢慢挪到码头，稍稍洗一下泥脚，穿上衣服。与货主接上头了，又匆忙赶回船上，不放心船上的货物。在船上冬天还好受一点，夏天的高温实在难熬，蚊蝇叮咬通宵难眠，咬得我满身血污泥。

松阴溪（图2-7），古时称松川，又有松溪、松阳溪、松阳港之称。这条发源于遂昌县垵口乡桂垟村北园的河流，犹如一匹烈马，自西北直下东南一路嘶鸣狂奔，在丽水市大港头汇

图 2-7 松阴溪航道旧貌

入龙泉溪，全长 115.5 千米。它是典型的山溪河流，降水汇流快，易涨易落，所谓"松阳山泽相半，十日之雨则病水，一月不雨则病旱"。还时常改道，"忽此忽彼，忽南忽北"。民国时，象溪乡绅高焕然写了一篇《附说松阳溪流之变迁》，以备水利之考。文中感叹："谚曰：十年水流东，十年水流西。沧海桑田，其说信不诬矣。"

古时，位于松阴溪南沙洲上的南州村前，弯曲前行的松阴溪呈"几"字形流过，这个高高扬起的抛物线使得这个村犹如一张绷紧了弦的弓。岸边岩崖突兀，溪水深不可及，水下暗礁密布。值汛期水涨，惊涛拍岸，浊浪排空，旋涡四伏，屡有舟覆人亡之虞。自清宣统以来有记载的重大翻船事故有 4 起之多，损失最为惨重的当数民国三十三年（1944）6 月的那次，满船 48 人落水，溺死 45 人。据当年的老船工回忆：松阴溪上潭多，最险恶的有石虎潭（金钟潭）、鹰嘴潭、牛犊洞潭等，因为这些潭水深滩急、暗流涌动、巨石嶙峋，常有覆舟死亡事故发生。

小安溪，又名太平溪或太平港，是贯穿莲都北部的瓯江支流，源出丽水、缙云、武义三县（市）交界处的雪峰山。小安溪流经莲都区双溪、太平、联城等乡镇，于敏河村注入瓯江。竹筏可达潘村，1953 年前，丰水期木船可通至小安村。

宣平溪（图 2-8），又称宣平港，民国《浙江通志稿》称畎溪，发源于原宣

图 2-8 宣平溪

平县（今属武义县）樊岭，流经柳城、溪口、三港，从章湾村出武义入丽水，贯穿莲都区丽新、联城两乡镇，于港口村汇入瓯江。民国以前，宣平溪自武义柳城至丽水主要通航竹筏，木船只在丰水时偶有航行。民国五年（1916）"太保节"，有7艘木船上行至柳城下航时其中6艘在七星坛（赤圩村下）触礁，船毁人亡，此后就很少有木船到宣平，经常性的运输依靠竹筏。

其实作为船工，也称船民、船夫，浙南一带都叫船老大，谁的心里都非常清楚，在瓯江这条水系比较复杂，急流险滩深浅莫测的河流上，船毁人亡的灾难之神，由始至终紧紧贴在他们每个人的脊背之上。但他们绝不会因为生活的艰辛，改变初心，他们仍以一种粗犷与柔韧的血性擦亮岁月旅途的风霜和雪雨。

五

新中国成立后，20世纪50年代初，由于瓯江中、上游各县公路尚未修复、修通，水运仍然是交通运输主体，有木帆船5000多只。航运部门加强了对航道的管理与整治。1952年，对龙泉溪的西滩、鸡母滩进行截弯取直，对雷公滩进行淘滩处理。1954年对南朝梁武帝天监四年（505）在松阴溪与大溪汇合口建造的通济堰的通航坝门进行二次整修，并浇以混凝土。1958年，对宣平溪航道进行疏浚后，木船可通至畎岸。1958年，龙泉航运社成立后，派遣徐宝畴（1921年生）先进小组，连续5年，在冬季枯水期疏浚龙泉到赤石段航道。1960年，省交通厅航运局建立健全航道养护组织，设龙泉、丽水、景宁、青田等4支航养分队，养护工人共计204人。1960年，景宁航养分队开始大力进行小溪沙湾上游河道治理，筑顺水坝32条。1966年，疏通小溪景宁炉西坑至门潭河道7千米，大顺至新四河道8千米，可放运竹筏和小木排。景宁到青田航道载重由1吨提高到2吨。丽水航养分队1961年又对宣平溪航道进行二次疏浚，通船航道延伸至赤圩。

1960年至1962年，温州航管处对瓯江主流及一级支流584千米航道挖除沙卵石9.5万立方米，筑坝蓄水39道，导流300多处和疏浚大小浅滩63处，改善

图 2-9 瓯江航道旧貌（初小青摄）

和提高了航道能力。

瓯江航道（图 2-9），多系山溪性河流，常因特大洪水严重冲击而改变航道。1962 年，瓯江航道在 20 千米范围内就有 47 处被冲平淤积，同时，由于森工部门将丽水上行的西滩改道，溪水直冲鸡母滩，因此航道完全改变，影响航运安全。仅 2、3 两月，鸡母滩就发生航运事故 44 起，直接经济损失 1 万余元，同年 11 月 1 日，丽水航管部门调集全部航养力量改造鸡母滩，将原 4 米宽的航道加宽到 12 米，疏道 50 多米，炸岩 200 立方米，挖除石子 1000 多立方米，清除 250 千克以上水底礁石 2000 多块，使鸡母滩可安全通行。

1965 年，交通部决定在瓯江中游丽温段，进行全国山区浅水航道整治试点。在丽水地区的统一领导下，丽水、青田两县相继成立了瓯江航道整治工程指挥部，对瓯江中游丽水至温溪段航道进行整治。是年 2 月中旬开始测试，9 月 27 日组织施工。根据山区航道特性，确定按照以疏浚挖槽为主，筑坝导治为铺，先求其通，后求其直的原则进行整治。对一般碍航滩险采取挖槽处理，对碍航特别严重的滩险进行筑坝。1970 年 7 月，完成了第一期工程，共挖槽 7.47 万立方米，筑坝 7.21 万立方米（其中顺坝 20 座、丁坝 21 座，坝体总长 8018.2 米），总投资 52 万元。浅滩水深由 0.4—0.5 米增至 0.6—0.8 米，流速渐趋平缓。著名的相公滩最大流速从每秒 4 米下降到每秒 3 米以下，弯曲的顶头滩被截直，昔年事故频发的县下滩炸去阻挡激流的石角山头嘴，消除险恶的石郭汇，整治了小群滩、白棉带、锦水滩、腊口、老虎头等处，提高了通航能力，经济效益显著提高。船舶装载量成倍增加，2.75 吨舴艋船，上行可载 1.75 吨，下行满载，10—14 吨的大岱船，上行可载 3 吨，下行满载。周转率（由丽水至温州 135 千米）下行从 3 天减至 2.5 天；上行从 5 天减至 3—3.5 天。

为解决瓯江上游枯水期航行困难，1972 年在龙泉试制第一个活动蓄水坝，1973 年又在遂昌县西屏建造一座活动蓄水坝。做一个活动蓄水坝可以解决几十千米的枯水航行，其技术要求不高，可以就地取材，花钱少，又无固定拦河坝的缺点，中水期、洪水期拆除坝体，这种办法用于枯水航行是成功的。但由于关闸的操作方法没有进行技术改革，人工下水，水寒地冻，劳动条件比较艰苦，且有一定危险性。1977 年，在龙泉县大沙建造活动坝，坝长 60 米，24 孔。活动坝放闸后，水位明显提高，船排顺水放运，可直接流放到活动坝下游 50 千米。活动坝投资省、效果好，在增加山区枯水期航道水深，消除减载停航，确保瓯江上游航道的安全畅通等方面起了重要作用，引起了交通部和省交通厅对丽水地区大搞活动蓄水坝工作的重视。省交通厅决定于 1978 年在丽水地区全面推广，并批准新建龙泉县的九里潭，云和县的石塘、石浦，景宁县的沙湾、渤海、大均，青田县的上甫 7 座活动蓄水坝。1977 年前后，小溪景宁段建成七里汇、上圩、大均、石门楼等活动蓄水坝，对枯水期短程放运起了一定作用。1978 年开通沙湾至毛垟船港 30 千米，英川港小木排可放运到沙湾。

俗话说，易涨易落山涧水。松阴溪干支流坡降大，具有明显的山涧特征，说涨就涨，说落就落。在梅雨或台风到来之时，此种雨势地势，极易造成水患。最早记录的松阳水患发生在唐显庆元年（656），"括州大风雨，松阴溪水平两岸"。唐贞元年间（785—804），因水灾频繁，县城不得不进行搬迁。松阳县治原设旌义乡旧市（今古市），"因屡遭水患，州郡刺史经请于朝后，将治址迁至紫荆村（今西屏）"。始建于宋代之前的青龙堰，史料记录被冲毁的次数至少有 3 次。白龙堰、新兴乡下源口村附近的芳溪堰、古市大桥下游约 300 米的观口堰等，历史上也都未能逃脱遭洪水冲垮的厄运。据文献记载，松阴溪治理始于明万历二十年（1592），至民国时期，都是以兴造防洪堤为主，以及在沿岸栽种绿植护堤，但松阴溪仍"放荡不羁"，溪水勃涨，冲圮堤坝、损伤良田。据史料记载，1955 年 6 月，松阴溪境内连续三日普降暴雨近 200 毫米，山洪暴发，水位超历史最高水位，洪水涌至县城南门市期头。全县房屋倒塌 1239 间，死 4 人，其中南门外溪滩中央村 10 余民宅、店铺被夷为平地。中共遂昌县委和县革委会，组织实施松阴溪有史以来最大规模的河道综合治理工程（图 2-10）。1976 年 1 月开始调查、勘测、规划，次年 8 月完成施工前准备工作，9 月 15 日工程正式动工。当年曾经奋战在松阴溪河道综合治理工程中的民工回忆道：

当时治理是举全县之力，由来自全县（今松阳、遂昌两县）各地的开岩工、泥工、篾工、木工、机修工、电工等 3300 多人组成的专业队伍，和来自松阳、古市两区 5000 名民工，在黄圩至石门圩 5.3 千米试点河段开始施工。当年秋收冬种后，松、古两区各社队每天 15000 多人上工地，多至两三万人，工地上，运输汽车多达 50 辆，大中型拖拉机 80 多台。时任松阳县委书记邵宗仁在松阴溪沿岸

图 2-10 1976 年松阴溪治理工程

亲自坐镇指挥，我们背井离乡，自带米粮干菜、生活用品、劳动工具等参加治理松阴溪工程建设，连过年都是在松阴溪上过的。"大兵团"式的施工持续3年后，改由专业队分段承包施工，兴建防洪堤48.36千米，清理河床、疏通河道24.30千米，建成防洪闸6座，整修堰坝12条，修筑施工公路40条，总长109千米。这项治理工程，堪称是集体化时代的一个杰作，它对保障松阴溪两岸人民以及船工的生命财产安全发挥了历史性的作用。由于多种原因松阴溪（包括宣平溪、好溪），1985年以后均不通航。

在整个瓯江航道治理过程中，都有那一身古铜色皮肤的船工艰苦劳作的背影，在有关史料中不难看到：1958年3月，云和民船运输社发动船工治理龙泉溪险滩3处。1963年，云和局村航管组组织船民义务投工585人（次），对渔梁缺、龙石、石浦、陈太公等浅滩进行疏浚，疏浚石子5053立方米，炸礁43立方米。

当年参加瓯江支流小溪清淤炸礁的老船工吴德海（1943年6月19日出生，青田县北山镇人，世代船家，图2-11）记述：

与撑船相比，航道疏浚更加危险。由于当时的航道条件不好，因此常常需要进行航道的疏浚工作。这些工作都是由我们船工自己动手，非常艰苦、危险。记忆最深的一件事是疏浚航道期间发生的惨剧。那是1976年的7月份，我们很多船停在外舍等货运。货没有，水又旱，后来航管干部吴松斋（原是撑船职工）要组织几个人去开辟毛垟航道的最后一段：库下至毛垟的15华里路。当时我也参加了这一工作，共有16人。有一天在库头上隆那滩上炸礁，

图2-11 吴德海（作者摄）

早上下水把要炸的礁石下面掏空。大家轮流下水慢慢掏，掏得能放下用竹筒装好的炸药为止，还要找一块能压竹筒的石岩，放在边上等着用。我记得那天10点钟我们就收工了，等农民收工回家吃饭再去炸礁。船工们有的到村上玩，有的烧饭，有的在通竹节装炸药。当时炸药筒都是我们自制的：我们把毛竹按60至70

厘米长一段一段锯好，通掉竹节，留下最后一节。把炸药每条外面的油纸去掉，用小木棍把炸药塞进竹筒压紧，然后在炸药上面弄一个插管的小孔。再把已装好导火线的雷管插进炸药的小孔，炸药上面塞上油纸，用小木棍压紧，最后加上一种黏性很强的黄泥土压紧，这样才能在短时间内不会渗水。每个竹筒我们最少要装10支炸药，根据暗礁的情况有的会装更多炸药。因炸掉后水下清礁会更困难，所以我们炸药下得比较重，每支炸药重4两，导火线一般长有80厘米以上。

那天上午我们准备炸2块暗礁，到11点左右他们到村里玩的几个回来了。杨志挺和妹儿两个人各拿一个竹筒去炸礁，其他人都在船上等他们炸好回来吃中饭。炸礁的地方离我们停船的地方不到1000米，大概过了20分钟我们听到"轰隆"一声巨响，大家连叫不好了，出事了，看到河面上水柱冲天，慢慢地往下流，岸边有一个人往里拼命地跑。我们大家同时跳出船往出事地点跑。发现妹儿在离水边500米的地上发抖，手臂上掉了一大块皮，而杨志挺却不见了。河面上一片血红，空气中散发着血腥味。在离炸礁地方不到300米的岩皮坦上发现两条腿和一只手，大家异常紧张，看不到身体，难道被炸飞了吗？刚刚还生龙活虎的一个年仅28岁的年轻人，转眼间却死无全尸。我们到船上拿一条被单把尸体包起来，又去当地买了一具棺木，第二天运回沙湾，安葬在沙湾下村的对面山上。

当天晚上我们问妹儿到底是怎么回事。妹儿说：当时我们每人各拿一个竹筒，一个竹筒导火线有80厘米长，另一个有90厘米长。志挺拿的是长一点的。我们一起走到滩上，这2块暗礁距离不远，大概不到15米，志挺让我点火给他冲一下（本来都是各自点火的，冲一下就是把已点上的导火线给另一个人点火），于是各人点上火正准备放到暗礁下面去，这时一声巨响，我一下子翻倒了，等我反应过来，只看见一股高大的水柱往下落，我就爬起来拼命往岸边逃。我们听了妹儿的说法，当时就分析原因，90厘米长的导火线点燃后应该有17到20分钟时间才会引爆，而据妹儿说点燃后不到三四分钟就引爆了，说明这个导火线坏了，已全松了，因为这是最后一段导火线。当志挺弯腰准备放炸药筒时刚好在水面就爆炸了，如果已放在暗礁下面，那么妹儿离得这么近，可能性命也难保了。

这件事到现在40多年了，现在想来我还觉得头皮阵阵发冷，当时的场面太惨了。我们只知道战争时期志愿军战士手拿炸药包去爆破敌人的碉堡，哪知道我们船工也拿着点上火的炸药筒去炸暗礁，而且是自制的炸药筒。没有办法，在物资极度贫乏的年代，根本没有电雷管民用，当时这样的事故在大均新滩、枫树亭也发生过，真可谓新开的航道是用我们船工的鲜血染成的。

瓯江航道虽然进行了历年的治理，疏浚挖槽、炸礁清淤、筑坝导治、截弯取直，航行安全条件得到初步改善，但瓯江船工浪尖上的日子，仍然紧凑、惊魂，时起时落。那风帆上，仍扯满了悲壮的记痕。

图 2-12 程志清（作者摄）

老船工程志清（1937 年出生，青田县温溪镇人，图 2-12）回忆道：

我小学读到四年级，因父亲患病，我 13 岁就去撑船，16 岁单独撑。我大哥也是撑船的，我们两个人替换撑，他去当"人伴"（舴艋船平常 1 人操作，重载上航另行雇工。这种受雇的临时船工称"人伴"），就我撑，我去当"人伴"，我哥撑。撑船不仅是体力活，也是技术活。尤其丽水到龙泉这段撑船技术要过硬，只有温溪、云和的船工才能撑，其他地方的船工撑不了。过激流险滩时，需要有经验的船工带头，在百米开外的地方，只要看一眼水浪泛出的水花，就能估算出船能不能顺利通过，"识水路，才能免翻撞"。若水浪平平水位深，便可直接过去；若水浪涌动水位浅，则无法通过。这时，船工就要下水，齐力拉缆绳前行，有时还要拱水肚。多人在浅滩、急流前合作将船拉上滩，这种做法我们称为递。如果滩浅碍航船工还要下船"捉港"（船只经浅滩碍航地段船工临时挖槽疏浚称"捉港"），最怕冬天下水，河面结冰，河水冻得刺骨，船老大脱去衣服，穿着草鞋在水里，冻得人迈不动腿。尽管如此，船老大还是非常勤力，起早贪黑，用力撑船尽快做好每一趟运输生意。当时船老大间流传这样一句顺口溜："戳戳天，戳戳地，撑到一年少一值。"（一值：方言，意思为一趟）意思是努力而勤快地撑船，一年下来就可以多得一趟收入。

船老大没有餐次的观念，撑到哪里感到肚子饿了，就找一个较平缓的江段将船停泊下来，自己生火做饭。做饭（图 2-13）就在船尾进行，一个小陶灶，一个小铁锅，米饭和番薯丝混烧，上放一碟咸鱼类之物，一顿饭一锅烧。每位船工都有在船上点火煮饭的独门厨艺，平日细心准备船用柴火，用最干燥的柴片在大风中也能点燃供煮饭炒菜所用。我还能做到一边划桨一边吃饭。

图 2-13　当年船工泊岸做饭（初小青摄）

老船工吴德海回忆道：

20 世纪 60 年代丽水地区公路交通很不发达，货物运输主要靠航运。当时我们运往温州的是木柴、炭、梨、柿子等等，外舍运到温州每船装货物 4500 斤，运费 32 元；沙湾运至温州每船装 4000 斤，运费 45 元左右。温州运到外舍主要是盐，1500 斤运费大概 11 元。就这样我们外舍与渤海 2 站几百条船负责上至沙湾下至温州的物资运输任务。

撑船是非常辛苦的活。夏天的太阳照在溪滩上，温度高达五六十摄氏度。赤膊拉纤拔船，汗流如水，滴在石头上真的会发出滋滋声。吃中饭、午间休息待在高不到 3 尺的船篷里，热得难忍。汗流得多，水喝得也多，身上盐分流失大，人特别累，一躺下去就睡着。热得醒过来时，满身是汗，好像刚从水中淋浴出来。船工夏天最怕中暑，还有脚丫、屁股夹被沙虫啃食。沙虫这种眼睛看不到的寄生虫繁殖快，严重时使你皮肤见青肉出血，晚上休息痛得你流泪，路也不能走。可能是职业的原因，每个船工都懂得一两种草药，如中暑了，可以采摘长在沙滩上的一种叫百沙参的草药捣碎服用。被沙虫啃食则会搞一些苦楝树、乌桕树叶捣烂敷上去。

图2-14 当年冬季作业（初小青摄）

船工生活最苦的还是冬天，20世纪五六十年代的天气比现在冷得多，只要是晴天基本上天天都是霜、冰，每年好像都会下雪。船工们不管雨雪，照样还要出行。天上飘着毛毛雨夹着雪花，阵阵西北风吹来扑打着你的脸。撑船老大脚穿草鞋，把长裤卷到大腿上，手拿着撑篙，一篙一篙或者一桨一桨地撑着船，艰难地前进。船到滩下要下水拔船、上岸拉纤。冬天的水像冰块（图2-14）一样，冻得腿部的肉先是一块块发红，然后很快变紫色，由刺骨变麻木到没有感觉。草鞋下那黄豆大的小石子冰在上面掉不了；拉的纤绳冰得硬起来难以收回（我们瓯江用的纤绳是以水竹加工编成的，叫银练）；毛竹的撑篙外面也结冰了；洗脸毛巾挂起来不到半个小时就硬成干巴巴一片；吃饭的碗洗掉2个叠起来就分不开了。晚上睡在船夹板上，呼呼的北风从船篷吹进来带着小雨还打在你的脸上，这个苦呀真是无法形容。人们不禁会问，这样的天气你们不会休息吗？有时候可真由不得你。最惨的是天气恶劣时掉进水里，特别是年龄大的船工掉在水里可真难受。我记得白岩村一个船工在渤海（景宁地名）掉进水里，把他拉起来他直哭。那时我们还年轻不觉得怎样，但现在想起，那种辛酸却是难以消除。

不仅仅是辛苦，在水面挣饭吃的人危险也无处不在。古话说"行船坐马三分命"，这也是说船工的危险系数相当之高。从小溪港口算起上到沙湾、毛垟200多千米水路上，多有舴艋船的踪迹。在这条航线上船工的危险无处不在。听听它的滩名就知道有多危险，比如，苦头隆、桃化隆、棺材峡、派坦、新滩、小心滩、大均洋、踏脚坑洪、樟树墩、犁头嘴、蛙鱼洞、牛头滩坑、棺材滩、吊滩大浪等，这些滩名也形象地说明了危险程度。

沙湾到毛垟这段路在航道未开通前货物运输多是人工挑担。沙湾是区所在地，毛垟是个乡，交通十分不便，极大地制约了地方经济的发展。20世纪70年代，交通部为了拓宽货源，发展地方经济，开通了沙湾至毛垟交溪口航线，全长按挑担算，每百斤1.50元，用5天时间才能把货运到毛垟。一天只撑十几里二十几里路，多是滩连滩，有的地方还要用两条纤绳拉。四五个人拉一条船，慢慢地一步步地上去。当时毛垟地方人还没有看过船，在当时计划经济年代，船工需要什么，供销社都尽量满足我们，感谢我们在5天内把几千斤稻种送进来。出来时运的是毛竹墩，是做锄头柄用的，只能运1500斤，从毛垟到库头这个地方船就不能走了。水太干了，船停在库头村前面坑塘那里等水涨起来。这条航道通行很困难，水大了进不去，水少了出不来。航道狭窄，两边山上林很密，杉木长得很高，两岸的山最窄的地方最多不超过百米，水旱时航道上横上小杉木，空船从小树上流过去。下雨涨水够放船马上得走。两个人一条船，把被子、衣服、钱都放进塑料袋包好，免得船打沉掉这些东西而找不到。

我和徐志弟两人一只船，前面一个招梢，后面一个掌舵，从库头到库下10里路，船放过来只有吸支烟的时间，你想想这水有多急，犹如倒下来似的，我们船工叫这是蓑衣水（形容水滴在蓑衣上马上会流走）。雨停了，水很快就退掉了，否则过半天你的船就走不了了。后来，我还进去过2次，一次去库下，一次是大地桥，都是运木炭出来，还要到山上自己挑下来装船。这上面的人大部分是少数民族（畲族），他们很好客，对人很热情，如果你到他们家玩，要到他房间去[如果去坐在丈间（中堂）会没人理你，因为那说明你是大家的客]，他会招待你，请你吃茶，搞些咸菜给你配茶，时间长了成了朋友还请你吃饭，会夹菜给你吃，特别是肉，很大块，一双筷子插上去也翻不倒，还有豆腐也像肉这么大块，味道很咸。有一次我在他们家吃饭，搞得我很不好意思，吃吧实在太咸，不吃又不行，那就是不给面子。还有，少数民族地方禁忌很多，比如说他们家灶台前面烧火的地方，柴仓凳不能坐，如果坐上去会说你是他老婆的相好，房间里面的凳子倒是可以随便坐。

我记得好像是1972年6月份，12只船从梧桐仓库装稻谷运到外舍油田仓库去，需要途经大均洋滩。大均洋滩从滩头到滩尾大概有800多米长，整个滩落差最少有八九米高，水流湍急（图2-15），浪大暗礁多，往上要三个人拉一只船，往下要两个人放一只船。船工们都知道要过这条滩，两个人必须要配合好，这是

图 2-15　搏击激流（初小青摄）

常规。要先观察航道怎么走，要躲哪阵浪，避哪个暗礁，做到心中有数。有一次我和张志成同放一条船，我在后掌舵，他在前头招梢，船放到滩半腰那里，一个大浪把船前头背到（掀到）岸边岩头上，后面掌舵的挺不住，船前头就被岩头撞破了，到了滩尾，船就翻了个底朝天，我被水冲出了船。下面接连着就有三条滩，一条连着一条，使我根本无法上岸。我当时穿着长衫长裤，在水里无法伸展手脚，后来把衣裤脱掉，人顺着水流游，一直到踏脚坑洪滩下才爬起来。从大均到这里已漂了20多里路，当时人们都说我肯定被淹死了，还好我会游泳，不然必死无疑了。撑船人基本上会游几下，但我的小组就有2个船老大不会游泳，一个在大均洋流滩下差点送命。

　　从沙湾下来到小溪港口将近3里水路算是大均洋这条滩最危险的，每年都会发生事故，有大有小罢了。一般来说，在青田以下直到温州基本上是安全的，但如果夏天在温州遇到雷雨暴风天也非常危险。温州是瓯江入海口，江面宽有几千米。有次是下午3点钟左右，我和陈立和一起各撑一只船，船从炭桥浦卸完货后，涨潮时向西角涂坦划过来，两人都拉着帆慢慢地往上开，船将要到东门浦时，发现对面楠溪江口上空云黑压压地向这边飞来，我们俩马上放下帆，船已没地方躲，就向东门浦方向划去，不到20分钟时间就雷雨大作，浦里面停满了木帆船，他们那些船都是能装几百吨的大船，我们两只小船就夹在他们当中，风雨大又涨潮，浪一个接一个向船上扑来，船舱里全是水，我们两个人怕船漏掉人出不来，就马上离开船上岸，拉着一条绳子站在浦口的马路边上，过了一个多小时，雨停了，风也小了，才回到船上。船内一片狼藉，被子、衣服全湿了，米缸、灶也打掉了。饭也烧不起来吃，后来只好到街上买鱼吃。当时我就对天发誓：撑船这个行当太危险太辛苦了，以后绝不让儿孙学撑船。

老船工蒋左新（图2-16），1950年7月15日出生，青田县巨浦乡巨浦村人，他回忆道：

图2-16 蒋左新（作者摄）

我父亲新中国成立前就撑船。我9岁时父亲开始患病。我小学上到三年级时，父亲就叫我上船当帮手，当时我只有13岁。17岁就单独撑了，我独身一人撑到温州时，认识我父亲的船老大就问我："你爸怎么没来？让你一个小孩一个人撑。"我说："我爸病重撑不了，我没办法，家里两个弟弟、两个妹妹还小，我是家里老大，家里的生活要靠我负担。"他们都说为难我了。上行我撑到龙泉小梅，主要运稻谷。下行撑到温州瑞安等地。比较起来，小溪撑船最辛苦也最危险，船老大都说："棺材滩，钓滩浪。"我村头的棺材滩（图2-17）浪大滩陡，船老大撑到棺材滩都十分小心，往上撑，上游都看不见船上的桅杆（桅杆长约1.7米）。下港到棺材滩下游钓滩时，那水浪打来把船的前半身都盖住，衣服全淋湿。景宁沙湾、外舍以上航道很难撑，一般到景宁要十几条船结伴，下港也要五六条船结伴，还不能马虎，要时时看准前头水浪是一层还是两三层，要估算船能不能过。大均洋最危险，下港必须两个人撑，船上载物一般不超过750千克，要四五个人相互帮忙才能过滩。记得有一天，景宁外舍船运站船工周金法，50多岁，从景宁到大洋滩，正逢天下雨，身上穿着蓑衣，由于系在身上的银练扣来不及解开，就连人带船撞到暗礁上，船被撞翻，人被水浪冲走，一直冲到下游范村滩边一个水洄里，大家找到他时，人已死了。

1976年我以股份制形式加入巨浦航运站撑船，当时航运站有80多人，实行

图 2-17 小溪棺材滩（作者摄）

多劳多得政策，巨浦到青田一趟工钱 4 元，到龙泉一般七八元，视天气而定，到温州 9 元。航运站抽头 40%，管理费、船修理费 4% 到 6%，生病可以报销 40%。当时撑船人生活很苦，天光早，乌雷迟（早起晚归），春、夏、秋三季，天光边（早上）4 点多就要起床烧早饭，5 点多就出航，冬天 6 点多起床烧早饭，7 点左右起航。撑船人不是想休息就休息的，要看天气情况，天要黑了，就撑到附近滩边过夜。一般一天撑 25 千米，巨浦到青田来回一趟顺利的话要 3 天，冬天要 5 至 6 天。巨浦到龙泉顺水顺风的话也要 5 天，一般七八天，要看天气而定。夏天滩边蚊子多，到了温州更多，晚上几乎都睡不好觉。冬天冷，零下几摄氏度撑篙都结冰，下水拔滩（图 2-18）时，先把锅里的水烧烫，下水拔滩冷水都湿到短裤，冷得要命，一上船草鞋连脚就放在锅里烫。当时我年轻，筋骨硬甚，我担心船帮里年纪大的船工水太冷吃不消，就下水把他们的船推上去。

1975 年左右上山货都没有了，航运站也没什么货运了，大家就散伙了。我把木帆船 100 多元就卖掉了，买了一条机动木帆船，可以载重 20 多吨，在青田以下运沙石料。当时运沙生意还好，运沙到温州瑞安塘下一个月达 20 多趟，有时候日夜没的睡，有时开船都睡去了，有一天抽烟抽睡去，烟头把身上的衣服都烧了个大洞。2007年我花了13万多元，买了一条载重160吨的铁壳机动船专门在温溪以下运沙，每个月有1万元左右收入。过了几年生意淡去了，我就把船租给了人家，老船工的后代大多数到国外谋生去了。

图 2-18 拔滩（初小青摄）

　　我这个村当时有40多人撑船，村里还有一个造船厂，占地面积有1.2亩左右，里面可以造5只船。我村现在撑船人还活着的只有我与一个90多岁的老船工了。上游一点范村（现为滩坑电站坝基处）当时也有40多只船，全村人基本上是撑船的。当时撑船人讨老婆，提亲时山头囡（农村中姑娘）对方的大人先要男方家明确船的所有权归谁，当时造一只船要50多块钱。我讨老婆时不存在这个问题，因为我弟妹年龄都还小。

六

　　水流湍急的瓯江，充满了劫难与变数，每一次航行都充满了风险与挑战。这种恶劣的水上环境养就了船工们特有的锐猛刚劲、坚韧尚气之风。同时，为了运输的方便与安全，为了大家能齐心协力地克服运输中的困难，团结在一起与天斗、与地斗、与人斗，他们自然形成船帮（图2-19），殊死相搏，冷暖与共。

　　实际上一个船帮也往往都是有血缘和亲情关系的，如温溪船帮、松阳船帮、

图 2-19 结帮航行（初小青摄）

石浦船帮等，都有相互间的亲缘关系。新中国成立后，瓯江船工除了加入航运社、航运站等单位之外，船工之间以居住地就近建立船帮组织，便于航运途中互相帮助。

真正意义上的船帮，从可信的历史资料来看，应该说到了唐代就已经成熟了。船帮基本上是一种互助互利的组织，发挥了联盟作业的聚合效应。船帮不同于社会帮派，帮内一般没有特别严密的纪律，也没有严格的上下等级关系。帮派间的矛盾纠纷并不多，大家各做各的生意。丽水的船只来到温州，大多停泊在温州老城西郭和郭公山沿岸，而温州楠溪港过来的，多停泊在东门浦一带，有一些船只去瑞安的，停在洪殿沿江。

当时，如果要打听某船帮的，只要到码头问停泊码头的船工："船老大，你们是哪儿的呀？"船工会答："我们是××帮的。"如果要打听的人正是这个船帮的，只要告诉船工此人姓甚名谁，一问便知。如果是打听其他帮的某某人，那就需要到其他帮里打听问访。故此，船帮对于当时的船工而言，只是一个"我是哪里人"的简称。

出航时，少则四五船为一帮，多时一二十船为一帮，首尾相连成一单列。行船时，要有一个体力好、经验足、有号召力的船工领头（领先），负责辨别方向和路线，看有无暗礁，观察水势变化，大家在他的指挥下，过急流、闯险滩、避暗礁，整个行程很有秩序。

船帮常年在风霜雨雪、烈日酷暑中劳作生活，与大风大浪、激流深潭搏斗之外，一路上还要常与劫匪斗争。据老一辈船工讲，以前瓯江航道沿途多险滩激流，船只上行艰难，速度缓慢，两岸林深路曲，常有劫匪出没，船工被抢劫之事时有发生，无论是瓯江主航道，还是小溪、大溪、松阳港，路路有土匪，常常打劫过往的船只，驾船出行，也不得不结帮成队。明朝初年，一艘帆船经过云和境内的长汀山寨地段时遭遇一帮山贼，船上货物被洗劫一空，连船工的老婆都被抢去当了压寨夫人，船工进寨要人，结果被活活打死，抛尸瓯江。

匪徒们一般选择长滩激流处作案，船工上行缓慢，力气耗尽，绝无还手抵抗之力。劫匪们一般取一些海产品、南北货之类食品。船工们也有防备劫贼小偷的方法，有金银贵重之物，会分散成小包塞于篷眼之内，可以避过贼眼。船工中潇洒时髦的，经常穿一件高档纺绸衫，夜间临睡前，会将纺绸衫包好，挂在7—8米高的桅杆顶上，而躲过贼手。据温溪老船工尹文廷回忆，新中国成立初期尹山头帮尹焕武、尹焕亮、尹焕松、尹田宝、尹田武兄弟等人载运明甫（墨鱼）在云和石塘长汀滩脚，遭遇国民军溃败的散兵游勇持枪抢劫。明甫没有容器拿走，就用船工的草席包裹抢去。船工们的衣服帽子也被那些散兵游勇拿去，以方便化装逃跑。老船工徐宝畴回忆，有一次他的船载海蜇皮，在云和赤石附近被抢劫。劫匪只抢上港船，落港船载的木材、柴料、山麻皮、水菖花之类土特产，劫匪是不会光顾的。老船工罗定祥回忆道："旧社会，我帮人撑船碰到过土匪，一见土匪来了，就把衣服浸在水里，人也钻到水里，老婆就往村里跑。"据称，瓯江最后一次抢劫船工案发生在温溪，船上装载着从温州运往丽水的洋纱（纺织厂用的棉纱），在尹山头外滩被抢，那时节，共产党政权初建，人民政府采取铁腕镇压，将缉获的劫匪枪毙了好几个，从此之后，瓯江流域的劫匪盗贼便销声匿迹了。

正是一代一代勤劳、苦难的船工对瓯江的眷恋，使艰苦卓绝的奋斗得以延续，繁衍不息的家族得以延续，支撑他们生存的悲欢离合得以延续。

人事兴替。直到新中国成立，瓯江船工才有了自己真正的组织。1949年6月，温州市军管会接管水上航政管理机构，除往来国民党占领区的沿海运输由海关监管外，其余均由温州航政办事处负责。1949年7月，丽水专署公安处大水门分驻所所长吴学增发起组织"瓯江民船工会"。工会对船只实行登记编号，统一掌握货源，统一调派船只，废除了原来由私人运输行或水上包头承揽货源，从中抽成剥削的封建把持制度。1950 年 4 月，浙江省航务管理局温州办事处成立，管理浙南地区江海航务。1950 年冬，建立温州西门航运管理站和丽水航运管理所，共同管理瓯江中上游航运工作，对船舶统一发放"航行簿"，正式实行"三统"管理。当时，瓯江内港有 4600 余艘木帆船，共计 7200 余吨位，行驶于温州至青田、丽水等地。1952 年 12 月，瓯江水上民主改革结束后，丽水改设浙江省航运管理局温州管理处丽水管理站（简称丽水航管站），负责水上"三统"管理。

1952 年 9 月至 12 月，瓯江船民分期轮流集中温州市西门航运管理站进行反霸、反封建为内容的民主改革运动，清除水上运输霸头。

1953 年夏，瓯江船民通过民主改革，由瓯江民船联合运输社发给"民主改革证书"及"木帆船所有权证书"方得营运，船舶管理归属温州西门航运管理站（图2-20）。营运船舶进出一次办理一次签证手续，渡船和客运船只可定期签证。签证必须由船主亲自办理，不能代替。签证时，船主应交验下列证件：航行簿、船员证书、营运执照、货物准运单及航政规费缴讫单据。船主应主动介绍船舶适航及有关情况，签证人员认可后予以签证。若遇船舶超载，装运货物超高、超宽，船舶检验证书不合，

图 2-20 船舶户口簿

技术状况不良或遇有不适航气候有碍航行等情况，届时须督促船主加以纠正或禁止其离港。

1953 年，温州西门航运管理站调整了瓯江运输布局，将青田县 1000 余只船

连同船民户籍调拨龙泉、景宁、丽水等货源充裕而运输力量不足的县。其中温溪、沙埠、港头、圩仁约 500 艘拨给龙泉；魁市、石郭、湖边、石溪及小溪全线约 270 艘拨给景宁；大溪船寮区以上沿线约 300 艘拨给丽水。余下称副业船，为本地供销社运输。这些调出的船民归属当地运输企业，各自在固定的航线从事长途货运，称分路线运输。

1954 年，瓯江民船联合运输社及丽水分社奉令撤销，根据省委指示精神，对未设航管机构港埠的"三统"管理，委托当地政府和有关部门代管。当时，丽水航管站管辖的龙泉、云和、松阳、碧湖等地因无航管机构，均设立了代管处。其职权为：第一，统一组织货源，不准船民私自兜运客货；第二，统一调派船只，在调运物资中掌握先公后私、先主后次的原则；第三，统一运价管理，不准自由提价；第四，执行船舶进出口签证，未经航管机构批准的船只不予调运；控制船只的新建和扩建，限制农民盲目流入水上运输。秋季，全区设立代管处 74 个，代管木帆船 4354 艘、8516 吨位，对木帆船采取"利用、限制、逐步淘汰"与"船并船、两合一、增质减量"的改造方针。

1955 年 3 月，温州航管处将工作重点移到木帆船社会主义改造上来，对私营轮船业进行公私合营。1956 年 4 月，全区创办了 82 个运输合作社，成立 2 个公私合营公司，参加的船工占总户数的 85%，使合作社经济占绝对优势。合作化运动中，船工将自有的船只折价计股入社，股金作为社内存款，年终分红，价款分期归还船工。货源集中，运价统一，避免相互争揽。企业从运费中提取 28%—35% 做集体积累金，用于船只修理、更新和社员劳保福利等项支出。当时船民疾病可享受医疗保健费，年迈有退休养老金，死后有丧葬费。1970 年执行退休制度时，核定船工退休年龄为 65 岁，船只交还运输社，由运输社按月发给生活费 8—12 元，有子女接替职业的其生活费由子女承担。

1957 年瓯江航运体制下放，原属温州市西门航管站管辖的 1000 多艘船舶户籍迁入龙泉县并成立龙泉航管站，于 1958 年 1 月 1 日在龙泉县城东街成立"龙泉县民船运输合作社"，时有社员 1050 人，舴艋船 953 只。1959 年底，龙泉民船社在温溪设立中转站。龙泉的货物用舴艋船运到温溪卸给货驳，转达温州、乐清、洞头等地。由温州上行的食盐、日用百货则用货驳运到温溪，转舴艋船运到龙泉。

此后，县级航管机构名称几经更迭，但对航运"三统"管理一直延续未变。

七

新中国成立前，货运运价一般是由货主或包头与船户面议，而且要在货物运达目的地后才付清运费。抗日战争时期，温州上行至丽水等地主要是运输食盐，运价由盐务局规定。食盐运价比一般货物运价低些，但运输食盐可不使船舶停空，船民尚能勉强维持生活。民国时期，物价高涨，币价贬低，今天与明天变化成倍，难以统一运价，国民政府为摆脱困境，一再变换币制。民国三十一年（1942），以1比20的比值改旧币为"关金券"，仍控制不住货币贬值的窘迫状态。民国三十七年（1948）又将"关金券"改为"金圆券"作挽回，但物价仍然暴涨，"从龙泉运至温州（252千米），到埠后拿到的运费仅够买2斤虾皮或1斤黄鱼"。纸币失尽人心，船工自发采取以米计费的办法，营运货物，每百市斤、每百华里，运费2.5市斤大米（包括装卸基数）。丽水至温州100市斤货物运价，约折大米7市斤；上行约为12市斤。新中国成立初期，龙泉至温州尚无统一运价，仍以大米计算，运价多为物主与船方协商。1953年民主改革后，瓯江上游航运价格才有统一规定。

1955年以前下载（货主将货物输送到船只泊位岸边，再由船工卸装进舱叫"下载"）作为船工分内劳动不另计费。下载中途和起载［船只到埠后把货物从船舱搬上埠（码）头堆放叫"起载"］开始常因重载船只不能靠岸，船工还须找家属或同伴协作，涉水传递货物。船只到达后如遇等待装卸，或货物到埠后不及时起卸，所耽误时间亦无分文补偿。1956年，温州专署[56]工交办字第00519号文颁布了《温州航区木帆船运输装卸、延期、停空处理暂行规则》，对木帆船运输各生产流程分别做出规定，除运费外另加装卸费1元。船只到达后限24小时内起卸完毕，超期做停空处理，每天补贴停空费0.8元。

1956年随着国家对私营工商业的社会主义改造，加强了对瓯江民船的运价管理，规定了船只的航行时间。龙泉至温州252千米，定为上行重航，夏冬14.5天，春秋15.5天；上行空航不分季节均为9.5天。下行重航，夏秋9.5天，春冬12.5天。凡逾期交货者，分别给予批评或扣除一定的运费。

1957年温州专署[57]署交字第00846号文颁布了《温州航区瓯江木帆船货物运价计算规则》。规则根据航道航行难易规定分段计算标准。每吨千米运价基数：温州—温溪段0.0407元，温溪—石溪段0.0511元，石溪—船寮段0.0360元，船寮—丽水段0.0563元，丽水—大港头段0.1073元，每吨货物加装卸基数1.5元。上行运价按下行运价加25%计算。丽水至温州下行运价为每吨6.52元+1.50元=8.02元，上行为6.52元+6.52元×25%+1.50元=9.65元。

1958年3月17日开始执行《温州航区瓯江木帆船货物运价计算规则》，根据瓯江上游航运的不同水位和运输难易、船舶能载吨位等实际情况，分区分段制订运价基数。温州至龙泉航线，下行运价每吨为21.70元，共分7个航段计算。其中，龙泉至局村66千米，每千米为0.144元；小梅至龙泉45千米，每千米0.1637元；八都至龙泉30千米，每千米为0.2833元；上行运价按下行加25%计算。这次运价的制订，下降幅度较大，船民反映强烈。

1964年6月，丽水专署对瓯江木帆船运价提出了调整意见，经省物委第094号文批准，自1964年7月1日起执行。这次运价调整是以船舶修建等成本增加为根据，总幅度提高8%。1978年4月，丽水航区全面调整了瓯江运价基数，重新制订《瓯江水运运价计算规则》，经丽水地计委〔1978〕14号文批准，于当年5月1日起执行。新运价规定丽水至温州全程每吨10.50元，上行13.60元，总幅度提高11.5%，体现了对集体企业采取"保护、整顿并适当发展"的方针与水运量大、价廉的特点，但仍比汽车运价低50%左右。从1983年12月15日起，温州航区实行新运价，为了避免矛盾，丽水地区航管处于1984年1月21日规定，潮汛地段属丽水地区范围每吨加收0.30元，以下按温州航区新运价执行。

1978年制定的运价执行9年以后，由于运输成本增加，自1987年4月10日起，经地区航管处会议决定，允许上浮30%，丽水至温州全程运价每吨由原来的10.50元，调整为13.50元。

客运票价在新中国成立前也不统一。抗日战争期间，水上客运业务繁忙。各快船公司之间竞争激烈，客运票价不统一。省驿运处只批准行驶航线不管票价。民国二十九年（1940）2月2日《东南日报》报道："路局开办快船，由温州至青田票价 1 元，由青田至海口票价 1 元，由温州买联票至丽水 4.30 元。"同年 2 月 28 日又登载丽青温快船办事处（公司）广告称："从 3 月 1 日，每日丽温对开一次，丽水至温州每客 1.70 元，温州至丽水 2.50 元。"抗战胜利后，丽水至温州每客 3 元，上下行同价。在新中国成立前夕的一段时间，客运票价曾以银圆或大米折算，丽水至温州货船搭客每人大米 3.5 千克，上行 10 千克。新中国成立后，1952 年 6 月，丽水县调查报告中提到："客运丽水至温州每客 3 元，上行 3.50 元至 4 元；丽水至青田 1.50 元，上行 2 元；丽水至松阳每客 3 元，下行 2 元；丽水至龙泉每客 3.50 元至 4 元，下行 2.5 元。"1973 年，丽水至温州机动客班船票价由承运单位比照汽车客票定价，每客 3 元（车票 3.15 元），上下行同价。20 世纪 80 年代，丽水至温州公路常受洪水阻车或公路拓宽工程影响，旅客往往在丽水改乘机动船，丽水至青田每客 5 元，至温州 7 元。

八

　　新中国成立后，瓯江船工翻身当家做主，有了归属感。随着各项政策的落实，他们拥有了安稳的岁月和埋头苦干的心，以满腔热情投身新中国建设。

　　新中国成立初期，温州沿海岛屿尚未完全解放，海运遭到骚扰，不能畅通，丽温公路又未修复。温州、丽水乃至整个浙南地区的土特产不能海运出口，运输部门组织了温州—丽水段以瓯江木帆船水运，丽水—金华—上海段以陆运。于是丽温间水运货物猛增，瓯江航区木帆船数量（主要是舴艋船）也急剧增加，1951 年达到 5000 多艘，比 1949 年新中国成立时增加 1 倍左右。这个运输大军为反封锁斗争取得胜利，国民经济得到恢复做出了巨大贡献。

　　1949 年 9 月中旬，温州专署动员 20 多艘机帆船与 500 多艘木帆船及其船工参加解放洞头列岛的支前运输，1951 年投入调运公粮，并为解放浙江沿海岛屿服务。

　　1958 年，支援大办钢铁的柴炭货源运量增加，船工们不辞辛劳日夜苦干，比谁速度快与效率高，有些船工到龙泉后连船板都来不及冲洗，身上的脏衣服都顾不上换洗，就载满货（图2-21）落港了。丽水县的大量砩石（被称为第二稀土）都以木帆船运至温州经海运出口各地，年运量达5.7万吨。为了拓展航道，青田县船寮运输社船工试航东源镇，沿途筑坝挖槽，边运输边开辟航道，将木炭、稻谷运出船寮。船寮至大云寺航段水量不足，几十人肩扛船只过滩，开创船寮港木帆船航运纪录，是年货运量10.7万吨，比1953年增长3倍，1960年货运量

图 2-21 船工装货

24.4万吨，创历史货运量最高纪录。

在船工中涌现出许多先进、劳模人物，功卓于世，口碑载道。其中先进人物代表林岩进，青田芝溪头人（1956年病故），瓯江木船运输社船工。一生行船小心谨慎，做到安全生产40余年无重大事故。1956年4月出席全国交通先进生产（工作）者代表大会，受到毛主席、周总理等中央领导人的接见，并获奖章和奖品。

劳模代表严顺风，云和县人（1888 年生，已故），丽水县民船运输社（航运公司）船工。安全航行 50 多年没出重大事故。航管部门曾总结推广他的安全行船经验，写成《八都港险滩放滩法》。1959 年 7 月，台风袭击丽水时，他虽已 71 岁高龄，仍坚持和年轻船员一同参加抗台抢险。在礁石林立的瓯江上游溪流航行，他使用的船只自然损耗 6 年左右才大修一次，比一般船只大修期延长 1 倍左右。1956 年被评为全区航行模范，1957 年被评为省级先进生产者。

时空变幻，精神永存。虽然他们的事迹已淹没在浩瀚的时空里，但人们永远忘不了那折不断的帆影，如何在瓯江中巍然屹立。

九

台风、洪水、干旱，是瓯江流域最主要的自然灾害，历史上常给瓯江船帮带来深重的灾难。例如：宋乾道二年（1166）温州大风海溢，覆舟死 2 万余人，江滨死骸 7000 余具。元朝至正八年（1348）五月，永嘉大风，"吹舟上坡十余里，水溢数十丈，死者数千，谓之海啸"。元朝至正十六年（1356）温州大风，"海舟吹上平陆高坡二三十里"。清朝道光十五年（1835）八月二十日，永嘉大风潮，漂没舟师商船无数，官兵 40 人溺于海。为了生存，瓯江船帮自古以来同水、旱灾害进行了顽强不息的抗争。

新中国成立前，船工每次出航前，都会就近到天妃宫拜娘娘，求娘娘保佑人货平安。在科学并不发达的古代，我们有足够理由想象那些船工在潜意识中深埋着对水的恐惧和对自然的敬畏。他们设香案，摆祭品，三叩九拜，拈香祷告，以精神的信仰来抵御来自瓯江水道上不可预知的挑战，以精神的力量来排遣内心的巨大压力，以虔诚的寄托扫清心理上的阴霾。

瓯江流域属台风严重影响区域，每年 5 月至 10 月受台风影响，7 月至 8 月是高峰期，台风的偏东气流从瓯江口进入，东南部风雨特别大，台风灾情十分严重。新中国成立后，人民政府考虑到瓯江航运的重要地位和运输安全，于 1952 年 10 月，由温州市投资 1.8 亿元（旧制），在温州西门翠微山下瓯江边沿，划地 30 余亩，为瓯江上游木帆船建设一座避风港。对避风港的建设，船工个个欢欣鼓舞，以龙泉、景宁、丽水为主的民船工会，组织船工义务投工计 45000 多工日，挖土 32115 立方米；有的船工利用船只空放时，到山上捡运岩石块 2632 立方米无偿送到工地。

避风港历时 6 个月至 1953 年 4 月建成，约可容纳 600 艘木帆船防台避风，是一项保障水上运输安全的设施，曾发挥了防台避风的重大作用。随着沿海岛屿陆续解放，沿海运输线打通及一些山区公路先后通车，原来单一靠瓯江进行疏运的状况，逐渐变为分流到沿海运输和公路运输。特别是 20 世纪 60 年代后，瓯江中、上游水上运输逐年减少，加上水运工具机械化普及，人力木帆船都装上机械动力，因此，避风港的功能逐年消退。于是，温州航运管理处根据当时具体情况经研究将其改作航道养护工程的基地。到了 80 年代初，浙江省交通厅航运管理局批准在这里建立了温州航区航运职工技术培训中心。

瓯江因属山溪性河流，每遇暴雨，水位陡涨陡落，较大的洪水，自起涨到峰顶约 20 小时。洪峰滞留时间短，甚至转瞬即退。1953 年以后，瓯江境内各县陆续建立气象站并成立水文观测站，主要承担瓯江干支流的水位、降水、流量等项目监测，特别是灾害性天气的预警预报，指导防灾救灾。

航管部门根据国家颁布的有关交通安全方针、政策、法令和规定，把运输安全列入重要议事日程，在群众中普遍进行保障国家物资与人民生命财产安全的教育。1953 年，丽水、温州西门航管站、瓯江船民协会在瓯江开展群众性的"安全航行 3000 千米竞赛"，提倡安全光荣，评选安全模范，纠正"行船走马三分险，事故难免"的思想。1955 年 4 月，瓯江船民模范大会通过并在瓯江全线执行《瓯江上游民船安全操作法》。针对当时瓯江人力船与航道特点，对船舶运输包括装卸、划桨、撑篙、驶风、拔滩、停泊、防台、防洪等航行全过程的安全操作都做了详尽规定。每个航行小组（4—6 艘船）选定一名安全检查员，负责航行中的安全工作。航管部门和航运企业配合实行"安全汇报制度"，船舶返航时，由安全检查员先汇报安全生产情况，然后调派船只。1956 年 5 月 19 日，温州专区航运管理处规定每月 25 日为船民安全活动日，县内委托代管的供销合作社组织在埠船只进行半天至一天活动，宣传贯彻安全运输知识及有关规定。1962 年 4 月在经常发生触礁、碰撞、沉船、翻船的云和西滩设立临时安全生产检查组，并提出：（1）凡是船舶经过西滩必须接受检查，服从指挥。（2）顺水船在滩头，上水船在滩脚靠拢，按照水位情况听从安全生产组指导，放滩采取"双人放，物资搬轻放，并拢合力多人拉"的办法。上水船让顺水船，空船让重船，任何船工不能擅自单独强行过滩。（3）教育船工集体航行；不准采取单独"溜"或者单独放船，各所、站对单独航行的船只一律不予签证出口。1964年4月30日，丽水地区航管所成立后制订《安全航行草案》和《防洪措施》，要求所属木船和外进内行驶的外地木船都必须遵照执行。1977年又规定，货运船未经航管部门许可不得擅自搭载乘客，严禁超载、超高，严禁篷背、船头、船尾、船边站人坐人。未经航管部门许可，不得在溪流、航道内打桩、填滩、筑坝捕鱼，不准在水上水下建筑工程，不准在码头、坝边附近筛沙、挖石。沿溪社、队广大社员群众要保护航道水坝。航运管理部门是船舶管理机关，任何组织和个人必须服从航管部门的统一管理。

每逢重大节日组织定期检查，平时进行不定期的突击检查，以确保港航安全。

瓯江航行事故，过去很多文献都有记载，数不胜数。新中国成立后，当地政府和交通部门一方面坚持不懈地治理航道，一方面加强安全管理，但由天灾、地害、人祸导致的事故仍有发生。

青田温溪老船工潘宗林（1927年8月18日出生）回忆道：

当时多数船民拥有生产工具，既为船主又是工人。制造一只新船常需一两年积蓄，而3年后又需修理。加之航道险恶，触礁撞碰经常发生，洪水翻船亦非罕见。新中国成立前，船撞大石或载货太多，沉、翻船的事情时有发生。新中国成立后，航运站成立，站里会安排人员定期去护江（将溪中间的大石头往边上清理），与现在公路养路队职能是一样的。在航运站里，老大与船只进行统一编排。每次站里开会都会对船老大进行安全知识及操作培训，并人手一本安全小册。航运站规定在每条船上都得配备安全带，船老大在撑船时先要系好安全带，以免人员落水事件的发生。

但1961年5月21日，星期天，农历四月初七，阴天，有小阵雨。温溪发生了特大洪水，尹山头、学神、东岸、西岸等村庄淹没在一片汪洋大水之中，高处的房屋成了一座座孤岛。从尹山头到学神的公路上，一艘舴艋船儿发生了侧翻事故，有29人淹死，6人生还。这是新中国成立后温溪最大的一起交通事故。洪水消退后，公路上、公路两边农田里，散布着一具具溺亡者的尸体，惨不忍睹。水泥厂厂长王乃福是一位久经战场的老兵，体验过血与火的洗礼，看惯了生死红尘，指挥水泥厂职工协助，亲自把一具具尸体搬上公路，摆放整齐，让人认领。

另外，从有关史料中可以查阅到对有关事故的记载，略举几例：

1954 年 5 月 3 日，船民陈元青、刘玉林各装载木柴从海口乡下井村埠头驶向温州。时遇洪水且船只严重超载，船至石郭汇时翻沉，陈元青溺死。

1961 年 6 月 3 日上午，丽水县运输公司职工方美弟船装运粮食，在宣平港青湾滩放滩时，因滩陡浪大，他在船头划桨站立不稳落水淹死。

1974 年 8 月 20 日，景宁外舍航运站一个姓吴的船工撑货运船时，违章搭客 21 人，自白岩至青田途中船被急流冲翻，死了 4 人。

1975 年 6 月 19 日，景宁外舍航运站一个姓胡的船工装杂木运往温州，云和县水利局局长李星南搭船，至桃花砻，因超载颠簸触礁翻船，李星南也被淹死了。

1981 年 4 月 14 日，龙泉县航运站 13 艘船运货至温州，途经丽水，遭龙卷风袭击，3 艘沉没，经济损失 6000 余元。

1983 年 3 月 4 日，岭根运输社职工吴松成货运船载客 24 人从岭根航向青田，船至离岭根 2 千米的滩坑滩上触礁沉没，死 5 人。

那悲惨的情景简直不能想象，这是多么残酷的生命之殇。但无论生命恒在还是变数，都改变不了他们前行的方向。

十

近几年来，我走访了许多健在的老船工，他们都是年过古稀的老人，称得上是瓯江船工的"活化石"。他们祖辈也是船工，这与其说是一种职业，不如说是一种宿命。一代又一代，他们已经将自己的全部思想，包括生活、感情沉淀于瓯江。他们一脸的沧桑如同刀劈斧砍大山的褶纹一般，岁月的久远并没有冲淡他们心底深处对帆影的怀念，岁月流水也冲刷不掉铭刻在他们心头的记忆。

他们攀援过狂风，相逢过暴雨，聆听过怒吼，他们挥着竹篙，左挂右点，与惊涛骇浪，也与自己的命运较量着、抗争着，再弯的江河在他们的肩上绷直，再湍急的涡流都在他们的坚毅中熨平。确实，他们经受的磨砺和艰辛是无法想象的。

与他们交谈中，我知道瓯江老船工在这条"恶溪"上讨生活，始信那句话——行船讨江三分命。他们必须拥有健康强壮的体格；与大风大浪、激流深潭搏斗，也必须具备坚韧不拔、吃苦耐劳的毅力；往返在温州、处州、青田、龙泉等府县码头，承载各种各样的商业运输业务，与形形色色的产销行业、客商人物打交道，还要有机敏灵活的应变能力。还要掌握好看水色的本领，也就是帆船装上货物后，要根据货物的轻重判准帆船吃水的深度，还要根据"水色"——帆船吃水的深度，估计帆船在顺水时能否通过航道，如果看走眼，就会导致沉船事故。另外"篙、桨、桅、帆"和生火煮饭是每个船工必须娴熟的技艺。拔篙开船，首先用到的就是撑篙，撑篙要做到着力点精准得法，篙起篙落，敏捷快速，一戳一点，犹如铁板钉钉，纹丝不移。划桨也是船工必备的一项重要技能，一捎一摁之间，全靠两手操纵力度，掌握分寸。桨，不仅是深水区域的行进动力，还兼具前进方向的船舵功能，作用如同汽车的方向盘。此外顺风时节，利用风力行船，也是争分夺秒的力气活儿，竖起桅杆，插入洞中固定，也要稳、准、快，挂起白帆，拴上帆索，乘风破浪，一气呵成。货物的扛抬起放、堆码装卸，全是有技术含量的力气活儿，船上的十八般武艺，作为好船工，件件要精通。

选择撑船为业，必须跟船实习一段时间，熟悉航道、水路，学习撑船技能。通常没有拜师收徒的仪式讲究，一般为世家传承，父带子，兄带弟。船工家的男孩长到十四五岁，甚至十一二岁，就会被父兄带到船上做帮手。经过数年时间父兄的手把手相教和自己的耳濡目染、亲历体验，跟船男孩等到18岁成年后，对瓯江的航路状况、水文规律、运输业务、撑船技巧等就已基本掌握，就不再依附父兄，而是独立置办一只船，成为一名独立船工。

面对采访，他们没有豪言壮语，只在努力淘洗那些沉在岁月沟底的往事。

谢雷德（图2-22），1932年出生，

图2-22 谢雷德（作者摄）

云和县紧水滩镇人，出身船工世家。他说：

我小学读了一年，就跟父亲上船学撑船，19岁单独撑，1950年到云和航运公司撑船，上游到过龙泉小梅，下游到过温州、乐清、瑞安。当时龙泉的东街与西街是最热闹的市头，东、西两街临溪各建有码头，东街有通济埠码头，现在被淹没了，当时温州的食盐与南货都是在这里下船上岸，再将龙泉的特产装船下港的。

那时候工资低，运180斤食盐工钱只有1元1角5分，一趟只能运9袋食盐，每袋100至200斤，还要自己卸货。船到了温州要登记排队等货，起码要等上四五天，其间去打零工。我一般都是当搬运工，为粮库背稻谷，每包140斤。从下午4点开始搬运到晚上10点，工钱2元3角，晚饭给我1碗饭4个咸鸭蛋。有的船工比我会享受，会到市区五马街东南剧院看戏，还要坐前台。船帮里流传这样一句话："看戏坐前台，回家吃咸盐。"有的船工在船上下下象棋，经常下入迷了，饭烧焦了都不知道，事后还轻松说上一句："曹操八十万军都没了，何况一锅饭。"

台风来的时候，拿着有钱的包上岸，住到当地熟悉的居民家，主人很客气，因为我有时从龙泉下来，会给他家捎上一两节木头。温州出船要看月亮，月亮升涨潮，月亮下退潮，不能睡过头。如果没有赶上潮期，要等待下一个潮期。

一般撑到丽水大水门都要过夜。晚上就在船里过夜，冬天还好，夏秋季节，大水门埠的蚊子很多，睡不好觉。

当时船工每个月45斤粮，工作人员27斤米。每个月我要省下20斤，给家里吃。每顿做饭，不是加红薯就是加南瓜、萝卜，一天只烧一个菜，有时鸡蛋壳装芝麻配上盐当菜，一条鱼吃上2天。

撑船苦啊，"上无一片瓦，下无一寸土"。一年四季都穿草鞋，来回龙泉到温州要穿破3双草鞋，当时草鞋最好的2角一双，一般的1角二分，大港头草鞋最有名。冰霜雨雪天气，遇到激流浅滩，又得跳入冰冷刺骨的水流乱石之中，推拉船只前进。双脚在冰水之中，先是感觉冰冷难受，后是疼痛入骨，渐渐双脚麻痹完全失去知觉。直到跨尽逆流，浅滩走完，进入深水区域，方能爬上船，擦干水痕，让双脚慢慢地恢复知觉。

我患有气管炎，54岁就病退了，病退工资只有6块钱，我只好在紧水滩上游水库买了一条渡船，一直撑到71岁才退下来，现在每月有2000元退休金。

陈忠亮（图2-23），1927年10月18日出生，云和县石塘镇滩下村人，世代船家。他说：

我家到我这一代，世代从事瓯江航运船工行业，我没读过书，从小就跟父亲撑船，18岁单独撑船。我们滩下徐、陈两姓，是平定三藩石塘大败耿精忠后，从福建迁来的。近300年来，滩下村大多数人世代以撑船为生，最多时全村有100多条船，当时村里还有造船厂3个，而做的撑篙头在清朝就出名。我家就有4条船，我与爸爸、叔叔、弟弟各撑一条船。庆元、松阳、古市、景宁、温州等地我都撑过，都是运盐。新中国成立前，温州到龙

图2-23 陈忠亮（作者摄）

泉撑一趟能赚上4块大洋。总之，船工行船非常危险，逆流而上，异常艰险；返回时到处暗礁，同时满船货物要好好保护，一旦遇到事故，不仅无法交差，一年辛劳白费，而且生命都会受到威胁。

1949年新中国成立后，我加入民船社当船工，1956年转龙泉森工局小梅筏业公司当筏工。到20世纪70年代，为了维护木筏水运安全，龙泉林业局在瓯江设七尺、三望潭、石塘、大港头、石牛、丽水、青田7个联防组。1975年我调到石塘水上安全联防组工作，1981年退休。

阙庆其（图2-24），1923年4月28日出生，云和县紧水滩镇人，船工世家。他说：

我6岁父亲就病死了，由叔叔带大。我四兄弟都撑船，我排行老四，19岁开始撑船，当时紧水滩有43只木船，我四兄弟一个船帮，在紧水滩威望高，两兄弟有功夫。瓯江大溪、小溪、松阴溪、瑞安都撑过。抗日战争时期，夜里还去撑，有的船工抓壮丁的时候跑了，我一个人两只船并排撑。从温

图2-24 阙庆其年轻时照片

州到云和段石浦、外埠都有土匪，我撑船碰到过土匪抢劫，剿匪1952年才完成。

新中国成立后，我被招入云和县航运公司局村航运站当船工。1958年大办食堂，我带回家的红薯干都要充公。我70岁退休，大儿子顶班，现也退休了。当时退休金只有30多元，现在有2200元。退休后，我还为紧水滩电站大坝建设运过沙石料。现在紧水滩还活着的老船工4人，有2人都93岁了。

徐善忠（图2-25），1928年12月出生，云和县石塘镇滩下村人，世代船家。他说：

新中国成立前，我读过半年书，1950年起当村民兵队长好几年，1956年被招入丽水航运公司当船工。当时丽水航运公司有200多条船。当时要当船工要审查，家庭成分不好的人不让撑船，有污点的人劝退。

当时工资是多劳多得的，货运多一点钱多一点。一家七口全靠我维持生计，家

图2-25 徐善忠（作者摄）

属在家砍柴、养猪、带小孩。就是感冒了也要出船，每天一身干一身湿，天天浸水，风湿病重。老爸去世时，我还在温州，由家里的兄弟料理后事。

那时6条船一个组，运货要调排的，每个船工随身带着一本航运簿。碧湖设了一个调排组，船要停在碧湖埠头，吃住都在船上，没有货要等上八天十天，有货一天就出行。水大的时候，温州上来很难撑，龙泉到温州就轻松多了。新中国成立后，台风有预报了，7月初8月半台风期间就不出行了，每当刮风下雨撑船人都是往外跑，种田人都是往回跑的。台风来了有时很危险，风都要把船刮翻的。我撑到1988年退休了，当时退休金只有十七八块钱，党的政策好，现在有2900元，让我有一个

图2-26 徐时洪（作者摄）

幸福的晚年。

徐时洪（图2-26），1927年5月出生，云和县石塘镇滩下村人，世代船家。他说：

我石塘小学毕业，18岁开始撑船，1950年被招入丽水航运公司当船工，按劳取酬。我除了景宁小溪没撑过，其他航道都撑过。以前，大多数老大都光着脚撑船，但也有些会穿草鞋，脚穿上了草鞋在水里走会舒服好多。

余世绍（图2-27），1942年出生，云和县紧水滩镇紧水坑村人，世代船家。他说：

我爷爷、父亲都是撑船的。我是1960年3月13日参加工作，在丽水航运公司撑船，龙泉到温州来回一趟一个月。水大的时候，下去两天就过来，上来就算不清。一天要干上12个小时，每天天刚刚亮烧早饭（干饭）。紧水滩、大牛、小牛、石门滩、龙门等地方滩多、弯道多，几里路程要半天，一年到头跑12趟左右，一个月工资30多元。船帮里流传这样一句话："天一钩，地一钩，年三十没猪肉供土地公。"

图2-27 余世绍（作者摄）

当时紧水滩船帮挺大的，谢庆良是老大，大家很团结，装货大家帮忙，先装好一只船，再装下一只船。装货有讲究，重的放在下面，轻的放在上面，这样不会摆动。每个船帮都有这样的帮规：上行让下行。船工中也有不熟水性的，一旦船翻了，就爬到船背上，船帮里的人把他救回来，大家把船停靠在岸边，下水把翻船拉到岸边，抬上岸修理好后，大家再一起出发。一到某埠头过夜，大家凑在一起赌博、下棋，有的去买蛋（去会相好）。撑船的95%以上会抽烟，一般都抽1元一斤的草烟，用的是毛竹烟筒。

我七八岁的时候就知道，紧水滩上背的人当土匪。土匪有二三十人，看见五六条船就动手，土铳一打，叫船靠过来，把船上的东西都搬走。见二十多条船不敢动。新中国成立后，这帮土匪被解放军剿灭。

当时的船工文化程度都不高，像我这样小学毕业的没有几个，加上我当时年轻，1962年公司派我参加省交通厅会计培训，3个月后，调我去云和县航运公司局村航运站当会计，1978 年接替当站长。当时，站里的银行账户上只有 4 元 7 角，全站 282 个人怎么办？我成立水上航运工程队，十几人凑钱买了一条大的铁壳船，开始"下海"从上海运煤到温州。这时紧水滩电站也开始兴建，抽调 60 多人到临时航运过坝所工作，其他船工为浙南制药厂糊纸盒。1989 年云和县航运公司解体后，我转入紧水滩电站临时过坝所工作，1998 年退休，现在退休金 2000 多元。

曾兴坛（图 2-28），1933 年 6 月出生，青田县腊口镇三塘洄村人，小学程度，船工世家。他说：

我父亲也撑船，他不会水性，每次出船，他都系上保险带（绳子），我 18 岁开始撑船，龙泉、松阳、景宁、温州、乐清我都撑过，运的都是杂货，大多是从江西过来的。在青田到丽水航段，我见过一个人撑过 3 只船，一个人撑过 5 只空船。我一个人撑过 2 只船，装载货物 2500 斤左右，往上前后撑，往下并排撑，一只船装货，一只船是空的。

新中国成立后，在青田航运公司当船

图 2-28 曾兴坛（作者摄）

工。"大跃进"时 10 个人一组，每个人一条船，设组长，管安全。当时从温州运盐 3500 斤到青田坑口，一趟工钱 13 元，青田到坑口 7 元，到龙泉 30 元，但到龙泉要七八天。"文化大革命"时下放回家，儿子接班。现在退休金 2000 元左右。

吴成芳（图 2-29），1931 年出生，青田县温溪镇学神村人。他说：

小时候家里穷，我早早地就帮别人家赶牛了，直到 19 岁那年上船给人当银（人）伴。后来花了很少的钱买了一条破漏船儿撑。1958 年，我加入龙泉航运站，站里将我原先破船回收，再分我一艘好的舴艋船儿。以前的冬天比现在要冷得多，晚上撑篙插到水里第二天拔起后撑篙上全是冰，手握着裹着冰的撑篙，手都冻麻掉，但没有办法，只能一边撑船，一边靠手的温度慢慢将霜冰化掉。冬天盖的被子是我母亲不知从哪里找来的破棉被，然后再缝补上点破麻袋，当时年轻火气大，冬天睡在篷下，底下就垫一张草

图 2-29 吴成芳（作者摄）

席，身上盖破棉被，我也感觉不到冷。记得"放卫星"那几年，大家撑船的干劲非常足，起三更落半夜。有次航运站为了提高大家的伙食，给每人分一条带鱼，然后由专人挂到舴艋船儿的篷上给老大。那次我们小组 6 人从温州出发只用了 11 天就将盐撑到了龙泉，创下了我们小组从温州到龙泉的最快速度。

行舟的艰辛在他们平淡的叙述中凸显出来，我惊异于他们在那如此困顿的生存状况下尚存的豁达。他们是瓯江航运历史的骨架，也是瓯江的灵魂和血性。同时，让如今的我们可以通过他们的回忆，窥见上千年八百里瓯江船帮的悲壮与豪迈。

十一

任何事物都有它的起源（发端）、发展、衰败、消亡的过程，这是一个不以人们意志为转移的自然规律。瓯江的航运事业也绝对逃脱不了这一自然规律。

随着改革开放方针的贯彻实施，水上货运稍有好转。但到 1986 年紧水滩、石塘电站相继建成，木帆船需起吊过坝，龙泉、云和的船工已把航运重点转移到瓯江下游和沿海的航区，丽水、青田成为全区水运重点。丽水外运以粮食为主，龙泉、云和、松阳、遂昌等地的粮食由丽水中转至平阳；青田外运以红泥、蜡石、花岗岩、沙石料为主。进口主要是食盐。1986 年后食盐由温溪港中转，用汽车运到丽水，因此大部分船只回程放空。

20 世纪 90 年代，丽水公路网络和铁路干线基本建成，以公路、铁路为主的交通运输能力得到很大提高，拉动区域经济快速发展。由于瓯江河流未得到综合的开发和利用，瓯江航运从一条黄金水道不断走向萎缩，从辉煌走向衰退。逐步终结了舴艋船儿的瓯江水上运输业务，各县的航运社、航运站组织纷纷解体，船工全部歇业或转业，舴艋船儿永远地销声匿迹。

虽然那饱经风霜的帆船已消失在历史的岁月里，那声嘶力竭的咿呀声已融进了远去的波涛里，但依附在瓯江中的船帮文化积淀无疑是瓯江最具生命的灵性和魂魄，它的分量，足以让一部史册矗立在久远的岁月之巅。是船帮撑住苦难的日子，撑住一片天，撑住历史和今日。

遥远的绝响

一

"欸得，欸得，拖烂船嘞，嫖布娘嘞；欸得，欸得，拖上滩嘞，大阴坑嘞；欸得，欸得，过了坑嘞，好嘞摊嘞……（注："布娘"指妇女，"嘞摊"指瓯江两岸古老的一种赌博方式。）

最坦诚、最野性的瓯江号子，从历史的深处哼来，是瓯江生命悲怆的真正颂歌，那每一声内心嘹亮的喊叫都黏附着瓯江一代又一代老船工滴血的向往，深镌出他们从瓯江里摄取的生命的精气，是他们咸得流油的汗珠子酿结的果实。

朝代更迭，人事兴覆。当年的船工早已白发苍苍，大多已经辞世。这些用生命履行和见证过冷动力时代航运方式的船工，再也无法在瓯江上吼上一嗓子了，再也不能把号子拧成纤绳扛在肩上，把放荡不羁的旋涡摔打成一片片沉溺而绝望的鬼嚎，只能在胸腔里滚动着那亢奋的节奏。瓯江号子这种集生命、技术和艺术于一体的文化事象，毫无疑问已经成为绝唱，只能回响在历史的回音壁上。

近4年来，我苦心孤诣，先后走访了30多个居住在瓯江沿岸的还健在的老船工，他们大都年事已高，行动也显出了老态，嗓音沙哑，疾病满身。岁月虽已老去，而那瓯江号子甜蜜与苦涩糅合的养分，还滋润着他们每个日子。他们早已把号子储藏在生命的记忆里，守住从时间上静静滑落的号子。当他们说唱起瓯江号子的时候，跃动的心像瓯江流水一样喜悦，脸上始终带着一种沉醉安详的神态，好像口中说着的，不是一支简简短短的船工号子，而是年轻时发生在自己身上的一件让人羡慕让人高兴的事儿，仿佛看到自己当年生命最生动的最有力度的展现。他们嘴上不说，但我能理解，不管时光过去了多少年，但在他们内心深处，曾经牵肠挂肚的船工号子已经沉淀成一种永恒的挂念，一旦说起，他们就会把自己搁放到以前的风风雨雨中，搁放到那纤绳磨砺的岁月中，那饱蘸着浓厚生活汁液的长短句让他们迷恋，让他们如痴如醉。

与他们交流中，我大致了解到瓯江号子的本味。瓯江号子又名船工号子、船帮号子，是劳动号子的一种，属瓯江船歌船谣范畴，为瓯江船工征服湍流险滩常用的牌号。瓯江船工号子多为劳动呼喊声，有领呼和群呼，也有配着歌词的领唱和齐合。号子领唱应合，激昂、高亢、豪迈、哀怨、缠绵交替出现，既是一种"呐喊"，也是一种"叹息"，情到深处则是"拼命"，是那种纯粹地发自肺腑的声音。同时，由于瓯江船工劳动紧张、激烈，号子声自然高亢、浑厚，富有力度，节奏感极强，反映了船工激流勇进，同瓯江险滩暗礁和惊涛骇浪顽强搏斗的大无畏精神，以及对生存状态的艺术控诉，是船工在生命极限的考验中迸发出来的生命乐章。

二

瓯江号子内容生动丰富、真实自然，是根据瓯江的水势、水性不同，明滩、暗礁对行船存在的危险性，编创出的一些不同节奏、不同音调、不同情绪的号子。在它众多的品种里面，平滩号子、下滩号子和拨滩号子是瓯江号子的精华所在。

平滩号子又叫平水号子，是船工驾船闯过激流险滩（图3-1）后所喊的号子，可以说就是险情解除或者船起航时喊的号子。号子曲调舒缓、悠扬，声音明朗、轻快，富有歌唱性。这时，船工们晃荡的心，追撵着平静的江水，捏一把劲道十足的惬意，开始和江边涤衣的村姑逗趣搭腔，轻松说笑，打情骂俏：

雨打岩头点点花，处州撑船到白沙。

闻名白沙出好女，映出水面一朵花。

船　　工：撑船哥哥识好花，不知小妹住哪家？

江边女：源头数落第三家，末臀数上第七家。

　　　　　撑船阿哥识好花，温州上落来吃茶。

船　　工：来吃茶，来吃茶，小妹门前朝哪方？

江边女：新盖门楼圆筒瓦，四角道坦牡丹花。

　　　　　长间挂落山水画，金砖铺地五梅花。

撑船阿哥识好花，温州上落来吃茶。

船　工：来吃茶，来吃茶，旧年买茶经妹家。

源头数落第三家，末臀数上第七家。

新盖门楼稻秆铺，四角道坦金瓜花。

长间哪有山水画，满地摊遍猪屎渣。

江边女：钪烂船，钪烂船，小妹还有后花园。

花园摆设值千金，哥只钪船值几银！

船　工：钪烂船，钪烂船，日日都载大官员。

日载客商赚八百，夜运私盐添二千。

江边女：日赚钱，夜赚钱，头戴反唇开花帽。

脚拖蒲鞋吭后跟，身穿钪衣百衲袍。

船　工：小妹讲话太相讥，元宝船儿两头尖。

日夜赚银叠成山，供养家中九房妻。

升斗难量瓯江水，以貌相人实太痴。

江边女：撑船阿哥真拉天，花仙哪肯落凡间！

你讲家中九妻房，没有一个在身边！

船　工：昨天撑船过上村，鲜花偏把船工贪。

上坦阿姐拉我吃日午，下坦小妹拔我吃黄昏。

拉的拉，拔的拔，衣衫拔钪粒管粒。

江边女：勿拉天，勿拉天，身穿百衲烂衣衫，

头戴反唇开花帽，哪个姑娘把哥拉！

船　工：勿相讥，勿相讥，哥想妹妹凑十妻。

江边女：十个妻，十个妻，上无瓦片下无基，

十张床铺怎么栖？

船　工：三张横来三张直，还有三张捉角栖。

中央驮位没人栖，江边妹妹凑十妻。

江边女：十个妻，十个妻，阿妹本当凑十妻，

阿哥只晓捏撑篙，哪能安排十个妻？

船　工：动笔管账第一妻，绣花摘朵第二妻，

烧水煮饭第三妻，洒水扫地第四妻，

招待亲朋第五妻，做鞋纳底第六妻，

铺床折被第七妻，上街走差第八妻，

乘凉打扇第九妻，江边阿妹第十妻。

江边女：真拉天，真拉天，算你十妻能安排，

凭你一只钪船壳，养活十妻难上难。

船　工：勿相讥，勿相讥，一只钪船养十妻。

松阳白米用船载，随带处州好莲子。

三餐美饭鳗鲞配，零食柑橘加荸荠。

江边小妹福不浅，带你温州上落吃鱼鲜。

图 3-1　生死一搏（初小青摄）

　　这首《瓯江船工情歌》歌词亦庄亦谐，文野混搭，是船工拨滩过礁后，在体力精力上的劳逸调剂。船工们生活清淡得近乎单调，夜晚，枕着涛声入眠；黎明，拽着太阳起床，在瓯江上飘零着、挣扎着、打拼着。这样的情歌，总飘着生命辛酸的奇香，至少为他们的凄苦又淡定的人生掺入暖暖的亮色，也抚慰着船工们的岁月以及寂寞和忧伤。

　　每个船工，不管他的心有多硬，身躯有多么坚强，最后，都要经受埠头无声的鞭策。

　　船工们每次离家出航时，就有许许多多女人站在埠头，目送远去的帆影，直至它慢慢隐去。船帮离去，女人的心像悬壶，开始掐指算着自家男人的归期。一次又一次来到春草摇翠的埠头，尽管沿岸的春花缭乱地开放着，她们也无心欣赏，

任凭江风拂动飘逸的衣裙，捋一捋额前的墨乌的长发，一回又一回眺望远方。百转的心事，化作幽婉的歌，端端地唱出她们的心事：

烟花三月下温州，梦里江南喝不完酒；

牵住她手在船头，惊涛百里担不够忧；

孤帆远影碧空尽，瓯江水暖折不断柳；

春化鹃啼明月夜，才道思念比不过瘦。

泪光里的歌谣，低沉而柔软，婉转又幽怨，被一支长篙撑出埠头。她们生命的过程，似乎总是离别，总是彼岸，总是望穿秋水。她们有太多失落、悲痛、无助和绝望，挥拂不去。没有谁能比她们更清楚一首歌谣的距离。

在瓯江跌打滚爬 30 多年的老船工程志清讲，一个人驾驭一条船，划桨撑篙，升帆降帆，过滩除险（图 3-2），以及接货谈价，都要自己一个人操办。而且，吃喝拉撒都在船上，一出船就是十天半月的，有时船在龙泉，适逢天旱枯水期，耐着性子等上一两个月是常有的事，船工们只能盼望老天爷快快下大雨涨大水，水位高了，方能开航。而船工都是青壮劳力，每逢行船男劳力十室九空，村里只剩老弱妇幼，由于收入不多，家里还得靠种地维持生活，而所种之地大多是向地主租来的，只有很少一部分是自己的。但由于缺少男劳力，

图 3-2 闯险滩（郑国强摄）

女人们只好承担起农活。因此，艄公中流行着一句话：生子不当撑船郎。

至今，程志清骨子里仍烙印着不可磨灭的号子情结，他用青田温溪地道的乡音原汁原味唱出：

温溪码道到高岗滩，

高岗滩来放韧拉，

拔起韧拉魁市岩，

魁市岩来县下滩，

县下滩啊猪头岩，

猪头岩来北岸滩，

北岸滩来连沙湾，

小溪港口丁头岩，

sollasol，白浦滩，

sollasol，白浦滩，

白浦滩来雷石岩，

雷石岩来滩头滩，

滩头耐哦叫冇解，

上面还有白面带，

白面带啊金瓜坦，

金瓜坦有班反动派，

包袱牵去叫冇解，

叫声先生打臀排，

打哦臀排还逃快，

一起逃到高沈（高市）滩，

叫海口的同志走来快，

下面有班反动派。

我真想不到他80多岁了，还能完整地演唱这首歌谣。唱完后，他说这首歌曲唱的内容是温溪到青田海口途中各地名。歌曲是小学的音乐老师教他唱的。他的音乐老师是海口人，每回学堂放假，音乐老师就从水路坐舴艋船逆流而上回海口（图3-3）。当时那位音乐老师在船上无聊，就自编自唱了这

图3-3 逆流而上（初小青摄）

首歌。因为这歌谣旋律简单，歌词好记，又有地方特色，就在船老大当中传唱开了。

拨滩号子音调雄壮激烈，具有强烈的劳动节奏特点，以适应拨滩的行船需要。

"一唱众和"是其独特的表演形式，"领唱"由号子头担任，"和唱"则由众船工担任。一领一随，一唱众合，构成了和谐的声乐合唱形式。

领唱的号子头编唱号子时，更要把沿江的滩口和风土人情尽收于唱词中，过去的老船工、号子头因长年行船于瓯江中，不管水涨水落，沿江的明礁、险滩，水经流速，牢记于心，积累了丰富的行船知识，保证了行船的安全。

哎……

日头出东呵，嗨呦！　肩头硬梆呵，嗨唷！

一步一挺呵，嗨唷！　拨滩轻松呵，嗨唷！

哎……

日头照中呵，嗨呦！　白饭填仓[1]呵，嗨呦！

大士[2]用劲呵，嗨唷！　拨滩轻松呵，嗨唷！

哎……

日落西方呵，嗨呦！　肚皮勿空呵，嗨呦！

来阵凉风呵，嗨呦！　拨滩轻松呵，嗨唷！

这首拨滩号子是丽水老作家唐宗龙于 1964 年记录于市造船厂的，讲唱者名叫吕樟和，当年已是 60 多岁，退休船工。

号子激越冲天的每一个音符，都是一滴滴咸涩的汗珠，与艰辛揉捏在一起。

拨滩时，船工们喊着拨滩号子，声音和力量不能有丝毫松懈。不然，敌不过逆流的冲力，稍一闪失，轻则伤筋断骨，重则终身残疾，甚至船毁人亡。

拨滩是最考验船工的意志与力量的时刻，也是船工与船最危险的时刻，因此此时就要求所有船工步调一致，齐心协力（图 3-4）。拨滩号子也在这时显得尤其重要，而且会一改过去的喊唱风格，变得唱词简单，速度加快，旋律强劲，节奏急促紧张。作为局外人，

图 3-4 协力拨滩（初小青摄）

1 填仓，即填饱了肚子。

2 大士，方言，即大伙。

只听得那拨滩江上，喊声震天，人气如牛，号子的声音盖过了急流的咆哮声。也就是这种声音让他们在激流险滩中互相扶持、乐观进取，为了彼此的情义不惜付出生命的代价。

枯水期，船只过滩需数船联合拉纤上滩时，船工们青筋颤动张力，肩膀勒进绳索，紧拽着船一步一步逆行在浅滩之上，一部分船工高声引领，另一部分船工低声迎合，号子声在这种高低交替之中此起彼伏，时而高亢粗犷，时而深沉稳健，时而铿锵雷动：

兄弟们呀，嘿呦，加油干，嘿呦；

水急滩险我不怕呀，管它肩头破，嘿呦！

兄弟们呀，嘿呦；

玉溪穿草鞋呀，又到老鼠湾，嘿呦；

到了北埠草鞋破呀，嘿呦！

也许，瓯江里有许许多多的险滩，全靠此类号子去填平。

而下滩号子，会在船只开始下滩时响起来。此时，因为船只接近滩头，水流湍急，船顺着水势越行越快，随时都有倾覆的危险。行船时，要有一个经验丰富的年长的船工站在船头掌舵，负责辨别方向和路线，看有无暗礁，观察水势变化，可以说一个船帮的命运都掌握在他手中。号子手喊一声"啊好"，船工的精神顿时就会高度集中，一举一动都得听从号子手的指挥。此时的号子沉重、阴郁，似乎所有力量与声音，全被压在船工的丹田之上，蓄势待发。船过滩头时，号子声与江浪声立马混淆交织，号子声横亘在江涛声里，在险滩上激越飘扬，所谓"飞流直下三千尺"，正是船工在滩头浪尖上驾船飞身而下的真实写照（图3-5）。此时的号子声，让人产生强烈的同舟共济、生死与共的感觉。顺水行船时，若是溪里涨水，帆船随波逐浪，颠簸摇荡，漂流而下，似箭离弦，如果船工不稳操舵桡，船只就有颠覆的危险，甚至把命丢在这里。

一首《小溪船歌》，就能让我们感受到当年船工怎样抢滩涉险，以及他们对人生、爱情的美好憧憬与向往：

小溪撑船如骑马，一生安危于一船。

溪窄滩险溪流急，小船如过鬼门关。

滩头不见滩下船，船上滩头人仰翻。

纤绳晃荡人颤抖，纤夫苦挣上陡滩。

图 3-5 击楫中流（杨根祥摄）

涉水齐腰刺骨痛，冬日逆舟上刀山。

漏船偏遇连日雨，通宵舀水人不安。

舟入温州如片叶，风浪吞没顷刻间。

为求龙王赐顺风，猪头鸡鸭摆船边。

船工日夜皆辛苦，船到埠头才安眠。

埠头浣女送秋波，船上老大乐乎乎。

渤海金钟[1]多美女，相思约会喜万般。

两头尖尖好口福，白饭撞鼻多海鲜。

握篙破浪又起航，酒肉穿肠唱情歌。

雨打船头点点花，处州撑船到白沙。

闻名白沙出好女，映出水面一朵花。

世间男人多爱花，男女搭配唱情歌。

一路行船一路歌，忘掉疲劳搏浪波。

温州返回一船货，平安回家暖被窝。

这首从船工心灵深处迸发的歌谣，每一声都能给人以惊心动魄的震撼，每一声都能让人深切体会到生存的艰辛，感悟到生命的顽强、拼搏的壮美！

---

1 渤海、金钟为小溪沿岸的小集镇。

三

瓯江号子没有其他音乐所具有的装饰性和矫情。它的存在与作为艺术个性的存在方式，与瓯江大自然的起伏和变化一脉相承。

瓯江水系多数属山溪性河流，从下游往上游航行，八百里瓯江航道险滩无数，单单龙泉溪航段就有浅滩、险滩40多处，航道大都处于峡谷地带，河床起伏，河底大都由卵石覆盖，上游航道几乎全部在山谷中穿行，两岸奇峰屹立，悬崖峭壁连绵，滩多水急，礁石星罗棋布，航行十分困难，"无岸不崩石，有滩皆碍船"。上游有名的大牛、小牛、紧水滩，与下游西滩、七鼻、雷公滩三滩相连，航道两侧为岩石和峭壁，急流击石，声似雷鸣，船工中广为流传：西滩得病，七鼻含救命，雷石滩就送命。

一首发自内心，声嘶力竭以至于隐隐淌出黏稠血丝来的青田上滩谣，道出了浪尖上的日子，紧骤、惊魂，时起时落：

> 老鼠梯前大小洋，溪中黄狗尾巴长，
>
> 莫看百尺纤来短，一寸愁如一寸肠。
>
> 小群滩上大群滩，多少长年缩手看，
>
> 饭甑岩高哪得上，算来都比白沙滩。
>
> 锦水溪头溪雨多，腊溪溪口浪生花，
>
> 石帆埠与行人便，半日东风道下河。
>
> 横竹肩头挽巨舟，佛头岩下回生愁，
>
> 行人眼泪声声落，似听哀猿到峡州。

把苦难当水喝的船工，在瓯江上逆水行舟之时，夏天赤身裸体，冷天只穿上衣，还要肩推背扛下水拨船。船只上滩，船工要屈着身子，要下水套上"驮杠"挨着肩膀一步一蹬上行，不得放松。在滴水成冰数九寒冬的日子里，船工们的双手拿着冰坨一样的竹篙，奋力将船只撑向遥远的目的地。遇到激流浅滩，又得跳入冰冷刺骨的水流乱石之中，身子使劲倾斜向前，推拉船只前进（图3-6）。双脚在冰水之中，先是感觉冰冷难受，后来是疼痛入骨，渐渐麻痹完全失去知觉。直到跨尽逆流，浅滩走完，进入深水区域，方能爬上船，擦干水痕，让双脚慢慢地恢复知觉，个中滋味，绝非常人吃得消。

图3-6 在冬天刺骨的河水中拉船过浅滩（1930年12月8日）

丰水期，则要冲大浪，防恶浪，避旋涡。俗话说："过不了弯，船要翻；冲不了滩，人船难过鬼门关。"一位老船工依然清晰地记得，向我讲述道：

洪水期行舟，航程虽然缩短好几个小时，但风险增加何止百倍！洪水期行舟要胆大心细还要技艺高。二三流的船工在洪水期并不接活，只有技艺一流的船工才在这时一展身手。江上的每个滩头都是危险地段，水流极为湍急，舴艋舟在湍流中稍有不慎就如同脱缰的野马失去控制，舟毁人亡的惨事便因之而生。不论你在瓯江行舟多少年，不论你的技术有多么精，每次行舟都要经过一番生死考验。虽然他们熟悉航道，水性更是百里挑一，但是每年总还是有几个人在江中永远地消失。

老船工张水生老人对此也深有感触，岁月的久远并没有冲淡他心底深处的那一幕：

我祖籍青田，出生在龙泉安仁沈庄码头（现已淹没在紧水滩库区下），父母亲以撑船谋生，终年在瓯江上往返，我的少年就在船帮里度过。每当船帮过急流险滩时，我便和船工们一道，排成长队，把船一条条拉过长滩再分别起航，我的父亲总是手揽一大串纤绳走在最前头。一个初夏的早晨，太阳刚从山岙里升起便又钻进了乌云。我的母亲解开缆绳，把手中竹篙"当"的一声用力一撑，船就离开了岸边。五六条船与往常一样沿江而下，在接近"老虎爪"时，大雨倾盆，狂风呼啸。只听"咔嚓"一声，船身陡地抖了一下，船底就被暗礁碰破了一个大洞，江水顿时冲入船内。我父亲飞快地把棉被卷成一团使劲地堵住，并喊我拼命压牢。我只听到整个船身都"咔咔"地响，棉被下的水柱越来越大，超载的旧木船已经不起激浪的冲击。我父亲拼命把舵，母亲拼命将篙探向陡崖。可船头却朝天一翘，"轰隆"一声撞到峡谷深渊中。这危急时刻，我父亲一把抓住我的衣裤，像扔货物一样狠狠地把我扔向江岸边。我从痛苦中醒来时，左腿怎么也抬不起来，原来左腿已被摔断了。这时，我家的船不见了，眼前是被船帮的叔叔伯伯捞回的血肉模糊的父母的尸体。我痛不欲生，一下子成了孤儿。在船帮里的叔叔阿姨们的帮助下，我慢慢走出恐惧的阴影，渐渐长大。后来，我在船帮的叔叔伯伯们和村里好心人的帮助下，买下一条破旧的木船修整后，自谋生路。

前几年，我看过著名摄影大师初小青1985年写的一篇日记，惊叹不已，他的日记是这样写的："'因为对面已在修公路，我们这六只船将是沿小溪到此的最后一批船了。我们在此已等了一个多月，因为水太小下不了滩。实在耗不起了，今天必须下滩。'这是一位船工下滩前对我说的话，随后，六只船相继冲下。结果有一只被打散，船内物品随波浪四散飘零……"

船工们就这样在生与死的边缘讨生计，但征服惊涛骇浪的渴慕，是船工生命壮观的聚焦，是船工灵魂尊严的奇崛。

四

瓯江号子，虽然没有黄钟大吕的高亢，没有大江东去的豪放，没有大合唱的雄浑，没有现代流行曲的张扬，但它来自民间，来自生活，是瓯江文化活化石，在船工与险滩急流的搏斗中发挥了巨大的作用。瓯江号子是瓯江船工与瓯江大自然抗争之后相互妥协的一种结果。这种结果是他们在精神上的和谐共生。也正是这种共生，号子在瓯江里沿江而下，见景生情，随意填词，所唱的均与民间传说和两岸地理风物有关，可谓是瓯江文化和风情最有力的历史见证。瓯江号子是瓯江地域最富凝聚力、最具标志性的音乐符号，它所具有的持续和永恒的认同感，将成为人们适应环境以及与自然和历史的互动中永远的精神和文化遗产。

从可信的历史资料来看，应该说瓯江船运，从唐代开始就已经相对热闹了，到了南宋时，南宋的顺帆风吹大了瓯江的船帮，瓯江的航运就像墙上的爬山虎一样蓬勃向上。鼎盛时期，行驶于瓯江的舴艋帆船数千只，船帮数十个，瓯江被称为"黄金水道"。江上往返的船只络绎不绝，船工号子此起彼伏，打篷、拉纤、摇橹、撑篙各种号子声响彻云霄，形成了"南来北往船如梭，处处欣闻号子歌"的热闹景象（图3-7）。在新中国成立前，到处是拉起风帆或用来拉纤的木船，船工号子如歌如画，具有浓郁的生活气息和鲜明的劳动节奏，体现出

图3-7 一路行船一路歌（初小青摄）

了船工们的劳动动作和劳动情绪，伴随着船只从起航到收航的各种劳动场面。新中国成立后，瓯江的航运出现了繁荣兴旺的局面，解放了的船工们哼出的号子声更加热情奔放、委婉动听，充满了对新生活的热爱和对党的感恩。

世易时移，山川巨变。20世纪五六十年代，随着陆路交通的兴建，加上瓯江上游梯级电站相继开发，曾经满江的船帆和鼎沸的号子声，渐渐淹没在了一派丰润圆满、祥瑞安逸的景象中。瓯江上的交通工具更是改弦易辙、面目全非，昔日的木帆船变成机动轮船，一艘艘动力强劲、装修豪华的游轮、客轮、货轮在瓯江上川流不息。那些木制的帆船纷纷退役，即使苟延残喘留在江上，也往往处在非常边缘的地位。即使被装上了柴油机动力，顶多也只是作为轮渡和渔船，成了一种被圈养的船，没有了生气和活力。瓯江号子赖以生存的环境消失殆尽，也不再有用武之地。

瓯江号子作为一种不能再生的民间音乐事象，一种瓯江河流上面的魂灵，已陨落在昨日的涛声里。那船工劳碌的身影，已不会像老树桩一般苍劲地映现在瓯江之上，他们沉实而激昂的呼喊和歌唱，他们滞重的喘息，他们浓烈的汗味，也都随风飘散，他们只能把一生的荒凉交给迁徙、漂泊。

千帆过尽，穹空高远。如今，这瓯江号子离我们远去了，消失在历史的长河中。还有谁为追寻散落在瓯江上的艺术魂灵，为瓯江号子的再次闪耀而努力？

我期待着。

船帮的信仰

一

岁月不居，时节如流。遥想当年，在宽浩丰盈的瓯江上，百舸争流，千帆竞进，形成了许许多多的船帮，以云和规溪为界，分为上乡帮和下乡帮。上乡帮以云和龙门、局村、石浦、紧水滩四大船帮为主力，下乡帮以青田温溪、松阳古市、丽水大水门等船帮为主。瓯江的水上交通和商贸的繁荣，正是由于他们的存在，都因他们的艰辛劳动才得以保证和有力发展。

瓯江船帮的祖先大多来自福建，他们生性顽强，渴望闯荡，有一种与生俱来的冒险精神，瓯江的历史也是浸透了他们血泪与祈望的奋斗史、迁徙史。据史料记载，明末清初的战乱和灾荒致使丽水全境人口锐减，"三藩之乱"时，丽水的云和、龙泉、松阳等七县被陷三载，饱受战火之苦，当地居民更是颠沛流离，出现了"自闽回处，唯见百里无人，十里无烟"的惨状。为此，福建客家移民如"两广填四川"般开始了填丽水的历程，大批移民潮水般地涌向浙南。此后，由于康乾盛世，商贸勃兴，瓯江水运畅通，木帆船沿水路上溯至松阳、遂昌、云和、龙泉等地，他们开创了瓯江船帮。同时，他们有着强烈的思乡情结，也有着传播神话故事、丰富民俗礼仪的本领，还有着敦厚的信仰。他们给瓯江沿岸地区带来的最大信仰神祇，是妈祖崇拜，并形成了一系列的女神崇拜体系。

船工心目中的妈祖，既是真实的又是神化了的一尊复合型的道德雕像。"妈祖"传说是北宋初期福建莆田湄洲一位姓林名默的女子，也叫默娘、娘妈，于宋建隆元年（960）农历三月廿三在福建莆田贤良港诞生。据史料记载，她聪颖灵悟，不类诸女，有识天象、懂医理、擅涉水的超常本领，一生扶危助困，济世救人，做了大量可歌可泣、感天动地的好事，极受人们的敬重和爱戴。宋雍熙四年（987）农历九月初九在一次海上抢救中不幸遇难。殁后灵迹彰显，声动朝野。自北宋开基显化后，历代帝王莫不尊崇有加，迭赐褒封，其中宋代14次、元代5次、明代2次、清代15次，共达36次。封号从"夫人""妃""天妃""天后"直至"天上圣母", 最终获得唯一海神的至高无上地位。历代朝廷都遣官致祭并载入国家祭典。妈祖是历代船工、海员、旅客、商人和渔民共同信奉的神祇。古代在海上航行经常受到风浪的袭击而船沉人亡, 船员的安全成航海者的主要问题, 他们把希望寄托于神灵的保佑。在船舶起航前要先祭天妃, 祈求保佑顺风和安全, 在船舶上还立天妃神位供奉。其信仰范围从福建向南北发展, 遍及广东、江浙、楚淮直至山东半岛等。2009 年 9 月, 妈祖信俗被列入世界非物质文化遗产名录。

但在瓯江流域, "妈祖"不叫"妈祖", 船帮人称之为"天妃娘娘"。他们把"天妃娘娘"当成自己的祖先, 他们的足迹所到之处, 生存之地, 就有妈祖文化的存在, 在当地建起"天后宫"或"天妃宫", 作为居留、议事、祈神的场所。无论家道或富或贫, 无论性情如何, 站到天妃娘娘塑像面前鞠躬再跪拜时的心情, 都是至诚至敬的, 以最深情最殷切的寄托, 把妈祖变化成"心灵标本"。正如惠特曼所言: "没有信仰, 则没有名副其实的品行和生命; 没有信仰, 则没有名副其实的国土。"

第三次全国文物普查资料显示, 在丽水市登记的不可移动文物中, 建筑类占据首位, 而神祇建筑又在建筑类中占有一定比重。丽水全境有据可查的妈祖庙曾有 14 座 (其中莲都 3 座, 青田 1 座, 缙云 1 座, 松阳 2 座, 遂昌 3 座, 龙泉 1 座, 云和 3 座)。和福建、港台相比, 丽水地区不太用"妈祖庙"这一称呼, 而更多地以"天后宫"或"天妃宫"为名 (境内唯遂昌王村口镇石笋头村的匾额用"妈祖庙")。 近几年, 我到瓯江沿岸一些乡镇, 了解"天后宫"或"天妃宫"在"文化大革命"中之遭际时得知, "天后宫"或"天妃宫"在"文化大革命"前就或坍塌或拆除, 侥幸逃脱天灾人祸而留存至今的只剩下 4 座——丽水莲都区仓前天妃宫、松阳西屏下天后宫、遂昌王村口天后宫、龙泉小梅天妃宫, 其余皆已难觅踪影。

二

近几年, 我先后瞻谒了仅存的 4 座天后宫 (天妃宫), 我不是虔诚的妈祖信徒,我只是想了解瓯江船帮的信仰，有助于我更好地理解文化差异，更加宽容地对待不同事物。

丽水仓前天后宫，又名天妃宫（图4-1），位于莲都区万象街道大水门社区卢镗街69号。虽然我在丽水市区工作、生活近30年，此地距离我居住的家也并不远，可一直没踏访过。当地土生土长的一位朋友告诉我，天妃宫现在没有什么可看的，但我还是坚持要去看看。2017年一个清冷的秋末，我穿过市区试与天公欲比高的

图4-1 丽水天妃宫

一排排高楼，顺着那同色的围墙，饶有兴味地来到了仓前天妃宫。

从门槛上一跨进宫内，真静。一股历史特有的阴凉之气扑面而来，悠远、浑厚，但在宫里转了一圈，我渴望的目光并没有找到往日的辉煌和气派，一切显得空荡荡，我的心情陡地沉重起来，我真没想到这座建于清乾隆十八年（1752），至今已经有260多年历史的天妃宫，曾经是丽水最大的寺庙，也曾经是浙江省最大的妈祖庙，也是当时浙江最大的福建会馆，居然在一片繁华的背影下，几乎荡然无存。时间，已经把它的原有的面貌永远封存起来。据了解，天妃宫原占地面积1766平方米，由前庭、两廊、拜亭、正殿、后寝组成，现仅存后寝（图4-2）部分，其他部分和原来的佛像、匾额等均在"文化大革命"期间被拆除。

图4-2 丽水天妃宫后寝

正如梁实秋所说："旧的事物之所以可爱，往往是因为它有内容，能唤起人的记忆。"丽水市政协文史委主任毛传书先生说，新中国成立后天妃宫曾是县文化馆的办公场所，从1962年至1972年他就在文化馆工作了10年，对这幢古建筑印象很深，近年，他写了一篇有关天妃宫的概貌以及它的毁坏情况的回忆。天妃宫威势已去，我只能从他的回忆记叙中来复原那"看到"：天妃宫正殿，虽历经沧桑，但明清木构建筑至今依旧保存完好。正殿占地面积635.5平方米，筑于台基座，高出地面1米，采用花岗岩石砌筑的须弥座，束腰处浮雕"鲤鱼化龙"、雄狮、文房四宝"八骏云火"、仙家法器、鹤舞云中、宝盖莲花等图为二度空间动态艺术造型，雕刻刀法熟练，生动活泼，表现其神职至高无上与教属。殿内木梁骨架，立于圆形花岗岩石柱，柱头浮雕仰莲连珠斗，挑出斗拱承托梁架作九架梁，建筑结构比较特别，空间变化很丰富，门窗弯枋雀替，雕花精致细密，纹饰丰富多彩，既有几何图案，又有花卉水族、鸟兽人物。托木部位有凤凰戏牡丹，寿梁中作如意访心，表现女性神庙。大殿正中和两边高悬着3块大匾，中央为九龙匾，金龙浮雕上叠"神光普照"4个大字，左边的匾为"泽润苍生"，右边为"化孚干雨"。据汪云豪先生（丽水本土作家）回忆，宫殿头门有2个金刚，正殿的龙帐内有天妃娘娘与2个仕女神像，后殿有天妃娘娘父母神像，其他两廊都是空房。正殿的柱子上有许多雕刻的长联，对仗工整，内容多彩。可惜，这么漂亮的宫殿于1975年7月被拆去了两廊、拜亭和正殿，建了越剧团宿舍，后来古戏台也被拆，盖了一幢小办公楼，"神光普照"等匾也不知去向。现在只保留了后寝，前些年已被文物部门修葺一新。看着后寝精湛的建筑风格，可以想象出当年整个宫殿的豪华气派。

毛传书先生的记忆是深沉的，我对他油然而生一种敬意。我想，如此恢宏的天妃宫，所耗财力人力殊难统计。但民间工匠创作出来的那么华丽、那么精致的正殿，我们是不能亲见了。时光假如能像倒卷一盘磁带一样倒卷就好了，我们就能看见了。

瓯江上最为气派的天妃宫，现在仅存的后寝部分为两层歇山顶木结构建筑，前几年经过一次大修，所以看上去外表较新，门窗和梁柱等都刷上了新漆，使人难以感觉到它曾经的沧桑。后寝的门窗、牛腿等处的精美雕刻都基本保存完好，内部全部用圆柱形木柱，柱子底部有雕刻着各种吉祥图案的石础。后寝的前方是一片铺有红色地砖的房屋遗址，据说这些红色地砖都是从福建用船运来的，此外这里还堆放着原来天妃宫的各种石制构件，有柱础、排水沟、大小不一的石条等，它们的存在，只有一种标本的意味。

从天妃宫出来，我总有一丝无言的怅然，只能用余秋雨先生写的《废墟》中的一段文字，安慰自己。余秋雨说："废墟是毁灭，是葬送，是诀别，是过程，是归宿。废墟有一种形式美，把拔离大地的美转化为皈依大地的美。废墟不值得羞愧，废墟不必要遮盖。只有在现代的喧嚣中，废墟的宁静才有力度。"于是，我不由得钦佩起当年的政府官员，他们不愧是具有远见卓识的领导，对天妃宫剩下的后寝部分，他们没有用推土机去把它们推倒和铲平，也没有去恢复和重现天妃宫的辉煌，而是独具匠心地将后寝部分原封不动地保存起来。因为他们深深懂得，后寝是历史和文明的见证，毁掉了它也就废掉了历史和文明。

2018年金秋十月，我到位于九龙山下、乌溪江边的遂昌县王村口镇，做了一次短暂而诚心的行脚。山与水的默契在这方土地上被演绎到极致：山自豪迈，无须称雄；水自灵秀，久已名世。老街，旧宅，文化，历史，这是让人敬重的一个地方。水边建村，水边建庙，都与水有关。它凭借水运而崛起和存在，表现出人类在自然面前的依赖、驯服和顺存。

据史料载，王村口（图4-3）自清代康熙年（1662—1722）之后，人烟便逐

图4-3 遂昌王村口镇全貌

渐稠密，当时居民中王姓居多，即以乌溪江此一流段为王溪，袭称王村口。王村口是乌溪江上游的常年口岸，由3条溪流交汇而成，静谧壮美的乌溪江自西向东出发，将这个镇子分成了东西两半，也就是现在的桥西村与桥东村。乌溪江上游的对正溪、关川溪缓缓流入，使乌溪江的水流常年保持在较高的水位，也使王村口的水运条件变得异常的优异。300多年前，王村口成为闽浦通往衢州的水上要道，来自福建、上海等地的竹木、柴炭都要路经此地，经过王村口码头的中转，方能到达衢州、金华地区。新中国成立前，遂昌县王村口、湖山、黄沙腰三区和大柘、石练两镇进出口物资主要通过乌溪江水运。民国二十六年（1937）运量为0.74万吨。民国三十二年（1943）日军侵占浙江内地，浙赣铁路运输中断，两浙盐务管理局开辟浙西南盐道，从乐清盐场发盐，循瓯江水运至龙泉、遂昌金岸，再以人力肩挑至王村口、大溪边中转，从乌溪江水运至衢县集散浙西各地。当时王村口、大溪边两埠停船多达120余艘，可见其商贸景象的繁华。也正因为这里有繁忙的水路，在当时，王村口有着"小上海"的美誉。

中华人民共和国成立后，乌溪江货物运输由衢县船民协会统一经营。1961年王村口供销社组织船队，拥有木船12艘，每船载重2吨。1965年遂昌至王村口公路通车，船队遣散。直到20世纪80年代中后期陆路开通之后，王村口的水上运输才慢慢衰败下去。

古镇不仅有一段极为兴盛的水运历史，而且孕育了古镇独有的红色文化。在那段艰苦的革命战争年代，粟裕、刘英等老一辈革命家，在这里留下了光辉的战斗足迹，缔造了伟大的"浙西南革命精神"。据史料记载，1935年1月，当中国工农红军主力军被迫进行长征，全国革命处于低潮时，粟裕、刘英同志带领红军进入浙江开展游击战争，开辟了以浙江遂昌王村口为中心的浙西南游击根据地。中国工农红军挺进师在王村口一带开展了3年艰苦卓绝的游击战争，这里至今保留着不少红色遗迹。

位于王村口镇桥东村北端的天后宫就是一处革命遗址。1935年7月，红军挺进师在天后宫前的台阶上，举行八一誓师大会，粟裕、刘英在会上做重要讲话，宣布"查田分青苗"，动员扩充红军，号召劳苦人民起来革命，推翻反动政权。誓师大会召开之后，挺进师就袭击了衢州、龙游等地的大小城镇19个，扩充红军新战士400余人，极大地推动了游击根据地建设和革命形势发展。

兴许是一种心念的呼唤，我信步来到坐东朝西、面临乌溪江的天后宫。上百年历史的天后宫虽经风吹日晒、冷暖阴晴，仍然很结实地矗立着，幸而后人没有随心所欲，完好保留着它的旧观。只见门前平台两侧前沿有青石望柱围栏。门墙中部砖筑三间四柱五楼式牌门，柱顶设砖质斗拱。石库大门，门顶正楼直匾框内阳刻"天后宫"三大字，大额枋刻"光天化日"四大字（图 4-4），下额枋浮雕四狮戏球图，次间额枋浮雕花卉瑞兽图。

图 4-4 遂昌天后宫全貌（作者摄）

当地的一位老人对我说，这里原是王村口的水运码头，人来船往，异常繁华，不少福建人来王村口做生意，并在此定居。生意发达的福建移民带头，于公元 1794 年（清乾隆五十九年）在王村口始建了天后宫，因此天后宫曾经也有"福建会馆"之称。咸丰八年（1858），半毁；光绪十八年（1892）重修。2006 年，天后宫被辟为中国工农红军挺进师王村口陈列馆。2011 年 4 月，陈列馆搬迁，天后宫恢复了祭祀妈祖保平安的功能，在门前新建凝望乌溪江的天妃石像。

我蹑手蹑脚跨进门槛，宫内香火缭绕，一走近天后，举止便为肃穆气氛所约束。我发现里面共有两进五开间两厢式。据了解，天后宫面阔 19.89 米，进深 33.87 米，面积 673.67 平方米。一进五开间，与边厢连接为两层戏楼（原明间向天井延伸有戏台）。二进五开间，梁架抬梁穿斗混合结构，雕梁画栋，前檐牛腿雕刻狮子、瑞象。鼓形础，明间有覆盘，三合土地面，硬山顶，封火山墙，条石阶沿，天井铺卵石。我徜徉在天后宫中，思绪绵绵。我想，坐在上面的天后她一定看到了乌溪江的奔腾，看到了历史掀起的巨浪。

一个暮春的午后，我专程驱车来到松阳西屏镇去造访那里的下天后宫（图4-5）。我信步沿着青田码道毗邻的还存留的天后宫路，来到了位于镇南门济川门内白龙堰旁的下天后宫。

图4-5 松阳天后宫（作者摄）

下天后宫以老面孔迎接我的到来，它仍保持着数百年不变的沉稳。

建于乾隆三十四年（1769）八月的下天后宫，建筑艺术不同凡响，依然保持精神本性。建筑坐北朝南，为三进五开间两厢式，青砖门墙，台门顶部浮雕构筑。正门石质门框刻楹联："沧海汪洋同折水，舳舻恬静并袍山。"大门内设戏台，雕刻精美华丽，飞檐翘角，脊饰走兽。我正暗自庆幸这座天后宫历经漫长的岁月而得以保存至今，宫内一位管理人员告诉我，20世纪40年代后期，因兵马频繁驻扎，此宫逐渐破败，五六十年代改为储粮仓。因年久失修，下天后宫的正殿、后寝、西厢已毁，仅存的门厅戏台和东首厢房，也损坏严重。太平盛世，民俗复兴。2010年1月8日，下天后宫重修竣工，新建大殿和邮亭，主祀天后妈祖，另祀陈、林、李3位夫人［陈夫人（图4-6）即临水夫人陈靖姑，能降妖伏魔，扶危济难。林夫人，名林淑靖，随陈夫人习武弘法。李夫人，又称李三娘，也随陈夫人学习阁山正法，三人结为姐妹］和关公等神祇，2011年被确定为县级文物保护点。我瞻仰了圣容后，步出下天后宫，心里一直在想着一个问题，对于一座现代城镇里古老的建筑而言，不知是城镇给它提供生存下去的土壤，还是这古建筑像定海神针一样包容着这座城镇不可预知的变化？

图4-6 陈夫人像

　　其实，松阳的天后宫有上、下之分。但我没有看到当时号称"邑中祠庙之冠"的金碧辉煌的上天后宫，只能从史料中去找寻它的踪影：它位于西屏镇天后宫巷，建于清乾隆十四年（1749），为闽商请邑令陈朝栋创建，为闽商会馆。据古《松阳县志》载，上天后宫"大门前为戏台，自大门至殿内俱规模，轩敞，金碧辉煌，极其壮丽，为邑中祠庙之冠。大殿之右，有曲廊书室，阶下甃以石池，环植柳树，风和日暖之时，碧枝参差，锦鳞游泳，凭轩流览，爽人心目，为附邑十景之一，额曰：柳池鱼跃"。自上天后宫建成后，每年都举行春秋两次祭祀活动，"乾隆十六年，知县陈朝栋详准在于本县备公银内动支银三两备办"，直至民国才废祀。上天后宫，"光绪五年（1879），宫前戏台被火。十一年（1885），闽人范祖义宰是邑，倡捐复恢。后又倾圮。民国十年（1921），闽乡公举叶桐知、许士周、董理捐修"。1991年，因实验小学扩建，上天后宫正殿被移建至延庆寺塔院内。更令人遗憾的是，如今连一张远景之中的上天后宫的历史照片都看不到了。

　　2019年仲秋里的一天，我抵达位于浙江省西南部浙闽边界，为八百里瓯江源头第一镇的小梅镇。小梅镇也是一个依山傍水的风水宝地，它因梅得名，凭瓷生辉，是龙泉青瓷发祥地，有宋代五大名窑之哥窑古遗址，沿小梅溪两岸绵延2000米，共有窑址41处。

　　我在镇上转悠了一圈，没找到天妃宫。恰好遇见了当地一位长者，我上前给他打了个招呼问了一下，他说："天妃宫就在码头边。"我顺着这位长者指的方向走去，一会儿就来到了码头。

码头，从容淡定，依然枕着流水的记忆。据了解，这经历千年的码头，是瓯江上游重要的码头节点，也是小梅一带青瓷外运的起点。小梅码头从古代直到新中国成立初期都非常繁荣，贸易量巨大，在周边有很大的影响力。而边上靠着水运成长起来的老街，随着公路的开通，失去了当年的繁华和热闹。

果然，在码头边几步之遥的地方，我隐隐约约看到了那侥幸留存的天妃宫，在一片钢筋水泥的映衬下，就像是被长大了的孩子遗弃的玩具房，透着尴尬与寂寞。在过去，它天然地和紧贴在一起的溪流形成一种亲密无间的关系，但如今它与周围的一切显然已失去了时代联系。我从一条狭窄的小路拐过一个弯，就来到了天妃宫前，但"宫"之名与这处简陋的房舍似乎很不相称。房舍格式不杂，为两层楼阁式建筑，显得格外孤寂和落寞。一位负责天妃宫日常管理的长者对我说："这宫原本要倒塌了，后来外墙用水泥加固才保留下来，里面没经费整修。"我看了看外表，用水泥加固的外墙已严重改变了它的形制，也严重损害了它的历史价值，这不能不说是一个遗憾。他为我打开紧锁的木门，我步入宫内。房内幽暗，一楼空荡荡的，我登上狭窄的木质梯子，上到二楼，居中安放的一张雕花的木桌上，供奉着的泥塑的妈祖端庄严肃，威中含慈，身上积着浅浅的灰尘，整个逼仄的空间里，缺少香烟缭绕的气氛。我匆匆看了一看，就下楼步出天妃宫。我心里虽然有一种说不出的怅然，转而又想，它尽管无法满足我对天后宫最崇高的想象，但它毕竟成为我追溯船帮文化的一个坐标，同时也是妈祖信仰在瓯江流域传承不绝的象征。

三

随着世事的变迁，丽水其他天后宫基本淡出大众视野，仅能依靠查找方志寻觅到若干信息：丽水最早的天后宫是位于遂昌妙高镇瑞山麓寿光宫右侧的瑞山天后宫，由县丞翁琚在明嘉靖四十年（1561）始建，康熙二十八年（1689）因火损毁；

乾隆年间（1736—1795）在县东重建；咸丰十一年（1861）毁于太平军；同治年间（1862—1874），武举人官育侨等捐资重建。而遂昌除瑞山天后宫和王村口天后宫外，还有清代中期福建移民在湖山建立的天后宫。该天后宫在湖山乡下街，清嘉庆十四年（1809）由闽籍移民集资建造，面南背北，依山临水，和月光山遥遥相对。门前广场约1200平方米，有24级青石台阶，每级石阶长12米、宽0.45米，青砖三重檐门面。莲都境内的天后宫共有3处，一处为仓前天妃宫；一处在莲都南五十五里大港头，具体地址不详；一处地址在莲都西四十里的碧湖，始建年代不详，清同治十一年（1872）县丞任縠率众人重修。抗战时期，儿童保育会浙江分会第一儿童保育院的后勤基地、总务股大本营、礼堂皆设在此。1944年8月26日起，日军侵占碧湖达7天，天后宫大部被烧毁，1945年改建为碧湖小学。云和县历史上有3座天后宫：一在阜安门外，一在西成坊，一在县西赤石古镇，而今仅存位于解放街248号的阜安门天后宫遗址。阜安门天后宫有前后4进，由门厅、亭、大厅、正殿等构成，新中国成立后曾作为云和县卫生院。1964年调拨给县农械厂使用后，正殿改建为宿舍，大厅改建为食堂，拜亭及一进戏台被拆除，仅存一进，略具面貌，2005年改为廉租房。西成坊天后宫地址不详，因西成坊在阜安门内，所以算来阜安门内外各有一天后宫。赤石天后宫在赤石镇前大街，也称鄞江会馆，如今已随赤石古镇一起沉入紧水滩水库下。青田县城北的上天妃宫，建于乾隆年间，大厅于近年被拆除；南门下天后宫戏台亭则尚存，宫址围墙完整。青田天后宫又称天妃宫，位于县西门外太鹤山麓，始建不详，道光二十三年（1843）由知县黄世俊重建。民国中期曾一度作为城中镇公所和县国民兵团部驻地。民国二十八年（1939），县芝田战时西初中生补习学校创办，天后宫被作为校舍，民国三十二年（1943）改办县简易师范学校。20世纪80年代，天后宫被拆建为青田中学（今青二中）校舍。缙云天后宫位于县城西南九盘山下，前临好溪，乾隆三十三年（1768）始建，嘉庆九年（1804）修葺，道光二十年（1840）重修，咸丰二年（1852）毁于火，咸丰六年（1856）由闽人复倡捐建。因迭遭匪毁，至同治四年（1865）才告竣，现已不存。 龙泉天后宫系清乾隆十二年（1747）由士民林浩柯、柯常秀等请资公建，旧在留槎洲上，后改建于通济桥，道光六年（1826）重修。民国九年（1920），当地城镇各校师生在天后宫集会，高呼"抵制日货，惩办奸商"口号，举行了反帝爱国示威游行。民国三十年（1941），为时一月的县行政人员训练所就设于此。民国三十八年（1949）还曾在此举行过龙泉解放庆祝大会。

除丽水地域外，温州花柳塘（在旧城城南厢，城外东南角的巽、震交会处，因岸边间植杨柳，漫池荷花，故名）也建有天后宫。清光绪《永嘉县志》记载：天后宫，在大南门外，乾隆六年（1741）福建兴化莆田商人建。温州港口通达，自古商贸兴盛。清末，温州就有来自各地的商业会馆。据记载就有宁波会馆、江西会馆、江苏会馆、广东会馆、福建会馆等等。当时福建船只多停靠于市区十八家一带，城区小河纵横，货物过坝可进入内河，直达大小南门，再转销浙南诸县。花柳塘直通温瑞塘河，故莆田商人在此址建造莆阳会馆。莆阳会馆二进三间合院结构，堂庑轩敞，朱梁画栋，内供奉有天后妈祖元君神祇，故又称天后宫，当地居民称"花柳塘宫"。街对面还设有戏台，在会馆东面不远处建一座路亭，名"天后行宫"（图4-7），坐西朝东，面阔三间，重檐双落翼歇山顶形制，圆鼓形柱础，花岗岩石柱，明间为抬梁式梁架，五架穿枋上置大斗，承三架穿枋中置双斗，承脊檩，次间为抬梁穿斗式梁架，进深三柱五檩，檐柱外出挑成垂莲柱，重檐转角出戗脊，筒瓦勾头滴水，飞檐翘角。平时供路人歇息，农历三月廿三和九月初九，宫内举行祭祀天后娘娘活动，巡游队伍经过此亭时，供娘娘像停驾所需。路亭于20世纪80年代从人民路花柳塘拆移至江心屿共青湖畔、九曲桥边。

图4-7 温州天后行宫路亭

四

随着文化的日益融合和同化，瓯江密布的水系河网与不可预知的水患使丽水民众开始逐渐接受并信奉起妈祖这一外来的神祇，天后宫随之也渐渐失去了原先的身份认同（闽籍）、文化确认和公共文化空间（福建会馆）的效果，不再独祭妈祖（图4-8），而成了一切皆祀的通行庙宇。

图 4-8 妈祖像

天后宫是丽水、温州历史上一项重要的文化遗存，其兴建和承续印证了闽人自清初以降陆续迁居丽水、温州，带来闽地客家文化在丽水、温州落地生根发展的历程。作为丽水、温州历史上一段重要的文化现象，天后宫负载着人口迁移和商贸往来等众多信息；而从天后宫祭祀神祇的变化也可以看到文化交流、融合的过程，体现了中国式和谐文化的精神要旨。

妈祖文化作为传统文化的一种深厚积淀，早已凝结在船帮历史的骨髓中，流淌在他们的血脉里。瓯江船帮的妈祖祭祀活动经过几百年发展，已形成了一套固定的程式和习俗。船帮人每年首航时，要选择吉日"做顺风"。每次在开船、开排前都举行祭船（排）的仪式，设香案，摆祭品，三叩九拜，跪求天妃娘娘保佑他们平安顺利。航行途中，凡有天后宫的地方，他们都要停船祭祀、祈求保佑。

每年都举行春秋两次祭祀活动，遂昌县湖山天后宫曾在每年农历三月十二起开庙半月，演戏30场；以二十为正日，择8名闺女为天妃娘娘沐浴更衣，祭典隆重。特别是每年农历三月廿三，"天妃娘娘"诞辰的时候，都举行庙会，展开一系列有着传统文化含量的祭神祈福仪式，与之相应的船戏、舞龙等娱乐活动也得以流行民间，成为一些村落至今仍然生生不息的地方民俗。王村口人民为祭奉妈祖，也特地把每年的农历三月廿三作为此节庆的祭祀日。每逢农历三月廿三，王村口古镇一片欢腾，一年一度的妈祖文化节庆活动正在这片红土地上举行。这一习俗现在又盛行了，2019年是第九届了。每年农历三月廿三这天举办的妈祖文化节（图4-9），成为全镇群众的盛大聚会，大家又叫它"三月会"。每年村民都会自发举办该节庆，早上踩街（妈祖巡游）正式开始，村民们穿着各色艳丽的服饰，旗袍队、腰鼓队、牡丹花队、乐队齐刷刷地排着方队，狮子、龙灵动飞舞，还有8人抬的妈祖神像，绕着古街浩浩荡荡地游街表演。来自四面八方的乡民一路跟随，锣鼓声、唢呐声、欢呼声响成一片，热闹非凡。

图4-9 遂昌王村口镇妈祖文化节

五

人都说："莆田有妈祖，古田有靖姑。"古代由于医学不发达，缺医少药，妇女难产、婴儿夭折多有发生，平安顺产是妇女们最大的心愿和祈望。百姓为了寻求心灵上的慰藉，造就了陈靖姑神明。陈靖姑也因此由一名为民解难的普通女子演化成无所不能的神祇。历史变成了传说，人演变成神。

据史志记载，陈靖姑于唐大历二年（767）正月十五出生于福州下渡。家世为巫，她曾学法闾山，能降妖伏魔、扶危济难。陈靖姑18岁嫁于古田人刘杞为妻。贞元二年（786），福州大旱，田地龟裂，民众请求陈靖姑祈雨。当时陈靖姑有孕在身，仍前往白龙江龙潭角为民祈雨，果然天降甘霖，旱情缓解，陈靖姑却因伤胎身亡。由于陈靖姑降妖除怪、祈雨救灾、护胎救产、保护妇幼等造福百姓的灵验传说颇多，民众感其德，故尊之为神，并在下渡街雁峰之顶建庙，俗称塔亭娘奶庙，还在仓山龙潭角陈靖姑祈雨处修庙崇祀。宋元时期，人们对陈靖姑的信仰活动趋盛。南宋淳祐年间，朝廷封陈靖姑为"崇福昭惠慈济夫人"，赐匾额"顺懿"。由于得到朝廷褒封，陈靖姑由普通民间女神一跃而为钦定神明，大大推动了陈靖姑信仰的传播。靖姑生而聪颖，幼悟玄机。父名陈上元，讳陈昌，道教法师，官封谏议户部郎中，母葛氏。兄陈二相，号法通；义兄陈海青，讳法清。两兄承父业。因靖姑生于临水，故称临水夫人。其他尊称甚多，如大奶夫人、陈夫人、顺懿夫人、顺天圣母、天仙圣母、南台助国夫人等等。浙南民间则称"陈十四夫人"或"陈十四娘娘"。明代对陈靖姑的信仰主要集中在以福州方言为中心的闽北和闽东两大区域。到清代，陈靖姑信仰逐步南移，在浙南迅速蔓延、流传，覆盖面达10多个县。雍正七年（1729），陈靖姑被封为"天仙圣母"。相传道光帝皇后难产，皇帝祈求临水夫人相助，后果然灵验。道光帝遂连呼"临水夫人真乃朕的再生父母"，陈靖姑因此被称为"太后"。咸丰年间，又被加封为"顺天圣母"，封号几近妈祖。

　　吸取八闽山海之灵气，两大女神虽然主业有山海之别，但扶危救困亦有共融之处，实乃和谐共生之典范。一般情况下，二神都各有神庙，妈祖是天后宫、天妃宫的主祀，陈靖姑是太阴宫、临水宫的主祭神。但二神常在同一座庙中供奉，有时同列"陈林李三夫人"，有时陈靖姑入列妈祖的神班。

　　旧时，陈靖姑这位女神在瓯江沿岸有极高的威望，流传之广、崇拜之盛是其他神佛望尘莫及的。"夫人庙""娘娘宫"到处可见，原在丽水城内，就有"十四夫人庙"（图4-10）、"管痘夫人庙"、"催生夫人庙"、"护生夫人庙"等各种"夫人庙（殿）"。宫庙都以陈十四及其结拜姐妹为主体塑立神像。成书于清嘉庆初年的《梅簃随笔》卷二云："处俗，女子最敬事夫人，即所称顺懿夫人（俗称'十四夫人'）。香火尤盛，庙在太平坊鹤鸣井，凡难产及求子者，必赴庙虔祷。儿生，自洗儿及弥月、周岁，必设位于家，供香花，招瞽者唱《夫人遗事》（其词鄙俚，不可理解），曰'唱夫

图4-10 丽水莲都小白岩村陈十四夫人庙

人'。每岁上元前二日，司事者择妇人福寿者数人，为夫人沐浴更新衣。次日，平明升座，请郡城各官行礼，阖城士女焚香膜拜，络绎不绝。至夜，夫人出巡，张灯结彩，鼓吹喧阗，小儿数百人，手执花灯，皆跨马，列前队，殊可观也。"清人劳大与《瓯江逸志》有云："温郡之俗，好巫而近鬼。大举佛事道场，靡不尽心竭力以为之。"夫人庙（殿）在极左年代被拆毁了，唯有水阁街道白岩村陈十四夫人庙（娘娘庙）留存，现改名为飞雨寺。《丽水县志》卷三载："大白岩，在县南十里，势不甚高峻而刻露。挽岩别标胜概。大溪经其下，湍急涛崩，兀若砥柱，上刻'白岩飞雨'四字。其东三里，有岩差小，兀峙中流，人呼小白岩焉。"夫人庙除大殿外，靠岩壁下还建有观音殿和地藏王殿。七月初七夫人生日，周边信众都来烧香还愿。

"一字一横一朵云，唐朝出个陈夫人。夫人庐山传妙法，遍行天下救万民。"这是瓯江沿岸广泛传唱的"夫人歌"。在清乾隆年间或之前，丽水一带的十四夫人唱鼓词已经极为盛行，清同治三年《云和县志·风俗篇》中，载有该县名士柳翔凤所撰《迎神琐记》一文，其中有云："丽邑西乡有唱《夫人词》者矣，叙述异事，俚俗皆知。"足见当时丽水城乡，以"唱夫人"为主要内容的鼓词演唱活动，已甚为普遍。至光绪二十二年（1896），丽水县鼓词艺人已有自己的行会组织——"鼓词行"（人称"夫人行"），民间在求福迎祥、祛病除邪时，演唱"夫人词"已成为风尚。民国十五年（1926），丽水鼓词行整饬改组并修订行规，规定每年七月初七，在行艺人须在"夫人庙"会师。其时，丽水鼓词不仅在境内非常活跃，而且流布到毗邻的云和县和青田县的章村一带。丽水鼓词，有着其独特的地域文化风味，演出灵活方便、不拘场所，因而成为丽水地方曲艺中的一颗明珠。追溯鼓词的曲目内容，我们欣然发现，在相当长的历史时期里，它不仅承载着处州百姓的审美智慧，还服务着民众的精神思想。从前，鼓词的演出多与当地的民俗活动相关联，日常娱乐，红白喜事和求神祈福，鼓词艺人都会受邀前去表演。一直流传至今的说唱表演"夫人词"活动，就具有非常浓郁的娱神和祈福意味，反映了民众特有的观念意识与思想追求，价值独特。

瓯江流域遍布的大小地方神庙中，也以陈十四娘娘庙为最多，其名称不一，在温州城内就有太阴宫、娘娘宫、广应宫、永瑞宫、坤元宫、凤南宫、栖霞宫等。每年夏历正月十五或十月初十，未生育的妇女，往往结伴到宫中向陈十四娘娘求赐子息，还有妇女争食米制粉桃之俗。在江边有海圣宫，陈十四为配神。人们为纪念她，常在江边请鼓词艺人唱"娘娘词"。在青田县各地都有陈十四庙，陈十四被作为海神崇拜。用温州鼓词演绎的陈十四娘娘收妖故事的《娘娘词》已被列为非物质文化遗产。

浙江省丽水市松阳县象溪镇雅溪口村有一夫人庙，建于清乾隆八年（1742），位于雅溪口村项山头，建筑和周围环境风貌保存现状较好，被誉为仙境之地。常年香火萦绕，每逢初一和十五，都有许多香客从四面八方云集而来，在此祈祷家人的平安。

就是在浙江"山陬蕞县"（即山角落最小县）云和，女神温馨的怀抱也包容着山山水水、村村寨寨。仅仅县文物部门登记造册的部分规模庙宇实体就有：安溪畲族乡黄处村马夫人殿（道光十九年）、安溪木樨花村夫人殿（道光三十年）、安溪上村夫人行宫（道光十年）、雾溪畲族乡坪垟岗村马夫人庙、赤石乡夏洞天龙母洞龙母庙、赤石乡张畈村马夫人庙（乾隆年间）、赤石乡库北马夫人庙、崇头镇夫人殿（乾隆二十八年）、崇头镇砻铺夫人殿（咸丰十年）、大湾乡林山下龙母仙宫（光绪三十四年）、大湾乡马氏夫人殿（光绪二十四年）、沙铺乡林山村马氏夫人殿（光绪十四年）、沙铺乡龙母仙娘庙（光绪三十年）、沙铺乡马氏夫人殿（光绪十四年）、石塘双港护国夫人庙（晚清风貌）、云丰乡后丰村马天仙宫殿（道光十一年）、云坛乡包山夫人庙（光绪二十年）、云和镇河坑村夫人宫（光绪四年）、云和镇祭口村夫人殿（乾隆年间）、云和镇解放街天妃宫（乾隆二十六年）、云和镇沙溪村仙母宫（嘉庆三年）、云和镇马鞍山夫人殿、马鞍山龙母宫、云和镇局村禅岩寺（明代）、云和镇局村溪口夫人殿、紧水滩镇龙门插花殿（道光十年）、紧水滩镇库北夫人庙、黄源乡龙母仙宫（民国二十七年）、云坛乡沈仙姑庙等，而更多微型的女神庙，散落在深山密林。

图 4-11 云和规溪村夫人宫（作者摄）

有一天，我路过云和规溪村，只见整个村落被葱郁滋润成一幅"水绕户户过，人家尽枕河"的秀美景色。我便去探访。在村中央的古道旁，有一道低矮的小门，漆黑的门楣上，镌刻有"夫人宫"几个大字（图 4-11）。甫一入庙，我像感受到了这庙内自成一体的肃穆，像是坠入了另外一个时空。一座三面均可观戏的戏台迎面而来，戏台有些破旧不堪。戏台的正对面，是"夫人宫"，庄重严肃的神像与戏台相对，难道这戏是演给神仙看的吗？是的，中国传统戏剧是从祭祀活动演化而来的，后来成为一种娱神活动。唱戏是为了报神恩，所以戏台要与正殿相对，便于让神灵坐着观戏。相传很久以前，为保地方百姓出入平安、心想事成、生儿育女，由村筹备，塑佛像，经开光，安置殿堂正中央，并命名"规溪夫人宫"。每逢初一、十五，以及三月初三、七月初七，香火辉煌，信徒拥至。初一、十五备香、蜡烛、三牲、酒菜来殿求保平安。

在船帮古镇石浦的村庙（图4-12）里，供奉着3位"夫人"的神像。其中一位就是"顺懿夫人"。像瓯江流域其他地方一样，石浦的夫人庙会也是在每年的农历正月十四至十六举行。正月十四顺懿夫人庙会，庙会前一天判官出巡清道。判官由人装扮，出巡时照例双锣开道，并有执事、旗幡等前导。夫人庙中张灯结彩、香烟弥漫，在神位前供三牲、设祭品，妇女膜拜，络绎不绝。夜晚，要择福寿双全的年老妇女，为夫人沐浴更新衣。据说妇女喝上一口夫人的沐浴汤，就能怀孕得子，凡求子的妇女，争先恐后地等着喝夫人浴汤。

图4-12 云和石浦村庙（作者摄）

元宵节闹花灯，是我国各地相沿已久的习俗。在丽水各地，除了闹花灯外，还有"迎陈十四夫人"风情活动。青田的夫人庙、城隍庙、五显庙（众主殿）、护国庙、东岳庙，每年农历正月十四晚起至正月十八晚止，各庙（殿）轮流举行庙会活动，以神佛出巡方式经过每座殿（庙）前，俗称"打过殿"。20世纪50

年代后，"打过殿"活动停止。位于青田瓯江大桥东北端的夫人庙，俗称夫人殿，始建时间无考，供奉"陈夫人"。夫人庙临江倚山而筑，殿宇装修堂皇富丽。民国后期，一度作为木业小学校舍。1958 年，青田兴建瓯江水电站，夫人庙被拆。青田天后宫，每年三月廿三和"夫人娘娘"（陈十四）做姐妹相会活动而轰动全城内外。

在温州供奉 2 位女神的宫庙也不计其数，大抵而言，供奉陈靖姑者较多，双神并祀统称"娘娘"的现象也不鲜见。温州人的"迷信"自清以来就远近闻名，清人劳大与《瓯江逸志》有云："温郡之俗，好巫而近鬼。大举佛事道场，靡不尽心竭力以为之。"足见民众信仰根基之深。这恐怕并非单向接受福建信俗影响，而与温州文化河床的底层对母性的尊崇、对女性神秘力量的崇拜有莫大关系。温州乡民接受陈靖姑的传说故事，是通过温州鼓词"唱南游"或"唱龙船"，过去大都由盲人承袭传唱，主要内容是关于陈靖姑庐山学法斩蛇妖的故事。

女神文化的魅力，体现在朝朝代代口头流传的民间传说中，具象化为正面的艺术群像和宗教庙宇，成为瓯江船帮精神凝聚的圣殿。

瓯江船帮不少船工为了风调雨顺，每逢农历初一、十五和过年过节有一个拜神的习俗。在船上设一个神坛，神坛内放置陈十四娘娘，到时船民焚香拜神，但求一年风调雨顺、大小平安，在当时条件下，这是船民一种愿望体现。

1949 年新中国成立以后，妈祖信仰和所有民间宗教信仰一样，均被打压，趋向衰落，这主要是社会生活条件的巨大变化引起的。因为消灭了人剥削人的制度和政治压迫，广大人民生产、生活中发生的困难，有政府的帮助和群众自己的互助，求神护助的紧迫感减少了。加之广大群众受了无神论教育的影响，因此所有汉族民间宗教都趋向衰落，妈祖信仰也不例外。但"文化大革命"前还有不少庙宇被保存下来，各地的天后宫虽然进香者大量减少，但香火并没有断。在"文化大革命"期间，所有天后宫相继都遭到了破坏，或庙宇被摧毁，或神像被毁，香火断绝。

可以想见福建人踊跃情态里的虔诚。其实不难理解，以撑船为唯一生存依靠的船工，以神的超力，作为脆弱文化心理的支架；也以神的超世关怀，来慰藉破碎呻吟的灵魂。另外，决定他们碗里吃食的稀稠乃至有无和身上穿戴的厚薄的关键一条，便是雨水，敬奉天妃娘娘祈求风调雨顺是船工的共同心愿。

他们带来了福建妈祖文化，这就使福建人的性格之中又渗进了浙南人的一些气质。从某种意义上来说，这就是对瓯江船帮整体人格结构的一种改造和重塑。

船帮的习俗

俗话说，"入门问讳""入国问忌"。一地有一地的风俗，一邦有一邦的禁忌。违反或触犯了禁忌，轻则惹人不快，重则遭到辱骂甚至鞭挞。自然，瓯江船帮在特定的社会文化区域内也形成了独特的风俗习惯，它对船工有一种非常强烈的行为制约作用。

近几年来，我采访了不少老船工，搜集到了当年船帮在劳作和日常生活中形成的一些习俗、禁忌，由于缺乏深入了解，只能做一个浅述。

1. 习俗

船帮习俗历经时间的沉淀和发酵，已然成为过去船帮日常生活的重要内容，交织着船工间各种关系的活动空间，无不显示出共同体的意义、特征和价值，呈现出一种有规律的生活方式与习惯。

木帆船制作习俗。打造帆船是撑船人一家人的家庭大事。造船师傅的开斧仪式非常隆重，要备办香案祭河神，撑船人却要避开。师傅在做船头的龙脊骨木料上象征性地劈上三斧，嘴里念念有词，最后高声说一声一帆风顺，开斧仪式便宣告结束。打造舴艋舟是覆着行进的，连好龙脊龙骨后将船板绷钉上去。船户在造船过程中要祭拜鲁班师傅（图5-1），还有留

图5-1 鲁班祭祀

墨线的习俗。墨线是木匠取料的标志，木船造好后，造船师傅就会把墨线清除，但帆船前后梁上两条墨线仍然予以保留。据说，这是鲁班师傅为保护行船安全而设的一道防护线。有了这条防护线，无论船只在何地停泊、过夜，一切妖魔鬼怪都不敢跨越了。

　　做"顺风"。这是旧时瓯江一带船工、排工祈求水上安全的一种迷信习俗。新船或刚修理好的船只下水，禁忌说"下""落"字，而要叫"拔上水"（图5-2）。船只竣工那天，船主备好鸡、肉、福礼香烛，在船头供祭祖师鲁班，跪拜三次，口念："新船上水，大吉大利，顺风顺水，滩头滩尾平安，东遇财西遇宝，生意兴隆，四海相通。"而后放鞭炮送神，新船方可下水。但不能叫新船下水，叫新船上水（图5-3）。这种仪式叫"做顺风"。此外，新船装好货物后也要"做顺风"，祷告天地，口念"天老爷，保佑东南风，不要起西北风，一年到头，顺风顺利"等语句，才能起运。

图5-2 帆船上水仪式

　　排祭。旧时竹木靠水运，排工祭神祷佛，祈求"清风老爷"保佑一路顺风。除沿途停排处要向当地神庙祭祀外，还有"排祭"，点香跪祷并向江中撒茶叶和米。祭毕，排工会餐，由帮头先下筷子并说一声"顺风"，然后排工吃喝。餐毕，

图 5-3 新船上水

对别人不能说"慢慢吃"，要说"快便、快便"。不能把竹筷放在碗面上，更不准覆置碗、盆，忌说"碰""打""翻"等语。排工在排筏编扎完成放运的前一天也做"顺风"，而且次数不拘。一般"放上水"（龙泉至青田）要做 7 次，"放下水"（青田至瓯江口）要做 3 次。如碰到排筏撞礁、搁浅，经修整继续放运，就要再做一次"顺风"。做"顺风"和祭祀开销由货主承担，不计于运费之内。仪式过后，祭品由排工享用，叫"散排福"。

开眼。大峃船下水前，用黑、白布或木头做的船眼，钉在船头，称为"开眼"。

滴篙水。新船工下水、旅客初次乘船，老船工将篙从水中提起，往他们嘴里滴几点水，说是可防晕船。

安全。新俗，农历每月初五、十五、廿五，船工都要检查一次，消除霉烂、断裂、破损等不安全因素。

唱船戏。瓯江一带船工渔民多，端午节前后，全村船工渔民凑钱请剧团演戏，称为船戏（图 5-4）。如莲都区大港头一带船戏开始之前要拜龙王，拜关公，祈求"四季平安，满载而归"。每年农历五月初一至初五，保定村土主殿（五仙殿）要唱平安戏三五夜。

图 5-3 唱船戏

龙舟竞渡。瓯江上的龙舟竞渡，源于古代越族龙图腾崇拜的祭祀活动，主要用于祈求平安和丰收。南宋文学家叶适有一首描绘划龙舟的诗："一村一船遍一邦，处处旗脚争飞扬，祈年赛愿从其俗，禁断无益反为酷。"虽然龙舟竞渡只是一项祭祀活动，但由于存在安全隐患，时为官方所禁。明代汤显祖《午日处州禁竞渡》诗云："独写菖蒲竹叶杯，莲城芳草踏初回。情知不向瓯江死，舟楫何劳吊屈来。"清道光《丽水县志》和清光绪《处州府志》也有关于龙舟的记载："端午门插蒲艾，妇女作茧虎，系长命缕，与他处同。向有龙舟之戏，因舟覆戒勿为。嘉庆初，总戎韩正国谓可借以教水战。选健卒十人习之，放鸭中流，先至者任取之。自是以为常。道光十九年，水涨舟覆，死者五人，复戒勿为矣。"

端午之日，各地都有龙舟竞渡，并悬赏夺标，俗称"划龙船"或"划斗龙"，时间一般是五月初一前开始，到初十左右结束，也有至月半者。过去，丽水各地都有龙船，各庙宇设香官神，专司划龙船。每逢端午，有些地方要做新龙船，四月初一就擂鼓开殿门，祭香官神后方始动工。各地乡风一般都是五月初一才开殿门，祭神后即开划，俗叫"上水"，龙船归去叫"收香"，斗龙结束叫"散河"或"洗巷"。斗龙结束后把河龙船翻转，次日再翻正，抬到庙中保存，还要再祭香官神。相传香官神是喜欢玩弄人的小儿神。在盛行划龙船的地区，乡民都要出

120

划龙船费用，请划龙船的人吃酒，还要放鞭炮，设祭迎接，这一仪式叫"摆香案"。近年来，瓯江龙舟竞赛活动时有组织。

据乾隆《松阳县志》记载，端午时节，松阳县"举家挂菖蒲、饮雄黄酒，溪河有竞渡之观"。这样算来，松阳赛龙舟至少已存在 200 年。龙舟竞渡时，县城几乎万人空巷，男女老少皆聚集在松阴溪畔翘首观望，比赛时人声鼎沸、锣鼓喧天。赛后还有个"抢鸭子"环节，群众纷纷跳下水捕鸭，据说得到鸭子的人就会赢得一年的好运。松阳船老大包丽奎述说：

新中国成立初期，松阴溪畔共有温溪、青田、沙埠、松阳 4 个码头。每到端午时节，各个码头都会派出一支 19 人的代表队，用赛龙舟的形式共度传统节日。我六七岁时，大概在 20 世纪 50 年代初，松阳举办过一场声势浩大的龙舟赛，我爷爷是龙舟上的鼓手，我还在龙舟上玩过。那时候没有专门的龙舟。船老大放下舴艋舟的桅杆和竹篷，横搁一块门板，门板上放一只大鼓，就改造出一条简易龙舟。比赛时场面很热闹，各个码头的船老大使出浑身力气和本领，都想拔得头筹。

可惜，1955 年的一场大洪水淹没了青田码道，许多房屋倒塌。在这之后，他便再也没见过龙舟赛了。

放水灯。为了撑船人在水上运输的安全，本地还流传着撑船人求神保佑平安的风俗，每年农历五月初五要在埠头、水仓等地点放"水灯"。"水灯"是用毛竹壳或者油纸做材料，用剪刀剪出各式各样的花朵，用各色颜料涂在上面，有红的有绿的，放入青油和灯芯或蜡烛等，做成青油灯船或蜡烛灯船等，点亮后放入水中漂行，水灯漂行得越远越平安。

迎新年。除夕夜，船工在船篙、船篷和船桅上贴红纸，并点上香烛，鸣放鞭炮以示庆祝。

2. 禁忌

禁忌本是古代人敬畏超自然力量或因为迷信观念而采取的消极防范措施。它在古代社会生活中曾经起着法律一样的规范与制约作用。船工在瓯江上经常遭遇暗礁险滩，险象环生，会借相关忌讳避免可能发生的灾难，祈求平安。

行业禁忌中，船工的禁忌也许是最多的。瓯江船帮的禁忌表现在很多方面，并且他们对这些禁忌有一定的敬畏心理，宁可信其有不可信其无的想法也是他们遵守禁忌的主要条件之一。新船工上岗，老船工先要告诉他禁忌事项。船工禁忌中，有的属于封建迷信，有的类似于道德规范和礼节。

船工禁忌，分为语言禁忌和生活禁忌。禁忌语言一般须选择其他语言代替，否则认为不吉利。

撑船禁忌。俗称行矩。行矩规定：一是停船要靠到樟树脚，要靠船埠头两边，绝对不能将船身置于船埠头的中央；二是船靠岸吊好绳起身回家时，船户必须把破草鞋挂到船桨上，以示防止鬼撑船，保一世平安；三是船头不能让女人坐，意谓可避免出事故。新中国成立后，这类旧习逐渐被废除。

乘船禁忌。行船、摆渡有诸多禁忌。如不准女人跨或坐船头等，乘客须在开船前夕订好座位，当日清晨接洽不受欢迎。航行时勿与船主言谈，途中遇险船主要大叫"皇天"。乘客落水不可呼"船老大救命"，要呼"皇天救命"，否则船工会顾自逃走。每逢有落水者呼救，船工即伸船篙救人，这是有讲究的。伸手救人，救人者容易被拉下水，以船篙代手，则可灵活处置；旧时船工迷信，认为落水者是遇见水鬼的晦气之运，遇见落水者即遇见水鬼，因此需辟邪。渡船乘客人数忌十八、二十四之数，俗谓"十八罗汉"身重船沉，"廿四诸天"方言讹为"二十四吹天"，隐"船底朝天"（翻船）之忌，洪水期渡船尤其要谨慎行事。

起头篙。撑船老大最注重撑好"起头篙"，认为"开船如兵马出师，马虎不得"，因而开头第一篙一定要扎稳扎实，船工以好开头喻好兆头，"起头篙"扎空，或夹于岩缝中，喻一天晦气。

起航不言。船只起航时，各船之间须保持缄默，不打招呼，以防说出不吉祥的话语影响途中安全。

择吉开船。正月初次开船，要选农历初三、初六、初九日，认为这些日子开航吉利。正月初次航行，船工家属还须到寺庙烧香拜佛，保佑船工一帆风顺。

行船拣日。初五、十四、廿三为大忌日，不出门。俗语说："初五十四和廿三，太上老君碰着岩。""初五十四和廿三，老君闭炉勿炼丹。"新船上水忌初七、初八。

泊上方。做大水时，船拢在港口上，以免漂没。

不食蛋。正月，船工不食蛋，认为蛋光滑，吃了一年到头钱财光。

择客。十二月行船不搭和尚。和尚剃光头，搭了和尚预示下一年钱财两光。十二月搭妇女也是很晦气的事。

罚做顺风。帆船的船头有千斤板，是祭船家祖师的地方，忌晒衣物。妇女不能践踏，男人不可在上面小便，被认为是非常亵渎、很不吉利的行为，违犯者要罚"做顺风"后方能开船。大凼船的船尾有一块一米余长的厚板，叫"大楼门"，被认为是鲁班座位，和帆船船头一样不准小便，不准妇女践踏，违反后也要罚"做顺风"。

怕老鸦叫。丽水称乌鸦为老鸦。船工开船时若听到乌鸦叫，视为不祥的征兆，在航行中提心吊胆，惊恐不安。

不覆碗。在船上，碗不能叫"碗"，要叫"莲花"。莲花是吉祥物，碗则有"装水"的意思，船上人忌讳。船工在航行途中，吃过的饭碗不能覆过来。筷子叫"篙竿"，就是篙，是撑船用的竹竿。筷子不能放在碗上面。否则，船将会遇险。碗不可敲打，更不可将碗口朝下放置，怕翻船。用完饭，筷不能用双手放水中"索"，怕"索"起风浪。碗洗净不能倒放，倒放形似船翻。锅盖忌放水里，不准用高锅盖舀水，怕落水失事。

吃饭忌讳。吃鱼不翻鱼身，船上不准戳"饭焦"，因为"焦"喻"礁"。"戳礁"喻"触礁"。煎饼忌翻面，而只煎一面。

顺过来。船在修造过程中，如果要将船身倒翻过来时，不能叫"翻过来"，应当叫"顺过来"。这正是由于船家最忌讳"翻"字。

百事不管。船工把一些对开船不吉利，会造成行船事故的忌讳，归纳成一句俗语："脚踏三块板，百事懒得管。"如货运的船老大开船时不愿搭临时搭乘的乘客。

卖旧船送碗筷。撑船人把自己撑过的旧船卖给他人时，同时还要随船送给买主一双筷子和一个饭碗。船是船家赚钱的"饭碗"，卖主送碗、筷意思是说自己的饭碗给了他人，让他日后做生意、赚钱顺顺当当。

行船还有一些其他要求和禁忌，如：

碰到与之同音字都要改，如姓陈的人得改叫"老张"，因为"陈"谐音"沉"；如把帆布叫抹布等。

船如在第二天要外出，必须在前一天晚上做好准备工作：修好船、绑好桨。这样第二天一上船就可以开桨出行，如在临出行时还要修船，还在绑桨，船家认为那就很可能要遇到危险了。

船工在早上开桨之前，脚不可以搁在船外，也不准叫喊，小孩子也不许啼哭。开船时，忌说带有打、碰、撞、翻、戳、歇、漏等字的话。

忌运载死人，忌男女在船上交媾，忌在船上小便，甚至船老板都忌讳别人称他"老板"，因为"老板"有陈旧的木板之意，而船板陈旧怕散架。

船夫不打老鼠，唱戏的坐船不收钱。

龙船在人心目中一直占有很神圣的地位。过去，女性在修、造龙船的时候是不能到场过问的，触摸龙船更被视为禁忌。平日停放龙船的屋子也被视为圣地，妇孺不能进，亦不能住人。

船帮的行船习俗、禁忌是长期形成的，虽然其中一些习俗在今天看来缺乏科学根据，但又不得不承认，这是他们对神圣的、不洁的、危险的事物所持态度而形成的某种禁制，是他们为自身的功利目的而从心理上、言行上采取的自卫措施，在习俗构建过程中所产生的认同感，是他们在生活中面对困境时的重要情感力量，已然成为船工日常生活的重要内容，参与其中的船工表现出了一种地域文化自觉。

在制度经济学看来，习俗是一种非正式制度。它是人们在长期的生产生活中形成的约束人行为的规则或制度。现实中，人们遵守各种各样的习俗，甚至有人指出，人类生活所依靠的主要制度是习俗而不是正式制度。没有习俗，人们一天也生活不下去。人类学家列维·斯特劳斯也指出："我们有必要且充分地掌握那些构成每一制度与风俗之基础的无意识结构，以获得适用于其他制度与其他习俗的解释。"

时光似水。经过似水时光的潺潺淘洗，时至今日，自船帮的先祖流传下来的固有的习俗逐渐淡而化之。无论怎么说，船帮的习俗已成为一只民俗空壳。

湮没的古镇

一

蜿蜒曲折的八百里瓯江，从仙霞岭、洞宫山脉的千沟万壑的山涧飞泻而出，一路清冽，一路欢畅，一路呼朋唤友，汇无数清泉小溪成汹涌河流，浩浩荡荡，悠悠东流。

流到中游这片平坦的地带，河面也宽阔起来。瓯江来到了这里如同一位人到中年的母亲，变得慈祥而宽厚，智慧而平静，滋润出一块丰饶富足的土地，滋润出富甲一方的瓯江重镇——赤石（图6-1）。

赤石，与瓯江有一种天然的联系，从某种程度上说，是瓯江船帮撑出来的。

相传，北宋末年，当了9年剑川（今龙泉市）县令的李凤，卸任后乘坐木帆船从上游东下，他观赏着两岸风景，心情像清粼平缓的江水一样松弛，到了云

图6-1　原赤石镇风貌

和县西北三十里赤石山下（俗呼赤脚山）。确切地说，云和这个时候还没置县，属"本宋初丽水县西阳乡，乾道己丑间州守范成大与乡人右司王东里改曰浮云乡（亦名云和，又名允和）"。云和立县，始于前明景泰时。《汇纪》：景泰三年，浙抚孙元贞以丽水地远，不便弹治，疏请割丽水之浮云、元和二乡，置云和县。

李凤看到了溪水驶流而下，吼啮其脚，呈弧形而过，湍急的江水在此变得缓慢低沉、轻言细语和一味地滋润，两岸翠绿的山峦，起伏不平、连绵不绝，形势天成，看到了内部蕴含的富足之源。他兴奋地叹一声"好地方"，于是，他把心一下子就定格在这里，于是，有了自己的"山居蓝图"。

古代风水理论认为，"吉地不可无水"，"地理之道，山水而已"。清人汪志伊在其风水著作《地学简明》一书中也指出："凡一村一乡，必有一源水，水去处若高峰大山，交牙关锁，重叠周密，不见水去……其中必有大贵之地。"由此可见，水对于吉地的重要。

风水中还有一个经常出现的词叫"堂局"。其实，堂局的大小反映了古人对环境容量的原始概念。可以说，一个村镇的生存与发展，都需要有一定的环境容量。如果没有相当的环境容量，村镇在发展过程中就不可能得到源源不断的"养分"。

李凤是深谙风水之道的，就选此处开创基业，见此山壁立横障，石皆赤色，便命名曰赤石。

我查找了当地有关史料和志书，李凤的形象未从历史的纸张中凸现出来，甚至连一个名字都没留下。但对于这个大男人，我信其有而胜于无。那些称之为神话的事物对于删繁就简业已枯干的史实而言，哪种更值得珍惜，我心里再无那一刻那么清楚。也曾有他的后代子孙想搜集他的零篇散墨，但苦于手头没有资料，无从做起。

我只能想象当年，在那些比史籍还要厚实的时光里，赤石在李氏始祖的砍刀和锄头下，荒原一片一片地消失，新垦出的田地散发出处女般纯粹的气息。

李氏在这块土地上的努力是横向的，他们用行动践行着内心的思绪，寻求一份更加美好的生活。于是，思绪不断地延伸，劳作不断地付出，汗水不断地挥洒。在土地的第一次收获中，力量源源不断的祖先，就已经洞烛到这个村庄的未来。

按照祖先的种种愿望，赤石便子丑寅卯地完满了起来，一个祖宗，一个姓氏，一辈又一辈，开枝散叶，李姓聚族而居，到了明清时期，李氏已人丁兴旺，出过九廪十三贡，成了名门望族。对先祖的慎终追远落实在仪式的行为里，在街头修建了李氏宗祠，并经过了 3 次修缮，祠堂庄严威武，设计精致讲究，戏台、飞檐、浮雕、壁画、灯笼、对联，集中国传统的建筑、绘画、雕刻、戏曲、故事传说等众艺术形式于一堂，可谓匠心独具，彰显着一个庞大的李氏家族的荣耀。至移民时，仍是村中大姓，李氏宗祠内，每年清明喝"清明酒"，规模甚大，他的子孙绵延至今香火不绝。

二

　　一个村庄的诞生，像一粒种子萌发出叶芽那么简单。但是，一粒种子要长成参天大树，却要经历连她自己也说不清的种种磨难。

　　三十年河东，三十年河西。繁盛的赤石往往是暂时的，随着封建王朝走马灯式的更替，战乱波及赤石也在所难免。在艰难的历史跋涉中，战乱频仍。瓯江流域，历代兵家必争。据《云和县志》记载：

　　"赤石汛营房六间，驻汛兵十员。额外署，额外委一员，分防赤石。"

　　"宋宣和三年，睦寇方腊党洪载由婺州陷处州，旋犯浮云乡，龙泉丞陈沔分兵军于赤石，贼遁去，追至浮云，进栅石塘，大破之。"

　　明末清初，浙江的衢州、处州等地连年战乱。据史料记载，"清四十八年，闽匪彭子英屯众牛头山作乱，犯松阳、遂昌、云和等县，由梓坊、赤石抄掠潦头洋，将犯龙泉，知县金辉急遣乡兵猎户伏路侧待之，贼先驱至道泰口属龙泉欲渡，铳手叶李姑于丛苇中击杀贼首，余众遁伏，赤石村民李长远、李长选、沈域、李云程、李长皖奋勇援剿死，后经金、衢、温、处四府官兵会剿始平"。为追悼抗匪村民之亡灵，村人集资在村中白云桥头建造了"孤魂祠"，祠内供奉抗匪阵亡的村民木主和灵位。

　　由于常年遭战乱，浙南满目疮痍，残垣断壁，人口大量减少，《邱氏谱序》云：

　　"继闻浙省栝属之云和，自清初，累遭兵变，十室九空，田园荒芜。康熙五十二年（1713），牛头山匪净，公以丧乱既平，既安且宁，乃回闽挈眷与俱。"

当地政府便到地窄人稠的福建汀州府招徕民众，前往浙江山区开山垦荒。从康熙至乾隆年间，汀州府长汀、上杭、宁化等县农民掀起了移民浙江山区的大潮。

于是，瓯江上的涛声，吸纳了大迁徙的足音，许多汀州人背负祖宗的牌位，辗转流徙，把赤石这个中途半道上的驿站当成了生死相依的终点，在这里躲避风雨和疲惫对身体的硌痛，宽厚的赤石先民容纳了他们，汀州人的商业天赋和禀性更濡染了赤石人。

其中，黄氏族谱就记载了祖先从汀州迁徙云和的艰辛历程和创下的不朽基业："（祖上）盖有非常之人，而后超群迈众，不畏艰难，离故土，入他乡，如良禽然择木而栖，创基业于前垂统绪于后……志识恢宏，生于闽而不囿闽，长于闽而不为闽之风景所系，早夜以思，必求远胜于闽之境土者……自闽至浙，道阻且长，非旦夕舟车之可达，乃不辞跋涉之劳，而率家携眷，舍彼适此，造数百年之基绪。"

黄氏祖上还谆谆教诲子孙后辈："骏马登程出异方，任从随处立纲常。年深外境犹吾境，日久他乡即故乡。"虽寥寥数语，却可见汀州人顽强的生存适应能力和克勤克俭的创业精神之一斑，令人不由心生钦佩之意。同时，幸亏有了这些族谱，我们才得以在今天清晰地回望过去。

同治《云和县志》云："云俗乡音与处属不同，分之则四境又自各异。赤石四都桑岭九都之间，纯乎闽音，多福建汀州人侨居者。"据人口普查资料，光云和县就约有汀州人数万之众，30多个姓氏，以居住在赤石库区一带居多，两岸的人气在此可见一斑。1982年人口普查显示：赤石乡1287户，5780人。

在抗战时期，赤石曾经留下过浓重的印记。抗战最为艰苦的1942年，硝烟燃到了云山箬水，浙江省政府迁驻云和，省保安处、陆军二十一师司令部迁驻赤石，赤石成了兵家重地。

家国恋，生死情，全在赤石百姓的血脉里。他们同仇敌忾，生死依之。每家每户都挤进了随军家属或公职人员，他们一边为生存而奋斗，一边无私支援前线抗战。

应黄绍竑之邀，辛亥革命重要人物、曾任浙江省督军兼省长的吕公望先生跟随省政府迁云和，在赤石创办了浙江省难民工厂。工厂总办事处设在赤石耶稣堂内，下设纺织厂、炼油厂、榨油厂、电灯厂、碾米厂、酱油厂、铁工厂、肥皂厂、柴炭场、手车队、船舶队、豆腐厂、畜牧场、农场等大小19个单位。从日本深造归国的富阳人陈庆堂先生，利用云和孔庙创建了浙江省染织厂，全厂共有工人400 余人，月产棉布 600 余尺，卫生衣裤 1000 余套。

当时，敌人重重封锁，外来物资极端贫乏，吕公望、陈庆堂等人充分利用当地资源，开发山区，以工代赈，不但解决了难民就业，而且带来了山区的经济繁荣，为省政府解除了后顾之忧，并有力地粉碎了敌人的经济封锁。

三

赤石的丰富，几可视为浙南乡村抑或中国乡村的一个标志。赤石古镇原本只是一个极不起眼的小村庄，民国肇建，赤石改镇，瓯江船帮所带来的财富，让古镇的人们肚腹得以满饱，倦梦得以铺展。

那船工的缆绳，那瓯江的号子，那阡陌的鸡犬，那晚归的牧童，在交织和演绎着赤石人代代自强不息的田园歌谣。

我带着"古镇探源"的目的，造访了紧水滩库区赤石乡黄岗、阴岩两村后靠移民，与几位年逾古稀的老人促膝交谈中发现，他们对生身之地的故乡，思念之情溢于言表，他们对赤石熟知于胸。赤石已然湮没，但故土已经融入他们的血液他们的骨髓，故乡的情结，是他们心底永远的激动。正如一位诗人所说："回忆是奇美的，因为有微笑的抚慰，也有泪水的滋润。"

从他们绘声绘色的讲述里，我对赤石古镇（图 6-2）有了一个初步的印象，但我心中仍感到无限的空漠，我心里也清楚这个空漠是无论如何也填补不起来了。

整个古镇房舍集中，排列整齐，这种聚族而居的"拥挤"，反映了一种乱世的居住理念：安全第一。一条条曲折蜿蜒的巷子，由清一色的石子砌成，大小均匀，砌工考究，古朴沉重，图案纷呈。青石子小巷如扭曲的棋盘线，纵横之处，有水井像几只棋子散落在棋盘格上。这些水井呈六边形，井口用整块青石开凿而成。无论严寒酷暑，刮风下雨，井水常年洁净，微显乳白，饮之清心醒目。小镇中央有口井，井沿有神来之笔刻了"涌雪"二字，苍劲有力，荡气回肠。

图 6-2 原赤石镇石子路

一切都随缘而生，随缘而无，没有人为刻意的指向带来的生硬；一切都是岁月与历史的妙手偶得，一切都是上苍无意中用民俗文化的笔，无意地落地而生的产物。沿江边筑有一条 500 多米长的大堤，中段较高，最高处达 20 米。前大街外边有一排伸入瓯江的吊脚楼，与前大街平行的有后大街。镇中心有条横街，连接前后大街，把全镇分为上下两半。横街中段又有栏街，又把全镇分里外两半。另外还有曲窑弄、渡船弄、下弄及其他小巷。

瓯江的天然水运优势，成了浙南水运的主动脉。借助舟楫之力，赤石成了瓯江沿岸首屈一指的货物集散地，是云和县历史上重要的水陆商埠，帆樯蚁聚，车水马龙，商贾云集，前大街与瓯江紧密连接起来的有八大码头：上码头、永康埠、渡船埠、横街头、葆仁堂码头、天妃宫码头、砂行码头、修船埠。浩浩荡荡的瓯江，途经赤石时，水势渐缓，乡人称之为大溪。大溪 500 米大堤和八大码头均用巨大鹅卵石砌成，台阶是清一色的石板，坡度较小，十几二十几级台阶，一直伸进江里。

赤石大小 8 个码头是一拨拨船帮的驿站，黎明曙光来临，他们升起风帆，上百片白帆一同起航，千帆竞发，气势颇为壮观。

当年曾在瓯江上讨生活的老船工谢庆良一讲起赤石，脸上的表情立刻活泛起来，他讲述：

图 6-3 赤石埠头

赤石的码头是瓯江最好的船埠头（图 6-3），好多船帮到龙泉都停靠赤石码头休息或过夜，有的满驮货物从温州直抵这里，当时的赤石热闹得不得了，我走过古镇所有的街道和巷陌，四面八方的物资在这里集散。我们船工都要在这里带一点私货，如木炭、木头，赚点外快，贴补家用。当时我们船工辛辛苦苦一个月才 30 多块工资。

在镇尾的码头边上还有造船坊，负责人叫徐王宝，造船工叫李绍继，好多船工都与他们很熟悉，打过交道。

赤石晚上彩灯闪烁，魅影重重，赤石的女子（图 6-4）个个长得俊俏，许多年轻的船工经常与在码头石阶上浣衣的女子嬉戏，他们在这里也曾经有过温情和感动。我记得在船工间还闹出过一个大笑话。有一天下午，一支船帮停靠码头后，一个年轻力壮的船工上岸时，与镇上一名相好的女子见面，约好晚上几点在他船上幽会，怕天黑看不清，就商定在船头的桅杆上挂上一条毛巾作为标识。这话被旁边的一个船工听到了，就想捉弄他俩一下。天黑后，等到那个船工把毛巾挂在桅杆上后，这个船工偷偷地把挂

图 6-4 当年溪边的赤石女子

在桅杆上的毛巾扯下来，绑到了边上另一条木船的桅杆上。过了不久，那个约定

的女子一看到这船上的毛巾，就轻手轻脚地摸上了船。一会儿，被惊醒的老船工就骂开了，这个女子一看不对劲，就连忙溜下船，悻悻地跑了……

不管怎样，帆影里的故事，像割不断的命运缆绳，缠绵而悠长。我相信，这古镇，在船工们的心中依然保存了一袭倩影，保存了一串静美，保存了一个典藏，保存了一脉情意，保存了一帧隽秀。

赤石还是一片沃野，良田广布，可耕地有3000余亩，分上畈、下畈、坑口、塔下4处，水渠长达30余里，短的也有20多里，久晴难旱，这里的土质是那么肥沃，那么柔软，那么母性，这是世界上最柔情的土地。还有全县闻名的明镜似的交塘水库，蓄水量15万立方米。两岸有5处天然牧场——上坝、下坝、塔下坝、坑口坝、隔溪坝，共500余亩，随处可见成群的水牛、黄牛、白羊自由地吃草嬉戏。

赤石周围村落密集，人口众多，物产丰富。铁沙、树木、毛竹、水果、茶叶、桐籽、中药材等大宗土特产都汇集于此，仗着一带活水，再转运青田、温州等地。帆船又从温州等地购回盐、米、布、海味。赤石人也善于经商，赤石老街（图6-5）上，各行各业店铺、摊子比比皆是。19世纪70年代，乌阴街有了何寿桢创办的第一家木制玩具厂，20世纪初，有了中国木制玩具城——云和。

图6-5 赤石老街旧貌

四

赤石是人文的，是浙南农耕文化的结晶，它的文化深深植根于 300 多年来淡泊的平民思想和习俗。赤石民间文化活动丰富多彩，独具魅力。由于地缘和历史原因，这些活动既有汀州印记，更多的是赓续着中原文化，特别是儒家文化的血缘基因。

村头有一棵树冠如盖的大樟树，它古老、稳重、挺拔，饱经沧桑风雨，也许跟村子一样古老。祖先们在这里立足定居中种下了这棵树，也许是刚刚住下来就种下了它。它目睹了一年又一年村子里一代代发生的故事。

山里人的辛酸甘苦、悲欢离合它大概最清楚。它是村庄的象征和守护神，村民们唤她为"樟树亲娘"。每逢过年过节，树下摆满了猪头、鸡公和糖果。村民相信这棵树像土谷神一样，保护他们的生活，并给他们带来俗世的幸福。

汀州人的家族乡土观念较之别处也更显浓厚些，前大街汀州人建造的"鄞江会馆（天妃宫）"和"三仙宫"，显示着汀州人慎终追远的伦理意识和道德情怀。

《瑞滩始祖自亮公传》云："公胆略过人，尤行善事，积阴功。清初耿藩反政，兵扰云和，土著久遭兵燹，存者寥寥。汀州同乡接踵而来，多有流离转徙者，公悉力侬助，俾无失所。又纠合同志，募集巨款，建设鄞江会馆于赤石，使新来云和者有所归蓄。"

天后宫供奉天妃娘娘，挂名"鄞江会馆"，以供汀州移民安歇，并以此纪念汀州人的母亲河"鄞江"。且说鄞江会馆的建筑，可谓规模空前。前是五开间的大廊，廊西侧有一间钟楼，比主厅高，上置大钟。进大门是戏台，再进是天井，连接天井的是石方柱及石大梁构筑的雄伟拜亭，后方为五直庞大的殿堂。两侧还有厢房，以供会友休息、会客、算账等。毗连厢房一直到大门、大廊，两侧各有 5 间楼房，以供男女看戏。正殿左侧是一排厨房，再就是三仙宫。整个会馆的地面都是三合土夯就，比水泥还耐用，可容纳上千人。

汀州人是笃定的，庄敬守正，和而不流，对民族优秀文化的价值观念和精神取向充满自信，执着坚守。这种自信与坚守，渗透在广大民众日常生活和社会风俗中。

每逢年节、初一、十五或火警大事，鄞江会馆钟声长鸣，可谓声撼瓯江。会馆有租田1000多箩，折合300多亩，周围富户所不能及。田租主要用于集会、天妃娘娘换袍、演戏等。大众会主持的那天，只要是能讲汀州腔的人，均可到会入席，并免费吃喝。凡演戏的日子，进香的客人均可得"面票"一张，于赤石任意饭店吃面一碗。每年三月初十开始，各种帮会轮番请戏，往往闹腾个把月，上到龙泉下至青田的亲友、船家、商贩、赌客、堂子班、命相等都来赤石赶集，以至赤石本镇的大小店铺生意兴隆，农户土产销售红火，收入倍增。

据90多岁的饶文女老人回忆，农历三月初三，是赤石一年一度的传统庙会，上午10时左右，巡游活动正式开始，天后娘娘坐在八抬大轿里被抬出天后宫，随后观音童子、财神、福禄寿神、八仙等众仙家齐贺诞。

表演"童子金银龙""状元荣归"等的俊俏的学童为巡游队伍增添了更亮丽的色彩。浩浩荡荡的巡游队伍从天后宫出发，绕古镇一圈，沿途观众不断，摩肩接踵，双手合十向天后娘娘祈福。

为了传递崇德向善的正能量，丰富乡间文化，早在1926年，赤石人就自发组织了戏班。

张希勤老人记性非常好，他向我叙述道：

我父亲张乃川就是创始人之一。听我父亲说，当时没有行头，听说温州一家唱京戏的剧团演不下去了，我父亲他们就把这一剧团的行头全买了下来，主要是演瓯剧。我从小帮父亲打杂跑腿，每年三月三至四月半，在天后宫演出一个月，主要剧目有《樊梨花》《杨门女将》《穆桂英挂帅》《打金枝》《梁山伯祝英台》《圣母》《十五贯》等，深受民众喜爱，一到演出时，大家挤满了天后宫，台上演员忘情表演，台下观众如痴如醉。演职人员平时则各务本业。我成人之后，接过父亲的接力棒，担当起戏班的导演，陈波等二人负责总务，当时台柱子女的是松梅，男的是我。中华人民共和国成立后破"四旧"时期，戏班被解散了。

一方水土养一方人，当年的赤石女子，如"西子"一般名芳江浙，她们靥笑春桃，唇绽樱颗，纤腰楚楚，霞映澄塘，月射寒江。其中，一顾倾官人，二顾倾国人者，当数旧版电视剧《红楼梦》中"娇杏"的扮演者张丽玲，她的天姿国色倾倒了全中国人。她就是张希勤老人的二女儿，她仪容不俗，眉清目秀，楚楚动人。贾雨村因为娇杏的两次回眸而魂不附体，为其"闷来时敛额，行去几回头"。张丽玲的星途也颇具传奇色彩。20世纪80年代初，紧水滩电站即将建设，为了抢救发掘赤石的古代陶瓷文物，县文物部门邀请中央电视台前来拍摄纪录片，并临时选了几位模样标致的赤石女孩帮助托举陶瓷文物，其中就有张丽玲。不料这次临时性的帮忙，给这位赤石女孩的今后人生带来了意想不到的变化。她被纪录片的一位编导看中，并带到北京介绍给了正在筹备拍摄的《红楼梦》剧组，扮演电视剧中的"娇杏"。后又在1986版《聊斋》电视系列片的《鲁公女》中饰演鲁飞飞。1989年，她放弃演艺事业只身东渡日本留学。1995年从日本东京学艺大学硕士毕业后进入著名的综合商社"大仓商事"工作。当年年底，开始利用业余时间拍摄中国留学生纪录片。1998年4月起，张丽玲就任株式会社大富董事长。她主持拍摄的反映中国留学生在国外的留学生活的系列纪录片在国内和日本社会各界引起了空前的轰动，并曾经获得"日本放送文化基金奖"最佳纪录片奖，年度唯一的最佳个人策划奖，成为获得该奖的第一位在日华人。还获得过日本PostProduction协会纪录片单元的"editing金奖"和"日本电影摄影导演协会特别奖"。如今的她虽为日籍华人，但仍为中日友好而奔波。是赤石的山水和深厚的文化底蕴成就了这位天生丽质名扬东瀛的赤石女子。

汀州人有着悠久的历史传承，有着博大的中原文化传承，而汀州传统文化的代表"汀州吹打"，便在这一区域逐渐扩散开来。他们执着地传承着闽汀州府早已失传的汀州吹打。

汀州吹打（图6-6），由大小唢呐、二胡、越胡、板胡、锣、鼓、钹等乐器组合而成，表演时乐手动作自然舒展，刚劲雄浑，鼓点紧凑，层次分明，变化有致，形成粗犷豪放、雄浑激越的音乐特点和艺术风格，充分展现了汀州儿女粗犷豪迈的英雄气概。

汀州人崇文重教自古已然，光绪三十三年（1907）二月，一个46岁的前清秀才，怀着汀州人坚忍不拔的创业之心，创办了公立鄞江两等小学堂，从此，书卷、书声和书香都在古镇上出现了。汀州人给予学堂慈母般的关爱，把它安置在汀州人的鄞江会馆内。

文明有了起点，就如雨后春笋、芝麻开花。民国肇建，赤石改镇，学堂改称赤镇初等小学校，迁后街真君庙，由兰应东执教。民国六年（1917），刘鉴波在

图 6-6 汀州吹打（作者摄）

溪边天后宫创办了赤镇第二初等小学校，次年，刘先生又在横街弄口开办了赤镇明德女子学校。民国八年（1919），县政府将三校合并，称赤镇国民学校。民国十六年（1927），校长刘光斗增办小学高级部，称云和县第三区区立赤石中心小学，学生 130 人，请来王荆周、林开、宋程、王泽成等为专职教员，还聘请周桢、徐毓筠、温仁甫等为义务教员。

赤石中心小学迁往中山殿教学。次年，吕公望捐国币（民国纸币）1 万元，同时向外界人士募捐国币（民国纸币）4000 元，修建 2 幢土木结构教室，更名为芝石乡中心国民小学，在校生 151 人，原校舍让给军方的难民职工子弟教养所。当年七月，省保安处中将处长竺鸣涛在孤魂祠创办了武德小学，以前任处长宣铁吾的别名"武德"而命校名，向松阳古寺的湘湖师范聘请了管辅夏等 7 名教员任教。民国三十四年（1945），更名为芝石乡中心国民学校。

1949 年，国庆的礼炮震动了赤石的翘楚群峦，中心国民学校也像春日的山杜鹃吐露芳华。

正是赤石小学造就了一个灵魂的支点，支撑起蔚蓝的天穹，为这片土地百年的生灵繁衍提供了阳光雨露。100 年，时空的瞬间，2.8 万余名学生走出校门，为国之栋梁，为人之英豪。

赤石庙宇很多。民居之间，左左右右，散布着各种庙宇。它们平等而处，相映生辉，无不体现着这座古镇的品格和兼容的气概。他们辄以神的超力，作为脆弱文化心理的支架，也辄以神的超世关怀，来慰藉破碎呻吟的灵魂。

说到赤石庙宇，老人们手舞足蹈，脸上洋溢着一种对文化盲目崇拜的美丽神情，我敢说，老人们也许从来没有这样像回忆自己的祖先一样，回忆一座座庙宇，它们好像就在眼前，香火依然在殿前缭绕，庙神生动的样子仿佛就在眼前，一切如昨。

街头出村口有李姓独建的雷院堂，内分两进，外进是吊脚楼，下为凉亭，并附观音阁、祖师殿，祖师殿内供奉着真武大帝和三丰祖师像。张三丰是位具有传奇色彩的道士，《异林》称宋时人，《明史》称金时人，《张三丰全集》又定为元初人。史书中称他不修边幅，号张邋遢。读书过目成诵，寒暑只一衲一蓑，一餐能食升头，或数日不食，或数月不食，事能前知。明朝初年入武当山修行，被明朝皇帝封为"通微显化真人""韬光尚志真仙""清虚元妙真君"，后人奉为武当派祖师，建观塑像供奉。

前大街有汀州人建造的鄞江会馆（天妃宫）和三仙宫。三仙宫里供奉的"三仙"，传说是指 3 位姓万的得道高僧，即万福松、万福水、万福发，俗称"三同年"（同庚）。3 位同庚一位主卜卦、一位主医药、一位主看风水。相传命运不济之人，到此焚香许愿，愿望能得以实现；有疑难病症，经祈求香灰吞服，病情即可好转，再抽"灵仟"抓药服后就能药到病除；凡建房、造"风水"者，祈求"三仙"择开工或乔迁吉日，便能好运临头。在村民的眼中，三仙宫能庇护百姓，实现未了心愿；因为神奇的传说，三仙宫声名大噪，八方香客纷至沓来，年复一年香火不断。

赤脚山顶有步云庵上下殿，两厢塑十八罗汉。赤脚山岭脚有何侯社主庙，也是由李家兴建。有县志记载：何侯庙，在县西三十里赤石山麓，神佚其名，近岁里人新庙，于础下掘得宋砖，有咸淳二年李大用重修九字款识。

村人集资建造的有，白云桥头白莲观音庙和孤魂祠，水碓下五谷神殿，后大街尾众山坳门汤夫人庙，后街中心李老真君庙，后街尽头陈夫人庙和龙母宫，栏街的栏街殿。龙头山马夫人庙，还是 10 多位妇女集资建造的。横街有基督教堂，教堂的屋顶是尖尖的等腰三角形，十字架是木质的，很普通，但它竖在教堂的尖屋顶上就有了让人瞻仰的地位。

所有神明都成为赤石人生活和精神的崇拜。赤石的诸神信仰表达着中国民间信仰的大气象。无论怎样，他们的先民和他们的后代都不曾也无法躲开它的影响，象征着吉祥、威力和正义的神明，寄托着赤石人对于幸福的渴望。

300多年的岁月走过，赤石人就这样在虔诚的宗教氛围里度过了一年又一年，在民俗文化和宗教的氤氲中，修正自己的灵魂。

赤石供人歇脚躲风雨的凉亭也不少。行去云和有白云亭和新亭坳凉亭；东下龙门有赤脚山凉亭；西去麻垟有上畈凉亭和渡船埠凉亭；过渡到北岸有隔溪凉亭。凉亭对联别有风味。赤脚山凉亭有对联"坐坐抽袋烟去，看看等个伴来"。上畈凉亭有对联"西去麻垟十五里，东到赤石两三肩"。挑脚卖担、过往行人于此歇脚乘凉、息辛解渴、躲风避雨，无不感激造亭之热心人士，体谅他人、奉献自己之精神。

赤石三面临水，河流多了，桥自然也多了。最壮观的要数乌阴街混凝土大桥（图6-7），它如一条彩虹横跨大溪南北，巍然屹立，气势凌人。它建于1965年，长约163.4米，宽7.8米，高14.5米，4孔，是当年浙闽公路上最长的桥梁。每逢大年初一，方圆几十里乡人会聚于此，于是，空中有了绚丽的风筝，水上有了满载希冀的纸船，耳边有了动听的丝竹之音。元宵夜，东南西北中五福铺抬阁在桥上、街道来回穿腾。最古老的是卧在临海垟溪上的石拱桥。长藤、青苔、茅草密密匝匝布满桥身。它静静地独立山野，岁耐寂寞，独守一份对山、对水、对乡人的承诺。最不起眼的是下畈的木桥。这边是村庄，那边是长满庄稼、暗香浮动的田野。桥面用清一色木条铺就，桥墩也是杉木撑起，两侧护栏也是木条。远远望去，如一条白丝巾漂浮于河面。

图6-7 赤石大桥原貌

五

1978 年 10 月，水电建设大军开进大地延伸的山峦和负重的期冀，放响了开发瓯江水力资源的第一炮，使沉睡了千万年的瓯江幽谷苏醒了。

为了建设紧水滩电站工程（图 6-8），300 多年岁月所成就的赤石这个古镇，需要进行整村移民。

图 6-8 紧水滩库区（作者摄）

县政府根据紧水滩电站水库大坝的施工进度，于 1983 年 3 月 28 日发出水库移民以"后靠为主，适当外迁"的安置方针。处于海拔 164 米高程的移民必须 12 月底前搬迁完毕。

我走访了原赤石村干部饶宝贤（1939 年出生）。他虽然 80 岁高龄，但显得健康，还清楚地记得当时移民情况，他向我讲述：

当时移民安置方案一出来，大家十分焦虑，这是关系到日后出路的切身利益大事，决定一个家庭的前程和命运。因水库属于高坝型水库，要淹到海拔 188.1 米以上，留下全是高山峻岭，悬崖峭壁，根本没有生存条件。大家说'外迁是光荣的移民，留下是一个难民'，所以一致要求外迁，不愿意后靠。

面对移民，居住在这里的人们充斥着骚动、焦虑、不舍和希冀的复杂心理，古镇呈现出一种多元混杂的状态。但赤石人在个人和国家间，分得出哪头重，他们一向如此，在需要的时候，从不说个"不"字。赤石外迁移民当时有 1100 人，1983 年 9 月开始，他们陆续离开故园，移居他乡，星散四处，积淀 300 多年的浓郁风土和乡情仿佛瞬间被连根拔起，无所凭依。对于他们来说，这是他们正在经历的前所未有的剧烈动荡，心理上的，更是情感上的。

饶宝贤老人叹息着又讲述道：

水库形成后，高产良田 1600 余亩，全部被淹，仅留下 21 亩山坑田。原有村民，外迁丽水市碧湖、平原、商溪、水阁、富岭、石牛、新合等乡、镇安置 98 户 485 人，本县小徐、沙溪安置 69 户 290 人，投亲靠友 12 户 31 人，还有 234 户 926 人仍保留赤石村建制，全部就地安置到黄岗山上，故又名"黄岗村"，分别建立黄岗、上弄坑、高脊等 3 个自然村。靠后，由于安置条件太差，度日维艰，年人均收入仅 286 元，人心浮动，忧虑不安，上访频繁。省民政厅派员实地调查安置环境及其客观容量后，认为赤石村移民后靠过量，难以巩固，提请丽水行署、云和县有关部门要重视"黄岗"问题，在外迁、后靠名额的安排上，应予适应照顾，做些必要而又可行的调整。到了 1996 年，县人民政府为了妥善处理赤石（黄岗）移民安置遗留问题，决定本着"稳定大局、就地开发、分流脱贫、适当扶持"的原则采取"农转非、下山脱贫、就地扶持开发" 3 条途径，最终一次性解决了移民后靠过量问题。

1986 年 6 月 26 日，随着紧水滩电站下闸蓄水，赤石古镇（图 6-9）渐渐沉入湖底，这片土地上所有的秀丽和繁荣一同湮灭。对于赤石人来说，故土将无处可寻，曾经的家，只有在记忆中寻找，在梦中回味。同时，对于赤石人来说，这意味着世代相沿的文化、族群和亲情将要被打散或者切断。大坝下闸蓄水后，顷刻间，奔流的溪水波澜尽失，化作碧波万顷，荡漾在峡谷间。人们站在高山之巅，眼望着湖水漫过熟悉的溪滩，漫过走了千百回的小路，漫过耕种不知几辈人的田野，漫过生养自己的老屋。眼中止不住晶莹的泪水，道一声：故乡永别了！挑起

图 6-9 淹没前的赤石全貌

家什踏上异乡的土地。

赤石的躯壳已经消亡，在旁边那片向阳的山坡上，它获得了新的生命，一个崭新的赤石小镇（图 6-10）已经逐步成型。

图 6-10 新赤石小镇

近几年来，赤石乡在上级党委、政府的正确领导和大力支持下，紧紧围绕县委"产业升级、城市提升、城乡统筹"三大战略任务，抢抓机遇，开拓进取，扎实工作，基础设施日趋完善，乡村面貌明显改善，农民生活水平逐步提高，经济社会呈现出良好的发展势头。

赤石乡是云和木制玩具的发源地，素有"木制玩具第一乡"之称。20世纪70年代初开始玩具生产，成立首个乡镇木制玩具企业——赤石玩具厂（图6-11），历史悠久，先后培养了3代木制玩具人，玩具大王何尚清、何玉林、练巧忠、马达伟均出自这里，被誉为"云和木制玩具城"的摇篮。由于县委、县政府实施"小县大城"战略，产业、人口向县城聚集，规模较大、有较强实力的玩具企业纷纷迁入县城工业园区，迅速发展壮大。据统计，全乡约有20余家木制玩具企业迁入园区，目前现有赤石籍玩具企业44家，其中有8个玩具加工点。

图6-11 赤石玩具厂旧貌

近年来，乡党委、政府加大了项目建设力度，通过众多的基础项目建设，农村基础设施得到了改善，农民生产环境得到了优化，生活水平得到了提升，全乡经济社会处于飞速发展阶段。承建了一大批县重点工程，完成丽龙高速公路云和段赤石乡境内的政策处理工作、全县一流的交通码头——赤石南北交通码头建设，推进了云和湖旅游开发工程建设等；建设了新林村、临海洋村、阴岩至丽浦线、建源至店子、库北至南洞等康庄公路，目前全乡14个行政村，已有12个村通准四级以上公路；建设了张源头村、新林村、临海洋村、新岭、火吉坳、麻垟、阴岩等 7 个下山脱贫新村，投资额达到 3000 余万元；完成了阴岩村、南洞村等 3 个建设用地复垦和土地开发项目，总投资额达到 1584 万元。

赤石乡地理环境特殊，构成了独特的自然景观，境内有美丽的人工湖（云和湖），湖内岛屿星罗棋布，其中有开心岛、洋田湾、夏洞天、龙岩洞等优秀景点，湖光山色，风景宜人，具有优良旅游生态资源。自 2000 年开发投资以来，云和湖旅游度假区赤石景区项目规划面积达到 250 万平方米，项目总投资约 20 亿元，由杭州宋城集团投资。景区规划布局结构为"一心、三核、五区"，即形成云和湖为中心的酒店服务、综合娱乐、体育公园三核，按地理位置划为滨水度假区、宾馆服务区、山地赛车区、运动公园综合服务区。现有农家乐 9 家，年接待游客 10 余万人次。全乡上下齐心协力，营造旅游大开发氛围，大力推进休闲农家乐产业发展。届时，赤石乡将成为名满浙西南的一大旅游胜地。

赤石乡将围绕"小县大城"核心战略的要求，紧紧抓住"旅游强乡"这条主线，按照"一大、二环、三配套、四和谐"的工作思路，建设生态文明示范乡。"一大"是指大旅游概念；"二环"是指环云和湖生态产业带和乡政府服务环云和湖生态产业带综合功能进一步增强；"三配套"是指围绕发展旅游经济、服务旅游经济的基础设施建设、农业产业化、医疗文化设施建设等三大配套工程建设；"四和谐"是指人与自然的和谐、人与社会的和谐、人与经济的和谐、人与政治的和谐。

不知不觉，无声岁月流逝。蓦然，离开故园的移民发现，自己的生命与赤石变得难解难分，在异地风霜里，就不禁惦念着赤石曾有的护荫。昔日繁华的赤石古镇，成为赤石移民美好的记忆。据悉，赤石古镇曾有一座三层钟楼，楼内挂着一口年代久远的青铜大钟，凡大年三十，或逢村中大事、急事，都会撞响大钟，钟声洪亮、清澈，全村人都听得见。赤石古镇迁移后，钟楼成为村民无法抹去的记忆。

2013 年 12 月里的一天，一批在外创业的移民相聚一堂，商议在黄岗山顶集资建造钟楼，以再现古镇昔日繁华景象。座谈时，大家纷纷慷慨解囊，当场捐赠建设资金近 20 万元。

为了做好钟楼建设，赤石村成立了钟楼建设工作委员会，共筹集资金 100 多万元，确保了工程建设顺利推进。

"钟楼是赤石村历史文化的集散地，是年轻人了解村史的窗口，重建钟楼非常有意义。"钟楼建设工作委员会会长阙安平说。目前，钟楼已巍然伫立，它所代表的，不仅是一个古镇的图腾，不仅是一种外在的形象，更重要的是，它所代表的、所彰显的、所昭示的，是一种精神的动力。

近年来，修续家谱在赤石移民中悄然升温，有一家一户修的，有同宗同族修的，目的是彰显家族文化、和睦家庭、教化育人，让后代记住家族文脉。

但愿古镇所代表的历史文化传承意义同时获得新生；但愿它所承载着的无尽乡愁能够在新镇得到延续；但愿瓯江的涛声之中，有古镇千年不绝的市井之声渗出。

石浦村纪程

一

人类学家认为，一条河，就是一个文化长廊。"人以群分，物以类聚"，看《水浒传》，便知道凡赞成"大碗喝酒，大块吃肉"的好汉，才聚齐到梁山泊。同样，和许多的商业帮会一样，船帮是众多船家在劳动和生活中自然形成的。他们为了过急流、闯险滩、避暗礁、战山贼和共享商业资源，而形成了帮会。出航时，少则四五条船为一帮，多时几十条船为一帮，并推选经验足、能力强、有号召力的船工担任帮头，就形成了所谓瓯江船帮。

基于旧社会江湖上有"青帮""洪帮"等帮派势力在社会上叱咤风云、呼风唤雨，现在有的人误以为瓯江船帮中也是组织严密、等级森严、奉立帮主。其实这些猜测纯属子虚乌有，全是局外人的误解而已。新中国成立后，瓯江船工除了参加航运社、航运站等单位之外，船工之间以居住地就近建立船帮组织，便于航运途中互相帮助。小组6条船，大组12条船，都是正常的班组集体，没有半点江湖帮派的意思。

瓯江船帮为我们留下了一笔具有特殊价值的文化遗产。可以说，某种程度上，瓯江的船帮文化，是一种悠久而稳定的集体人格，是瓯江流域发展的支撑和背景。

在瓯江，有许许多多的船帮，以云和规溪为界，分为上乡帮和下乡帮。上乡帮以龙门、局村、石浦、紧水滩四大船帮为主力，下乡帮以温溪、古市、大水门等船帮为主。

石浦船帮古镇，位于云和县城北，距离县城18千米，坐落在瓯江上游龙泉溪（图7-1）畔。这里是沧桑八百里瓯江最柔情的部分，在宽阔的江湾里，瓯江沉静下来，上苍造就了这片风土吉壤，船工行船至石浦，靠岸定歇，做冲击险滩的准备，或者做从险滩下来后的休整。

石浦本无村，更无镇，据说，第一批居住民，给这个地方命名为"石富"。石，是因为此地乱石众多；富，寄托着拓荒者们的意愿和希望。后来，居住民多

图 7-1 船行龙泉溪（初小青摄）

起来了，江面上就有了渡船。石富，就改成了"石浦"。以渡口为地名，是一种常用的方法。这个地名，也就为大家接受了。

　　石浦人以船立村，但他们并不满足于单纯的水运生活。原因是水上生活毕竟辛苦危险，而且从事船帮生活，让人看不起。在古代，中国人的脸面是要靠土地来支撑的。谁家有多少田地山林，谁才真正享有社会地位。因此，在船帮里赚了钱后，许多人就置办土地山林。在石浦人心中，田地山林是他们的根脉，船是他们的枝叶，商是他们的果子。这样的追求，逐渐使石浦村根深叶茂起来，成为远近闻名的一个富裕村了。

二

　　也许正因如此，才更值得专程前去考察一番。一个初秋的清晨，在云和县老领导符香环等人的陪伴下，我驱车来到了盛名之下的石浦，说是古镇，其实不过是一个古村。

　　石浦，依水而居，坦然依旧。两棵上百年的老樟树依然枝繁叶茂，坚强耸立在村口，像一位沧桑的村中老人，展露古村的古朴与灵气。条石砌就的埠头挤满了浣女，木槌棒敲打着青石，老妪在石级上洗着青菜，一女子走下台阶，细腰弯下，一桶清水就提在了手里，水纹漾漾，自其转去的身后荡开。或许，这些日常生活图景，就是当年的影像日志。

村支书彭永生等人在村口热情地迎接我们，经过一番相互介绍后，当地一位长相朴实、身板宽厚的老船工主动给我们当起了向导。经了解，他名叫续武相，出身船户世家，十三四岁就随父亲行船闯荡瓯江，1969年冬季去参军，1973年夏退伍还乡后，接替父亲的职业，后来当上了县运输公司经理，一干就干到退休。他祖祖辈辈就扎根在这里，对这个古村了如指掌，对每一幢古民居亦能如数家珍。

他介绍道，村头是彭氏家族，村中间是叶氏家族，村尾是张氏家族，人丁兴旺的时候有700多人。

我跟着老续踏在用鹅卵石铺成各种图案的小弄里，一步步找寻着失落的记忆。老续向我娓娓道来：

当年，船帮即商帮，船帮人也是商人。所以，石浦就自然形成了一个商贸集市。就在前面不远处，就是石浦的集贸中心。那里有一条200米长的老街（图7-2），当年两侧店铺林立，农历逢五逢十，周边村民就来这里赶集，购买生活用品，销售自家种出来的富余物产，船帮人就开门贩卖自己从温州等地运来的海货、生产工具和生活用品，也大量采购各类山货，像木炭、茶叶、药材、香菇等等，凑到一定的量后，就运载到丽水、温州去销售。

脚底下曾经人流络绎不绝的街市，现在却没有一切市侩的叫卖气息，有的只是曲折而绵长的时光，以及时光门槛边卷着旱烟目光清透的老人，很少见到年轻

图7-2 石浦老街（作者摄）

人。老续又介绍说：

由于20世纪70年代瓯江上游电站开始兴建，瓯江水运从此也开始衰落了，江里讨生活也难了，离开这个村落是许多年轻人的迫切愿望和实际选择。他们纷纷出水上岸离开，另寻他业。原先他们生活在这块小小的封闭的方言土地上，很少远行，改革开放的春风一刮进来，就启发着他们对外部世界的想象，奔向新的生活。显然，沿袭上千年的父传子、兄带弟、亲戚带亲戚的传统被打破了。

我想，当年他们出水上岸，绝不会像现在辞职的人那样，有"世界这么大，我想去看看"如此文艺的理由。

走在小巷里，脚步是轻松的，心情是古远的。村落的古建筑与居住环境的营造，都因地制宜，布置合理。这些古民居连绵成片，一座挨着一座，有的南北相连，有的东西相通。马头墙高低错落有致，泥质粉墙，淡雅明快，稳重质朴。每幢宅院青石质门框上都镶有砖雕门额，如"述古世家""传家忠厚""树德务滋"等。这些门额充分表现了当时主人独特的道德教养和对生活祈福祝祥的良好愿望，反映了当时船帮的民风习俗。但由于自然损坏、年久失修、人口严重流失等原因，村落的整体空间形态、村落肌理、建筑等都严重受损。10余幢恢宏的清代船帮古宅，粉墙黛瓦以及其间的斑驳，经过时间和岁月的反复涂抹修改之后，变得更加深沉、厚实。只有缝隙中的杂草生机勃勃，丝毫没有旁落的遗憾，《兰亭集序》如是说："俯仰之间，以为陈迹。"我不免有点忧虑，眼前的船帮古宅在日后的时光里被加速地摧毁了。随同古宅的倒下，一个绵延了600年的村落也瓦解了，那样一种由家族、血亲构筑起的人伦关系也坍塌了。村支书彭永生看出我的忧心忡忡，便跟我说："县委、县政府很重视传统村落保护，第一期修缮工程已下拨1400万元。"陪同我一起走访的县老领导符香环也跟我说："县政府现在正紧抓传统民居的修缮与改造工作，对具有较高保护价值、鲜明时代印记以及显著地域特色的历史文化建筑，本着'保护为主，精修为旨，艺术为重，和谐为本'的原则进行保护修缮。"她这么一说，让我感到无比宽慰。

不一会儿，就来到了彭家大院，老续面露得意跟我说："这就是我的老家。"话音一落，我就纳闷了，老续见状就说开了："我父亲原来是姓彭的，后来当了上门女婿，就改姓续了。我儿子已把姓改回来了。"从老续的口中得知，他的祖宗彭老大原是福建渔民，他16岁那年，一场台风把他家的渔船打翻在海里，父亲与哥哥都葬身大海，他好不容易捡回了一条命，就再也不下海捕鱼了，也没有资本再造船出海了。听村里人说在瓯江里搞船运是不错的，就变卖了家产，到温州买了条二手货舴艋船，成了瓯江里的职业船家，并娶了在青田镇上做小本生意人家的女儿为媳妇。娶媳妇的新房，就是他的船；结婚的新房，就是他的船舱。他媳妇死心塌地喜欢他，就很乐意跟他在江面上漂来荡去。15年后，他才携妻子在石浦安置了自己的家。在他的带动下，有几个船家也到石浦开垦荒地，安家落户了。祖先为了显示宗族门庭的气派，凭着硬从牙缝里省出的钱，修建了这座宅院。

这座宅院，从整体到局部其装饰构思都很得体，造型儒雅大方、庄重严谨。门额上嵌"述古传家"楷书阳刻石匾，宅内牛腿、雀替、月梁、金枋、格扇门和窗等木雕装饰工艺精致、题材丰富、生动自然、寓意祥和。天井地面、柱础也均有精美装饰。老续很得意地说："这里曾是当年人民公社的食堂，当时热闹非凡。"但如今偌大的一个宅院，空荡荡的，了无生活气息，中堂上张贴的案奉香火祖师符都已剥蚀得辨不清字了，只有一幅反映"大跃进"的宣传墨画仍清晰可见。曾经容纳过多少艰辛和欣慰，消化过多少奔波和疲惫的宅院老了，就这样人去楼空。烟熏的四壁，不免给我切肤的疼痛和宁静。

我们走出这座宅院后，来到石浦村尾山脚边，老续手指着前方一幢老屋对我说："这是村内保存较为完好的一座古建筑。"我仔细观察，只见花岗岩石库大门，门顶匾额砖刻"瑞映长庚"四字。我便叩门进去看看，迎出来一位慈祥老人，沟壑般的皱纹见证着远去了的沧桑岁月。他叫张盛富（图7-3），已近80高龄，世代船工。与他交流中得知，他父亲15岁撑船，60多岁才离开船，1979年退休，当时退休金每个月才12元，81岁去世。因为他是家中独子，他奶奶知道撑船太苦，也太危险，不让他去撑船，初中毕业后，在家务农，当过生产队队长，他奶奶逝世后，20多岁的他接过父亲的木帆船，在江里讨生活。

图7-3 张盛富及其妻子（作者摄）

他领着我在潮湿的院内转悠，一股霉霉的黏稠的味道不时扑鼻而来。中堂上供奉着祖先的画像和伟大领袖的年画，清晰可见，屋里简朴干净，桌柜上摆着整齐的碗筷，小罐子里插几双筷子，那俗常的景象，现在不得多见了。但尽管承载着传统文化的民风、民俗，印记着无数故事和传奇，这些古建筑还是正在成为记忆。

他断断续续地给我讲述这幢老宅的来历：

这是一幢始建于清朝乾隆年代后期，距今230—240年，白粉墙、小青瓦、木结构、四合院、二进厅、一列横梁、整体两层、宅内互通的传统式民用建筑。主建这座大宅院的时礼太公是由龙泉迁来石浦定居的存敏公的十二代裔孙。小卵石嵌花砌做的天井，约可容纳200多人。中堂正厅的跨度接近当时的木结构的最大限度；本地人称的七直两俯的正房一字摆开，坐东朝西，阳光充足。正是：瑞气东来，背靠牛头余脉千古秀；长庚永驻，门对吾西尖顶忠厚传。左右两侧厢房及门庭回护构成四合院，条石护砌陛沿，整齐大方。中堂之后进有一排七直三俯的楼房，中堂左侧正房之外又有一排横向摆放的十二直四俯俗称横处的楼房；整座大宅呈正方形，泥墙围筑，高端风火墙设砖砌马头，壮观牢固。室内窗户，方格木条拼接，明亮实用。虽无雕梁画栋之设，却有清嘉庆云和知县蔡应霖颁发的"传家忠厚"奖匾一方，因房主人并非高官富商权贵之流，乃是劳动致富自给自足人家，力求宜居，不尚荣华。张氏古宅（图7-4）计有1正厅、3循堂、4小厅、5天井、11条楼梯、280校庭柱、72间住房，占地建筑面积约2100平方米。

图7-4 船工张氏古宅（作者摄）

为了让我更清晰地了解该宅历史沿革脉络，张盛富老人从家中拿出珍藏的《石浦张氏繁衍概略》一书给我看，我仔细翻阅了一遍，对他的家族过往人事的变迁，有了一个大致的了解。

顺治夺取政权、平定叛乱之后，接下来是 100 余年的康乾盛世，人心安定，农耕生产得以发展，人口自然增长迅速。此时，石浦张氏传至第十代攀玉公，正是康熙中期，人口骤增，住房及生活出路即成为主要矛盾。幸好石浦村沿瓯江上游的大溪，早年就有舟楫之利，因此，一部分青壮年放弃农耕，转入瓯江船帮队伍，谋生就业，成为船工，尚属可取；而住房呢，除了三代挤居一室之外，只有兴建新屋来解决，张氏古宅就此应运而生。

房屋主人张时礼，务农为业，勤俭持家，忠厚能干。不幸的是父亲张明于乾隆二十九年（1764）去世，终年 49 岁。此时，张时礼年仅 22 岁。在大家庭 6 个兄弟辈分排行中虽居于老二，但在母亲的教导帮助下，掌管家务，井然有序，年年有余，合家欢喜。母亲王氏贤德有能，46 岁开始守寡，除抚育好幼小子女外，一心筹划如何兴建新宅以解决人居困境。至乾隆四十年，张时礼兄弟分居，他名下已有 6 子 2 女，逐步成年。乾隆五十年初，他全力投入宅第基建，经过多年辛勤劳动，逐步完善建成现存的张氏古宅。此时，张家大院内已住有 21 户近 100 人，全是他的子孙后裔。张盛富则是他十八世裔孙。

在张盛富老人看来，祖辈真正留下来的，除了勤俭持家的法宝外，还有"张氏家训"在流传数百年后仍然具有的独特魅力和精神力量。

"一敦孝弟、二重礼羹、三励廉耻、四正名分、五敬师友、六贵勤俭、七戒争讼、八尊祠宇、九重谱牒、十顾坟茔、十一守祭祀。"

这一则家训，是这个大家族里每个人人生道路上的指路灯。但家这个亲人们长久以来生活在一起的庇护所，总会有离散的一日，这是人生的许多必然之一。

面对家徒四壁的残破老宅，张盛富老人长长叹了一口气："唉！过去吃饭的人口多的时候达 78 人，现在就住着我两老了，经常外面下大雨，屋里下小雨。"

但老旧的家院里，不知储藏了多少浓浓的日子，参斗斜照的时候，夜深人静的时候，也会有他们自己的情，也会有他们自己的爱。

让我恍惚间有回到旧时光的幻觉，我似乎看到，不少黑发少女在雕花的木窗口羞怯地张望，等待着未知的喜悦；不少船工的妻子在窗下一边纳着鞋底，一边点燃袅袅的思念，一边奶着娃儿，一边做着长长的打算；不少白头在窗口痴坐，看着岁月随着江水缓缓流去。

　　似乎是命定的生活方式，他们二老也许是走不出老宅一抹深深的期望了。我也无法安慰他们，无法缓解他们彻骨的孤独。

　　走出张氏古宅后，老续带领我来到了当年船帮的会所（图7-5）。会所坐东向西，门口一条大道，往南通向石浦码头，往北通向村里。会所有一个占地500平方米大小的院子；南面是一个2层高的戏台；东面是一个水碓房，全村的稻米、菜油，都是在这里打出来的；北边是一个供奉着各路神仙的庙宇，庙宇的大厅，就是会所议事的地方。

图7-5 石浦船帮会所（作者摄）

老续介绍道：

　　会所不是一个常设机构，有事就聚在一起议事，无事就供奉着香火。船帮人数少的时候，议事时所有船帮人都参加，但后来石浦船帮发展起来，总人数达几百人，要大家都到齐已经不可能，就推举代表来议事。在议事过程中，当然要选举一些头目，由头目来主持会议，形成决定，监督落实。这样，一个组织就自然形成了。在这样的议事活动里，几个大家族的族长，自然是要参加的。因此，在石浦船帮会所里，不单单讨论一些船帮的事，也讨论一些村里的事。

在会所里，他们相互交流航运信息，调整运费标准，确定与其他船帮的关系。若石浦船帮人与其他船帮发生了冲突，就商议如何解决矛盾，提出要求对方赔偿的标准，或者是如何降低向对方赔偿的要求。特别是有船帮人出了事故，就商议如何给受害人或受害人家属补偿。当然，也商议村里的公共事业，比如修建码头、清理河道、修筑道路、修缮学校等等。

船帮人每年都要交一笔费用给会所，由于这个会所都是为自己办事的，所以船帮人都愿意交。交纳的标准分两类，一类是拥有船只的，交的数额就大；另一类是单纯撑船的，交的数额就小，几乎是象征性的，有许多是船家代交的。

三

明朝初期，也是石浦开村的时期，第一个定居石浦的，是龙泉籍人士张存敏，是他最早将文明的种子播入这片沃土，让家族的智慧不断勃发。随后，一个彭姓船家加入了石浦开荒的队伍，接着，是饶姓的船家在石浦安家，然后是叶姓……每一个姓氏，都向人们诉说着历史的神秘和苍老。几百年来，有多少男女老少，执着于生存的努力，执着于生活的追求。《石浦张氏新纂源流序》载："明初，荣老公之子存敏公即瑞芝公，想必有事来云，道经石浦，遥见长溪一带环绕于前，远岫千寻回护于后，颧斯景象，殊多天造地设之奇，因率家人携谱牒而迁居于此焉。"

存敏公定居石浦之后，以一书生（邑庠生，当时又称秀才）文弱之躯，白手起家；进行建房造田、勤耕苦种、生男育女、社会交往等活动，虽有天伦自然之乐，却无天降馅饼之机，凭借繁重之体力、脑力劳动，用自己的双手创造出赖以生存、生活、生长的根基，其所付出的辛酸血泪，恐非公之后裔所能想象。到了明末，石浦已经成为一个船帮集镇，石浦船帮最鼎盛时，全镇共有船300多条。镇上有会馆，有戏台，有庙宇，有仓库，有交易场所，有旅店，有茶馆，有酒店，可谓是民丰物阜、商贩骈集。

三十年河东，三十年河西。繁盛的石浦古村的安宁也必定是短暂的，随着封建王朝的更替，战乱波及此地也在所难免。可叹的是，明清统治者目光太过短浅，以海禁为国策。几百年间，国际商埠形同虚设，不只是温州，在这个大背景下，船帮的业务和生活也受到很大影响。到了康熙二十二年（1683），清朝一度开放海禁。瓯江流域的船运贸易随之发达起来，石浦这个船帮也随之兴旺起来。但不久，英国、葡萄牙等西方国家的商船频繁往来，清廷怕生弊端，于乾隆二十二年（1757）颁布禁令，"只许在广州收泊交易"，"不准入浙江海口"。清朝经济之舟断楫和搁浅，瓯江所有船帮也不可避免地成了城门失火的池鱼。此起彼伏的社会动荡，使石浦古村的平静被一次次打破。太平天国时期，长毛兵骚扰石浦，致使石浦"人死大半，户籍锐减"。嘉靖四十年（1561），倭寇进犯东南沿海，烧杀掳掠，瓯江是倭寇进入内陆的要道，航运被迫中断，船帮人生计更难了。此时，戚继光临危受命，抗击倭寇。瓯江船帮对倭寇早已恨之入骨，得知戚家军招募兵勇，即踊跃报名。当石浦帮的40多艘船到达丽水大水门时，戚家军正在征用船只，准备剿杀盘踞青田的倭寇。船工二话没说，参加了戚家军。是夜，戚家军乘着月色，100多艘舴艋船浩浩荡荡顺江而下，突袭青田。刹那间，青田县城火光冲天，杀声四起，尚在睡梦中的倭寇死伤无数，余下的仓皇逃离。此战中，两位船工不幸为国殉职，遗体运回石浦村时，男女老少来到码头迎接，抽泣声、哀号声盖过了瓯江的涛声。帮会出资厚葬他们，抚恤他们的父母妻儿。出殡那日，送葬队伍如一条长龙，沿瓯江慢慢蠕动，经幡舞动，哀声四起。悲戚的唢呐吹起了"送山调"，瓯江草木皆悲戚，缭经十里起哀号，村民们依依送别英雄。今天，在离石浦村十里的一个山坳，还静卧着两座古墓。古墓三面环山，面朝瓯江。石浦人永远记得，这就是那两位英雄的长眠之地。

受倭寇骚扰，瓯江船帮发展的步伐放缓了。几年后，朝廷来到瓯江流域开采银矿，设立银局，局村地名沿用至今。矿银全部通过船帮运输，并向船帮征收税赋，经过层层盘剥，船帮收入锐减，度日如年。于是，他们有加入叶宗留起义队伍的，有弃船上岸当农民的。那时，瓯江破船、沉船无数，溪滩上到处是断楫破帆，八百里瓯江一片荒凉。

康熙二十二年（1683），郑成功的孙子郑克爽回归大清，一直闭关锁国的清廷开放海禁。温州港迅速繁荣，瓯江船帮重新崛起，瓯江两岸的船帮古镇又出现了"店铺林立、商贾云集"的繁华景象。

抗战时期，日军侵占了浙赣线，陆路交通破坏严重，浙江省政府与浙江腹地失去了联系，为了保障浙江后方的供给，水运成为最主要的运输方式，瓯江船帮重新开始发展壮大。1942 年 5 月，浙江省政府迁至云和，大量的军队、民众和商号潮水般涌入云和，弹丸之地云和不堪重负。这时，石浦船帮同其他船帮一道挺身而出，共赴国难，无论条件多么艰苦，无论战争多么残酷，把大量的军需民用物资运抵云和，为"方山岭战役"的大捷提供了强大的保障。

四

往事越千年。瓯江船帮文化虽然早被历史江河涤荡而去，但石浦毕竟是抓一把泥土就能攥出瓯江船帮文化汁液的地方。俗话说：相沿成风，相染成俗。石浦船帮最大的习俗要数庙会。石浦北边的村庙里，供奉着"天妃娘娘"神像，每年农历正月十四到十六，都要举行庙会。庙会期间，船帮人信奉的"女神"出巡，家家户户点香烛、设斋饭，摆上供奉的花果，恭迎夫人。出巡队伍前有双锣开道，后有仪仗压轴，经幡助阵。八抬大轿里供奉着夫人神像，善男信女们手执夫人灯，跟随大轿一路巡游，唢呐声、鞭炮声此起彼伏。一种不可或缺的凝聚力，一种精神的寄托，一种内心的想法，像一串又一串鞭炮在炸响，炸得个个心花怒放。

有庙会，必然有"戏文"，演出的内容，主要有松阳高腔、鼓词、木偶戏等等。当地人说，他们的镇子，对娱乐的热爱，由来已久。

古镇南面的一个二层高的戏台，两头翘着飞檐，是石浦人、船帮人、村民和周边群众娱乐的地方。逢年过节，这里人山人海，灯火通明，周边县的民间艺人、艺术团体也辐辏这里，吹吹打打，热闹非凡，一唱就是一两个月。

已是破烂不堪的戏台，一样叫人怀想，几尺戏台，何时演尽了人世的喜怨和悲辛？

石浦船帮、松阳古市船帮、丽水大水门船帮、青田温溪船帮，他们的祖先大多来自福建。他们开创了瓯江船帮，也带来了船帮人特有的信仰体系。他们给瓯江地区带来的最大信仰神祇，是妈祖崇拜，并形成了一系列的女神崇拜体系。但妈祖到了瓯江一带，不称为妈祖了，而是叫作"天妃娘娘"。在瓯江沿线，有数个知名的天妃宫。温州江心屿、丽水白象山、松阳古市、龙泉遂昌等地，都有众多的天妃宫。航行途中，凡有天妃宫的地方，他们都要停船祭祀、祈求保佑。可是再危险的激流险滩也没能吞没的船帮，最后消失在平静的历史长河里，瓯江上游相继建起了电站，瓯江被大坝拦截后，那声嘶力竭的号子声已融进了远去的波涛里。瓯江航运就此中断，失去了激流的瓯江船帮，犹如失去了双翅的飞鸟，终将坠落到人们记忆的深渊。石浦村口拦街殿里的

图7-6 影静船筏依岸泊（初小青摄）

菩萨，拦得住厉害的邪魔，却拦不住时间的脚步。唯有昔日舟来船往的埠头（图7-6），如今仍在这里始终如一地守望着久远的渴望，还有那年年岁岁接受江水亲吻拥抱的石阶，还在孜孜不倦地聆听江水荡漾的旋律。

人是怀旧的动物，什么消失了就怀念什么，什么消失得越快便怀念得越迅速。近两年，石浦老船工把烂在江边杂草丛中的一艘艘断桅的残船搜找回来，摆在村东的江边，与日夜守望的远方，融为某种斑驳的和谐。

我一看到破烂不堪的残船，心中便涌上无限的酸楚。或许它们从瓯江的源头而来，因思念凝定落地生根要永远倾听瓯江的不变姿势，但它们已永远倾听不到江面上传递的乡音，倾听不到江面上百舸争游弹奏的祥和、动听的琴弦。但天地汲存了它的涛声帆影，历史砾石镌刻着它的光荣履历。也许，我们从中还能找到延续生命的能量。

五

我十分感谢吴品禾、初小青等著名摄影大师，他们用摄影艺术的手段，为瓯江船帮存档，为瓯江帆影存档，让残留的记忆在照片中延续，为后人留下深邃的回思与感念。自 20 世纪 70 年代初开始，他们不知多少次穿梭在瓯江，不知多少次跋涉在江滩上，不知多少次历险、多少传奇，命运注定与瓯江结下不解之缘。他们通过摄影的真实再现，"活化"了船工的集体记忆，彰显了瓯江的形象。有一个叫于坚的诗人说得好："一张照片就是一个时间的遗址。"正如初小青大师在他的摄影画册《别梦依稀——飘逝的江船》里写道："在我刚从事摄影工作的时候，舴艋船还是瓯江中上游主要的运输工具。每当江风起时，那片片白帆飘映在碧绿的水面……当我拥有了高级相机来从事专业摄影时，面对瓯江，我只能高搁相机而从资料堆里寻找那飘逝的江船了。"从他的这一段文字中不难发现，他对瓯江的帆船有着强大的源于内心深层的情结。从他倾注了情感与生命体验的作品中，我也看到了这种情结，那是一种浓浓的挥之不去的瓯江情结。

大师们所拍摄的照片，真乃弥足珍贵，一张张力透纸背的影像，浓缩了那个年代瓯江船帮的故事，成为那个时代的真实记录。一个个决定性的瞬间，一道道深刻的痕迹，防止了瓯江船帮记忆的消散，具有超乎寻常的穿透力，超越时空而深深地镌刻在历史的长河中；她具有无与伦比的渗透力，透过时光的过滤，而融化在我们民族的血脉里。同时，大师们的人生经历必然成为时代的折射，他们的光影足迹，令我们在回望的思索中不断受到启迪与感动。

我时常在夜深人静的时候，翻开初小青大师的影册，在一张张被定格的历史图片中，唤醒我那尘封已久的躁动，透露出我潜意识中的诉求，给我许多遐思、许多畅想，令我因时世的兴废而心生感慨。

自从初小青在瓯江上拍摄的《影途遇敌》作品，于 1980 年获联合国教科文组织"亚洲文化中心奖"，丽水摄影的发展就与瓯江息息相关。同时，风光旖旎、气象万千的瓯江成为中外摄影人找寻灵感创造的绝妙之境,他们把目光聚焦在"瓯江帆影"上。1999年,丽水被中国摄影家协会命名为首个"中国摄影之乡","瓯江帆影"成了丽水的一张名片,石浦被誉为"瓯江帆影最佳拍摄点",每年吸引数万人前来拍摄。可想而知,摄影起到的助推力有多大。但在"当下生存"的帆船,只能成为摄影人了解瓯江船帮文化的一个鲜活证据,一个钩沉过往的情结罢了,那白帆全然没有强烈的船工个人情感与价值积淀,让人感受不到岁月的稀薄和时间的沉重。当然,我写下这段话并非旨在对现在的"瓯江帆影"提出质疑。事实上,当下的"瓯江帆影"在相当广阔的空间范围内被验证为有效,并不是因为它是"复制"的,而是彰显了对瓯江帆影传统本性的尊重。

2018年11月里的一天,我邀上了初小青大师一同前往他当年行摄过的紧水滩流域采风。那天黎明时分,我们已在石浦船帮古镇对岸等候最佳时间点。当江面上泛起了一层淡淡的水雾,古镇(图7-7)变得影影绰绰,我租来的几条帆船在云雾里穿梭。面对眼前梦幻般的景色,我一口气拍摄了好多张。当我回过头去,却看到初大师连摄影包里的相机都没拿出来过,我惊诧地问他:"这景色还不入你的法眼。"他笑了笑说道:"我找不到当年的感觉。"听了他这句话,我似乎才有所悟,我知道,离他灵魂最近的是瓯江,离他灵魂最远的,也一定是瓯江,时间之河,再不能泅渡回去了。

图7-7 石浦古村全貌(作者摄)

溯望大港头

一

一个地方是个体对空间符号的意义赋予。

地处瓯江上游和中游交接部的大港头，一个镶嵌在水中的地名。

一个"港"字，尽显中国文字象形之神韵。之所以叫大港头，这与"港"字有关。港，字典中的解释是可以停泊大船的江海口。在八百里瓯江之畔，地名带有"港"字的也不多见，这足见大港头在当时舟船往来的年代是何等的繁荣。

它位于丽水市区西南部，大溪南岸，紧扼水陆交通要冲，距离丽水市区23千米。《清史稿·处州府》载：大溪（瓯江），西南自云和入，左得松阴溪，西自松阳来会，为大港头。

民国十五年《丽水县志》述：大溪源出庆元县，经龙泉、云和二县，凡四百里至丽水界。东流为均溪（溪有伏石如象者三，每坏舟。嘉庆十五年，碧湖叶云鹏捐金凿去），黄田之水出焉（黄田水，源出县西南七十里大杉源山，北流入大溪）；又东十里为玉溪，又东五里莲河之水入焉（莲河水，源出县西南六十五里上庄）；经平地会松阳水，为大港头。

正因为上游龙泉溪和松阴溪在此汇合，彼此的磨合冲刷出一片宽阔如平镜的河面与舒缓而平整的溪滩，溪面宽约200米，水深大多为4米，二溪汇流共同造就了瓯江流域（图8-1）天然的水运码头。

《处州府志》《丽水县志》和《括苍汇记》等书上都明确记载了大港头水运码头是丽水县25个码头渡口中最好的天然码头。

也正是这二水相汇，大港头因此有了别称，民国十五年《丽水县志》记载：大港头清自治公所，距城五十五里，旧名双溪。

造物主对大港头是偏袒的，史料记载大港头的居民活动可追溯至宋元丰五年（1082），大港头的先民是最早适应大自然、利用大自然的一群先驱者。

当年勤劳而聪慧的渔民、排工、船工相中了这一块得天独厚的风水宝地，他

图 8-1 大港头晨韵（作者摄）

们来到这里烧出一片天地，傍水筑庐，迎来每一个日出，送走每一个日落，年年岁岁，寒来暑往，花开花谢，水枯水润，一代又一代人在这里繁衍生息，劳作耕耘，默默更新着瓯江赋予的生活，沐浴着披风击浪、追逐希冀的遐思，沐浴着呼唤白帆的柔情。民国时期，仅保定村就有船民 200 多人，占全村人口的一小半。他们的船只大都停靠在大港头岸边。

有史料可考，在整个瓯江航道上，丽松航道是开辟最早的水运干线，隋置处州"以松阳为内库"。唐宋商业发展，因西交"三衢"，商旅辐辏，成为重要商路。清代的温州官路则把"由松阳下瓯江，经丽水至温州"的全航程划在其中。自然，大港头就成了过往船只商贾的歇息之地。瓯江船帮也与大港头结下了不解之缘，大港头的埠头，常年停泊着他们飘忽的梦。

大港头至迟在隋唐便已是著名码头，特别是南宋至明清时期，已是"连檐集万艘"的瓯江重镇。上游的龙泉千百年来的熊熊窑火，烧出了中国传统工艺和历史文化的精华，龙泉窑成了中国乃至世界陶瓷史上烧制年代最久、窑地分布最广、产品质量要求最高、生产规模和外销范围最大的青瓷历史名窑之一。龙泉溪上一艘艘船只穿梭往来，载着龙泉青瓷经瓯江运往世界各地。最鼎盛时，瓯江流域内，据浙江省民国档案记载，有"船只 8000 艘，日均 250 艘"。大港头逐渐成了瓯江中游的政治、经济、文化中心，成了来往货物的集散地，温州、丽水来的客商和货物都经此中转到松阳、遂昌、景宁、云和、龙泉、庆元 6 县，大港头于是有了"三江汇聚，六邑要津"之称。瓯江船帮奠定了大港头作为浙南名镇的地位，从南北朝一直到中华人民共和国成立，这里都是瓯江航运最为重要的中转码头之一。

以前，大港头无水运专用码头，船只装卸货物利用民间埠头或自然坡岸。一直到了1988年冬，国家有关单位资助39000元，当地群众集资4000元，才建成一座宽5米、长93米的石砌水泥混凝土路面新码头，可通拖拉机。新码头前沿水深1.5米，可供船舶装卸作业。码头下侧水面宽广，水流平稳，是停靠船排的天然港埠。

现在埠头还遗存吊船的铁环和铁钩，它们仍然静静地守护着那一段老去的岁月，守护着瓯江船帮无法割舍的炽热之情。

那废弃的埠头，仍用千年前的称呼呼唤着瓯江船帮，仍可以连缀成一条悸动的血脉，驮着我们的神思，折返。

二

应江而生的大港头，呈现出别样的河川水乡风貌，形成了自己独特的风俗和民情。

它的格局不像别处有小桥流水，而是临江而立，在水一方，也不像平遥古城、丽江古城、凤凰古城、乔家大院那样富庶雍容，而显得雅致婉约、古典深幽。

大港头古镇平静而从容，目光所及，入眼的还是老旧岁月缓慢而尘外的感觉，坦然依旧，定格简朴的过往。

进镇的街道，生硬地折成角尺形，在拐角处，曾经建有一座当地人称之为"下佛堂"的小庙。这座庙的正式名称其实是"五仙殿"，取的是"五仙挡道"之意，意在借助伽蓝菩萨的力量，将所有的污秽、邪气，乃至厄运，都拦在镇外。

江滨一条古街，现仍然基本保留着晚清民国时期的小镇商埠旧貌。古街沿溪而建，长800多米，沿街一般是木结构的双层建筑，墙基甚高，多为鹅卵石砌叠而成，底层为店面，上层为住宿，带着古色古香的温婉。这些老宅虽经风吹雨打，冷暖阴晴，却仍然很结实地矗立着，犹如筋骨强健的老人。古街两旁鳞次栉比的商铺，印证了这是一座由瓯江船帮托举出来的商埠。

走进每一间商铺，既能触摸到家的温馨，也能感受到历史的底蕴，能窥见他们当时的生活情境，可以想见当时人流物流涌动的繁忙景象。

街巷多为石板路，色泽青纯，古朴沉重，不知折叠了多少历经沧桑的脚印。石板路上除了游客外，早没有了船工往来穿梭的影子。

在那挑出水面的阁楼（图 8-2）上，推开窗子就可欣赏美丽的瓯江。小楼之间有众多的小埠头，它们从古街沿楼脚伸入江边，与古渡口一起架设了瓯江通往古街的通道。因此，人在古街的任何地方任何时候都可以很便捷地下到瓯江，这方便了居民诸如淘洗之类的日常生活，更为重要的是，这样的格局便于货物和人流的集散。

图 8-2 古镇民居（初小青摄）

我登上了一处四层建筑物，这里可以俯瞰老街区。村落中间大，两头尖，形状恰如一艘停泊在江边的航船。一条长约 500 米的古驿道是船的龙骨，横向的小巷是船的骨架，块状屋宇正好是一块块拼接的船板。一棵上千年的樟树拔地而起，充满着向上的力量，如同一根船篙深深地插在船尾。大港头与徽州的龙川、西递一样，是一座典型的船性古村落。这些依山傍水的村镇希望以形似航船的布局避免水患，给予后人扬帆起航的美好寓意。

这条清晰可辨的古街令人遥思，不禁追忆起古人与旧生活。曾经有多少繁华的摩肩接踵，又有多少俗尘往事演绎着生生不息的热闹。

还住在老街难离的老人家一聊起古镇的过去，是那样的真切和刻骨铭心。他们向我娓娓道来：古镇在新中国成立前后都很热闹，上下码头每天有上百只船进出（图8-3），每到傍晚，江边就停满了大大小小的船舶，有六舱的，有八舱的，还有十舱的（货船用舱来衡量大小）。

图 8-3 船行大港头（郑国强摄）

当时瓯江上游木材产业处于极盛时期，由于地势原因，1950年下半年，丽水县供销社在大港头专门设立了收购站，经营木材、毛竹。同年，县森林工业管理站成立，在庞山、大港头、碧湖、桃山、双溪等地设木材收购点。1965年还增辟大港头行市，每旬逢一逢五为市。

每当夜幕落下，岸上万家灯火，水中渔火点点，街面上，客栈连货栈、商铺傍酒店，茶楼酒肆林立。船工、排工在这里歇脚，商人老板在这里洽谈，闲人在这里请客休闲，一些排工、船工怀揣着辛苦钱，在脚步迈进古镇的瞬间里，一年的劳作便换作片刻的欢愉，而后摸着干瘪的口袋，在靠着埠头的香樟树下，带着懊悔的心思，迈出埠头，重复着一段艰辛的日子。

不管当地的老人怎么描述，毕竟对他们来说，那是时光缝缀的一段美好记忆。

在今天的我眼里，当年古镇的夜晚，便有了秦淮河边的浪漫情调，彩灯闪烁，魅影重重，韵味悠长。

那沿江小楼无疑就是沈从文先生笔下的湘西吊脚楼，在某扇打开的阁楼窗户下，穿着红绣鞋的翠翠，正在翘首盼望着心中的情郎风尘仆仆地奔向她的怀抱。

尽管形形色色的传说都夹带着许多灯红酒绿、夜夜歌声，但我相信吊脚楼上的女子伸出纤纤玉手，只轻轻一句，便把瓯江的船工号子搅得风生水起；我相信也有不少船工、排工在这里付出一生的爱恋，付出一生的心动和疼痛。

时间倒流，卷起历史的影像，冲击杂乱的真实。但对于瓯江船帮来说，古镇毕竟容纳过他们的艰辛和欣慰，消化过他们的奔波和疲惫。

同时，瓯江水上运输的繁忙积淀了大港头丰富多彩的水运文化。船工为祈求平安，于清乾隆年间在古镇修建了天后宫，民国十五年《丽水县志》记载：天后宫，一在县治南。……一在县南五十五里大港头，县人徐望章有记。作为海神的天后，是瓯江船帮一种不可或缺的凝聚力，一种精神寄托。

天后宫因年久失修，加上动乱，几经修复又倒塌。当年的天后宫如今已了无痕迹。

但至今大港头还延续着买肉喝酒醉龙王，水上祭拜龙王的风俗。宋代就开始建关王殿，把关公奉为平安神。听当地老人说，南宋时宋皇敕封关公仁义平安王后，玉溪、大港头等村就开始建关公庙，有"认关公做亲爹"和"抬酒"的风俗，该风俗延续至今。关公庙成为船工、排工的必去之地，以祈求关公护佑竹筏、木排和木船顺利平安地到达丽水、温州。

三

我查阅了有关大港头的文献史料，在过去的岁月里，大港头风平浪静的日子不多，连绵不断的战争，抵挡不住的自然灾害，此起彼伏的社会动荡，使古镇的平静被一次次打破。民国十五年《丽水县志》留下了珍贵史实：

咸丰八年戊午春三月（在粤匪之乱期间）粤匪石达开犯衢州，遣贼目石进级自龙游越青萌岭，陷遂昌、松阳，奸淫掳掠，哭声震野。时，连日大雨，溪水暴涨，贼联扉作筏，溺死者前后相继，水陆并行，二十七日逼城下。郡兵先已奉调出征，仅玉环兵百五十人，合民团上城，发铳击贼。以众寡不敌溃去，城遂陷，知府郑篯退保石帆。二十八日，贼四出搜掠，附郭十里居民不及远避者，胁以入城，男女共千余人。……十一月，贼设卡于四乡：东则岩泉却金馆，南则坛埠大港头，西则九龙碧湖，北则太平小安。日出掳掠，百姓雨行露宿，昼伏山谷，中夜至二更潜归，四更复走避，老幼力孱者，皆自经死。

（同治元年）六月，金华分股之贼，自仙居抵温州，越青田九都山而出，掳掠焚劫，凡五日。夜由大港头过西乡，下郡城，入东北乡，出金华。所至蹂躏，有合家被掳，无一还者。十九日，贼复出城，烧南乡二三都十六村，而西之朱云坑、缸窑岭、南坑口，东之黄畈、李佳源，北之凤山前、林宅口，各团勇击杀甚多。

秋七月，台湾挂印总兵陈统兵自浦城下松阳，总兵林文察下云和，游击白瑛至大港头，秦如虎由温州进营石帆，两路夹攻，而各乡民勇麕集，声威大振。十三日，总兵陈虑贼由宣出松，遮我兵之后，撤队至松阳，分驻要隘。十五日，贼潜出通惠门，袭官军营，兵勇夹击，斩贼首二名，夺器械旗帜无算，贼遁入城。十六日，总兵林文察兵薄城下，秦如虎由水道至厦河，贼不敢出。十七日申刻，贼放火遁走，官军追蹑之，自相践踏，死者不可胜计。东北乡民勇复截其去路，登山以木石坠击，压伤甚伙，脱者仅三四百人，郡城克复。

庆历间（1041—1048），松阳百仞堰毁于大水，松阴溪南一带"一望萧然，尽为赤土"。

光绪二十七年九月初十日夜半，大港头庄大火，延烧中段50余家。

大港头古镇曾遭受血与火的洗礼，一次次被摧毁，又一次次获得新生。瓯江船帮仍将不羁的涛音铸进心腔，仍将硬弓般的肩背铸成不落的白帆。

四

延绵的历史浓缩了时光，烽火已经远去，历史牵引了我的目光。大港头独特的地理位置更成为兵家必争之地。《丽水市志》记载：

民国十六年（1927）开始，国民党县党部下设南区（大港头）、西区（碧湖）、北区（太平）三个区党部，区党部设书记与监察委员各一人，区党部下设区分部（有直属于县党部的直属区分部）。南区在大梁山脚、沙溪、箬溪、庞山、均溪等处设区分部；西区在九龙、保定、苍坑、缸窑、上概头等处设区分部；北区在武村、张村街、瑶畈、库头等处设区分部。抗战时，在丽水大港头有省党部直属第四（浙江铁工厂）区党部。

1935 年间，红军挺进师一个中队曾在大港头峰源活动。1937 年 2 月，粟裕率红军主力突破国民党反动派的封锁路过大港头，因暴雨溪水猛涨，一只渡船被敌军监控，渡河受阻，大港头当地群众采取多种形式冒险摆渡送红军过河冲出包围去开辟新战场。

民国二十七年（1938）3 月 20 日，粟裕率由挺进师改编的闽浙边抗日游击总队 500 余人到达大港头，次日向皖南进发。省政府主席黄绍竑前往慰问，补发 3 万发子弹、500 套军装。

当地一位老人还告诉我，抗日游击总队到达大港头就露宿在古镇上的土地庙，庙的名称现已改为康福寺。曾经露宿的广场不再是当初的模样，已建起了四层楼高的钢筋水泥房。而庙的面积大小却没有改变过，只是外墙和庙里的佛像有加固和更换过。

民国二十九年（1940）4 月，设有丽阳门、大水门、溪口警察派出所，碧湖、大港头、太平、岩泉警察分驻所。

民国三十一年（1942）10 月，国民革命军三十二集团军总司令部驻碧湖采桑，八十八军军部驻大港头、河边金，英国军事代表驻县头村。

民国三十一年（1942）5 月浙赣会战开始至民国三十四年（1945），驻军有：国民革命军第二十五集团军总司令部（司令李觉）驻碧湖采桑，暂编三十二师（师长黄权）驻大港头，三十二集团军总司令部（司令李默庵）驻碧湖采桑，其直辖突击总队（司令魏人鉴）先后驻赵村、西溪。第八十八军军部（军长刘嘉澍）先后驻河边金村、松坑口、城北丽阳殿。七十三师、七十九师（师长段霖茂）、暂编三十三师（师长肖冀勉、周淘漉）、暂编独立十一旅（旅长李启蒙）、新编二十一师（师长罗君彤）、浙江省保安团一团二团三团均曾驻境。

民国三十三年（1944）2 月，于大港头筹设三平区卫生分院，修房的同时开诊。

7月，院舍建成，日军进犯，停诊未复。

在全面抗日战争初的1937年12月，杭州沦陷前夕，杭州等地一批铁工厂的机器被抢运到大港头、小顺一带。民国二十七年（1938）2月，浙江省建设厅在大港头筹建浙江铁工厂（图8-4）。

图8-4 大港头铁工厂遗址

民国二十七年（1938）9月1日，小顺铁工厂（图8-5）、大港头铁工厂合并，改名为浙江铁工厂，建立了四个分厂，大港头为四厂，有工人400多人。

为解决军工生产和工作、生活需要，民国二十九年（1940）省建设

图8-5 浙江铁工厂小顺一厂遗址

厅在大港头附近木寮建水电站1座，专供大港头兵工厂用电。设计水头8米，装机2台共20千瓦，投产不久后毁于大火。

从1938年1月至1939年5月，不到1年半的时间，浙江铁工厂从18个技术工人、20多台机器起家，发展到了拥有3个分厂、3000多员工和上万眷属的铁工厂，机器发展到1000多台，产品从普通的"中正式"步枪，发展到制造重武器、手榴弹和机关枪，并设立专厂制造炸药。还成功制造了当时被称为精锐的新式武器——枪榴弹，能够远距离发射榴弹，杀伤敌人。在当时严峻的时局下，这确实是一个伟大的创举。尽管经常有日军飞机的空袭骚扰，铜、铁、焦煤等原材料的外购路线也不时遭遇敌人的封锁拦截，但全厂上下众志成城（图8-6），每个月依然可以生产1000多支步枪、50多挺机枪、五六万枚手(枪)榴弹和若干门迫击炮。

"前方抗战与后方生产，同为神圣之事业，苟无前方将士之浴血，无以保存

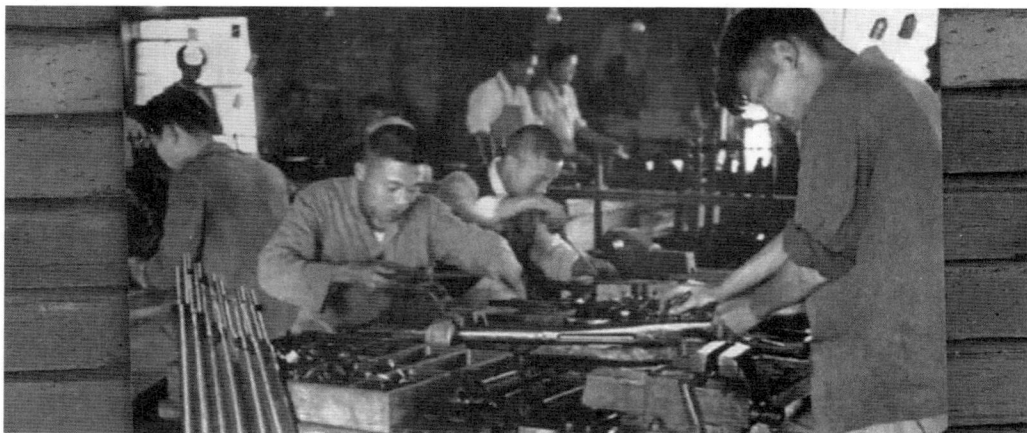

图 8-6 兵工厂工人在制造枪支

后方之生产，苟无后方之生产，亦无以支持前方之抗战。"当时任国民党浙江省主席的黄绍竑创办浙江省铁工厂时如是说。

1939 年 4 月 2 日上午，时任中共中央军委副主席、国民政府军事委员会政治部副部长周恩来（图 8-7）由省政府主席黄绍竑等陪同抵丽水，下午赴大港头、小顺视察浙江铁工厂车间、食堂和工人宿舍。4 月 3 日 9 时许，在秦香庙一厂的大礼堂里，周恩来在全厂职工大会上发表了《工人顶天立地》的演讲，他说："'工'字上顶天，'人'字两足立地，'工人'二字合起来，就是天字，工人阶级是顶天立地、创造世界的。现在你们办起了这样大的工厂，造出了大批武器，支援前方，打击敌人，这就是对抗日救国的巨大贡献。"

图 8-7 1939 年 4 月 2 日周恩来视察云和小顺浙江铁工厂一厂

1942 年 5 月，浙赣战役爆发，丽水机场被列为日寇轰炸对象，浙江铁工厂危在旦夕。5 月 23 日、24 日，9 架日机飞抵大港头等地，投弹 42 枚，三厂厂房被炸弹击中，连同周边 140 多间民房被炸毁。6 月，日军占领丽水，增派地面部队，企图摧毁浙江铁工厂。在当地抗日力量的阻击下，日寇未能得逞。1944 年日军侵入，碧湖分厂、大港头分厂被迫停业。

据史料记载，在短短 4 年中，浙江铁工厂生产的兵器不仅武装了本省的抗日力量，甚至西至黔贵、南至闽广、北至甘肃，都有浙江铁工厂生产的武器出现在抗日战场上。

我走进位于大港头原镇政府旁边的铁工厂旧址，铁工厂现存办公楼1座、钳工车间1个、金工车间1个以及仓库遗址1处。办公楼占地面积约200平方米，一层六开间，青砖砌筑，外墙刷石灰；金工车间占地面积约190平方米，二层四开间，人字架，青砖砌筑，现为小作坊；钳工车间占地面积约220平方米，由夫人庙改建而成，二层三开间，现空置；仓库占地约5亩左右，现已倒塌荒芜。

如今，铁工厂已经成为历史的见证，成为那个年代的特征。当年轰轰烈烈制造枪炮的场景，也只存在于老人们的记忆中。但有一点不容置疑的是，那一段铮铮如铁的岁月，深深地烙进了大港头的血脉之中。在中国兵器史上，同样写下了大港头和"七七式步枪"的名字。

瓯江船帮在抗日战争中也交出了不朽的传奇。1938年11月与1939年，抗日战争烽火南移，形势严峻，上海、南京、杭州、徐州、武汉相继沦陷，浙江省政府迁永康又搬云和。为了延缓日军进攻浙南温州的速度，国民政府下令：金丽温公路沿线民众彻底毁坏所有公路桥梁。于是，通车仅4年的温青丽公路于1940年5月24日全线停车，为了保障浙江后方的供给，只有开辟瓯江船道。

内迁的"省党、政、军、文化、工商业的中心，差不多在流域内"。瓯江水运在运输中占据半壁江山。上游各县军供民食，皆靠瓯江船舶运送。木帆船可由下游直达龙泉，至小梅、八都上岸，转为肩挑。故龙泉八都埠成了通往福建浦城、江西广丰方向的物资转运站。"至于食盐，不但以上各地要借瓯江船舶运，即闽北、赣东、皖南等亦赖此江转运龙泉起卸，分送内运。"1939年，省战时食盐收运处征雇民船600艘，从丽水至龙泉、云和、松阳等地，月运食盐2.5万担。

为适应战时运输，民国三十年（1941）由驿运站对民船实行"统制"。瓯江船舶管制调派任务规定，粮运占57%，盐运占33%，商运占7%，军运占3%。省盐务局招商承办运盐大队，组织船只200艘。龙泉溪每日往返船只近千艘，以抢运粮食、食盐为主。1942年2月，在丽水碧湖设立瓯江船舶运输司令部，负责粮盐等军民之急需品运输。是年，水运粮、盐达数十万担之多。

1942年日本侵略军侵占浙江内地，原由余姚盐场供应浙西、皖南、赣东北大部分县区的食盐运输线路被敌人截断，当时省盐务管理局迁驻龙泉，为此开辟了一条南起龙泉县城，中经遂昌县王村口，北达衢州，全长290华里的运盐道路。

王村口村设立盐务管理分站，建立食盐栈库。食盐由乐清、永嘉起运，循瓯江运到龙泉，再以王村口转运至内地配售。这条中经王村口栈库的浙西南食盐运输线，当时被人们称为"生命线"。

1942年5月，浙江省政府迁至云和，大量的军队、民众和商号如潮水般涌入云和等地，瓯江船帮把大量的军需民用物资运抵云和等地，他们为国倾其所有。大港头两岸一两千米，停泊的木帆船有1000多只。原浙江省政府主席黄绍竑感慨道："瓯江的小船，据查有4000多艘，运量巨大。那极度劳累的船夫，一饱都成问题，何论赡养家室？更谈不上图些微利。以至船身坏了，无法修理，只好由它坏去。甚至把船凿沉了另图其他生计。也有辛苦多日，不但得不到应得的报酬，而且要负额外的赔偿。我曾见过出卖妻子，来赔偿军粮损耗的事情，我虽负地方行政责任，同情他们，但也没办法。因为制度和其他的关系，使我的力量不能替他们解除这等痛苦啊！"字里行间流露出对瓯江船帮的敬意和深深的歉意。

大港头埠头船只停靠多，因此修船、补船、造船的造船厂也就特别多。镇上的张同昌、陈必武、叶火秀、叶达祥、刘金根等各自都办了造船作坊。抗日战争时期，日军飞机轰炸大港头，这些造船作坊全被炸毁。除了造船厂，大港头还有撑船不可缺少的船棚，长年需要有人修补。当时大港头有陈选贤、杨必显、杨彪、叶秀月等人办有打棚作坊。

1945年8月抗日战争胜利，省级机关为迁返至省城杭州，自云和至龙游调集船只730艘、手车300余辆、公共汽车17辆进行运送。

2017年4月，我走访了当年参加抗日支前的老船工罗定祥老人。他老人家1921年11月20日出生，出生地为青田县腊口镇腊口村，没读过书，10多岁就开始撑船。他向我讲述了当年抗日支前的历史：当年同村16只船与我一起参加支前，没工资，每天每人只配1斤半杂谷，运过士兵，运过军粮，还接送过伤员、死人。在寒冷的冬天，同村的一名船工，名叫刘明成，下船拔滩，一只脚被冻坏了，脚趾头都烂掉了，至今村里人还都叫他"烂脚人"。

温溪老船工程志清，1937年出生，14岁帮父亲撑船，21岁独撑。他回忆起他父亲亲眼所见的一件事：有一年冬天，兵差将子弹等武器装备装入一艘他们雇来的舴艋船儿上，船工是夫妻搭档，当船撑到滩前时，船儿不前，兵差命令她丈夫下水，当时是冬天，江水刺骨，加上船儿装的全是军械，船体很重，但在兵差枪口的逼迫下，她丈夫不得不下水，最后船儿是被顺利拉上了滩，但她丈夫由于在冰冷的江水里泡的时间过长，活活冻死在瓯江边。

老船工阙庆其（图8-8），1923年4月28日出生，云和县紧水滩镇人，船工世家。他回忆道：

> 我6岁时父亲就病死了，由叔叔带大。我们四兄弟都撑船，我排行老四，19岁开始撑船。当时紧水滩有43只木船，我们四兄弟一个船帮，在紧水滩威望高，两个兄弟有功夫。我在瓯江大溪、小溪、松阴溪、瑞安都撑过。抗日战争时期，夜里还去撑，有的船工抓壮丁的时候跑了，我一个人两只船并排撑。

历史因铭记而永恒，正义因捍卫而彰显。当年的支前船工无论条件多么艰苦，无论战争多么残酷，都以奋不顾身的精神，挺身而出，共赴国难，迸发出的力量何其强大。历史的一页虽然已经翻过，但他们的功勋光耀千秋。

图8-8 阙庆其（作者摄）

五

大港头这个古镇始建于何年何月，我们不得而知，但古街西头的古樟埠头旁，两棵凛然耸立、枝繁叶茂的古樟树，象征着往昔的渔居岁月和大港头的流转轮回。

古樟树已有1100多年的历史。其中一棵胸围达4.6米，被誉为"华东第一美樟"（图8-9）；较小的一棵胸围达3.68米，这棵之所以要小些，据说是因为此树的树干于20世纪50年代初被雷劈所致。

在遥远唐朝的某一天，不知是谁在不经意间，把2棵种子抑或是2棵小树

图 8-9　大樟树下（初小青摄）

苗种植在埠头，历经千年的洗礼，在重重叠叠的时光里生长成 2 棵千年古樟。风来，一种姿势；雨来，一样青翠。它们是古镇伫立着的另一种精神，不仅仅是岁月的背影，更是血脉的传承。

枝叶上没有果实，只有生锈的故事，但一切都随风远逝。

树下有始建于清代的暗漆色的双荫亭（双荫忆情），亭前有 2 棵大樟树庇护，双荫亭因此得名。

双荫亭属攒尖顶双层建筑，亭长 6.7 米，宽 6.3 米，占地总面积约 50 平方米。共有 18 根红漆亭柱，据说寓意为十八罗汉，又名罗汉亭。全亭风格端庄稳重，凭江而立，在亭中可饱览瓯江美景。

古老的双荫亭前有块碑，因年代久远，背面字迹已模糊不清，亭是古时候供船工、商人休息的场所，这块碑也是以前上下船的商人捐钱修筑的。

古老的双荫亭，承载了太多的记忆，镌刻了太多的烙印。

最美的景色，最美的时刻，被清代处州诗人朱小塘（1852—1901，缙云人）一首诗尽情叙说：

大港头春望

雨歇村南大港头，湖光掩映夕阳楼。

也能热闹如城市，六县来船并一州。

水涨溪头树细回，天寒沙嘴雾迟开。

客船风送春帆饱，讶带瓯城雪影来。

幽花雨浥袭堤香，新柳风摇夹道长。

笑指逸官真一乐，卧乘轻舫到松阳。

寒露成群几日晴，千山万壑入诗情。

湖边也敌西湖景，曲曲长亭树下行。

如今依然诗音袅袅。在对诗情的解读中，我在时光的背影里温习着大港头（图8-10）当时的风情与韵致。

图 8-10 大港头春望（初小青摄）

我伫立于老埠头，面对变得有些悠缓的江流，遥想当年云帆高挂，樯棹如风，欸乃声中，这埠头见证了大港头古镇无尽的繁荣与沧桑。

六

大港头古渡同样历史久远，千年的夕阳却没有把这一古渡口（图8-11）带走。

古渡至今还在温情地抚摸两岸百姓平静的心扉，还在摆渡两岸的时光，还在我们的生活里发挥余热。

图 8-11　大港头渡口（初小青摄）

此渡可通保定与堰头村。在陆路交通不发达的年代，一条江水的阻隔，曾经苦了多少百姓，所谓"括地皆阻溪，急流断岸，舆马难通，匪桥渡，人且望厓而返"（清雍正《处州府志》），便是当时的写照。由于渡口无船，或者渡船不及时，乡民有急事或亲人患疾病，需冒险涉水过江，一旦遇到洪水急浪，便会有生命危险。从清康熙到民国长达 200 多年的时间里，只要大港头渡口出现运行困难，总会有地方慈善人士站出来慷慨资助，不仅置办渡船，甚至自己掏钱付给船夫工钱，使渡船能日夜通行，使两岸乡民免受病涉之苦。在浙南乡间，这种义举似乎随处可见，《处州古道》一书中记述了丽水 25 个重要的民间古渡，几乎一半的古渡口都留下过地方爱心人士捐助的记录。然而，像大港头这样长达数百年的爱心接力却极为罕见。

因为一个相同的举动，义士被大港头百姓世代铭记。对于他们的事迹，清道光《丽水县志》同样有记载：

康熙四十八年（1709），保定吕宗志捐田以给渡费。嘉庆间，河边叶大满、小山吕和韶等捐造渡船 2 只。（吕宗志捐田亩，册载称字六百号、六百十四号、六百十五号、六百十八号、一千一百十九号、一千一百二十三号、一千一百二十四号、一千一百二十六号。以上8项，计额田一十亩二分五厘一毫四丝二忽。）民国六年，由南乡捐造义渡1只，以免市日交通之阻滞。小山吕布翊、西江起章捐置河边金庄田11石。十三年，高鹏募置田租20余石，补助吕、叶两船渡费，并于渡头建造渡夫屋2间。

他们的故事，刻在民国十三年（1924）的大港头渡募捐补助租碑上：

大港头渡为六邑要津，日渡有保定吕公宗志，河边公叶大满所捐两船；夜渡为小山吕荣怀公捐助，民国六年，南乡又续捐一船。民国十二年水灾后，溪流加阔，渡仅一船，交通阻滞，危险堪虞。民国十三年春，高鹏与诸同志募捐置产，给渡夫工食，每日以两船值渡……

大港头渡募捐补助租碑，如今就立在古渡口边上。今天，古渡口仍然是周边村民小舟停泊的港湾（图8-12），同时，也是古堰到画乡这个风景带的水上连接点。

图 8-12 渡口摆渡（初小青摄）

难得渡口至今仍在，那饱经风霜的舴艋船已消失在历史的岁月里，今天机械渡船如白鹭振翅，在江的两岸翩过来翔过去。

伫立在古渡，遥想当年，人来人往的欢笑勾画过古渡的繁荣，一舟一渡地来回渡接了多少向往彼岸的憧憬。

七

夏禹治水的传统和李冰父子修筑都江堰的故事，可以说是人人皆知，千古流传。但在江对岸的松阴溪上，也建有距今 1500 年、入选世界灌溉工程遗产的古水利工程通济堰。

据载，通济堰始建于南朝萧梁天监四年（505），詹司马奏请在松阴溪与大溪汇合处筑堰坝，朝廷又遣南司马共治其事，首创拱坝形式，通济堰得以建成。汇松阴溪水入堰渠，渠道自大坝至白桥注入大溪，全长 22.5 千米。作为农耕时代最基本的水利工程，它每天能从松阴溪截下大约 20 万立方米的水，能灌溉约 4.2 万亩的农田，灌区受惠人口达 3.54 万人。

事实上，它盘活了整个碧湖平原。丽水地处浙西南山区，素有"九山半水半分田"之说，平原极少。碧湖平原平坦丰沃，面积约 80 平方千米，为古处州（今丽水地区）三大平原之一。建堰之前，松阴溪桀骜不驯，雨季泛滥成灾，旱季溪水白白流失；通济堰建成之后，涝则可排，旱则可蓄，整个平原都成为重要产粮区。直到清代，碧湖平原所出粮赋还占到丽水全郡 3500 石中的 2500 石，可见此堰在地方经济中具有举足轻重的作用。

通济堰也是浙江省历史最悠久的大型水利工程，是世界已知的最早的拱形大坝，比西班牙建于 16 世纪的爱尔其坝还要早 1000 多年，是我国最早的水利工程之一，在我国乃至世界水利史上都是一个伟大的创举，千余年来经受各种自然灾害的考验，岿然不动。但世代以来，通济堰被官方与民间有意无意地共同忽视，以至于一项足以载入世界史的伟大工程，竟然就在世人眼前隐藏了十几个世纪，可以说是真正的"养在深闺人不识"。直到 1961 年 4 月 15 日，通济堰才被列为省级重点文物保护单位。2001 年 6 月 25 日，通济堰作为南朝至清代古建筑，被国务院批准列入第五批全国重点文物保护单位名单。

通济堰拱形大坝是世界上最早的拱形大坝，初为"木筱"（"筱"即为竹

图 8-13 古堰（初小青摄）

子）构筑，南宋时改为石坝，现存坝保持着拱坝原有的古老的结构特色。大坝全长 275 米，坝底宽 25 米，顶宽 2.5 米，南端与南岸山岩相驳接，整座大坝呈凸向上游约 120 度、截面呈不等边的梯形，前底面向下游倾斜。

令人诧异的是，坝体并不是直线，而是形成了一个"C"字形的弧（图 8-13），凹口顺着水流的方向，以弯曲的背面，阻挡着奔涌而下的激流。

枯燥的数字都已隐没于水底，现在我们能看到的，只是横截江面的一道黝黑的长线——露出水面的坝顶。

然而这么一道功德无量的堰坝，建造者却没有留下完整的名字。

"詹司马、南司马，名佚无考，生卒年不详，籍贯不详。"

1500 年，足已抹尽通济堰缔造者在这世间的所有痕迹；然而这段江水却依然遵循着这 2 位只剩下一个姓的司马画下的轨迹奔流。

后人为纪念詹、南二司马建司马庙，以栖神崇祀为保功保德之典。

自通济堰创建以来，历代皆比较重视修护和管理，有一套自成系统且完整的管理方法。管理办法中，南宋乾道四年（1168）处州太守范成大所制订的 20 条堰规，独树一帜，科学而全面，使农田灌溉有序，民食其利，一直沿用 600 多年，是世界最早的古代农田水利法规之一。堰规内容完备、科学，沿用时间之长世所罕见。堰规碑文撰写、书写都出自范成大之手，具有很高的文化艺术价值。

令人惊叹的是，这条堰坝并不是这段水域拥有的唯一一个世界第一。在距离堰坝进水闸 300 米处，有一座建于北宋政和初年的引水桥，巧妙地采取了立体交叉的方式，在堰渠上架设石涵，引山上下来的涧水南流入溪；渠水则从石涵下向东流过，如此涧水、渠水上下畅流，互不相扰，尤其可以避免山涧水冲下来的泥沙淤塞；最上层再架设桥板，供人行走—— 这座千年石涵，分明是一座人类保存至今、最早的"水上立交桥"。

八

20 世纪八九十年代，随着公路运输日益发达，水路运输逐渐式微，港埠日渐荒芜。船形古镇失去了前行的动力，成了一艘停靠在历史长河中的航船。但它并不像一位曾经风流的妇人，被现代文明冷落；而是像一位优雅的少妇，在青山绿水间涵养着她的风韵，享受一份宁静与和谐。

尽管时光带走了瓯江船帮咸涩的艰辛，可古镇依然守望着瓯江的每一个日出和日落。

然而，历史又一次选择了大港头。从 20 世纪 70 年代开始，丽水城内一群怀揣艺术梦想的年轻人，背着画夹来到大港头，他们凭借饱满的热情，默默地或坐或蹲就是一整天，不管身旁的景象是热闹还是宁静，他们守着古埠，依着香樟，眼中所呈现出的山水、人物或者是一帆游船，随着一笔一画慢慢地在画板上生动起来。在夕阳西下的彩云间，这些一动不动的身影，于古埠与香樟之间勾勒出一幅浓烈的巴比松油画，把一个客观优美的环境氯漂出来，呈现给我们。

巴比松画派起源于 19 世纪的法国，是世界美术史上重要的风景画派别。而巴比松原本为法国巴黎枫丹白露森林进口处，风景优美。在隔了 2 个世纪，横跨整个欧亚大陆的中国浙江省丽水市，一批中青年艺术家用手中的笔，定格了瓯江的美。他们的画作在某次展会上集体亮相，引起了轰动，并逐渐发展成一个以家乡的风土人情和自然风光为创作主体的丽水巴比松画派。

这是一个充满童话色彩的故事，它让我们想起了陈逸飞和周庄之间的故事。当喧嚣的现代机器迅速抹平城乡差异，每个人都在寻找心灵的故乡。大港头以其宁静、气度与埠头、樟树、街巷、古亭、帆影等标志性的江南生活元素，成为人们精神上的故乡。

2005 年 4 月，时任丽水市委书记楼阳生在思考建设丽水绿谷文化时首先提出了"古堰画乡"项目。从此，画乡似一幅灵动的丹青，演绎着古镇新的内涵，铺展瓯江的意象。

"古堰画乡"项目以打造美术写生基地、创作基地、行画生产基地和生态休闲度假中心的"三基地一中心"的发展定位，以原生态保护性开发、建筑风格与自然风貌相协调、政府主导和市场运作相结合的三大开发原则，充分挖掘区域文化内涵，把古镇打造成为绿谷文化展示的大平台。"古堰画乡"的核心区块包括大港头、堰头、坪地和保定。

2006 年 7 月 28 日下午，时任中共浙江省委书记习近平，专程赴莲都区碧湖镇和大港头镇参观视察"古堰画乡"项目建设情况（图 8-14），留下了关怀的足迹。共青团中央书记处原第一书记周强，时任浙江省委常委、宣传部部长陈敏尔等领导也曾来"古堰画乡"视察，并给予了肯定和好评。

2015 年 4 月中旬里的一天，时任浙江省委书记、省

图 8-14 时任浙江省委书记习近平视察"古堰画乡"

人大常委会主任夏宝龙（图 8-15）时隔 10 年，再次来到大港头，调研"古堰画乡"特色小镇建设和文化产业基地等项目建设的有关情况。他要求当地政府大力推进以巴比松油画为代表的区域文化产业发展，把"古堰画乡"这个风情小镇做大做美，做出特色！

图 8-15 时任浙江省委书记夏宝龙（前排左二）调研"古堰画乡"

"古堰画乡"（图 8-16）如今已经是丽水一张闪亮的名片，世界水利遗址通济堰的古堰文化与巴比松油画文化在此交相辉映，奏出生态、文化、休闲三大元

图 8-16 古堰画乡

素融合的特色乐章，成为国家级小城镇经济综合开发示范镇、全国优美乡镇、浙江省十大生态旅游名镇、浙江省魅力乡镇、省级旅游强镇、省级教育强镇，也成为浙江践行"绿水青山就是金山银山"理念的典型样板，发展"乡愁经济"的典范。

作为全国有名的丽水巴比松画派起源地，从 2005 年至今，"古堰画乡"先后建有丽水巴比松陈列馆、丽水油画院、古堰画乡展览馆、古堰画乡分校等，另有专业美术写生创作基地"在水一方写生创作基地"，是中国美术学院及其附中的教学实训基地。还修建了古堰画乡美术馆、摄影馆、江滨画廊古街区、通济堰水利文化长廊等一系列配套设施，并推出了石头画、树洞画等，让艺术的元素遍布景区的每一个角落，丰富着我们的灵魂和记忆。

如今，丽水巴比松已成为"古堰画乡"的点睛之笔。为进一步推介莲都区优越的自然风光、独特的人文历史环境，推动"古堰画乡"文化产业园建设，扶持丽水巴比松油画产业做大做强，2015 年 5 月 21 日，丽水巴比松画家首次组团，携带精挑细选出的 33 幅丽水巴比松油画作品远渡重洋，在法国巴黎南郊的巴比松市举办的文化艺术节中展出，与法国巴比松画家结下友好情谊。2019 年 9 月 16 日下午，丽水（上海）周推介会在上海国际会议中心举行。莲都作为成员之一，参与了农文旅展示、现场签约等精彩环节，向全世界展现了莲都，全方位深度接轨上海。与以往的展馆不同，此次莲都展馆通过视联网技术，实现了上海与"古堰画乡"的实时互动，在上海就能实时看到莲都的真山真水。在互动屏幕前，丽水市委书记胡海峰与"古堰画乡"写生画家进行视频连线，希望"'古堰画乡'能给你们留下最美好的印象，能够画出人间最美的画"，并寄予了莲都"古堰画乡"美好的期望。

古镇的美丽蜕变也吸引着众多的创客来此安居创业。穿行于大港头镇与堰头村街头，茶馆、咖啡屋、书吧、地方小吃、民间手工艺等各类业态在街道两旁竞相落户，目前有 188 家近 200 名创客在此创业和生活。64 岁的女画家朱小红准备将余生托付给画乡。她在镇上租了房子，打算长住下去。"每天在这里看山、看水、写生、发呆，这样的慢生活，我很喜欢，我要在这里安度晚年。"

目前，古镇已明确以生态旅游业为主导，按照"三基地一中心"（美术写生基地、油画创作基地、行画生产基地和生态休闲度假中心）的发展定位，搭乘"5A 景区创建"和"特色小镇建设"两股强劲的东风，以"三美融合，主客共享"为主线，打造全国知名的乡愁艺术小镇，力争在近年完成 5A 级景区创建，努力打造国际知名的特色小镇，并成为全国深化城镇基础设施投融资模式创新先行示范区。

这里岁月静好，可以品鉴色彩艺术与乡土风情和气息，这里的人文底蕴与生活情怀融为一体，呈现出中国隐居式的乡土美学，还原了乡土中国的一抹原色。

大港头古镇（图8-17）最让我喜爱的一点是浓浓的生活气息。有些江南古镇在旅游商业化的过程中，将原先居民的生活方式转变为生活表演方式，一路走逛，如同进入一片人人努力的秀场，反倒丧失了古镇旅行的兴趣。

图 8-17 大港头古镇（陈拥军摄）

多想从今往后，在古樟树荫下，拥春光秋色入怀，抱夏风冬雪作枕，以一壶过去的老酒，醉眼欣赏大港头古镇最美的时候。

大水门寻踪

一

　　有人说，了解瓯江航运的历史不可不去丽水大水门。因为大水门，早在北宋时期，便已成为名动浙南的繁忙和兴盛的中心码头，系龙泉、云和、松阳、青田、温州的货运中转集散埠，人流物流高度集聚。丽水城自然成为瓯江流域首屈一指的交通枢纽，成为一块商贸活动的热土，与温州资源互补、协同发展。

　　丽水（处州）城，雄踞瓯江北岸，南北一水相隔，四围群山携手相拥，将整个城捧成了一朵莲花状，拥有得天独厚的地理优势。关于"丽水"这个地名的来历，有两种最经典的说法。一说来自境内好溪曾名"丽水"；一说来自"因县北七里有丽阳山，故以丽水为名"。清道光《丽水县志》卷二载：唐武德四年（621）平李子通，置括州领括苍、丽水二县，丽水之名始见于此。

　　丽水城（图 9-1）地处瓯江干流大溪与一级支流好溪汇合处的丽水盆地，地形西北高东南低，水系发达，河流众多。大溪由西向东穿过城南，好溪自东北向西南流过城东，沿途多条山坑溪流从周围山区流过盆地融入大溪或好溪。唐大中

图 9-1 清光绪处州府城图

年间有刺史段成式筑堰将好溪水引入盆地灌溉农田,唐末有卢约筑城并凿护城河,宋知州赵善坚引丽阳坑水入城。清光绪《处州府志》可资佐证,清人梁祚璠曾记曰:

> 处郡之有内河,自宋庆元始也。括苍形胜,四面奇峰回拱,因号莲城。堪舆家谓不可无水以滋培之。时郡守赵公善坚,遂肇其谋,开凿二渠,疏丽阳坑泉,引之入城。一东导岩泉门而出,其势潺湲而直;一南导应星桥而出,其势蜿蜒而纤。虽渊泓仅一衣带,借以熄火灾,毓文风,阜财用,而便挹注者,胥于是乎赖?

几百年间,城内二渠屡堙屡治。清人梁祚璠记略曰:

> 厥后,历岁久远,壅于如故。相继起事者,则有嘉靖乙巳郡守李公冕、顺治庚子郡守周公茂源,悉心利导。虽不无流沙积石之扰,犹未至充斥殆甚。及康熙丙寅,河伯肆虐,周城泥垣冲塌,均以河为壑而归焉,坦平与地埒。西南一带,茂草鞠丈余,故道不可复问。康熙戊辰,郡守刘公廷玑,巡视郡中,毅然曰:"事之首裨于民者,孰有重于开浚者乎?"明年己巳,乘水涸成梁之候,檄令丽邑佐相度,率沿河丁夫,按丈尺疏浚。驱凤秒以裕其源,穷旧底以产其蓄。荷畚而趋者,争先恐后,民不言劳。不旬日,而厥功成。行见火患永熄,文风日聚,歌南薰而庆乐利者,且与涟漪而俱永也。

以后历任知府梁徽、涂以辀、李荫圻,均有修浚。天然河流和人工河渠相配套,织成了丰富的水网,世世代代滋养着这一片土地,哺育丽水先民繁衍生息。

元朝筑城后,大水门成了通航的出入口,来来往往的船工、排工以及商人,都从大水门进出,大水门算得上是处州古城的咽喉。我们从大水门的背后,可以看到处州古城的构架,也可以看到当年水运带来的繁荣。据清道光《丽水志稿》载,全城三纵两横五条街:中直街、东直街、西直街、北横街、南横街。古城正好处在水运的枢纽位置,虽然这几条街不露声色,但可以看作是回顾历史的途径。据当地土生土长的老人回忆,中直街为主街道,从大水门始,到仓前过刘祠堂,过今大众街到府前,再折继光街到太平坊,最后右转至今中山街北上到丽阳门。东直街南起厦河门,至龙门岭,折西北至文昌阁,再从今文昌路到虎啸门。西直街,自小水门至白塔头孔庙大门前,后至通惠门。南横街自厦河门至小水门,即老大猷街。北横街自虎啸门至通惠门。三条直街,名直实歪,真正能称为街的,也就中直街。如今,古城已走过了它的光辉岁月,但小巷仍以它无声的言语述说着处州古城的记忆。

图 9-2 大水门船渡（初小青摄）

　　大水门的位置和名字就决定了这个城门和瓯江紧密地联系在了一起。大水门外，瓯江收敛了它的狂虐，水流舒缓平和，河面宽阔。大水门埠（图 9-2）周围有宽广的溪滩地，自然坡岸利于船只停靠，丽水、青田、云和、龙泉、松阳、温州等各线木帆船都在此停靠或装卸货物。一位年逾八旬的老船工对我讲述：

　　我十五岁就到过大水门，那时我给人家船老大当"银伴"（雇工），从青田撑到丽水大水门，工钱只有五角钱，管三顿饭。当时的大水门每当天快黑时，江面都是船儿，上行的或下行的船儿依次落帆靠岸大水门埠头，从温州运上来的腥气（海产品）、食盐、干鲜果品、油纸伞、玻璃、洋油灯等物品纷纷从船上搬下来，就算到天空漆黑一片，码头上的声响也不会平息，始终充斥着忙碌的人影。有时我与其他船老大吃好晚餐后，换上"出客衣裳"，下船后到城底溜达溜达。穿过大水门门洞，过刘祠堂背下至仓前街，那时街道两边都是低矮陈旧的老房子，街面也很窄，街道铺地都是溪滩石，只在路中间铺一块石板。南端的大水门直街为商业街，街上都是人，比较热闹，烧饼摊、菜馆、商店毗连。

　　过去，瓮城南面紧靠城墙，有一戏台正对大水门（图 9-3）里门。戏台全为木架结构，戏台的屋顶是飞檐翘瓦。每到晚上唱戏，太阳还没下山，戏台上便响起了锣鼓声，那是催看戏的。前台两边的木杆上挂照明灯具，在黄红的光亮下，演员们咿咿呀呀地唱着古老的忠孝义节的戏，听说20世纪70年代，戏台是因文化馆造办公楼被拆除的。

图 9-3 大水门旧景

第二天天刚蒙蒙亮，就有人下埠头挑水了，过不了多久，到埠头边洗衣洗菜的人就渐渐多了起来，埠头上挑豆腐担的在喊着"千张、豆腐干、豆腐——"，卖烧饼的托着木盘招揽生意"烧饼，油炸桧，要否——"。一片叫卖声以及木槌捣衣声，就把我们的船老大从睡梦中唤醒。到了夏天，城底人更是把埠头江边当作澡堂子和游泳池。每到傍晚太阳落山前后，埠头江边密密麻麻都是来游泳、洗澡的人。冬天大水门（图 9-4）就冷清多了。

图 9-4 大水门埠头冬景（初小青摄）

两年前，我在子女的陪同下，来到了阔别近 30 年的丽水，丽水城变化太大了，我已找不到当年熟悉的街道、大水门埠头（图 9-5）了。

图 9-5 大水门埠头（初小青摄）

据载，明隆庆年间，知县孙焵倡立市于大水门外。民国时期，大水门每旬逢三逢八有小猪、番薯丝、木柴交易，全年开放牛市。据老一辈船工讲，大水门西边为木材市场，东边是小猪市场。每逢市集（图 9-6），这一带热闹非凡。平时，船运来的木柴一般都会运到大水门埠头进行交易，硬柴儿、柴枝都是用篾箍和藤蔓捆扎好的，摆放在大水门的溪滩上，等主顾来买。

图 9-6 赶集（吴品禾摄）

《丽水县志》载："端午，尚有龙舟之戏，……"大水门两岸人山人海，水中龙舟竞争，一幅热闹的景象。

水是行航之本。2000 多年来，瓯江与丽水的生存和发展息息相关。瓯江中、上游通航木船，可以追溯至 2000 年前的秦汉时代，丽水最早的货运记载，可见于北宋太平兴国八年（983）三月宋太宗"从转运使张齐贤之请，诏处州岁市铅锡六万斤"之条文，该批物品由瓯江漕运至开封。南宋时，瓯江水运声名日大，业务日多。 明代时期，明政府就在处州设立括苍水驿，"在府治西二十步"，负责对瓯江流域通航的船只进行管理，同时也作为官立运营机构，以督查、催促漕运事宜。漕运是我国历史上一项重要的经济制度，据《辞海》释，"漕运者，水道运粮也"，用今天的话来说，它就是利用水道（河道和海道）调运粮食（主要是公粮）的一种专业运输。水与粮是人生存不可或缺的，所以，漕运也是王朝兴衰的命脉。明《括苍汇纪·秩统纪》做了详细记述："括苍水驿，驿丞一人，未入流，掌记；驿吏一人，馆夫六人，站船五只，水夫四十人，运夫三十人，马五匹。"文中记载的"站船"即为瓯江最常见的木帆船。至清代，"括苍驿置水夫一十四名，共工食银一百两，遇闰加银一十一两七钱六分八厘，缙云征给。运夫七名，共工食银五十一两，遇闰加银六两二厘，遂昌县征给。驿皂二名，工食银八两四钱三分，丽水县征给"。明末清初，海货、食盐等多由温州溯瓯江船运至处州各县。民国初期，《丽水县政治志资料》载：瓯江丽水段，"白塔下、厦河、大水门、小水门以及桃山（图9-7）、溪口等处，常常停泊大小船只近万艘"。足见瓯江水运之声名、之重要。明代著名诗人汤显祖（1550—1616）和陈子龙（1608—1647）也曾对大水门赋诗感怀，写下了"石城双水门，落日远江介"和"击棹此夷犹，停车屡回顾"等诗句，向世人展示了处州厚重的漕运文化。

图9-7 桃山大桥和桃山渡口（林招松摄）

二

　　"大水门"（图9-8）是民间的叫法，官方称之为"南明门"。顾名思义，南明门与对面的南明山隔水相望。实际上在丽水，知道"大水门"的人远比知道"南明门"的人多。千年前的古处州城交通以水路为主，而南明门正是处州府6道门中最为重要的一道，不论是运输来往，还是攻击防御，大都由此门而过，故称其为"大水门"。但当地老一辈居民对"大水门"这一称谓也有不同的说法。过去，处州府背山临水，是建城立市的风水宝地，但因大溪、好溪两水在城东汇合，东南面的佛头岩与少微山两山对峙，形成江流瓶颈，每遇洪水便宣泄不畅，江水倒灌，浸淹入城，房舍市井尽淹水中。道光《丽水县志》载："唐显庆元年（656）九月，大风雨溺水七千余人。神功元年（697），水坏民居七百余家。文明元年（684）大水溺死百余人。长庆四年（824）七月大水。开成二年（837）水高八丈。平地水高八尺有余。"《丽水市交通志》在"丽温航道"一节中也有记载：民国元年（1912）瓯江发生特大洪水，丽水水位高达海拔55.8米（警戒水位49

图9-8 大水门旧貌

米），大水门以下城墙被冲坍，群众生命财产损失甚大。1952 年 7 月洪水，水位高至海拔 54.96 米，县城小水门、大猷街、大水门至仓前等街道可以行舟。（1956 年经省航运局组织一次比较系统的航道整治后，通航条件明显改善。）因大水门地势要低一些，发大水时，城门内会被淹得厉害些；小水门地势相对较高，被水淹的地方也相对少一些。故而就有了"大水门""小水门"之称。

大水门历尽沧桑，足以成为一部史话。若要盘点这大水门的历史，要追溯到处州府城建立的历史。

汉昭帝始元二年（前 85），原东瓯地建立了回浦县，温州、丽水两地成为回浦县的一个乡，称"东瓯乡"。直到汉末松阳置县，处州大地才真正以县的单位出现，不过，当时的中心不是现在的丽水城而是松阳古市，到了隋朝，丽水城才真正成为浙西南的中心城。

史书记载：东汉建安四年（199）丽水开始建县，隋开皇九年（589）开始设州，是为处州（《中国古今地名大辞典》载："少微山在浙江丽水东南十里，一名大括山，以郡应少微处士星，故山名少微，州曰处州。"），也曾有过括州、永嘉等别称。唐朝武德四年（621）复改为括州，779 年改为处州。元朝至元十三年（1276）改为处州路，元至正十九年（1359）改为安南府，随后改为处州府。而处州最久，丽水因此有"处州"故名，建州府以来凡 1400 余年，乃兵家要地。

传说唐朝末年浙南农民起义领袖卢约首创处州府城，宋宣和年间州守黄烈因唐旧址之半修筑，据史料记载，那时的城墙用砖砌成，城墙的高度和厚度都不如现在的旧城墙（图 9-9）。

元朝至元二十七年（1290），处州路总管翰勒好古、万户石抹良以及丽水县尹韩国宝，见处州府城墙防御敌人的能力很差，于是在原来旧址的基础上进行了修筑，并巧妙利用其自然曲折的地势，设置城门 6 处在相应的空间节点上：北称望京门（亦称丽阳门）、东称岩泉门（俗称虎啸门）、东南称行春门（亦称厦河门）、南称南明门（俗称大水门）、西南称括苍门（俗称小水门）、西北称通惠门（亦称左渠门）。整个处州府城墙设有城楼 6 座，雉堞 3600 只，守舍 69 处，官厅 6 处，月城 4 座，望城 3 座，敌楼 4 座。这 6 门设置，沿袭了我国州郡府城建设的基本礼法。处州府衙设在望京门和南明门的中轴线上，其选址布局十分符合我国古代州郡府城"辨方正位"的传统礼制。此时的处州府城墙初步定型，它依山水地势而建，规模宏大，布局奇巧，总体上由若干个曲折的弧线构成一个

图 9-9 大水门古城墙（张少峰摄）

硕大的椭圆造型，宛如天界飘落的一条彩练，自然平静地镶嵌在处州大地上。

处州城墙后世屡圮屡修，一直发挥着防御军事和抵御洪水的双重功能。

元末刘基主持在厦河门至大水门之间筑铁坝，用块石砌成，灌以铁汁。到了明朝嘉靖四十二年（1563），知府张大韶对处州府城墙进行了修复，砖毁处第一次用石头进行修补。由于发大水，明崇祯年间和清康熙、乾隆年间，都对处州府城墙进行了修筑。

而真正大规模的修筑是在雍正年间。雍正七年（1729），朝廷动用处州 10 县之力，由知府王钧主持，把砖换下，统一用规格大小差不多的石头重修处州府城墙。现存的大水门古城墙就是那时修缮后保留下来的格局。那时的古城墙用鲁班尺量高三丈五尺，厚一丈五尺，堞高七尺四寸，周围一千八百五十丈。那时的处州府城墙是蔚为壮观的。

嘉庆、道光、同治年间，处州府城墙连遭大水，又多次修复。近 100 年来，处州府城墙和 6 座城门已逐渐失去了防御功能，慢慢地颓废了。

由于失去了防御功能，自民国始，处州府城墙即被附近居民占建住房，并因开筑公路及其他公共设施，府城及城门大部分先后被拆毁。现存大水门（南明门），原城楼是二层四檐挑出的木结构建筑，抗日战争期间被烧毁，后改为单层城门楼。望京门在 20 世纪 70 年代末拓宽中山街时被拆，现残存其东侧墙，用城砖砌成。括苍门至万象山坡一段约存 120 米石砌城墙。行春门向北的一段，尚留有 100 米残墙基，压在民房之下。

世事嬗变，处州府城墙像一位历史老人，沧桑地走过了上千年历史，由无到有，由兴盛到衰落，这也是符合历史发展规律的。

毋庸置疑，大水门（南明门）是古代处州府 6 道城门中最为重要的一道门。大水门（南明门）的重要性，我们从它的格局便可以看出：整个大水门（南明门）建筑由中门、东与西敌楼、半圆形瓮城、瓮城城门等多个部分组成，建筑面积约 3000 多平方米。中门和瓮城城门门顶原有城楼，中门城楼于早年损毁，瓮城城门也于抗战时期拆除，北侧内墙筑有马道，并有踏跺供守城兵将登上城墙顶部巡视敌情，墙顶正面筑有城垛和垛口，东西敌楼为守城将士休息守望之用，楼壁正面和左右两侧设有望孔和射孔，防御时，兵将可在敌楼内对入侵之敌组织交叉射击网。如遇敌人进入瓮城，关闭前后城门，敌人成了"瓮中之鳖"，故名之。

经专家研究比较，在我国南方诸多古城墙中，大水门（南明门）古城墙及城门建筑是最能反映其自身特点的：一是结构合理、布局紧凑，堪称古代城池设计之佳构；二是在建材上采用大规格紫红色火山砾岩块石垒砌，墙身做工精细，墙体厚实坚固，虽历经数百年但岿然不动，其高超的建筑艺术无与伦比；三是除防御功能外还具有防洪的功用，既是城墙也是江堤，可谓江南城墙建造之一绝。

然而岁月悠悠，历史沧桑，处州府城的其他 5 门均已先后被拆毁了。如今，大水门（南明门）成了处州府城唯一幸存的城门。

一切都在消失，无声无息。有着悠久历史的济川浮桥，"造舟为梁，联以铁缆"，早在宋代乾道四年（1168）即存在。当时的处州郡守范成大写的《平政桥记》就记载浮桥用船 72 只，连续架梁 36 节，定名为"平政桥"（图 9-10），并制定规章制度。此后历代修桥都有记载留史。民国二十二年（1943）日军侵占丽水时拆除，1952 年重建。小水门公路大桥于 1983 年建成，1984 年 1 月通车后，不但代替了沿用 800 多年的水上浮桥，也结束了从大水门、小水门、桃山 3 个渡口进城摆渡的历史。

图 9-10 平政桥（初小青摄）

明成化《处州府志》中曾有记载的大水门（南明门）外大溪南的风云雷雨山川坛，顾名思义，即祭祀风、云、雷、雨、山、川的地方。古人没有现代发达的科学思想，便假想出风伯、雨师、雷神等神仙，把风调雨顺、旱涝天灾等归于假想出的这些神仙。朝廷礼制规定每年的特殊日子，在特定地点对这些掌管人类祸福的神仙举行祭拜之仪，于是便产生了祭坛。史料载：云行雨施，天下平也。天降时雨，山川出云。崇祀山川，五帝始然；风伯雨师，诸郡得祀，方于唐代；至于雷神，则天宝五载；云师之祀，则宋元以前，概未之闻。

在大水门外也有一个大校场，是旧时操练和检阅军队的场地。清光绪《处州府志》曾记载：

处州南明门之外有广溪焉。自西北诸山而来，汇为巨洲，横亘衍迤，中隆旁下，城倚为险。国初，夷其地，教场建焉，迄今百五十余年。嘉靖壬午夏，水暴涨，怀襄奔溃，洲坏，场亦因之以圮。按察副使张公准备兵于斯，阅焉而叹者屡矣。至是，同知长洲王侯俸摄府事，公谓其才而贤，乃命之治。

侯即其地而四广之，纵焉丈二百有余，衡半之。绳四疆，辟四门，左右为营址，中高为台，左树旗帜，右少却为厅事，榜曰"振肃"。后为堂曰"抚安"，翼以两序，而垣周之。台之下为觇望之堘，东西各二堘，又外为堘直之庐，东西各一。又外为壕，俾观者勿越。而场之制于是乎备。凡有事于斯者，益致其力。而行列

201

部伍，秩乎其有序也；坐作进退，整乎其可纪也；攻伐击刺，森乎其可观也。尊君亲上之念，奋乎其益笃而可使也。

民归侯功，侯逊焉而归于公，因请予记。予惟教之有场，犹工之有肆也。古者寓兵于农，尤重于教，况今武卫之设，专治兵事，而教可缓乎？夫温、处，浙东之大郡也。郡各有卫，卫有官军若干人，而郡之所领又有民壮若干人，盖备武以安吾民者。弘治初，以处有矿盗，温有海寇，其警尤切，于是有兵备之设焉。公奉玺书从事，敏惠共勤，知方之教即寓之导禁，而有勇之教，又日训而月练之。苟芜废不治，其何以张皇我师，以壮其气，而精其艺乎？忆丁卯冬，予为右辖，尝偕宪使及守巡诸公勘矿莅兹，因阅士焉。余之叹盖先于公，而公成予志于数十年之后，予因感夫夙愿获售，而重公之能知大体也。（明·邵宝：《重建府治教场记》）

清光绪《处州府志》曾记载，在南明门外校场的演武厅，咸丰八年（1858），匪毁。同治五年（1866），知府清安请帑建。十年六月，大风拔木，倒坏民房无数，厅亦遭毁。知府潘绍诒筹款建，复并筑照墙。现老城区还保留着一条一米余宽、百来米长的小巷，浓缩了一个将校家族的历史和百草之药的精华，清时此地建有营房，故名营房弄。"营房弄里出将校"，端木家族这幢老宅里走出了端木彰、端木绍昌、端木或等将校。

明万历间，监司冯时可、王应麟檄知县钟武瑞建社学，凡7所。一在望京门，一在通惠门，一在括苍门，一在南明门，一在行春门，一在岩泉门，一在谯楼旁。选教读7人，各给废寺田二十亩，以充惰脯。今并废。

1207年，在郡守王庭芝的主持下，处州建起了一座象征丽水人精神的建筑——应星楼。当时，进士出身的丽水人叶宗鲁在《应星楼记》中开头就这样写：古括士风彬彬，著闻东浙。

旧应星楼建于应星桥上，楼并不大。由于年代久远早已破败，虽在清代曾予以修建，但民国时又毁于战火。为何命名为应星楼？叶宗鲁撰文、何谵书写的《应星楼记》中载："仰观乾象，少微四星在太微西，士大夫之位也，一曰'处士'，明大而黄，则贤士举。在昔日有隋'处士'星见，因置处州，然则吾州素号多士，衣冠文物之盛，得非星分之应耶，州治东南三百余步，有应星桥，会城郭之水，尾闾其下，归于大溪。桥之西隅，居民屋壤，每遇溪流骤涨必为冲浸。嘉祐间（1056—1063）郡守崔公愈，始作石堤，以捍水患，就桥立屋，时迁岁久，雨剥风颓，庳陋不耸，无以壮水口之势，士民金以为言。岁在丁卯（1207）七月初吉，郡守寺丞王公庭芝，撤旧图新敞以高楼，载揭扁榜因以名之。"

以上这些古迹，正如清光绪《处州府志》曾记载的"咸丰六年六月初一日，丽水厦河樟树大十余围自焚，初六日，南明门外水南樟树大亦十余围，无故自倒，声震山谷"一样，也早已被时光掩埋，远化成飘逝的烟云，说起来都是有隐喻意味的。

三

处州府除城墙的精妙和坚固是独树一帜以外，还建有众多配套的军事设施，拥有环环相扣、层层嵌套的瓮城体系。先人虽高筑坚城，却未能免于之后的侵略和战祸。可以这样说，这城墙堪称处州兴亡的见证者。

明嘉靖年间，世事日益动荡，东南沿海地区的倭患已经愈演愈烈，更多的亡命之徒和倭寇一起铤而走险，攻城略地，烧杀抢掠，无恶不作，沿海百姓生活在水深火热之中。在此背景下，胡宗宪出任浙江巡按监察御史，由此开始了他在东南沿海一带主持的抗倭生涯。他召徐渭、文徵明、郑若曾等为幕僚，参赞军务；以俞大猷、戚继光、卢镗为大将，制定"攻谋为上，角力为下"和"剿抚兼施，分化瓦解"策略，转战江、浙、闽、赣，每役躬擐甲胄，指授方略，终于弭平倭患，使东南百姓重新过上安定的生活。在这些大大小小的战役中，涌现出不少作战英勇的将领，其中有 4 人被称为嘉靖年间的抗倭四大名将。他们是戚继光、谭纶、俞大猷、卢镗。1940 年，南京国民政府为激发民众的抗日情绪，将丽水县城内的 3 条街分别以戚继光、卢镗、俞大猷 3 位抗倭将领的名字重新命名。

直到 20 世纪 40 年代，虽然昔日的刀剑兵器已被枪炮所取代，但古城墙作为防御工事在国家和民族的大危难中，仍然能派上用场。1943 年，在城内大水门、仓前、四牌楼、府前、燧昌路等处街口及择山坳路口又被筑置了地堡，民国三十四年（1945）拆除。

　　曾在丽水与日本侵略军战斗的原国民革命军 62 团团长陈章文，在《丽温战役亲历记》中这样写道："日军以云梯强扒城墙，用喷火器掩护进攻，城墙垮塌，工事多处被毁无法利用……"

　　记载中还写道："敌人与我部激战，在城楼反复拼杀。凌晨之时，南门（大水门）城楼为我一营攻占。敌人据天主堂的钟楼竭力顽抗。正巷战间，水洞内冒出一支小分队，枪击、刀砍、手榴弹轰，鬼子惊慌失措，一窝蜂夺路出东门……"

　　这段惊心动魄的文字，仿佛让我们看到了烽火狼烟中的处州府城墙，其满目疮痍，遍体鳞伤，损坏程度可想而知。而今天，我们站在古城墙下，遥想先烈们当年大败日寇的场景，胸中不免涌出一股热血豪情。

　　抗战期间，丽水属第三战区。1944 年 8 月 25 日，从缙云、武义过来的日本侵略军数千人在丽水城郊会合，黄昏开始攻城。原第三战区长官、司令部少将高参彭孝儒团长带领 63 团官兵抱着必死的信念，誓守丽水城，团部设在万象山，63 团官兵与日军在左渠门、丽阳门、虎啸门、厦河门等地展开激烈交锋，并在丽水城内巷战。最终，因兵力薄弱、孤立无援，包括彭孝儒在内的 1000 余人牺牲在了丽水保卫战的战场上，他们的生命在最盛的年华戛然而止。

　　抗日战争胜利后，当地政府在府前附近的一个大"行基"———泥地广场中间，建立了一座抗日战争阵亡将士纪念碑。

四

　　命运多舛的瓯江船帮，也因此具有了保家卫国的悲壮。但无论是帆船还是排筏，上行还是下行，都义无反顾地投入支前，不畏险途，共担风雨。他们的身上，充满了血性和果敢。瓯江因他们而碧血凝重，因他们而豪气长存，因他们而有了高昂的头颅，因他们而有了深沉的主题。

1937 年抗日战争爆发后，国内许多地方交通阻塞，正常的商品流通渠道被打乱，内地所需物资供应困难，而温州港还可以航行至上海、宁波、福州等地，和温州港运输密切关联的瓯江水运也保持不衰。八一三事变发生后，日本海军对我国沿海实行封锁，严格禁止中国籍船舶行驶，但是许多外国商船尚可继续航行至温州港。据瓯海关统计，1938 年行驶至温州港的外籍轮船共达 80 余艘，进口的洋货主要有白糖、石蜡、颜料、皮革、煤油、柴油、橡皮制品和金属及其制品等，进口的国货主要有棉纱、布匹、针制品、卷烟、药品等。这些进口物品运抵温州后，大部分通过瓯江运输供应抗战后方。其运输线路是：从温州以木帆船运至丽水，再从丽水经公路至金华衔接浙赣铁路。1941 年浙江成立驿运管理处，在大水门设立管理站，负责船舶、手车、挑夫的管理及军、政、民用船的调派。5 月设在丽水的省交通管理处与省驿运管理处、水陆联运管理处合署办公，实施战时统一管理。

1940 年，丽水至永嘉、缙云、松阳等公路相继被破坏，公路中断。水上运输崛起，各地商人及公务人员云集丽水，转往温州采购物资。

1942 年，瓯江下游亦被日军侵占，仅保持龙泉至丽水交通，自下而上的货物直达龙泉，至小梅、八都上岸转为肩挑。故龙泉县八都埠成了通往福建浦城、江西广丰方向的货物中转站。

1942 年，日本侵略军占据金华后，浙赣铁路被切断，温州—丽水—龙泉的水运航线就成了至关重要的通道。瓯海海关《民国三十二年第二季度温州贸易报告》载："沿瓯江上溯至丽水、龙泉，以后沿公路经福建浦城、建瓯至广东曲江，再沿粤汉铁路至湖南的衡阳、长沙。"瓯江成为当时我国抗战大后方物资供应的重要运输线。由于丽水具有水水转运、水陆转运的优越条件，大水门成为浙南商品流通的重要中转商埠。为水运服务以及与水运密切相关的行业应运而生，大猷街和大众街就有大小运输商行 14 家，丽华运输行就驻扎在丽水县城的大水门横街。四川、广西、江西、福建、温州等地大批客商纷至沓来，进行贸易活动，大水门外溪滩有临时货棚 300 多座。

1943 年 2 月，国民党第三战区司令长官部会同浙江省政府设立瓯江运输司令部，由当时驻碧湖的三十二集团军司令李默庵任运输司令。当时的大水门溪滩上，待运的商品堆积如山，沿大水门的水障阁、竹筏头、校场圩，绵延数里，帆樯如林，这条以"瓯"——本义为一种原始瓦器或者一种海鸟——为名的江，就此披上铠甲，应征入伍。

1949年5月，解放军九八团侦察排、三营八连沿城向南推进，在南明渡埠截歼逃渡残敌百余后，进攻大水门。拂晓，九八团三营九连、八连分别自虎啸门、大水门破城而入，全缴敌丽水团管区司令部枪械，于午前全歼守城残敌。自凌晨3时攻城始，历8个小时战斗，解放了丽水城。

1949年7月，丽水专署公安处直属城区公安分局大水门分驻所就发起和组织瓯江民船工会。工会对到埠的船只进行登记，统一调配货源，废除了水上包工头把持货运的局面。1951年冬，丽水瓯江民船工会改称中国海员工会温州分会丽水内港木帆船筹备委员会。温州成立瓯江民船联合运输社（总社），在丽水设分社。1954年1月，根据省委有关文件，经过逐步调整，5月该分社被撤销。

中华人民共和国成立初期，温州沿海岛屿尚未完全解放，海运因遭到敌方骚扰而不能畅通，丽温公路又未修复，温州、丽水乃至整个浙南地区的土特产不能通往海运出口，人民生活必需品和生产资料的供应也受到影响。为打破封锁，运输部门组织了温州—上海间的水陆运输，即温州—丽水线以瓯江木帆船水运，丽水—金华—上海线辅以陆运。1950年4月，中国粮食公司丽水支公司成立，在城内大水门和府前设营业所。于是丽温间水运货物猛增，瓯江航区木帆船数量（主要是舴艋船）也急剧增加，1951年达到5000多艘，比1949年中华人民共和国成立时增加了1倍左右。丽温运输大军为反封锁斗争的胜利和国民经济恢复做出了巨大贡献。

20世纪50年代初，由于瓯江中、上游各县公路尚未修复，水运仍然是本地交通运输主体。水运高峰季节，丽水大水门靠埠民船上千只，以大水门为中心，自小水门至下河埠延绵1.5千米，桅杆林立。华东联营公司丽水分公司在大水门设立中心站，设有中转仓库，大水门码头数万平方米的溪滩，成为货物堆场。当时海运封锁，公路不通，温州地区货物的进出口运输以及解放沿海岛屿的支前物资运输，大多为瓯江水运。

中华人民共和国成立后，废除了班头把持制度。过去，码头搬运装卸组织旧称埠班。丽水城有小水门、大水门埠班，分背班、扛班，埠夫受班头统一管理，依次发签装卸搬运，以签结算工资，班头从中抽成，埠夫、班头世袭。下河、碧湖、大港头等埠无固定埠班，农民可自由参加搬运装卸。1950年6月县搬运公司成立，11月改县搬运服务站。1953年，设碧湖搬运站。1954年，县搬运服务站固定工 268 人，临时工 220 人，碧湖搬运站工人 26 人，城区担米小组工人 16 人。1956 年 3 月，县搬运服务站、长途手车运输服务组、担米小组改组成县搬运合作社。1958 年 12 月，搬运合作社、民船管理所、民船运输社合并。1960 年 2 月，搬运业务划出，成立县搬运公司，1967 年后兼营汽车长途运输。1983 年 10 月，改县运输公司，碧湖搬运站为县第二运输公司。1990 年，市运输公司有装卸工 17 人，第二运输公司有装卸工 9 人。

1956 年 3 月，瓯江上游各县在丽水成立瓯江上游木帆船第一、二、三、四运输合作社，丽水属第三合作社，有 1000 多只木帆船。1957 年，4 个合作社合并成立丽水县民船运输社。1958 年 11 月，丽水县民船运输社、民船管理所、搬运站合并成立地方国营丽水县运输公司，年运量达 5.7 万吨，丽水县的大量碤石都以木帆船运至温州经海运出口至各地。1960 年 2 月搬运站划出，航运部分改称瓯江运输公司丽水分公司。1961 年 3 月，瓯江运输公司撤销。1963 年航运企业复称丽水县民船运输社。1973 年，改称丽水县航运公司。1986 年撤县建市后改称丽水市航运公司。

丽水市航运公司的业务一度十分繁忙。丽水地处山区，特产丰富，水运出口货物主要有竹木柴炭、粮食、茶叶、药材、水果、酱油、羽绒制品等；水运进口货物主要有食盐、水产、南北货、工业品、水泥等。中华人民共和国成立后，虽然丽温公路恢复通车，丽水至温州水运货物有所减少，但在水运运价低于汽车运价的情况下，木帆船运输仍有一定的吸引力。航运公司曾有过日夜运货都来不及的火爆场面，客商只能拿着汇票在公司排队。为适应舴艋船装卸货物，1972 年交通部门投资 2.5 万元，在大水门外建成纵 25 米、横 100 米的混凝土斜坡码头。1988 年增建长 97 米、宽 6 米的深水码头，适应 10—18 吨位船舶装卸作业，汽车直达码头，日吞吐能力 500 吨。

1980 年后，中、上游地区公路交通发展很快，相比对航道改造的投入较少，加上山林过伐、水土流失，造成航道淤塞，碍航、断航不断，许多物资只能弃水走陆。中、上游通航里程已从 1949 年的 900 多千米降至 344.5 千米，除龙泉溪、大溪、小溪外，松阴溪、宣平溪、好溪均已相继断航。20 世纪 90 年代后，丽水至龙泉、丽水至松阳 2 条航道均不能通航，唯丽水—温州航线尚畅通。20 世纪 80 年代以来，机动船取代了人力木帆船。

同时，随着瓯江上游梯级电站的开发，瓯江航道几乎断航，曾经满江的船帆和鼎沸的号子声被搁浅了。瓯江千帆竞逐的繁忙景象成了老一辈的美好记忆，那珍藏于老船工心底的大水门那些旧事，已化为他们血脉里恬静持久的温情。

五

天地悠悠，岁月流转。2000 年是大水门跨入新世纪的新起点，丽水市政府投入巨资，建设一流的城防工程，中心点是大水门，主要建设项目是大溪南、北防洪堤，大溪厦河、塔下 2 处劈山拓浚，配套建设江滨面积 57 万平方米的绿化带景观和 1 座 2000 千瓦排涝泵站，防洪堤长 19.1 千米，保护城市面积 35.7 平方千米。防洪堤建设弃除渡口，只保存水南路亭及部分码头台阶和石磡。路亭建于民国三十七年（1948），道路从中间砖砌拱门穿行，路亭外的一级级台阶都深刻着岁月的年轮，它见证过渡口的繁华、瓯江船运的发达。

2005 年 3 月，丽水处州府城墙被浙江省政府授予省级文物保护单位，至此古城墙的保护开启了新的里程碑。2006 年经省文物局批准，政府修复了大水门（南明门），同时对大水门古城墙进行了修缮（图 9-11），古迹在保护中复兴传承，

图 9-11 修缮后的大水门

将民俗文化、城市味道留存延续,让穿越时空的记忆醒着,醒作故园的眷恋与情韵。

重新建造的应星楼是丽水市具有特殊意义的建筑,既承接了处州历史文脉,又体现了当代社会发展的特征。因新城市建设需要,大水门至厦河门一片旧建筑被拆除,因无法在原址上恢复旧应星楼,故而择址另建。该楼样式推陈出新,气势恢宏。所建的9层高楼象征丽水与处士星相对应,在福星的光辉照耀下,事业兴旺发达,人民生活水平节节高,并寓意丽水大地人杰地灵、祥瑞康宁。

2006年瓯江干流开潭水利枢纽正式蓄水,在丽水主城区形成了2800万立方米库容的生态湖,造就了丽水城区可谓"城在山中、水在城中"的景象,像一颗明珠镶嵌其中。湖岸线全长约16千米,湖面宽度200—600米,湖面积达5.6平方千米,与杭州西湖水域面积相当。湖区水质清纯,湖区的湾、港、汊、岛、堤、滩等各具水景形态;四周山峦起伏,奇峰叠翠,空气清新,林丰木华。其自然风光集隽秀、幽奇、旷清于一体,兼具湖光、山色、林木之美,较华东地区水网平原湖区和浙江省湖区更富有个性特色,是八百里瓯江自然景色最优美的河段,也是瓯江历史人文最集中的区域。

宁静纯美的南明湖(图9-12)环护着这一方古老的土地,千帆齐发的旧码

图 9-12 南明湖(作者摄)

头的风光虽然已经湮灭，但那段岁月的痕迹，终究是刻在了每一处印着光阴的物事上。

见证了千年沧桑的大水门古城墙失去了原有的功能，然而它的骨架未散，它的魂魄未倒，它的精神未泯，它的气节未短，它依然挺立着。它是丽水人热爱家乡、不畏强暴、不屈不挠、英勇抗敌的历史见证，是丽水城的文化地标、特色景观，深受丽水人民的眷恋。

我迈着庄重的脚步，踩在石子道上，深切感受到古城曾拥有的一派繁华与昌盛；而石砌基座和拱形门看不出其他翻新的痕迹，仍见证着时间的流转。轻抚着城墙的砖壁，有透骨的寒意。时间的力量，已在墙壁上留下深深的印痕。由一旁的马道走上城墙，便可一览南明湖两岸，风物尽收眼底，远处大桥飞架南北，车流往来，人潮涌动。新的城市，正在从老城脱胎出来，楼厦高耸入云，巷道五光十色。站在城墙上眺望新城区，历史与现实正遥相呼应。正如唐孟浩然诗云："人事有代谢，往来成今古。江山留胜迹，我辈复登临。"几多慨叹，几多豪辞，全嵌进斑斑驳驳的历史断截面。

无疑，历史古迹是一个城市的"根"，更是一个城市的"魂"。在社会的飞速发展下，它们亦在这个新时代中，闪耀着新的活力，以其魅力感染着新一代人。

虽然人间已换，情景迥异，大水门只是一个历史概念，但大水门太多的情景与场面，将伴随太多的悲壮与血汗、太多的感叹与泪水，一并成为这些写照的印证，从而刻入史册。

潮声入梦来

一

在八百里瓯江两岸，有许多因船帮而兴起的古镇，温溪就是典型代表。它借潮而起，因船而兴。

船帮古镇温溪位于青田县城东 13 千米，北依大尖山余脉，南临瓯江，地处瓯江下游，位于青田、永嘉、瓯海 3 县交界处，境内低丘广布，瓯江东西横流。

温溪（图 10-1）旧称安溪，因瓯江上游滩多水湍，至安溪和瓯海潮汛汇合，水流趋于缓和，成平安之溪，故得名"安溪"。

图 10-1 温溪旧貌

温溪最早于宋徽宗（1101—1125）时期建村，离现在大约有 900 年的历史。清朝时为永嘉县安竹乡，清末至中华人民共和国成立前几年均称安溪乡。1936 年，考虑到周边如瑞安、云和、庆元等地均有同名称安溪的，又听到当地人的呼声，永嘉县政府正式启用"温溪"地名并沿用至今。

1948 年 1 月划入青田县管辖，仍称温溪乡。1949 年 5 月后，改为温溪镇，属万山区。1952 年 4 月，随着基层建制和土地改革的完成，对区、乡建制进行全面的调整，万山区分置设立温溪区。1956 年并乡，复称温溪乡，属温溪区。

1958 年 11 月，推行政社合一的人民公社体制，温溪改称温溪管理区。1961 年 9 月，改称温溪人民公社。1980 年 7 月，温溪公社改称温溪镇。1982 年 8 月，温溪镇划为县属镇。

相对于温溪地名的正史，我更喜欢当地至今还流传着的温溪"三改其名"的传说：

古时候，这里是辽阔的金沙滩，每每涨潮便是一片汪洋。只有那礁石露出水面，宛如孤岛。潮退了，依然是平川广野，江面水势平和。历经千万次洪水暴发，上游倾泻下来的沙石将这片土地冲积得越来越高，逐渐形成了平原。先后到这里安家落户的人们，成了这里的先民。由于居住点礁石周边的地势高，人们习惯把这里称为：高垟。

话说当年有一位才子，名叫程范乐，在大比之年考中进士，经明荐接任温州知府。历经千山万水，风尘仆仆来到处州，乘舴艋船前往温州。他是北方人，不懂水性。每过险滩时，船身动荡，可吓坏了程某，他紧闭眼睛，双手合十，祈求顺风顺水。过了高岗滩，风平浪静，船平稳多了，他便向船老大打听还有几片险滩。船老大说："这里已经进入温州地域了，是潮水地了，从此平平安安，客人不必提心吊胆了。"程某听了心血来潮，说道："今天我特别高兴！有意在接任知府之前，先做一件值得纪念的大好事，决定将贵地赐名为'安溪'，让这里的百姓安家乐业过日子，祷祝我程某人官运亨通开个好兆头！"从此，新地名"安溪"取代了原先的土名"高垟"。

又过了不知多少岁月，某日，江中来了官船。官员们坐在船头，但见千帆竞发，鱼虾成群，雄鹰盘旋于五彩瑞云之间。十里江堤几多榕树挺拔葱郁，十分壮观，令官员们赞不绝口，便上岸观赏一番。其中，温处道台听了此处名为"安溪"之后，认为"安溪"的谐音为"安息"，觉得不妥，便将此地改名为"安江"。

道台赐名理当庆祝，当地人直接说要隆重招待道台一班人马。有杀猪的，有去捉田鱼的，忙得不可开交，宴会内外热闹非凡。酒过三巡，一长者请教道台："大人，多少年来，不少阴阳先生先后来村里转了又转，上后山看了又看，说我村是雕鹰之地，前途无量。可总不见何日能展翅高飞，大人你可相信？"道台正吃着田鱼，鲜美的口味在城里未曾尝过呢，连忙说："我信，我信！贵地山清水秀，鱼米之乡。今天我亲眼所见的榕堤，乃江南奇观。安江扩展空间广，确实前途无量啊！"听得满堂喝彩，齐声答谢道："谢大人吉言，期望今后多多提拔！"

道台举盏笑道："应该，应该！"

临行前，道台发现大柱上有楹联：六合大庆平水清流宁国，九江永泰利川静海安溪。他认为不屑一看，即兴搬出文房四宝，乘着酒兴挥笔题词：瓯水传情留足迹，安江筑梦越先朝。

民间的这个传说巧妙结合了这里的自然环境。同时，民间传说在流变的过程中，通常掺杂着百姓大众的情感和审美，也间接地反映出时代、风俗和社会的面貌。

据现存宗谱记载，唐至清代迁入93个姓氏：唐咸通至龙纪年间（860—889）5姓；五代十国6姓；北宋9姓；南宋18姓；元、明23姓；清32姓。外省从福建迁入居多，江西、陕西、河南次之；本省从处州、永嘉迁入居多，缙云、松阳、东阳等地次之。现有5000以上人口的汉族姓氏22个和畲族各姓，其祖先均从外地迁入。

陈姓：陈师纳一支于唐末五代间由湖南长沙迁入石林，南宋绍兴间（1131—1162），七世孙汝锡移居县城；陈彪一支于南宋初由河南开封迁居温溪；嗣后又有数支分别从江西广昌，本省衢州、丽水、龙泉、云和、温州、瑞安等地迁入，分居县城、温溪、雄溪、巨浦、腊口、雷公岙、茅洋、雅陈、郎回、白岩头、黄洋、西山等地。

李姓：一支于南宋嘉熙二年（1238）从福州迁入县城；李钟灵一支于明成化间由缙云稠门迁居温溪上寮。

自宋徽宗时代到清代，又陆续迁来单、程、朱、杜、胡等姓氏。

远道而来的开基建业的始祖沿着瓯江，被一条扯不断的命运之绳牵引着，来到了这一片沙滩地，拾遗在此，与脚下的这片沙滩地艰难融合着，在与接踵而来的挑战与猝不及防的灾难的对抗中，一步步构建起精神与生命的框架。经过几代人的艰苦奋斗，开枝散叶，生生不息，逐渐发展成"地广则田畴，交错人稠，则鸡犬遥闻"的温溪。

温溪姓氏繁多，许多地名冠以姓氏，如程岙坑、朱岙底、杜岙前、章岙底等。据1985年姓氏分布情况来看，聚居温溪的仍以程、单为大姓，其中程氏2991人，单氏797人。两姓人口约占温溪总人口的一半。

尽管温溪这个地方，被行政区划无意识地与温州隔开了，无论这种隔开如何强大和有效，但这里的人及其现实生活却无法真正地被隔开。如今，温溪方言、人文习俗以及经济流向都近似温州。温州鼓词、温州道情、温州乱弹深为温溪人所喜爱，其旧式民居也具温州特色。

时空相隔，邈远迷茫，我真切感受到没有这些先人，就不会有温溪的后人，这里无疑是他们生命的一个源头。但我写温溪，不是去重构历史，也不是去解读历史。我要做的，就是在瓯江的浑厚颤音里，打捞逝去的岁月残片，弥合一段温溪船帮的历史。

二

当时浙南陆上交通不发达，水运成为主要交通方式。据史料记载，三国时，永嘉（今温州市）经青田至松阳通行船只。清代，青田至永嘉有客运航船。

据《青田县交通志》记载，自清代永嘉（今温州市）开辟商埠以来，瓯江运输船只达 1 万余艘，其中青田县占 1/3。沿江田少人多的村庄几乎都有从事木帆船运输的村民。其营运范围遍及温、处两府的通航乡镇。民国时期，青田县木帆船有 4000 余艘。1951 年为 2800 艘。

1918 年《大中华浙江地理志》载："自永嘉溯瓯江而上一百二十里，水深二丈，浅点九尺，自瓯至青，溯可达，故航运畅行。"

靠水吃水，这话一点也不假。临江而居的温溪人自然把生命的寄望倾泻给漂泊的旅程，春夏秋冬、寒来暑往，以船为生。那时男人如果不会撑船，不识水性，会被认为是无用之人，当地俚语称呼其为"不会啼的公鸡"。他们从出生开始，命运就已经被安排好了：必得跋涉，必得撑船。从温溪的情况看，一个男孩，长到十三四岁，就跟随父亲到船上去做帮工，实际上就是学习。跟随父亲 3 年左右，就独立弄条船去闯瓯江了。

当地老船工讲：

当时，温溪一带是舴艋船儿与船工（俗称"撑船人"）最集中的地方，船只和人数也最多。因为温溪一带占尽了瓯江流域水路船运的天时地利。首先，温溪在青田瓯江边最低处，距河口约 73 千米，每日有 2 次正常的潮汐。潮水每日两次涨到温溪、沙埠、港头、高岗一带，为船舶航行带来天然的便利；其次，温溪至港头的瓯江两岸分布着数十条石砌埠头码道，方便船只靠岸停泊、装卸货物；其三，沿江一带有许多船工世家，他们世世代代以撑船传家，常一家拥有船数艘，父子兄弟同操此业，子女、眷属随船长年生活在水上，往来于各埠之间，耳濡目染，世代承袭，其中有不逊于男子能独立操作的女船老大。新中国成立初期，温溪就有400多位撑船老大、上百只舴艋船儿。

清末及民国前期，因本地营运清淡，大批船老大曾从温溪外迁。他们自遂昌渡船头登陆，过清云岭，越经大马埠，进入钱塘江水系的灵山港、衢江、富春江，浙江省昌化、於潜和福建省建瓯、建阳一带，并就地制造船只从事水上运输。舴艋船运输成为青田船民的独特标志，

图 10-2 松阳青田码道

当地人称舴艋船为"青田船儿"。如今兰溪、桐庐、建德、昌化的青田籍居民中，其祖辈很多是当年温溪的外迁船民。另外，还有一大批温溪船老大来到松阳从事水上运输，随遇而安的性情使他们很快地融入了松阳的山水形胜、民俗风情，而长年的水上生涯又使这些温溪船老大具备了择地而居的灵活头脑和敏锐目光，一部分船老大积聚了部分资金后，就在溪边建房而居，改变了水上居住的生活方式，一大片沿溪而建的温溪、青田等地船民的住所，就被称为青田码道（图10-2）。

3年前的一个秋日，我专程驱车来到了松阳县城南门松阴溪畔的外溪滩，一个叫"青田码道"的地方。走进屋宇密集错杂、基础设施缺失的"城中村"，这样的一个背景中，蕴藏了一种视觉中不可多得的船帮文化和悠长岁月的痕迹。整条街道古雅闲寂，这样的老街，在县城里是很难觅得了。街的空间是当年船老大后代的生活空间，它是世俗的、平民的，这种空间感受，是在大街上无从找寻的。在小街上，我与松阳县青田同乡会会长包丽奎（图10-3）不期而遇。他于1946年5月29日出生于青田船工世家。他是对青田码道最熟悉了解的人之一，也是

图 10-3 松阳县青田同乡会会长包丽奎

一个很健谈的老乡。我们来到位于溪滩路 19 号的"瓯青公所"，这是一座外观看起来相当素雅的两层临街木构建筑，除了二楼清一色的罗马柱栏杆之外，它与周边的店面没有什么区别。他向我叙述道：

我的祖辈来自青田船寮镇，我 1962 年跟父亲当学徒撑船，3 个兄弟都撑船。1964 年开始单独撑船，在遂昌县航运站当船工，1967 年当管理人员，1983 年松阴溪几乎断航，航运站就解散了。2004 年正月正式成立松阳县青田同乡会，我担任会长。我现在就居住在这条街上，同乡会的房子是当年 200 多户船家出资建造的，名叫"青田公所"（图 10-4），这里是青田同乡进行聚会、商议大事、调解矛盾的地方。以前在大堂的神龛上还供奉着天妃娘娘和关公像，青田籍的撑船师傅每次出航除了去天妃宫祭祀，也要到这里烧香拜佛，保佑出行平安、逢凶化吉。后来专供船老大休憩之用，2013 年进行了修缮。

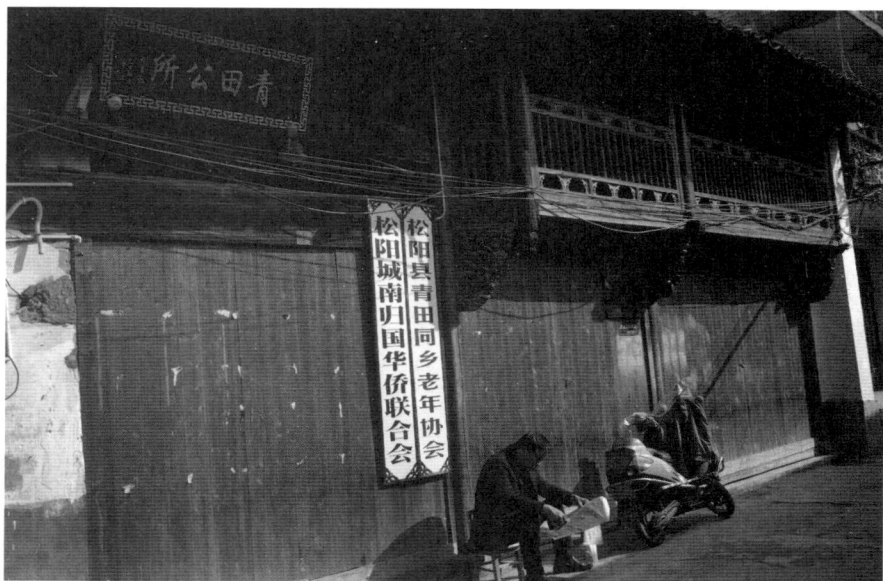

图 10-4 松阳青田公所（作者摄）

青田码道所在之处以前并无人烟，为一片大水冲刷形成的淤积地，人们称其为外溪滩。但到了清末，由于松阴溪大堤（南门大栋）的治理加固，防洪能力提高，溪水溢滩有了彻底的改善，于是人们才有了建房的念头。至民国初期，外溪滩就出现了首批民居。最早在外溪滩建房的居民，纯属青田温溪、章村一带的船工，因为他们长期在温州—松阳航道之间往来，在松阳必须建一落脚基地，外溪滩自然成了他们的首选。于是，大家围绕外溪滩建起了房屋定居下来，他们对故乡自然会产生思念之情，所以他们将此地易名为"青田码道"。"青田码道"还散落着民国时期的"水路转运行""永源烟行"，以及建于 20 世纪 60 年代的造船厂、航运站库房、航管站，在毗邻的白龙圳路还有下天妃宫、统捐局、码头、商号、米行、仓库、作坊、南明桥等建筑敞露眼前。这些古色古韵的建筑至今大多保存完整，它们无异于历史的拼图，还原了巅峰期的西屏航运格局。现在当地五六十岁的居民，基本会说青田话，至今此地青田籍人口已达 1500 余人。

松阳的航运历史十分悠久，丽松航道是开辟最早的水运干线，隋置处州"以松阳为内库"。唐宋商业发展，因西交"三衢"，商旅辐辏，成为重要商路。清代的温州官路则把"由松阳下瓯江，经丽水至温州"的全航程划在其中。大抵在晚清时期，松阳的航运业发展到鼎盛，当时松阴溪南门段的溪面甚为广阔，停泊的木筏、竹排、舴艋船足有千艘，一片繁华景象。青田码道到南直街，客栈、餐馆、货店五花八门、鳞次栉比。此地曾被誉为"松阳的上海滩"。新中国成立初，松阳航运业还是非常发达，每天有上千条船只在松阴溪上来往。松阳县的航运组织在中华人民共和国成立前只有一个筏业工会，成立于 1946 年。中华人民共和国成立后，1950 年 1 月船民工会成立。1956 年 4 月 1 日，丽水瓯江上游木帆船运输合作社成立，下分 4 社，松阳县船只属第四合作社。其后多次改名，权属也相应进行多次调整。1964 年改称西屏航管站，在松阳南门（即航运站旧址）建起一幢 492 平方米的砖木结构二层楼房用于办公。1982 年 8 月松阳复县，西屏航运站改称松阳航运站，作为一个集体企业，拥有木帆船最多时达 60 多只。不过，20 世纪 80 年代以后，公路运输得到了长足发展，当地航运业日渐式微，青田码道航运的繁荣盛景渐渐远去了，松阳航运站也随之解体。

他们虽然早已不再靠航运谋生，但数代积淀下来的文化因子和船帮精神，早已融入青田码道人的血液里。

我与包丽奎交谈时了解到，辛亥革命时，温溪人王金宝以"青田公所"为据点，举行秘密的反清活动，使它成为浙南唯一的反清革命遗址。在外溪滩这片热土上，也涌现出了不少青田籍的风云人物和社会名流，包丽奎的爷爷包再富就是其中的典型代表，他13岁加入撑船帮工行列，往返于瓯江、松阴溪一带，21岁自己买船，并在松阳置地建房，从事水路转运业务，进而创办"正源"烟行，率先开创菸（烟）草远销日本和东南亚各国的外贸生意，成为发展松阳工商事业的先锋模范，他的业绩在民国时期就被载入了《松阳县志》。

移居松阳的青田船工们不仅为松阳的航运事业发展做出了重大贡献，还为增进松阳、青田人民的友谊，传播瓯青文化做出了努力，由船工们组织的一年一度的元宵节舞龙灯（温州龙）和端午节赛龙舟活动，给松阳的节日增添了一道靓丽风景线，这一活动一直延续到19世纪60年代。其中舞龙（温州龙）一项近几年还不定期地进行活动。

三

撑船老大在江水里讨生活，比岸上生活要艰辛得多、危险得多。长年累月、同甘共苦的生活，让船老大们有了团结一心的处事风格。互帮互助的船帮精神，加上商业资源的共享，温溪船帮（图10-5）悄然形成。

温溪当时有名的撑船青年船帮（撑船高手组）共12人，如今只剩6个人。当年的撑船好手、浪里白条，如今都成了古稀老人。

图10-5 温溪船帮

　　船老大生涯也是靠天吃饭的，如碰到有大水的日子，从龙泉落到温州只要3天时间；若碰到枯水期，船儿载满货吃水多，导致船过不了滩，船老大们就只能在船上闲等，有时一等就要十来天，人在船上干着急。《青田县志》载：1956年6月8日至8月10日，大旱63天，瓯江溪流几绝。好不容易盼到雨天，待溪水涨到可以放船时，大家才放心将船儿放下滩。如溪水不大，船老大算不准船能不能过滩，还得自己下水抱着后兜金（船两头向上翘起的部位是兜金，它除了使船看上去美观外，在遇到台风时船老大可抱着它不让船摇摆；或遇浅滩放船时，船老大可以抱着它缓缓往前行），慢慢将船儿溜下滩。冰霜雨雪天气，遇到激流浅滩，又得跳入冰冷刺骨的水流乱石之中，推拉船只前进。赤双巴脚（双脚）站在冰水之中，先是感觉冰冷难受，后来是疼痛入骨，渐渐麻痹至完全失去知觉。直到跨尽逆流，浅滩走完，进入深水区域，方能爬上船，擦干水痕，让双脚慢慢地恢复知觉。个中滋味，绝非常人能够忍受。

　　在当时那个年代，船老大运送货物，以船为家，吃住都在舴艋船上。图10-6展示的是船工用过的老物件。"火篾当灯草，火笼当棉袄，咸菜当好宝，番薯丝吃饱。"这是当时流传在船老大间的顺口溜，说的是照明用火篾，冬天用火笼驱寒，三餐吃的是酸菜配番薯丝。三餐都难，足见当时物资的匮乏程度。（注：火篾：竹黄剖成条，缚成捆，久浸水里，晒干后点燃，火力均匀，不易熄灭。火笼：取暖用具。内放樽，外护篾壳，分高口、矮口以及"牛嘴巴"几种。）

图 10-6　船工用过的老物件（作者摄）

　　我摘录几位温溪当地已至古稀之年的船老大的口述，就可见当时温溪船老大的生活艰辛、命途多舛。

　　单松廷（图10-7），1929年12月23日出生。他口述：

　　我17岁帮人家撑船，20岁自己租船撑船。那个年代，船老大的生活大多清贫，在船老大中流传着"一个水鸡卵（鸭蛋）配到龙泉"的笑谈。由来是：某村一船老大，一次撑船到龙泉，10多天中，餐餐配水鸡卵（在当时还算上等生活），引起同村一船老大猜疑："平时都很俭省，这次怎么如此奢侈？"在好奇心驱使下，同村船老大一把夺过水鸡卵，真相顿时大白，卵壳内装的全是食盐，原来是"餐餐点盐到龙泉"。于是，笑谈广为流传。曾经有人带2个大冬瓜加2斤盐上船当配菜，从温州到龙泉吃一个来回。

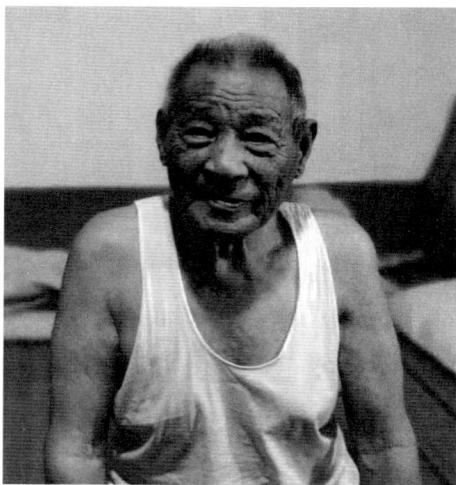

图 10-7 单松廷（作者摄）

　　船老大在穿的方面，只求穿得暖就可以。温溪一带的船老大在船上都穿白洋布、湖北溪、粗带布。到了冬天也只有一件棉架头儿。夏天天热，就没有什么讲究了，怎么舒服就穿什么，好多船老大在夏天都是赤条条（光着膀子）撑船，但箬笠帽是要戴的。因为经常要下水，所以不管何时，船老大们的裤子都是卷在小腿处的。对于鞋子，有人习惯光脚，有人怕水里的石头垫脚，就会穿上草鞋，草鞋虽能在一定程度上保护脚皮破损，但穿草鞋的船老大脚板都难逃被沙虫蛀的厄运。船上得配一件蓑衣，因为有时雨天也要撑船。

　　早年有人讲，种田不如开店，开店不如撑船。这话只是当时有的人眼睛旺热（嫉妒），船老大表面看似风光体面，其实收入微薄，从龙泉运一船的货物到温州，民国年间能够赚取4个大洋。1个大洋在当时能买8斗米，1斗约七八斤米。20世纪50年代左右，一包200斤的盐从温州运到龙泉，运费为1元人民币，一只船一次只能运11包盐，收入11元。

　　陈长成（1939年出生）口述：

　　我18岁时开始撑船，一直到紧水滩电站建成。早年商人或货行经常有欠船老大工钱的事情，国民政府那会儿，船老大最怕兵差将船儿雇去运枪支弹药。当时，兵差们一天给船老大2斤米，若船上还有细儿，就再给1斤米；中华人民共和国成立后都是先拿钱，再撑船。有时候，货还没有装上船，钱就到口袋了。船老大大部分时间都在船上度过，一年在家的时间总共加起来不到30天，所以，在撑船的夜晚，特别想念家人。还有就是种田人碰到大风大雨的日子都往家里跑，而我们船老大碰到大风大雨天却要往船里钻，看看船儿在瓯江上是否安全，船舱里有没有漏水，一切正常后，才心宽走归。

徐玉乾（1949年出生）口述：

我15岁时帮父撑船，17岁时入备战船工，38岁就不撑了。我在龙泉航运站撑船，当时撑船时站里计划分配给每位船老大每月45斤大米，每斤大米得用粮票去买，每斤自己还得掏0.094元。当时温溪猪肉价为0.64元每斤，丽水为0.63元每斤。我与船老大们上港配菜多为白淡扣等干海货，然后自家再炒点菜头咸、菜咸或是菜干肉。撑到热闹的市头，我们就会上岸买点豆腐。当时，温溪一带的船老大在撑船时，若见到落水者都会去营救，我们学神村有位船老大救人是出了名的。他每见人落水，都会下去救。要是救上岸的人已经没气了，他就会将其肛门塞住，再将那人放在自己身上倒挂着小跑，促使他口鼻里的水与泥沙流出，等待苏醒。而内港的船老大，他们是见死不救的，他们迷信落水人的魂会上他们身，所以，他们见到落水者后都是视而不见，将船儿快速撑走。

刘进洪（1949年出生）口述：

我14岁上船帮父撑船，22岁时单撑，一直撑到紧水滩电站建成。学神村原有3个撑船小组，到1970年时由于老一辈船老大年纪大了，都撑不动了，后来减到2个组共24人。我家当时有8口人，家庭经济的一切开销全部由我一人承担。20世纪80年代初，我撑船每月的工资在40至50元之间，有时船一撑到龙泉，先得去邮局汇10元钱给家里急用，落港时再将剩余的钱交于家中。从温州到龙泉，我口袋里一般只放3元，这3元钱就是我在路上的所有开销，经常耐肚撑（饿肚子）。在当时那个年代，每家每户的钱都是算起来花的……现在政策好了，我退休金也有3000多元，对于我们这些以前穿草鞋的人来讲真是太幸福了。以前撑船是辛苦，但毕竟那些都已经过去了，现在想想以前的苦也是值得的，真是做梦也没有想到现在生活会这么好。

章成忠（1962年出生）口述：

我15岁初中毕业后，就随父去撑船了，虽撑船时间不长，但撑船的事情直至今日还记得一清二楚。小时候的夏天，温溪是没有冷饮吃的，所以撑船的那几年夏天，心里特别期盼船能早点撑到丽水。当时丽水大水门进去几步地，就有冷饮店、烧饼摊。船靠岸后，我只要花1角钱就能吃上一碗心里天天惦记的冷饮。落港到温州西角以后，我也会上岸去嬉一趟，买一碗馄饨再配一个马蹄松吃吃。

那时瓯江上的舴艋船儿多，放暑假时，几乎每条船上都有放假来帮父亲撑船的细儿（小孩），当船顺利撑到龙泉后，细儿们会成群结队到龙泉大桥上走走看看玩玩，热了就下到溪里游泳。用现在的话讲：当时这些细儿就是跟随大人外出旅游。

季成花（1923年出生）口述：

我老公因身体不好，所以撑船比别人要吃力许多，22岁嫁给他以后，我就与我老公一起撑船了，上港时，我在船头划头桨，遇到上滩时，我就下船拔韧拉。因我怕水也不会游泳，所以每天在船上都担惊受怕，特别是发大水落港到青田石郭汇那里，人在船上划，旋涡就在船底旋，记得有次我亲眼看见船底的旋涡大小有稻桶口那么大，深度有2米多深，看得我双脚发抖，老命也被吓出来。直到52岁才放下手里的桨。

船工后代单建敏（1956年出生）口述：

我家是世代船家，我父亲撑船技能好，经验丰富，为人正直，在一个船帮里是领头的，新中国成立后在龙泉航运站撑船，后来也当过龙泉航运公司党支书。十几岁时，只要学堂一放假，我就上船当"伙伴"，刚开始，我人小力气不够，平时只能在船儿前面划几桨。有一次，由于水深，撑篙够不到，身子一斜，就掉到了江里，父亲一见连忙一把抓住我的头发把我拎上来。上滩时，我下船拔韧拉。7至8月份，溪滩边的大石头被太阳晒得烫分烫，脚踩在大石头上烫得不行，但又不得不拉，双脚只能强忍着烫，一点一点将船拔上滩，累得汗流浃背。最怕冬天下水，河面结冰，河水冻得刺骨，脱去外衣，穿着草鞋在水里，冻得人迈不动腿，脚麻得连尖利的石子扎进去都感觉不到。

当时我家六口人，全凭父亲一个人苦苦支撑着，生活条件十分艰难，每次上船我都带上一根钓鱼竿，船一靠岸，我就拿出钓鱼竿，那时候溪里的鱼多也好钓，这也算是改善生活的一个办法。

潘宗林（图10-8），1927年8月18日出生。他口述：

舴艋船平常1人操作，重载上航另行雇工。这种受雇的临时船老大称"人（yin）伴"，是拥有技术而缺乏资本的人。船只在温州装载以后，船主预告起航时间捎信回家相约，"人伴"如期至湖边、石溪一带等候货船加入运输。"人伴"的"水脚"（运输工钱）视其技术和体力而定，约为全程运费的三分之一至五分之一，胜任上滩"背头"技术全面的为一等，按雇工、船只、船主三股分配。到达目的地后，若继续装载至返航期间船主仅供食宿，不计报酬。如暂缺货源或逢枯水期须待雨后水位足够才能航行时，给"人伴"路费回家。

两人撑叫双个，三人撑叫三条篙或仨个。一般双人一天最少得撑 50 里水路，从温溪出发，很顺利的情况下第一天到界阜，第二天到丽水，第三天到大港头，第四天到局村，第五天到赤石，第六天到道太，第七天到龙泉。新中国成立前撑仨个的多为过年赶海鲜到龙泉的，当时尹山头的商人尹焕金叫上我与尹山头的尹启有还有一位不知名的"人伴"过年赶一船带鱼去龙泉，我们三人日夜兼程花了 5 天半撑到龙泉，再从龙泉赶回温溪过年花了 1 天半，7 天一

图 10-8 潘宗林（作者摄）

个来回，创当时温州到龙泉撑船史上速度最快的纪录。

当时，少数船老大在替他人运输的同时，也捎带货物从事买卖，这种兼营商业的船老大叫"水客"，是船老大中的佼佼者。"水客"平时与客户（货主）联系较多，货主或店主如认为其信用可靠，常乐于赊销货物，待销售后收回本利。所以"水客"资本不多而获利颇丰，以至于个别船主长期雇用"人伴"，自己脱离生产而生活优裕。年老体弱或船只破旧的船老大不受货主欢迎，难以找到运价较优的货源，只能在县内或邻县间自揽货源，装载岩麻、什竹、柴炭等廉价物资短途运输。无子女供养的船老大，为当地渡口摆渡是他们的晚年归宿。

当年与我一起撑船的郑鹤鸣在"文化大革命"开始不久，被造反派借口"海外关系"，扣上了"反革命"帽子，坐了 5 年牢。1979 年，他平了反，并成了县政协委员，成了统战对象。但艰难的生活和无情的命运，养成了他特有的沉默、孤僻的性格和对事物的麻木，加上几年前妻子又病故，沉默孤冷的性格让他变得更为自闭。

船老大陈永祥自己家里盖房子，去龙泉偷运木头，运回来盖房子，给人举报了，被抓了起来，后被罚款 1400 多元才放回来。另一个船老大名字记不得了，一次半夜运木头从龙泉到碧湖时，被"打办"的人开枪打死。

这些已至古稀之年的老船工，他们的脸上挂满了风霜，身板还硬朗，但大多

老船工的腿脚不太灵活了（据他们说，由于船老大们夏天晒死，冬天冷死，10个船工9个关节疼）。他们回首岁月，记忆是那样的真切和刻骨铭心。他们的口述，代表着一种本味，同时为温溪船帮勾画了一幅为生活奔波的图像。

四

温溪船帮伴随着时代的变迁，历经变幻莫测的考验。温溪自1949年5月解放后，建立了区、乡、村人民政权，废除了旧保甲制。温溪船帮开始了一个崭新的发展时期。

1950年冬，建立了温州西门航运管理站和丽水航运管理所，开始共同管理瓯江中上游航运工作。

1951年1月，在浙江省总工会丽水办事处函请和青田县温溪区委的支持下，青田县成立了瓯江第一个民船基层工会——温溪镇民船工会，当时有会员600余人，大多是些拥有私人帆船的船工。工会的成立，使原来零散的船工有了自己的一个真正的组织，同时在一定程度上也规范了瓯江航运的秩序。从此，船工的神色都与以往不同了，曾经茫然的脸上满是骄傲。

1952年9月至12月，瓯江船工分期轮流集中在温州西门航运管理站进行以反霸、反封建为内容的民主改革运动，清除水上运输霸头。

1953年，温州西门航运管理站调整了瓯江运输布局，将青田县1000余艘船只连同船工户籍调拨龙泉、景宁、丽水等货源充裕而运输力量不足的县。其中温溪、沙埠、港头、圩仁约500艘拨给龙泉；魁市、石郭、湖边、石溪及小溪全线约270艘拨给景宁；大溪船寮区以上沿线约300艘拨给丽水。这些调出的船民归属当地运输企业，各自在固定的航线从事长途货运，称分路线运输。

1954年设立青田县民船管理所。1963年设立青田县航运管理站，内设港监、运输管理、财务3个股室，下属船舶检验站，温溪、港头航运管理站。

1956年，合作化运动中，全县1289人按地域组成16个航运合作社。所有船只均为集体财产。货源集中，运价统一，避免相互争揽。企业从运费中提取28%至35%做集体积累金，用于船只修理、更新和社员劳保福利等项支出。当时船工疾病可享受医疗保健费，年迈有退休养老金，死后有丧葬费，船工以社为家，对集体信赖。

1957年底，温州专署将在瓯江上游龙泉溪营运的温溪、周岙、沙仁、永藤等港的船民下放至龙泉县管理，于1958年1月1日在龙泉县城东街成立龙泉县民船运输合作社，时有社员1050人、舴艋船953只。1959年2月县民船运输合作社并入地方国营龙泉县运输公司，1960年2月改称瓯江运输公司龙泉分公司，隶属温州专区领导。1961年3月贯彻"调整、充实、巩固、提高"的方针，对1958年以来"升级"的运输体制做了"紧缩"，撤销了瓯江运输公司龙泉分公司，各自归口，仍下放作为集体所有制企业。1964年6月3日改名为龙泉县

图10-9 龙泉县航运站工宣队合影

航运管理站（图10-9）。20世纪80年代以来，随着"改革、开放、搞活"方针的实施，加强了航运企业管理，对以往"航管站""航运站""一套班子，两块牌子"管理体制的弊病进行了改革，1982年1月航管、航运政企分开，改名为龙泉县航运公司，隶属县交通局。

龙泉陆路交通落后的年代，水上航运一度兴旺发达。1964年，县航运公司自筹资金6万元，在龙泉县城东街兴建航运办公大楼900平方米，下辖临江造船厂、大沙综合场、温溪货运中转站等。

随着航运事业的发展，龙泉民船社在温溪设立货物运输中转站，龙泉的货物以舴艋船运至温溪码头转卸货驳运往温州、乐清、洞头等地，而温州上行的食盐等物资，则用货驳运至温溪卸给舴艋船运到龙泉，若不能及时直接转运，可进温溪仓库待运。

20世纪60至70年代中期，瓯江航运达到了鼎盛，人们至今仍能描述出当

时瓯江帆影憧憧的景象。

1966 年至 1976 年的 10 年"文化大革命"中，集体经济遭到严重破坏，公共积累消耗殆尽。同时，随着公路运输的发展，水运货源锐减，加上船工年龄老化，企业积累逐年消耗，集体经济日趋薄弱。1970 年执行退休制度时，核定船工退休年龄为 65 岁，船只交还运输社，由运输社按月发给生活费 8 至 12 元，有子女接替其职业的其生活费由子女承担。

随着紧水滩电站水库下闸蓄水，龙泉水运行业受到影响，船工待业自谋出路者达 150 余人，公司收入连年下降。1986 年后，瓯江上游航运中断，所有船只均在龙泉境外水域作业。

于是，应运而生的温溪镇航运公司于 1985 年成立，前身为温溪航运站，有 20 余只机动船。公司成立后，龙泉、玉环等地船只也申请加入。1987 年有内河机动船 100 只，外海机帆船 21 艘，总吨位 2497 吨。

1992 年 7 月 4 日，丽水地区行署丽署办〔1992〕48 号文件发布《印发关于龙泉、云和航运工人生活出路安排专题会议纪要的通知》，文件批准同意企业解体。1992 年 10 月 19 日，龙泉市航运公司召开第五届职工代表会议，通过《龙泉市航运公司申请解体报告》。1993 年 2 月 11 日，市交通局龙交〔1993〕3 号文件向人民政府提请航运公司解体报告。1993 年 4 月 5 日，龙泉市政府下发龙政〔1993〕14 号文件《关于同意龙泉市航运公司解体的批复》，龙泉市航运公司宣布解体。

随着陆路交通的逐步发展，瓯江航运渐渐走向式微。自 1998 年以后，瓯江上的船只渐渐少了，大抵都被陆路运输取代。瓯江大桥和太鹤大桥建成后，青田来往温州之间的运输也改成了陆路，瓯江航运渐渐淡出了人们的视野。据 1990 年版《青田县志》记载，20 世纪 70 年代前，舴艋船为青田水上运输主要工具，40 年代全县有舴艋船 4000 余艘，1988 年只剩下 207 艘，进入 21 世纪后青田境内已看不见舴艋船。

一生出没于风浪里的温溪船帮与其他船帮一样完成了历史使命。

时光是流逝的，兴衰是更替的。许多老船工一回忆起这段历史，无不唏嘘叹惋，常感慨不已："当时退休金每月 6 至 20 元不等，那些年怎么过来的，觉得难以想象。现在日子好过了，退休金每月 2700 元左右。"

五

往事远去，但温溪船帮自古就有的一股轻生死的豪气，至今仍遗留在民间的风声里。

据记载：明朝嘉靖年间（1522—1566），温溪"野王"程时飞揭竿起义，后被官兵镇压。嘉靖廿一年（1542）三月，时年二十二岁的程门杨氏不愿另嫁，投江表"烈节"。清同治元年（1862），太平军攻占温溪，温溪人奋起反抗，许多船工阵亡。

1949年，温溪船工不顾个人安危，配合浙南十三区队于航船码头伏击国民党反动势力。

张学东（1910—1931），温溪学神村人。幼时在私塾读书6年，13岁随父撑船。1929年11月，在永嘉西内区农民武装暴动影响下，到塘坑、黄山、下贵等地组织农民暴动，建立农会，废止田赋及苛捐杂税。同年底，带领500名武装农民，攻打永临警察分局，杀死局长，缴获长枪5支。不久，受驻温省防军和地主民团400多人偷袭，因腿部中弹被捕，关进青田监狱。

1930年1月31日，张学东越狱，到万山底项村，在永青交界处重新组织武装队伍，编为红十三军第一团第三营（补充营），任营长。4月，带领三营500多人，从黄样、塘坑、黄山等地到小舟山，进逼温溪，在风门坳与省防军交战十几小时。9月，红十三军第一团1000多人准备第二次攻打平阳，途经白岩、大金，战斗失利。张学东带领部分红军回黄样、峰山一带坚持斗争。10月，在万山乌泥塘龙须坑被捕。1931年2月，在温州紫福山牺牲。1956年，被浙江省人民政府追认为革命烈士。

王金宝（1881—1904），温溪人。他13岁随父远游，感愤外国传教士横行跋扈，任意鱼肉百姓，便开始结党，定名"双龙会"。"双龙会"是辛亥革命时期浙江处州府属的重要会党，是光复会的一支重要力量，设机关于青田会馆，广纳贩夫、船工和手工业者。"双龙会"会员遍及处州府属 10 县，达 2 万余人。

革命党人陶成章、魏兰联络金华、衢州、严州会党，布置"协约同起"，准备响应湖南革命党人发动的长沙起义。王金宝与双龙会丽水分部会首阙麟书等商议，决定武装起义后攻袭衢州，出江西。长沙起义失败后，清政府悬赏 2000 元捉拿他。因程象明的出卖，在桐庐被捕，1904 年 10 月在处州（今丽水）小西门外的瓯江边英勇就义，令瓯江从此豪气不绝。

除了有史料记载的以外，更有众多散布在民间的救人扶伤的故事依然被当地老百姓铭记在心头。由于搜集的资料所限，只能举以下 2 个范例。

卢宗畴（1943 年出生）从 16 岁开始就独自从温州撑船到龙泉，在瓯江上共撑了 25 年的舴艋船儿。有一次上港，他撑过丽水石牛新亭村时，见前面有一艘载了 10 多个人的渡船头栽到水下，船上所有人落水，当时情况非常危险，他见到此状后，飞速将船儿划向事发地，扣上安全绳就跳到水里救人，他将沉到水里的落水者一个一个救上来，让他们抓住船舷。在那次沉船事故中，他一共救上 15 人，还有 2 人钻到竹排下淹死了。人救起后，他怕耽误时间，就匆忙撑船上龙泉了。后来新亭村整村人都在江边等他回温州，并不时向江上往来的船老大打听他到哪儿了的消息。当等到他从龙泉下来经过他们村时，他们全村人都出来迎接他，还请他与同船帮船工在村里吃了饭。事后，村里有人还写了书信，送了锦旗给龙泉航运站，当年他被站里评了个人先进。他救起的那 10 多个人，这几十年间，每年正月都有人从石牛新亭村到他家拜年。

船工单秀道（出生年月不详）曾经游历欧洲，见多识广、精通医理。瓯江两岸数百里村庄，常有病患频频打听船帮行踪，翘首以盼，只要单秀道的船队靠岸，就赶来求诊治疗，多数能得到灵方治愈疾病，于是争相传颂，单秀道也就越发声名远扬。

六

古榕树，温溪历史的活文物。

如果说"没有古树的城镇就没有历史"，那温溪瓯江北岸古堤的古榕树群是温溪历史当之无愧的见证，也是温溪的地理标志。

在温溪，最引人注目的古榕树群，共有 17 丛巨榕，掩映着一条用青石垒砌而成的近 1.5 千米的长堤，宛如绿色长龙，在时光长河中，散发出历史的静远。榕树品种有大叶榕、小叶榕、台湾高山榕 3 个品种。树龄都在 250 年以上，最大的一株胸径 270 厘米，冠幅约 33 平方米。如此古老、多种多株的榕树群在中亚热带地区很罕见，是我国纬度最高的榕树群落。电影《阿诗玛》《蓝天鸽哨》，电视剧《走入欧洲》等影视剧在此地拍摄过外景。当代著名社会学家费孝通先生参观了这里的古榕树群后，情不自禁地为之题写了"江南榕堤"4 个字。2000 年 9 月，中国摄影家协会组织全国知名摄影家来温溪榕树群采风，时任中国摄影家协会主席邵华也一同来采风。

据说，温溪榕树群，最大的那棵为"榕王"的榕树，树高 20 余米，树干最大围径 7 余米。榕树的气根千丝万缕，远看似长髯随风轻飘，又像垂柳娑婆美丽。气根是从干枝萌发出来，暴露在大气中的不定根，有极旺盛的生命力，依赖母体的营养并可吸收空气中的水分及养分不断伸长向下，有的垂直朝下生长，有的缠绕枝干延长。当地人称这棵榕树为"榕王"，传说当年曾受明太祖朱元璋敕封。朱元璋每次攻战前，必先亲临战场视察，有一次率兵攻下处州府后直逼温州白鹿城，由于温溪处于温州的水陆交通要道，朱元璋自然要先行对温溪地形侦察一番。那天，刚下过大雨，道路泥泞，朱元璋撇开坐骑，顺瓯江而下来到了温溪。见此地十里江堤、上千榕树，一字排列，煞是好看，的确是江南一绝。朱元璋被此胜景深深吸引，看着，看着，竟忘记了自己的身份和使命。正当他一个劲地欣赏榕树时，不料被驻守在温溪的元兵发现了。朱元璋怕露出破绽坏了大事，慌忙逃奔。元兵见逃，便顺脚印紧追不放。正在这危急关头，突然一阵狂风刮起，吹落了江边的榕叶，叶子遮盖了朱元璋的脚印。朱元璋一口气逃进了近处的善庆寺，见寺内正在做法事，连忙找来一件僧衣穿上，拿起木鱼混进了众和尚中跟着念起了《大悲咒》。元兵一路搜寻到了善庆寺，见寺内全是僧人，看不出异象也就出寺去了，朱元璋由此避过了一场大劫难。后来，朱元璋推翻元朝当上了明朝的开国皇帝，日理万机，对当初在温溪受榕树落叶相助而避过劫难一事早已淡忘。一次军师刘伯温在旁偶然提起了家乡温溪的大榕树，朱元璋猛然回忆起了往事。他心里非常感激温溪榕树的救命之恩，便封温溪榕树为"榕王"，一年四季常青不落叶，百鸟不得筑巢。在写诏书时，因朱元璋出身布衣，从小只读过几年书，将榕树的"榕"字写成了"荣"字。刘伯温知道皇上笔误，但不便当面揭短，便俯身谢恩道："温溪榕树蒙皇上受封，臣代家乡百姓感谢圣恩。"众臣见此，纷纷奏道："温溪榕树舍身落叶救驾，理应拨库银为温溪维修榕堤，兴建百埠，栽植榕树，使温溪埠埠有榕，以榕固堤，以堤扩地，以保当地百姓安居乐业。"朱元璋闻奏后龙心大悦，当即命国师刘伯温承办修堤栽榕之事。

榕树在温溪人心目中无疑是有灵性的，宛若有了人格的神灵。

我认识多年的老朋友单建敏，是土生土长的温溪人，他如数家珍，介绍道：

我从小生长在这块土地上，耳濡目染了榕树作为一个地方性带有宗教信仰的形象，给予当地居民多少精神的寄托与安慰。有人让儿子或女儿认榕树做母亲，逢年过节，他们在厅堂祖宗面前摆上贡品，烧香烧纸。随后带上小孩，到榕树下跪拜榕树。人们与榕树之间，不只是人与树的关系。榕树成为许多儿女的母亲，它见证了儿女们的成长，护佑着儿女们的人生，它被烙上有血性的人的命脉，与人们同患难，共呼吸，俨然是一个饱经风霜的母亲，用它的奶汁与信念，支撑起温溪人的人生信条。

小时候，我们经常会攀爬到榕树上纳凉，围着榕树捉迷藏。在我们那个贫困的年代，榕树给予我们童真与乐趣（图 10-10）。

这块净土注定会用特殊的方式，供养子民的渴望与梦想。当年那些放木排的排工、撑船的船工，经过榕树下，将木排、木船停靠在岸边，抽上一袋烟，然后撑竿出征，去完成一次远程的水上险途。

到底什么年代，什么人，从哪里带回一棵榕树，为什么种在

图 10-10 温溪榕树下民居（作者摄）

河滩边？单建敏为我解开了这些谜题。他家珍藏的《单氏家谱》中有记载：吾单氏世泽优秀绵长，第一世鼻祖华公于元朝皇庆公元一三一一年登进士，任金华知

府，清廉闻名，擢监察御史，钦赐礼部侍郎。晚年退归林下，慕浙南山水秀丽，徙居夏寅耄师。三代三进士名布江南，第五世祖道涵公大明天顺进士，任江南提刑按察司，江西布政司使。生子五，遗经教子、积德为先、铺路筑埠造渡船，于八百米江堤栽种榕树几十棵，四百多年来保护水土沙石不失，又为待渡者阴凉歇脚不计其数。

我油然生出关乎历史与时间的感触，却无法用文字来恰当地表述令人敬畏的古榕树群。

看着那一棵棵粗壮苍劲、枝叶蓬勃，枝干上黑黑的、深深的皱褶间隐藏着岁月的风雨和沧桑的榕树，回想起温溪先民在此繁衍生息，他们沿着大榕树筑堤垒田，劳作生息。

象征平安、健康的榕树，既是描绘温溪风景的画卷，400多年来，承载着先人迁徙繁衍的辛酸历史；又是时代的见证者，风云变幻，真实地目睹了不屈不挠的先人，在这片土地上，用勤劳与智慧开创的生活天地。

榕树的存在，从客观上代表着旺盛的生命力，与人类朝夕相处，相依为命，形成了一方水土之上，具有特殊意义的地名标志。榕树，被人们寄予故土情怀，无论天涯海角，它是乡里乡亲脚踏四方、心定乾坤的风向标。

这古老的榕树，总会让人们从内心发出赞叹。作为榕树，它的风姿足以让人们用仰慕的眼光去崇敬。但是，有多少人能够理解，一棵榕树之所以能屹立于急流险滩之上，数百年不倒，坚忍不拔，其傲然挺立的背后，所赋的精神意义？

在当地人的脚下，每走一步路，踩在榕树的根须上，都能感受到厚实的泥土中，榕树的气息与我们人类的呼吸，同步同声，相互依存。

时光流水在榕树的树冠下流淌，浸润着涉河而过的根须。而榕树保持着一个慈祥老人的样子，安静祥和，一语不发。只有飞鸟在枝叶间啁啾，只有风从缝隙间吹过，只有河水不紧不慢地流淌，只有人们在它魁梧的身躯边，来来往往。榕树孕育一颗菩萨心肠，只有奉献赠予，没有祈求与荣辱。当我面对这神灵般的树时，获得的何止是风景画卷，抑或是心灵的渴望，更有一种血脉相连的亲密关系，使我与榕树融为一体。这种纯粹意义上的人与自然的契合，让我的心灵得到了净化和升华，仿佛榕树一直扎根于我的血脉、我的血性中，既有遮天蔽日的浓郁，也有菩提一样的柔软情怀。

每一次从榕树下走过，我的心跳就能感受到榕树的脉络，纵横于我的人格之中。

七

沧桑岁月改变着古镇的模样，又将时光凝固在街巷的每块砖石、每堵墙壁、每条阶沿间。民国时期，温溪镇内有街 1 条，巷 7 条，总长 1945 米。旧温溪街弯曲狭窄，东始白坦底，西至下沙墩（今学神），长 795 米，宽 3.5 米，卵石路面。1975 至 1977 年改筑混凝土路面，温溪区医院以东称温溪街，以西称红星街。巷以埠名，自东至西依次为渡头埠、水龙埠、文化埠、石板埠、打铁埠、航船埠、水坎埠，总长 1150 米，南北走向，分别与沿江 7 处码头连接。

旧时民居多木屋，以穿斗式将梁、柱和其他木构件用榫卯组合在一起。以鲁班尺为计算单位。阔度：中堂一丈二尺一或一丈四尺一，也有一丈六尺一；正间、边间九尺一、九尺三或一丈一尺一。楼下高度一般不超过一丈，进深不一，以超过楼层立柱数计算，有三柱、五柱或七柱。城郊、山口一带，中立正柱，傍正柱前侧开门，称正柱门。相传始于明初温溪一带的部分民居，有正柱不开正柱门，中堂无楼层。相传始于明嘉靖间（1522—1566）的民居，一般为三间两披（伙厢），中间为中堂，左右卧室，前后檐廊，屋后搭猪圈牛栏。富裕人家建五间或七间，左右依次为正间、二间、三间、披屋，披屋前后建轩间，前轩多为三间，后轩多单间。现存较大宅院，在正屋前方连接左右轩屋加建楼房或无楼排房（又称水榭），外设青石或花岗岩门台，当中天井为一进，由两至三进组成封闭式大宅，俗称"四交石"。

但温溪在历史上也有过动荡不安的日子，据记载：1939 年 10 月 25 日 12 时，日机 5 架，在温溪投弹 7 枚，炸死 1 人，毁房 83 间；下午 2 时，又有敌机 5 架，在城镇投弹 5 枚，炸死 2 人，伤 1 人，毁房 14 间。

据《青田县志》记载，1950 年，民宅 1042 间，建筑面积约 4.1 万平方米，人均住房约 11 平方米，多为两层木房。20 世纪 60 年代后，房屋结构趋向砖木，70 年代后期至 80 年代，以混合结构、3 至 5 层带阳台式为主。至 1985 年底，新建房屋 8.79 万平方米，人均住房 13.81 平方米。1986 至 1987 年建房 20.6 万平方米，为 1950 年房屋总面积的 4 倍，均系三层以上楼房，其中民宅 16 万平方米。

古镇的形成和走势，与瓯江密切相关。因得天独厚的地理位置，成为瓯江流域颇有名气的埠头，人来人往，舟筏穿梭，十分繁忙。

这片风水宝地，自古以来一直为文人墨客所瞩目，留下了诸多足迹和诗篇。明朝开国元勋刘基留诗："朝原思脊令，被船梦萱草。寸步隔山河，怒焉伤怀抱。"明代画家，曾任青田、永嘉等知县的杨文骢留赋："壁飞万叠雷霆震，气肃千岩日月幽。"清代颇有建树的政治家，也是一位卓有成就的学者和文学家梁章钜赋诗："七十二滩都历遍，安溪真似竹崎江。"清朝乾嘉时期代表诗人袁枚曾赞叹："推开篷窗清见底，坐听篙声打石子。"清代乾隆贡生王梦篆有诗云："小艇安溪泊，风微细浪生。"这些文人墨客的妙笔，为温溪这个船帮古镇描绘上了一层人文的光辉。

而沿江三里长堤原设有的 7 个埠头的名字的由来，更富有传奇色彩。

传说刘伯温见朱元璋下诏整修温溪榕堤，心里非常高兴，当即给温溪埠头（图 10-11）取好了如"渡头埠""水龙埠""石板埠""打铁埠""航船埠""水坎埠""涌沙埠""周头埠""映山埠"等整整 100 个名字。还给每个埠头的榕树取好了如"夫妻榕""弟兄榕""睦邻榕""窈窕榕""樟裙榕"等名字，君臣听后拍

图 10-11 温溪埠头

手称好。于是刘伯温就开始了温溪榕堤的修建工作。

当时，明朝天下刚刚打定，朱元璋生怕自己的皇座不稳固，便采取了强权政策，开始排挤大臣。身为国师的刘伯温十分清楚"伴君如伴虎"的哲理，在著名的火烧功臣楼事件中，刘伯温幸得马娘娘的暗示，才免遭劫难。这起事件的发生更使刘基通晓官场的黑暗，认为朝堂不是自己长留之地，便辞官回到了故乡，不久离开了人世。这样一来，温溪榕堤的整个修建工程再也无人过问，当地百姓按

刘伯温的修堤规划只修建了榕堤东段的6个埠，规划建造的百埠成了"空头埠"。

由于没按规划修建，一次特大洪水将温溪原有的十里长堤连榕带堤冲毁至只剩276米，千棵榕树也只剩下17棵。温溪老百姓怨恨朱元璋言而无信，气愤地将原来已取好名的"涌沙堤"改名为"学沙埠"，将"映山埠"改名为"映山头"，将"周头埠"改名为"朱头"，以示抗议。

朱元璋最忌讳别人以他的姓名取名，对温溪人的做法非常不满，但自知有愧，便想了一个万全之策，在一次区域划分时，特意将温溪划归温州，并把朱头村一分为二，一半划给处州府管，另一半划归温州管。如今温州永嘉的朱头村一直叫"州头"，就是取处州下头温州上头之意，村中心至今还立着一块州界碑。

后来，温溪埠头一直没有再修建，江边榕树（图10-12）也一直没再栽，原来17棵如今还是17棵，遗留下来的276米榕堤至今仍旧还是276米。直到几百年后，当地百姓才发现其中一个奇特的巧合：明朝江山正好延续了276年，明朝皇帝也恰恰只传了17代，你说怪不怪？

图 10-12 温溪榕树群（作者摄）

关于这7个埠头的命名由来，史书上没有明确记载，倒是在瓯江上被神话的刘基，总是能适时地出现在人们需要的地方，激励着人们去热爱生活，直面灾难。

这里的刘基已经不仅仅是一个传统人物，反而更像是一种文化符号，深深地融入了古镇的风俗与信仰中。

水坎埠为温溪七埠之首，水坎埠最西。因江中有深水旋涡，撑篙不及水底，水流凶险，古人以岩石砌坎筑埠，阻挡瓯江潮水，守护一方平安。

水坎埠有2棵榕树相距约2米，围径相当，约4.8米，它们枝干相互独立，和睦相处。所以被称为"邻居榕"，寓意着温溪人团结友善，互帮互助。

现今船工的足迹早已模糊不清，可那段岁月依然在这埠头上打滑，仍守望着瓯江的宁静安谧。单建敏不由自主地讲述道：

当年在这埠头上，新船下水，在船头对着榕树祭拜祖师鲁班，跪拜口念："新船上水，大吉大利，顺风顺水，滩头滩尾平安，东遇财西遇宝，生意兴隆，四海相通。"拜毕，船工下水，旅客上船，老船工将篙从水中提起，往人们嘴里滴水，人们都争着抢着第一滴水。鞭炮噼噼啪啪地响着，航船埠上又一家店铺开门了。送新船的，出行的，庆祝新店开业的，买东西的，卖东西的，一派热闹的景象。小酒馆里，散发出阵阵酒香，行人、旅客下船后，总要到酒馆里喝上两盅；温州上来的商人，总要坐在酒馆里，一边喝酒，一边侧耳倾听温州鼓词，别有一番风味；对面人家的女儿出嫁，乘坐花轿，花轿呈八角形，全部用樟木雕刻镂花，凤金红漆，花纹精细，形如宝镯，据说是刘伯温向皇帝讨来的"半副銮驾"。街上的小商贩，趁着人多的时候，总是热情地叫嚷。

航船埠（图10-13）在温溪七大埠里头是最重要的一个埠头，距今已有300多年历史。早年，瓯江潮水最高只能涨到温溪高岗滩，所以温州上来的大船云龙、江飞、永平号只能停靠在航船埠等客。在公路运输不发达的年代里，航船埠一度成为温溪经济贸易中心。"初三潮、十八水""初一十五，潮平中午"就是温溪船帮总结出来的瓯江涨潮大小及时点。

图10-13 曾经的航船埠

航船埠的"情侣榕"（图10-14），2棵榕树相距约0.5米，围径相当，约3.8米，它们枝干相互缠绕，像一对亲密无间的情侣。

图 10-14 航船埠的"情侣榕"

打铁埠连着航船埠，打铁埠上的铁匠铺一般都设在偏房，或是正房搭个棚子，立几根柱子，盖上一层杉皮，四周全无遮挡，透风、亮飒。打铁的声音节奏感很强，师傅拿的是小锤，徒弟执的是大锤，"叮当，叮当，叮叮当，叮当当……"似乎是很有规律的，仿佛那炉温暖的炭火，还在岁月深处幽幽地燃着。

埠上有 2 棵榕树，称为"弟兄榕"，相距约 1 米，大榕树围径 4.0 米，小榕树围径 2.1 米，大榕树粗枝干向小榕树延伸，如大榕树抬手拥抱小榕树，手足情深。

石板埠上，无数青色石板，沿着一条小道排成行。石板，经历了上百年的风霜雨雪，棱角全无，用手去摸，温暖惬意。在过去，这边，远归的人，带着一大堆的货物，满面春风，和家人诉说着行程中的故事；那边，远行的人，站在石板上一边和家人道别，一边等候行船。小道上，人来人往，川流不息……

石板埠有"同胞榕"，围径约 3.5 米，树干相连，相依为命，形同一对天真烂漫的孪生孩童携手玩耍。

牛轭埠，藏在文化埠边上。中西合璧的几幢古朴的老房子向着江边突出，屋主曾几代同堂，把平凡的日子过得有滋有味、井井有条，屋内现在只留下空空的往事与风。

旁边就是文化埠头。坐落在文化埠的镇第一小学内，孩子们书声琅琅，"程门立雪"的传说似乎就在眼前，他们谦虚谨慎、不骄不躁、尊师敬友。

文化埠有"师徒榕"，2 棵榕树相距约 1.5 米，上榕树围径约 3.9 米，枝叶往前延伸，如严师为徒弟指路；下榕树围径约 4.5 米，主干弯曲，恰似徒儿俯首听从教诲。

在文化埠下边一点就是渡头埠。在渡头埠，全是中西合璧的建筑，让人们感叹当时建筑师的精湛工艺，更感叹温溪人敢于闯荡世界的气魄，现在生活的痕迹仍保留完好。

渡头埠下就是当年的武成堤。据史料记载：1928 年，为保护农田，于镇东渡头埠码头与棋盘滩间沿江兴建武成堤，长 400 米，高 3 米，顶宽 2 米。据说是以当地士绅单伯武为首，历经 3 年筑成，名曰武成堤。后于 1964 年向东扩建，延长 380 米，堤内有水竹林 200 亩，今堤固如初。

不过，埠头的辉煌已经成为过去，2003 年 12 月 23 日，金丽温高速公路建成通车，温溪镇专供舴艋船儿停靠的十几条埠头码道，也被城镇扩建填没，连古迹都消失了。

今日，一条贯穿东西的榕江大道构筑着新时代的温溪。双脚踏在旧堤新道上，古老、纯熟、熏黄的记忆犹如百年老窖香醇四溢，清新、简约的大道好比健壮青年生机勃勃。

八

400 多年的历史进程中，温溪船工在艰难困苦的日子和岁月里，沉淀着人情风俗，同时也和时代社会的发展变化同构。许许多多资深的老船工心中，仍记得当年这些风情迥异的民俗：

温溪莲花：清末民初，由乐清、平阳一带传入，用温溪话演唱。胸前斜挂长筒，右手拍击筒面伴奏，左手竹爿相击定板。

温溪鼓词（图 10-15）：民国时期从温州传入，在温溪一带十分流行。温溪鼓词分"大词""平词"2 种。

"大词"叫"唱太平""灵经"；"平词"叫"娘娘词"。词句有长短，唱腔柔和，带拖腔，用温溪话唱白。伴奏乐器牛筋琴（又称板琴、敲琴）、小平鼓（单面蒙皮鼓）、檀板（又称拍板）。板式有"流水板、紧板、慢板、清板、散

图 10-15 温溪鼓词

板、数板"、武打"悲腔板"等，唱腔优美，叙事性强。传统唱本有《结义英雄传》《万花楼》《绿牡丹》等。

青田花轿：具有独特风采的青田花轿，据民间传说是刘伯温向皇帝讨封来的"半副銮驾"。轿呈八角形，全部用樟木雕刻镂花，漆红描金。轿顶用锡箔制造，形如宝镯，配以红绿杨梅扎。轿盖用大红呢绒铺顶，绣有黑呢图案，边沿挂满流苏。轿外每一角打造荷花、莲蓬、荷叶各一支，伸出轿沿，配挂丝穗。轿下层周围用红呢绣有人物、花卉，边用刻花图案压着，轿上雕花窗棂，轿内有轿座、扶手。一座花轿需 18 名壮汉抬起。现时温溪城镇人婚嫁，已被汽车取代。

温溪镇逢年过节热闹非凡，有板龙、鱼灯、秧歌等群众文艺节目。

流传久远的独一无二的兽头鱼灯，始于明初清末，距今已有 200 多年历史。据尹氏宗祠谱记载，尹氏家族迁居温溪镇后，绝大部分男性青年以瓯江撑"舴艋船"为生，为了保佑一年四季平安，尹氏家族根据神话《封神榜》各类神仙坐骑背景图案为素材，设计了以兽为头、以鱼为身的"兽头鱼灯"，以祈求行船时风调雨顺。

一套"兽头鱼灯"共有 19 具灯型，而要舞好"兽头鱼灯"并非易事，大型的"兽头鱼灯"队则需要由 50 个年轻小伙子组成。这项民俗表演在 20 世纪颇受当地人喜爱，大年初一到初五，都要进行"兽头鱼灯"表演，那场景十分热闹、壮观。

温溪越剧团：1952 年成立，"文化大革命"时期开始为文艺宣传队，先后招过演员 100 多人，多次参加省、地区、县调演获奖，演出非常活跃，主要演出剧种有越剧、温州乱弹、花鼓等。

在正月还有举行迎佛活动的习俗。这一民俗活动，虽不是温溪所独有，但它是温溪祖辈们精神文化的重要组成部分。人们在新年举行隆重的迎佛活动，让佛巡游安方，寄托着大家希望佛佑乡方平静，闾里康宁、国泰民安、风调雨顺的心愿。

但这些带着纯朴乡土气息的民俗，渐渐地被遗落于历史的折痕深处。当地的老百姓十分惋惜。一位老船工不无忧伤地对我说："民俗文化需传承，希望我们的下一代能够重视我们的民俗文化，也希望对民俗文化感兴趣的有识之士能够牵头进行保护与传承。民俗文化是先人的精神寄托和智慧结晶，是区别于其他地区的特征之一，是我们凝聚力和进取心的真正原动力！民俗文化不应该断代，因为那是我们的根，因为那是我们的乡愁！"

2019年初夏里的一天，我专程来到温溪，看望多年前就结识的老船工单松廷老人，他一见到我，便喜出望外，如见亲人。

他是个有故事的人，我与他聊到船帮当年有没有业余文体生活时，他就说："年轻时，大家也懂得忙里偷闲，懂得穷快活。"接着他从床头柜里拿出一张泛黄的老照片给我看，还指着照片介绍道：

照片是1955年温溪船老大篮球队集体照，在照片中，队员左右两边各有一

图 10-16 船老大球队合影

面篮球冠军锦旗，一面是1954年比赛中拿的，一面是1955年比赛中拿的。为了照片拍起来好看，我们将2年拿到的2面冠军锦旗放到一起拍。一排左三就是我，我当年是球队的主力队员之一，但球打得最好的是单松富还有我弟单松青。当年篮球场上的温溪船老大们（图10-16），个个生龙活虎，现在都老了，最年轻的都将近90岁了。当年球队16个人，现在世的只有5个人了。

照片上队员身上穿的球衣印有醒目的2个字：海帆。我便问他这两个字的来历，他回忆道："这2个字是通过温州2个熟人的关系，请当年住在温州百里坊南大街一位姓曾的书法家写的，听说他是梅兰芳剧团拉琴的，在当地挺有名气的。"

我佩服之余，给了他一个大拇指，老人家憨憨一笑，接着便兴致盎然地给我讲起了温溪船老大篮球队鲜为人知的经历：

新中国成立初期，一批舴艋船老大从龙泉落港到温州西门后，与往常一样将舴艋船儿冲上涂滩后抛锚上岸。他们第一时间来到西门站内询问是否有货上龙泉，但得到的消息却是：暂时没货。还听说近来生意不好，货少船多。单宗锡与船友们只好先去西门站附近闲逛，当经过附近的储木场时，见里面有人在打篮球，他们几个船老大的眼球被这个圆滚滚的篮球吸引，一伙人在球场边足足站了个把小时，看别人打篮球。他们看得入神，像是上次去五马街上看西洋镜一样入神，以至于忘记时间，更忘记了小腿已经站得像撑船上滩时一样酸胀。当储木场老板看到有船老大在看他们打球时，便带着几分好客地问：做队打球？这批船老大们是见过篮球，算上今天总共是3次。在他们看来，篮球比他们舴艋船上缸灶最上边的直径要小那么一点点。至于篮球到底怎么玩，怎么得分，他们是不知道的。这时，对方却提出邀请一起打篮球，站在篮球场边的几个温溪船老大听到邀请后直摇头。后来，球场上的一名队员将篮球扔给单宗锡，他伸手去接，但篮球碰到他的手后，魔术般地从他手中溜走。他朝篮球溜走的方向边跑边伸手去摸，但怎么也不能将篮球拿到手上。边上其他人都说，他捡篮球的动作很好笑，说他捡篮球像是在瓯江里摸虾一般，不同的是，在瓯江摸虾，只要他每次伸手就能摸到一只虾，而摸一个比虾的体积大几百倍的篮球，他即使碰摸到，也还是会从手中滑走。在他们看来，这篮球好像是被人涂了菜籽油似的滑溜。凉凉的江风吹到铺满泥土的篮球场，吹得球场上尘土飞扬，飞起的尘土乱跑，有些都跑到人的嘴里、鼻孔里，他们几个在尘土里傻傻地站着，直到太阳落山。

当天晚上，我就向几个船老大提议"我们大家凑点钱去买个篮球打打"，话音刚落，有人便支持说："用着，但是我们不能乱打，得买本书瞅瞅。大家都说我们烧的缸灶饭好吃，也得让他们知道，比缸灶小一点的篮球，我们也打得好。"次日早上，天还不大亮，我们几人就从西门站出发，徒步走了个把小时，来到温州市的文体店内，用凑齐的 20 斤大米换回了一个牛皮的篮球，然后又凑了点钱去新华书店买了一本关于篮球技巧的书。以一个用 20 斤大米换来的篮球，一本所谓篮球必杀计的书，大家在舴艋船里开始了自己的篮球梦。白天大家撑船，晚上在船上点上油灯开始自学篮球必杀计。

1953 年球队成立了，但由于场地限制，我们只有从龙泉落到温州西门站等货时，才有时间将书中所学理论用于球场实践。平时偶尔还会在途中的一小块平地上拍拍、摸摸、传传。去正规的场地上练习，我们是不敢的。好多船工开始笑我们，还有人说：撑船的就该好好撑船，打球那是专业篮球队员干的事情。但我们几个人却丝毫没在意他们的风凉话。除了刮风天与下雨天，从龙泉到温州的路上只要有一块可以打球的小平地，我们就去练习打篮球。几个月过后，我们已经能同储木场里的员工打全场篮了，有时是我们赢，有时是东道主赢。偶尔能打赢储木场员工队对我们来讲已经是一件相当开心的事情了。

1954 年秋冬之际，我听说温州的渡头寺有一所中学，中学有个校篮球队，队员们个个球技厉害，还听说他们校队的篮球实力在全温州地区都是有名气的，他们校篮球队打赢的篮球队不计其数。于是，我让人带口信，星期六去他们学校打场友谊赛。对方球队听说本周六有人来打友谊赛，来的还是撑船的船老大，球队队长很爽快答应了。在这之前，他们已经连续打赢了前来切磋球技的好多支队伍，他们是有信心打赢这场球的。再者，在他们看来，这些撑船的船老大只有一身蛮力，会摸几下篮球而已，打好是根本不可能的。

学校食堂接到通知，周六中午多蒸一桶饭，再多炒几个菜。负责后勤的总管对下面吩咐道：人来打球，球是肯定要输的，但总不能让撑船的船老大饿着肚子回去。打球把他们的脸面给输了，总不能再让他们输掉肚子。

因第一次和别人打正规赛，并且对方是强队，心里难免多了些不安与胆战。比赛当天，我们早早地来到对方学校的篮球场上，想早点熟悉环境，让自己不要过于紧张。比赛开始，对方学校派出最强组合，目的是想在第一节就给我们来个下马威。比赛哨声响起，我们凭借在瓯江上练就的体格，再加上那本必杀计里的招数，很快控制了场上的节奏，连续命中多个外线三分以及多个内线二分，打得渡头寺中学校队措手不及，他们开始乱了阵脚，当他们发现之前赢别的球队的阵式在今天的比赛中根本没有了用处时，便乱成了一团麻。之后，我们越战越勇，一直将优势保持到最后，最终以大比分获胜。站在一旁观战的同学，好多都把嘴巴张得老大，"哈拉水"（口水）都流了一地，他们都说这场球赛好看，比以往的任何一场都要来得精彩。

比赛结束后，食堂里的饭菜也熟了。温溪船老大队以大比分获胜，他们带着赢下第一次正规比赛的喜悦心情来到食堂。也许是早上起得太早，也许是食堂的蒸饭太好吃，这批船老大把放在他们桌上的饭桶吃了个底朝天，里面找不出一粒剩下的饭。

到了1955年夏天，听说温州全市的篮球比赛在人民体育馆举行，西门航运站决定由温溪船老大篮球队代表西门航运站参加此次的全市篮球比赛。站里领导给我们取了队名叫瓯江民船队。比赛当天，我们穿上由站里统一分发的球服。那套球服是黄色的汗衫加白色的短裤，穿上崭新的球服，我们在球队中特别引人注目。我们个个雄赳赳地踏进球场。比赛头天，由我、松福、阿清、祖来、崇旺、国红等12人参赛。我们凭借在瓯江上练就的风吹雨打都不怕的体格，以及晚上在桅灯（图10-17）下研究球技的成果，在小组赛中战无不胜。打到决赛时，碰到金华药房驻温州办事处的球队，对方5个球员中间有3个球

图10-17 桅灯

员是市专业篮球队的球员，且金华药房驻温州办事处的球员不管在身高还是在技术上都要比我们队员强。比赛开始后，对方一直压着我们打，在场上掌控着主动权。最终我们输给了对方，只拿到了第二的名次。当大家知道第二名的球队队员都是撑船的船老大时，整个球场上的观众都起身为我们鼓掌，在场的有些观众说：撑船老大真慧，真厉害！有些女观众说：渠来，黄色汗衫着起真好眙（好看），人阿生好（长的帅），就是皮肤墨碳黑（皮肤黑）。也有的观众说：渠来体格真硬扎（真好）。从此，我们成了瓯江船帮的风云人物。

只要有空，我们就会找有篮球场的地方来打球。那几年，我们打

球的身影经常会出现在青田、丽水、松阳、龙泉等篮球场上。经过多场正规的篮球赛后，不管是在个人球技上还是团体配合上我们都提升得很快，成为打遍瓯江上下游无敌手的一支球队了。

　　20世纪50年代的温溪也有几支篮球队，当时温溪镇上有：温溪中学师生队、温溪农民篮球队、单昌记队、尹山头村队、洲头村队。新中国成立初期，温溪一带老百姓的文体娱乐活动几乎是空白。每年的正月是大家最空闲的时光，也是我们这批打篮球的船老大最空闲的时候。所以，每年的正月大家都会自发地组织几场篮球友谊赛。而每场篮球赛，总会吸引很多老百姓前来观看。没等比赛开始，大家已经把温溪中学篮球场围得水泄不通。比赛开始后，铺满泥土的篮球场上被篮球拍得尘土飞扬，比赛激烈时，飞起的尘土将场上队员团团包住，观众要是不睁大眼球仔细辨认，连球员是哪队的都分不清，但大家看球的兴趣依旧很浓。

　　有一次，我们的舴艋船停靠在丽水大水门外。因为上岸后听说丽水军分区有篮球场，于是我们将一封篮球邀请函托人送到丽水军分区。第二天一大早，我们早早起床，在缸灶上煮好饭，配一点菜干就吃下了一大碗饭，饭后我们就拿着篮球快速走到丽水军分区。丽水军分区的篮球队在当时的丽水地区是出了名的。我们与丽水最强的丽水军分区篮球队切磋了一个上午。用专业的话讲：两队的实力相当、球技相当，得分也相差无几。但我们五人组合扛到了最后，军分区的球员中间上上下下换了好几拨人。比赛打完后，军分区篮球队员还不知道我们这批篮球打得这么好的人到底是什么来头，我们的球技是哪里学的，从事什么职业，为什么体格会这么牛，跑不累，打不累，跳不累，打不垮。他们还来不及知道这么多个为什么，我们就撑船上龙泉了。2天后丽水军分区的那批篮球队员路经大港头办事，在瓯江边碰到曾经在篮球上交过手的我们，才知道2天前与他们打成平手的篮球高手原来是一伙撑船老大，他们惊叹不已。当晚，我们在船上的缸灶上煮好了饭，又去大港头街上买了菜。这批丽水军分区的篮球队员与我们双腿盘坐在舴艋船上，大口大口吃着缸灶饭，开心地聊着篮球。

　　有一年龙泉要举行县全民运动会（图10-18），其中有一项就是篮球比赛。听到这个消息时，我们的船刚刚从龙泉落到温州。因要排队等货上龙泉，于是我们就托人报名参加龙泉的这次篮球赛。离比赛的日子一天天临近，我们的心早就飞到龙泉的篮球场上了，然而我们的舴艋船与船上的货却如蜗牛爬似的在瓯江上慢慢前行。眼看比赛的日子又近了，我们决定早撑晚泊，日夜兼程，用最短的时

图 10-18 船老大田径运动员合影

间，以最快的速度将舴艋船撑到龙泉，参加这次比赛。

当龙泉县篮球比赛的哨声吹响后，我们还是没能准时出现在比赛现场，按比赛规则迟到 10 分钟就要取消比赛资格，何况我们足足晚到了 2 个小时。我们只好灰溜溜地在篮球比赛现场的一个备用篮球场上无精打采地瞎投、瞎打。场上除了我们 6 人再无其他人，而边上的正式篮球比赛场地上则人声鼎沸，加油声不断。时间过去了 5 分钟，有几个原本围着正式比赛场地拍手称好的观众，好奇地看到边上这 6 个人在打篮球，且球打得不赖，向备用球场大步迈来，想看个究竟。再过 5 分钟，已经有一半原来在正式球场的观众也都来看热闹了。又过了 5 分钟，正式球场的观众都已经跑到备用场地来看温溪船老大们的篮球表演赛了。导致正式球场上只有十几个队员加一个吹白铁皮口哨的裁判，他们在无趣地打发着比赛时间。

1956 年我调到龙泉县航运站撑船，与队员们分开了，但每年春节回家，大家还经常聚在一起打球，到了 40 多岁才不打了。

接下来他还跟我说：

当时，温州西门航运站还是比较重视船工的业余生活的，组织船工俱乐部，请温州文化馆老师教大家拉琴、唱歌等，每年还举行拔河比赛。

在我们温溪撑船老大里，有个说书名人，大家只知道叫他"小旦娃"，但他的名字已经没人记得了。当年我们球队的单岩明 62 岁退休回家后，组建了温溪老年人协会，1983 年以来，活动丰富多彩，是全国成立最早的老年人综合组织之一。1990 年度，他被县老龄委认定在开拓老年事业中成绩显著，被评为先进工作者。1991 年度，被评为丽水地区开拓老年事业先进个人；1992 年度，被评为丽水地区老年体育先进工作者；1995 年度，被评为浙江省老年体育先进工作者；2009 年 1 月，被评为第七届全国健康老人。2018 年 6 月 3 日去世，整整活到了 100 岁。

九

历史上，温溪是丽水地区的重要物资集散地之一。但在民国时期，温溪镇的工业非常薄弱，镇上仅有新合兴、单昌记、程仁记等几家简单的杂货店，市井萧条（图10-19），人民生活贫困。当地群众流传着这样的顺口溜："猪屎满街撒，住房破又烂，吃水瓯江担，种田保三餐，用钱全靠滩。"

中华人民共和国成立后的较长一段时间里，经济发展缓慢，至 1978 年全镇工农业总产值仅 106.5 万元。温溪有县

图 10-19 民国时期温溪民居（作者摄）

图 10-20 温溪新貌（作者摄）

办水泥厂、陶瓷厂、造纸厂，有镇办企业 71 家，主要经营砂石料、画帘、花边、农机、猪、运输，现已基本改制。

20 世纪 80 年代这个船帮古镇的整体格局开始改变，1985 年春，温溪镇集资 3000 多万元，组织 1000 多人的施工队伍，在 1986 年底建成车站路、温州街、处州街、水厂街。

"弄潮儿向涛头立"，自 1984 年温溪镇被定为丽水地区经济改革开放试验区以来，经历漫长的沉寂之后，终于迎来了新的历史发展机遇。仅仅 4 年间，温溪乡镇企业和商业贸易迅速发展，经济状况有了改观，先后投资兴建 10 多处专业市场，总面积达 6600 多平方米，有木材毛竹、粮食油料等多种专业市场，其中木材市场是最大的专业市场，4 年平均成交量 2 万—3 万立方米。此后，温溪先后从上海、杭州、温州、宁波引进企业人才，产品也初步形成机械阀门、五金电器、建筑材料、工艺美术、食品加工、丝绸服装、塑料皮革、竹木加工、化工产品、塑料制品等 10 大类。其中青田皮鞋厂、青田面砖厂、青田陶瓷厂等企业，也已具有一定的规模，它们充分利用地域优势，生产相关产品，其产品深受群众喜爱，在全国很多城市都颇有影响。1986 年 2 月 28 日，全国政协副主席、著名社会学家费孝通来青田视察时，题写了"温溪市场"4 个大字。

集四海之气，借八方之力。1993 年 11 月第一个省级工业园区青田县经济开发区在温溪镇建立。到目前为止，在该镇落户的 2000 万元以上规模企业已达 68 家，2018 年 1 月至 8 月就实现产值 260 多亿元。温溪工业经济已经成为丽水经济的一道亮丽风景线。

住建部、国家发改委等 7 部委共同发布了最新一批全国 3675 个重点镇名单，其中，浙江共有 137 个镇入选，温溪镇榜上有名。

近年来，温溪镇（图 10-20）先后被省、市人民政府评名为"第一批综合改革试点镇""科技星火示范镇""市文明镇""市工业强镇""教育强镇"等。

我这么梳理温溪的现实经济，也许只是一个挂一漏万的梳理，但我想这已经足以说明我最想阐述的观点了，那就是当地政府给温溪百姓带来了机遇，用"日新月异"来形容温溪一点也不过分。

十

位于温溪镇下花门的温溪港，是丽水地区的唯一港口。1973 年 12 月开工，1977 年 1 月建成使用。有 300 吨浮动码头和 500 吨固定码头各 1 座，配备吊车、皮带输送机等设施。港口水域面积 2.25 万平方米，吃水 3.5 米以下的各类船舶可乘潮进出港口，年吞吐量 20 万至 25 万吨。中转丽水地区各县的蜡石、花岗岩、煤炭、食盐、粮食、化肥、木材、黄沙等大宗物资。

1979 年 1 月浙江省航运公司温溪分公司成立，有 408 至 330 吨货轮 7 艘，航行于宁波、上海、海南省海口及长江中下游诸港口。1985 年建立镇航运公司，有船舶 121 艘，2497 多吨位。

温溪港是浙江省七大重点内河港，紧挨温州，有着明显的水缘、地缘优势，具有河运、海运两大功能，肩负江海联运的任务职责。同时，作为丽水市区域性的重要港口，它是服务于浙西南经济的一个重要运输节点，也是浙西南集疏运港、对外开放的重要窗口。随着青田县对外招商引资力度的不断加大、投资环境的不断完善，不少外来大型企业将进驻青田县，本地企业也不断扩大规模，促进进出口贸易与进出港货运量的大幅度增长，然而温溪港通航能力远远满足不了货运量增长的需求。县政府决定投资 2422 万元，对温溪港码头进行改造提升，拆除现有 500 吨级浮码头，改建成为 1 座 1000 吨级高桩梁板式固定货运码头，并建设相关配套设施，设计年吞吐量 50 万吨，年通过能力 66.7 万吨。该工程建成后将极大提升温溪港吞吐能力，也为打造温溪港江海联运核心港口创造了基础条件。

2018 年 12 月 23 日，温溪港区 1000 吨级货运码头改建工程正式开工建设，人们期盼已久的瓯江水运复兴之梦终于开始变成现实。

1000 吨级的货运码头建成后，船舶的货物周转量将会增大，物流成本相应来说会大幅度下降，对整个物流市场会起到良性循环的作用，对丽水地区物流的出港或者进港的货物会有更大的优势。届时，1000 吨级船舶可由温溪码头出海至全国沿海港口及长江沿线，从而推动丽水地区经济更好地融入瓯江口的港航经济圈，带动丽水地区沿江经济的发展。

县港航局有关负责人表示，温溪港地处丽水市瓯江段的最东端，与温州接壤，水路可接受 1500 吨以内的船舶进港，港口物流目前已辐射到丽水、金华、衢州地区，且发展趋势良好。随着瓯江梯级航道的打通，在大力提倡绿色发展、绿色交通的大趋势下，瓯江内河航运势必得到复兴，瓯江的航运开发也将得到一次大发展的机会。

如今，瓯江航运开发工程正在如火如荼地建设中，我们有理由相信，这条巨流必将再一次找回她失落的青春，她不仅将恢复一段历史，更能创造出一段崭新的辉煌。

舟筏的回声

一

岁月悠悠，沧海桑田，光阴流转。曾经在八百里瓯江应运而生的水运工具，催生了瓯江的澎湃和激荡，也演奏出厚重沧桑的铿锵旋律。如今，它们早已被瓯江无情地掩埋和吞噬，瓯江将它们的苍凉与繁荣交给了岁月。

那么，瓯江舟船起源于何时？古人受到怎样的启发创造了最初的渡水工具？如何从原始的渡水工具逐步演变发展出筏、独木舟、木板船、木帆船？舟船问世后，在各历史时期，发挥了怎样的作用？现在，我们不可能让瓯江舟船的历史重现，但历史的脚印不会被尘封得无法窥视，我希望在历史的碎片中找寻到它们真实的存在，找寻到它们演变的轨迹。近几年，我查阅了有关史志资料，但毕竟历史的烟波太过浩渺，没有多少可以考证的文字，已经无法完整回答瓯江水运工具如何渐进演变的问题，我只能做一个大概的梳理。

考古学家依据地下出土的实物材料和古文献记载，对亚洲和太平洋区域的古文化进行过大范围的比较，发现稻作、木板船和并连两船形成的方舟、栽桩架板的干栏式房屋和栽柱打桩式地面房屋，都是瓯人或先瓯人在新石器时代中期创造出的文化奇迹。

早在 5000 年前的新石器时代，居住在东海之滨和瓯江沿岸的瓯越先民们尚以渔猎和采集为生，他们的活动范围被局限于靠水很近的地域。但由于没有一定的工具，他们无法捕捞深水中的鱼群，无法狩猎河对岸的野兽。不仅如此，如遇洪水泛滥，他们甚至连生命都不能保全。恶劣的环境与求生的本能迫使人类进行思考，他们开始寻求一种可以浮于水上的工具，以期猎取更多的食物和战胜洪水的危害。然而究竟什么东西能够浮于水面而不沉？长期与自然界的抗争不断增添着他们的经验与智慧，自然现象的反复出现也给他们以一定的启迪。"古者观落叶因以为舟"（《世本》），"古人见窾木浮而知为舟"（《淮南子·说山训》），他们终于认识到某些物体具有浮性，自然漂浮物成为他们创造舟船工具的最早诱因。经过长期实践，他们创制了最早的水上交通工具——筏子，这是一种用树干或竹子并排扎在一起的扁平状物体。继编木为筏之后，将巨大树干用火烧或用石斧加工成中空的独木舟便出现了。1958年在离温州市区约2.5千米的西山附近，在兴建自来水厂时，暴露了一段被掩盖几个世纪的历史真相，从地下3米深处发掘出同样结构和大小的独木舟4只，舟长8米、宽0.8米，各舟之间底部均用木桩和厚板固定，专家认为这是供码头趸船之用的，便于海船停靠，并判明独木舟的制作年代是两晋时期。当时西山一带尚未成陆，可以通海，已出现原始港口的雏形。

不知经历了多少个血色的晨昏，瓯越先民们在使用独木舟过程中，发现其运输能力不足以支持制陶和冶炼的需要，于是利用瓯江两岸丰富的木材资源，设计建造了双体独木舟，大大提高了运力和稳定性。1960年在温州市郊西山出土了2艘双体独木舟，证实了当时的文明。

随着人类文明的不断进步，他们在努力寻求着变革水上交通工具的办法，在实践过程中对独木舟不断加以改进，开始在独木舟的四周加上木板以增大容量，原来的独木舟就变成船底了。在长期的演变过程中，圆底独木舟逐步变成了船底的中间部分，通连首尾的纵向木材就变成了龙骨。如此，舟船就变成尖底或圆底的木板船，而原来平底的独木舟也就逐渐演变成平底木板船底中心线上的一块板了。这时事物起了质变，完全不同于独木舟和筏的新船——木板船就出现了。瓯越先民使用木板船，挥篙做桨，迎着洪波浊浪，从事渔业生产、商品交换、人口迁移。经过千年的发展改进，并考虑瓯江流域水系滩多水急的特殊地理，且常受风暴袭击、航速与灵活性要求较高等因素，建造成形如蚱蜢的帆船。

自古以来，水行山处是越族人的生活方式。《淮南子·原道训》说"九疑之南，陆事寡而水事众"，龙泉牛门岗、兰巨、查田等地出土的新石器也证明，瓯江沿线早在新石器时代就是浙闽间重要的通道，及至后世，无论是吴越还是汉朝、三国两晋乃至唐代置龙泉县，人类在当地的发展都是自北沿海向南发展至温州，再沿瓯江上溯发展，可见瓯江历来都是连接温州、处州两地最主要的通道。

二

作为流体力学和仿生学的结合体，舟用一种飘逸流畅的外形张扬个性，因此每条船都有独立的命名。瓯江水运历史几乎与人类发展史一样悠长，数千年来，舟经历了筏、独木舟、木板船、木帆船、轮船、螺旋桨到钢质现代船的蜕变。那些带有时代特征的水运工具，虽然已成了一曲让人扼腕的绝唱，成了一首磅礴诗作的断章，但我仍沿着它们的轨迹，寻找它们的身影，以还原它们的真实面貌。

独木舟（图11-1）。顾名思义，独木成舟，是瓯江早期运输的主要工具。《淮南子·说山训》说："见窾木浮而知为舟。""浮"的概念，导致人们去"刳木"，使其变轻易浮，从而发明了独木舟。它已经具有容器形，而且有了干舷，舟尖头敞尾，尖头微上翘，舟尾敞开宽而平。其制作过程是：先选用一棵粗大挺直的树

图 11-1 独木舟

干，将不准备挖掉的部位涂上湿泥，然后用火烧烤未涂湿泥的部位，待其呈焦炭状后，再用石斧等工具砍凿，这样疏松的焦炭层很快就被"刳"尽，如此反复多次，独木终被"刳"成带槽的舟。有了舟，人们尚不能在水中随意行驶，还必须有推动独木舟行进的工具。"剡木为楫"（《周易·系辞》），即是指古人制桨的方法，"剡"的意思是削。"楫，捷也，拨水使舟捷疾也。"（《释名·释船》）削木头做成桨，

以推进舟的行驶。在舵未出现以前，桨还有控制方向的作用。独木舟与桨相配合，人们才可较随意地在水面上活动。

清泰顺人林用霖，在所辑《罗江东外纪拾残》中，描写了独木舟史实："癸巳，易舟。舟以巨木半之，刳其中，小仅容五六人。二舟子挂篙，邪许而进。舟首有孔，遇滩则横木于孔，一人立水中肩之。"1960年，温州市西山净水村边出土4艘独木舟，一直被当作史前文物。1982年10月，温籍考古学家夏鼐先生回温，得知此事，就亲自把实物标本带到北京，经中国社会科学院考古研究所用碳14断代法测定，其制作年代为唐代。该独木舟用单根粗大树干制成，坚实无缝，近首尾对称方形铆眼，与罗江东文章中所描写的一模一样，这只有当时的亲历者才能记载。瓯越先民使用独木舟，为瓯江水运事业奠定了基础。

但舟在文人骚客的笔端，则千姿百态、气象万千，包含着色彩绚丽的文化内涵。《诗经》中有《柏舟》《二子乘舟》等专门篇章，唐诗、宋词中关于舟的精彩名句不胜枚举。舟意象万千，如孤舟、扁舟、轻舟、虚舟、不系舟，又如兰舟、莲舟、渔舟、舴艋舟，还有行舟、泛舟、归舟、沉舟、一叶舟，以及楼船、画船、画舸、短蓬、蓬舟、归棹、去帆。

木板船。进入青铜器时代以后，瓯越先民对木材的加工能力提高了，于是将原木加工成木板来造船。木板船可以造得比独木舟大，性能比筏好。木板平接或搭接成为船壳，内部用隔壁和肋骨以增加强度，形成若干个舱室。早期的木板船，板和板之间、船板和框架构件之间是用纤维绳或皮条绑缚起来的，后来用铜钉或铁钉连接。板和板之间则用麻布、油灰捻缝，使其水密。

筏。筏是一种用树干或竹子并排扎在一起的扁平状物体。筏的名称很多，中国古籍多有记载。《尔雅·释水》中的"庶人乘泭""并木以渡"，与《国语·齐语》中的"方舟设泭"当皆为此意。《越绝书》更有"方舟设泭，乘桴洛河"的记载，泭、桴皆指筏子，编木为桴，编竹叫筏。用材不一，名称各异。连2000多年前的孔子也曾想乘筏遨游，《论语·公冶长》曰："道不行，乘桴浮于海。"

筏较独木舟吃水浅，航行平稳，而且取材方便，制造简易。当时在瓯江中，使用筏作为交通工具的情况相当普遍。"瓯江放排"一直沿袭至20世纪80年代。近年来，我查阅了地方有关史志，并走访了许多健在的老排工，基本掌握了当年瓯江上排的种类与结构，深深感受到排工在那段艰苦岁月里的勇气与韧性。

竹筏。竹筏又称竹排，顾名思义，系毛竹连成的排，分上水竹排、镇区竹排2类。

上水竹排（图11-2）。上毛竹产地的竹商购得大批毛竹后，编连成竹排，似放木排一样，放运至商定的水域停放，交托上水木行出售。待下水木行代下水客商成交买卖后，由当地排工放运至目的地，成为商品或用材。

我从走访过的几位年过古稀的老排工那里了解到，放竹排（图11-3）不但是个技术活，更是个累活，危险随时都存在，是个命悬一线的活，早上出门，根本没有谁能知道，排是否能放到目的地，人是否能安然无恙地回来。途中风险也无处不在，失手散了排，损失竹排不说，生命也有危险，常常有排工溺水而死。特别是在瓯江支流小溪、龙

图11-2 上水竹排（陈健明摄）

泉溪上（图11-4）放排，这2条河道像被竹鞭抽痛了的水蛇，弯弯曲曲，曲曲弯弯，溪水落差大，险滩乱石比比皆是，河道上蹿出水面的礁石，如张牙舞爪的怪兽，虎视眈眈地盯着放排人，隐藏在水里的暗礁，稍不留心就会咬排。作为排工，人人都知道这门行当是用生命去搏击风浪讨营生。但为了生活，放排的营生在20世纪80年代之前的三百六十行当中却是一种非常兴旺的行当。

放竹排一般需要3个人配合，至少要2个人，最多4个人。单独一个人是

图11-3 大溪放排（初小青摄）

放不了竹排的。竹排漂流过程中，与
船只相会，在下游的船只都会主动减
速避让竹排。如遇浅滩，需要排工及
时压舵调整方向，并用竹篙力撑避让。
竹排最难撑的要数在转弯处，由于水
流没有定向，有的地方连续几个弯，
还有可能形成旋涡，这时，不能因首
尾相顾而手忙脚乱，既要掌握方向，
不能跑偏，又要注意拐弯抹角，排是
直走的，不能在拐角处挂了排，转弯
时得用力撑住，使排尽量走弦。这就
要2个排工左右开弓，竹篙上下挥舞，

图11-4 小溪放排（初小青摄）

轻点巨石，并且用力程度都要配合得相当默契，才能顺利通过，稍有不慎，竹排
就可能撞崖触滩。若遇上急弯礁岩，排尾的排工要早早收篙停桨，俯身站稳；排
头的排工则要前后左右地快速挥舞竹篙，保证竹排必须沿着急弯中间顺流而下，
当竹排就要进入急弯时，立刻趴下抓稳，从急弯直下的竹排瞬间淹没于水中，如
坠云雾，水花四溅，一会儿后，竹排从水里冒出，甚至腾空而起。而此时，排工
早已浑身湿透。若水流平缓，排尾的排工时而用竹篙穿插，时而双手划桨加快前
进速度；排头的排工直着腰，注视前方，心情可以稍稍放松，甚至还能借机在排
头小坐，点上一根香烟，稍作休息。

　　另外，搭竹排也是一个体力活，更是一个技术活。山上的毛竹一般是头一年
冬就砍伐好的，到了来年春天，山上的伐木工就会上山把每根毛竹身上的竹枝削
平，绝对不能留有节叉，这样有利于毛竹从山上滑下，而且在河道里也不会碍手
碍脚，放排时光滑也不容易卡排。竹排在捆扎之前是有讲究的，不是随意捆绑的，
而是要用新鲜老毛竹削成篾丝，只要头层青和二层青剥成薄片绞成粗的篾缆，晒
干后备用。这种篾缆扎排耐泡又非常有韧性，在水中无伸缩性，但遇水后会发胀，
使捆扎后的木排更稳固紧绷，比尼龙绳或钢丝都要好，要想弄断还真非易事。

　　通常把4把竹子捆成1捆。然后，把10捆这样的竹子，梯次相叠，捆绑而
成一个长捆。每一梯次，留出1米左右的距离（即第二捆竹子的竹头，叠在离第
一捆竹子竹头约1米的地方，依次叠放捆绑）。竹捆扎成后，把8个竹捆并列排

在一起，再用竹子或者木棍做横杠，在前、中、后3个地方，用竹篾把竹把捆牢。这样，一个宽8米、长15米左右的竹排便基本成型了。然后，在竹排的前面，安上一个可以扳动的竹把作为"橹"（把舵），以此来调整竹排漂流的方向。这样，竹排便全面完工了。当然，竹排的大小并不是固定不变的，排工可以根据竹子数量的多少，甚至根据河水流量的大小来决定竹排的规模。扎一个竹排，至少需要2位排工的密切配合。一般会选择在溪中沙滩附近水浅的地方来捆扎。

竹排扎好以后，还要准备生活设施，即搭建休息的茅寮和做饭的炉灶。炉灶的搭建，一般都是就地取材，在岸边弄一些潮泥，敷在竹排上，上面再铺上石头，石头上面再垒砌炉灶。也有人从家里拿来风炉的，但到达目的地之后，还得再将风炉带回家，有颇多不便。所以，多数人还是采取临建炉灶的办法。茅寮用稻草搭建。睡床也是用稻草铺设。由于搭建时太潦草，遇上大雨，被淋得像个落汤鸡，也是常有的事情。后来有了编织袋、塑料薄膜之类的材料后，条件才有了较大改善。放竹排，要带上雨衣，早年没有雨衣，就用蓑衣，背着蓑衣放排。这些都是必须准备的。

随着经济的快速发展，交通条件不断改善，毛竹外运也逐渐由放排转变为道路运输，20世纪90年代竹排渐渐从人们的视野中消逝。

镇区竹排又分2种。一种是以货运为主兼营客运的毛竹排，另一种为从事捕鱼的鸬鹚排。

毛竹排。以货运为主兼营客运的毛竹排（图11-5），分前后2节。第一

图11-5 货运竹排（初小青摄）

节头上翘，呈弧形，一般长 7 至 8 米，宽 1 至 1.5 米；第二节平直，长 6 米，宽 1.5 米。以当年生长的毛竹 9 至 11 支（胸径 12 至 14 厘米），固定在立冬之日砍伐，断根去梢，截取 6 至 8 米长，削去青皮（贴水部分从头至尾保留宽约 3 厘米青皮增强牢度和光滑），避免裂缝漏水，梢端用松明火烟熏至表皮焦黑，压翘至 15 度弧形为排头。两头和中间凿孔，用横木条平行穿入，而成排列状，排放在水中浮力大，只需一人操作。顺流载重 500 至 600 千克，逆水载重 300 千克。装干货时，排上放货架垫高 20 厘米左右，并备特制篾席遮盖，以防雨淋，遇有乘客，则临时添置小凳，以便乘坐。动力工具唯撑篙一支，故通常行驶于岸边，使篙便于撑到。

竹排自重轻，吃水浅，成本低，山区可就地取材，适用于浅水溪流运输，是以往瓯江小溪、小港的主要运输工具，是沿溪两岸许多百姓的谋生手段。据当年的老排工讲述，放竹排（图 11-6）是很艰辛的。大清早，排工驾排顺流而下。遇乱石险滩，排速极

图 11-6 放竹排

快，排上人要眼疾手快，竹篙轻点，左冲右突，甚是惊险。辛苦的却是回程，逆流而上，平缓的水中还好，遇水急的浅滩，便是大冬天也要下水，艰难地一步步牵拉竹排……没有像电影《闪闪的红星》中所唱的"小小竹排江中游，巍巍青山两岸走……"那样惬意。

竹排做工也很讲究，外形漂亮，长长宽宽扁扁，头部高高翘起像飞鸟一般。当竹排从激流上冲下来，就如飞鸟在水面飞速滑翔。一张好的竹排，必须具备体轻、平直、紧密、沥水快、走水轻、拖行方便等特点，才符合下水的要求。一张竹排的使用寿命也就是 1 年左右，如果没有好好保养，1 年的使用时间都保证不了。那时候用竹排的人较多，串竹排的师傅也还有。直到 20 世纪 90 年代，靠撑竹排为生的人越来越少，能串竹排的师傅已经很难找到。

如今，这种竹排的原始功能已经转换，汹涌的溪流中，早已没有放排人手持

撑竿玩命似的在溪中搏风击浪，几乎没有人再把它当作横渡小溪的舟楫，人们把竹排当作旅游工具，当作品尝自然之趣的平台。

鸬鹚排（图11-7）。鸬鹚排体比毛竹排小，是渔人用来捕鱼用的，由8至10支2丈多长的毛竹做成。做前先要把茅竹绿色的表层刮掉(减轻重量增加浮力)，再把刮去表层的竹子，前端用火弯成乙字形，再把全支竹子熏黑晾干，把干燥后的竹子拼合平直，用硬柴（木棍）若干支做横担，用麻绳把每根竹子绑在横担上。

图 11-7 鸬鹚排（作者摄）

早在唐宋时期，丽水境内即有以鸬鹚、渔船、渔网为工具的江溪渔业捕捞活动。小溪上游今景宁畲族自治县的鸬鹚乡一带，唐代以前即有养鸬鹚以捕鱼的活动。唐李阳冰《护国马夫人庙记》云：

护国夫人马氏，栝苍下邑鸬鹚人也，地之距郡与邑几三百里……鸬鹚水鸟，善捕鱼，因名其地。

渔人捉鱼时带的工具，有大木桶1个（放鱼用），1支长柄的网兜（捞鱼用），1支两用的竹篙，竹篙顶端扎有1支铁钩（撑排和钩回鸬鹚用）。夜里捉鱼要1支火篮，火篮形如网兜，用粗铁丝编成，有长木柄，烧的燃料则是枞明（松树脂）。还要准备渔人自己用的箬笠帽和蓑衣等。

鸬鹚平时喂杂粮，捉鱼时则喂以小鱼。在捉鱼前，渔人往往把它饿上半天，这样鸬鹚在半饥饿的情况下，捉起鱼来特别卖力。渔人带鸬鹚出去捉鱼前，在鸬鹚的脚上缚上一条 3 尺长细麻绳。缚麻绳是当鸬鹚逃走时，或不听指挥时，好用竹篙端上的钩把绳钩住，以便捉回鸬鹚。当渔人出发捕鱼时，把鸬鹚捉到竹篙上站着，渔人把竹篙放在肩头担到排上，把鸬鹚放在排前端弯曲处的两边，再把鸬鹚脚上的绳缚在排的横担上，随后把排划到江心，慢慢地划到渔区。到渔区前渔人把鸬鹚缚在排上的绳解掉，鸬鹚则展开双翅活动一下，随时听命下水，渔人如发现附近有鱼踪，便用竹篙将鸬鹚赶下水，顺手用竹篙拍打着水面，一面还要用脚踩着竹排，嘴里不断叫喊着，指挥鸬鹚捉鱼。

鸬鹚的身手非常矫健，不时向水里下冲，又不时向水面浮出，不时还会叫声不绝，所以鱼儿遇到这种场面，都会吓得四处逃命。等到鸬鹚浮出水面，带起一串水花，嘴里一定会衔着一条活生生的鱼儿东观西望，嘴外的鱼尾则甩来甩去。渔人见了立刻呼叫鸬鹚回来，如不听话，渔人把鸬鹚捉起后，用手把鸬鹚的脖子一捏，鱼便应手而出，被放进木桶里去。

如在夜里捉鱼，排上一定要点上火篮，火篮插在排的前端，可照明数丈方圆，晚间的鱼见有火光，都会聚在火光之下，所以晚上鸬鹚捕鱼也是很方便的。同时鸬鹚的眼睛在夜里也能清晰视物。

鸬鹚如遇到大鱼，也有一套战术，它会先把鱼眼睛啄瞎，使大鱼在极痛苦的情况下迷失方向，在水中乱游，再咬住鱼鳃，使鱼无法逃走，如果鱼太大了，无法制伏或衔不动，它的同伴一定会出手帮助。渔人也会手持网兜等待，只要快到水面，渔人立即用网兜把鱼与鸬鹚一起捞起来。鸬鹚捉够鱼，渔人便带鸬鹚回家，再把鸬鹚脖子上的稻秆芯解掉，喂以捉来的小鱼作为犒赏。20 世纪 80 年代始，鸬鹚排捕鱼渐少直至停止。

木排。又称木筏、树排，古称桴。中国早在春秋时代已有利用木排运送竹、木材和作为交通工具的记载。《论语·公冶长》中就有一句话："子曰：'道不行，乘桴浮于海。从我者，其由与？'"

木排是木材水运的一种主要方式，可将木材用排钉（硬木做的木钉）、练枝（竹篾编成辫形）、排篾（薄篾片）、排圈（薄篾片绕成圈）钉牢缚好，再以硬柴（杂木）做横担，用毛竹直连接，编扎成排节，根据河流情况，或再将若干排节纵横连接成为木排（这叫作"做排"），由水流自然操纵，使其在河流中顺水漂下，以进行木材运输。木排的大小根据河宽及水深而异，一般应用于通畅的河流。

放排不仅可以降低运输成本，而且无须把木材截断运输，保证了木材的完整。因为林场多在山上，地势较高，所以可以用木排直接顺流而下，木排既是运输工具又是货物，一举两得。到了下游，靠岸后直接把木头卖给买家。

水路撑运木排，看起来风光潇洒，那浩浩荡荡的木排顺流冲浪而下，左冲右突、前撑后桡、闯险滩（图11-8）、博激流，层峦叠翠一闪过，险峰渊壑脚底移，似有"两岸猿声啼不住，轻舟已过万重山"的感觉。而实际上，在瓯江上撑运过的老排工，看法与想法却与常人大相径庭，其中的酸甜苦辣只有亲历者才能够体会并默默承受。当年的老排工向我讲述：自古以来，木排是大溪、小溪、瓯江木运最主要的工具，古为蓑衣排，后改进为鲤鱼排，形如鲤鱼跃水状。上游深山老林的木材，就是通过木排这一运输工具，运往下游进入流通市场。木排系平面，一般由一层木材连成，置于水中，略高出水面20至30厘米。分大江排、小溪排两大类。

图11-8 穿越险滩（初小青摄）

大江排（图11-9）航道为大溪，有龙泉排、云和排等。一条排有五六十立方米，排以大杉木为主，也杂有大松木。为运输方便，有锯成段（盾）的。底面约2米宽，由10多株整条树连成，两边各排列2至3株较大较长的树，便于人行。底面上置放八尺盾，丈三六。盾用小硬木连接，硬木两旁用竹排钉钉牢，再用竹篾扎结实。前后各有一支约2米宽的排儿，分称浪顶、浪头，各装有排梢（排梢，是用一棵长8—9米根部跷的整株杉木，在尾端劈成大刀形状的桨板片，安装在排首的排门夹上，起到橹或桨的作用），用以把握方向，也起点行进动力的作用。

图 11-9 大江木排（初小青摄）

排上置有排篙（排篙功能同船上的撑篙，是将优质的整株毛竹根部削成尖头，不同的是排篙根部没有套上铁箍。排篙要备三条，长的 10 米，中的 7 米，短的 5 米，根据江面滩潭深浅不同使用）用以撑排。此为一条排的单体结构。大溪江面较为宽阔，木排下行经常为几条单体排连成大排放运，在大排中央设置"伙凉"（图11-10）。"伙凉"由 2 爿竹编夹着箬叶的竹棚联结而成，行似小篷屋，长 3 米，宽 2 米，用竹练枝牢牢固定在木排上，蓬内设缸灶（外用粗篾编，内用黄泥糊），为三餐做饭之处，另外还安放五六张寝席作为夜间睡觉的床铺。"伙凉"即全排人的粮草炊厨之处，又是夜间歇息睡觉的场所。排工在木排上的日子是很少有新鲜蔬菜吃的，甚至可以说基本上没有。因为大家每

图 11-10 排工在"伙凉"用餐

天只能到傍晚时分才会在停排点泊岸过夜，所以，根本没有时间上岸去买菜。即使有时停排时间早，上岸买到了些蔬菜，"伙凉"里也没有炒菜锅。2尺4寸的大铁锅只为五六个人蒸饭所用。所以，排工的下饭菜都是从家里带来的菜干肉、萝卜干、咸鱼之类的熟菜，熟菜一般要配够吃上十几天的量。

小溪排（图11-11）航道为小溪。树木生长在深山，溪边不多，长梢（整枝的大树，长约数丈，径大者2尺以上），因无法运到水边，所以深山里的大树砍伐后，锯成8尺树段，然后把树段打上铁印（铁印形如铁锤，锤头雕刻本人字号，作为识别），堆叠在坑边（小溪支流坑道窄水浅），

图11-11 小溪木排（初小青摄）

等候大雨来临。山洪暴发时，人在坑边把树段推到洪流中，利用水流将树段冲到小溪（坑口），溪边有人等候，将漂流下来的树段捞起，各人认各人的树段，再把这些树段编扎成排。由于江面狭窄，排体比大江排窄，只有1.5米宽，没有面层，排底用小硬木、竹排钉连接，比较简易。小溪排，有排梢、排头、庆树、油杠等专门的结构和名称。一头排有48米长，宽度为4.5至5米，大的一条排有30立方米左右，小的排也有20立方米左右。运行时，只能单体排独放，排上无法搭置"伙凉"。放小溪排较大江排生活条件差得多，只能吃用草袋装的冷饭，喝小溪中的冷水，常遭日晒雨淋。故放小溪排者皮肤黝黑，患肠胃疾病较多。

小溪除产树段外，还有草排儿。草排儿就是小的长梢，长不过2丈，径只有数寸，只能用作橡及零碎的材料，其他还有枞树段（松树）、毛竹。至于做排的方法以及大小是一样的。

木排编成后，以人工沿水路运输称为放排，俗放薄排。温州人把放排工叫作"树排客"，温溪以上叫"放排客"。因为木排在放运过程中，会受到瓯江水情洪涝旱灾影响。有时遇到山洪暴涨，木排会被打散，有时木排又会因洪水退去被搁置在沙滩上。这时需要多人合力才能把打散的木排重新编扎，或合力把搁置在沙滩上的木排撬下水重新放运。6个人为一组六条排，一般由经验丰富、身强力壮的人员担当组长。从龙泉开航放下，全组人始终同甘共苦、休戚与共、互相照

应、同心协力，浑如一家人，直到温州小旦改排场，照单清点验收交货。通常放排工在龙泉水运站交接大排之时，都会清点一番，如果有发现缺少一两根木头就会要求补足数字。一个"伙凉"折价3至5元，就近卖给小旦村及周边村民。一个"伙凉"光是稻草或茅草就有500多斤，还有用好几百斤竹子制作的竹篾架子。因此村民们只要买到一个"伙凉"，现成就可搭建一个猪栏、灰厂等。

木排在放运过程中，排工手执排梢，驾驭着像一条在水中随波摆动起伏的巨龙一样的木排，要时刻保持清醒的头脑，因为整个航道暗礁密布，水流湍急，河床弯曲，危机四伏。特别是洪水时节，头排带路最难，急弯最险。后面的排看着前面头排，可以预先调控排头方向避过险情。而放头排的人

图11-12 竹篙撑破水中天

全靠自己多年的经验与随机应变的灵活的操作能力（图11-12）。一次，一条木排在青田石郭汇被卷入旋涡横在江水中，此时后面的木排被激流快速推进，木排势如飞马奔腾冲向旋涡，排上的放排工被突如其来的重力冲击，措手不及地落入旋涡之中。这是放排工历史上一起惨烈的人员死亡事故。事故发生后，龙泉林业局专门购置了一艘40匹马力的小轮船，放置在石郭汇水域，把各组木排拖出圩仁潭、十里长潭。另外据龙泉籍放排工叶月友回忆，一次清晨，他们在洪水季节放排至丽水石牛水域时，汹涌的洪水将一条木排拦腰折断，为了减少国家的木材损失，组内6人上岸走到下游苦寻散落在洪水中零星的断排。经过一天的找寻，最终在一些水湾处找到约半条排的木料。于是，他们将这些木头在原地扎紧。为了这半条排，他们同组6人整整一天都没有吃上一粒饭。

可见，在野性勃发、浊流滚滚的瓯江上，没有足够的勇气、胆量和技艺是做不了放排工的。

排工季观宝（图11-13）与洪水英勇搏斗，保护国家财产安全的事迹尤为感人。

1959年6月中旬，5号强台风影响浙江南部地区，带来丰沛降雨，一时间，

大雨倾盆，山洪暴发，瓯江水位几个小时内暴涨，水流湍急，浑浊的江水如同呼啸的巨龙，直向下游冲去。

6月18日傍晚时分，雨已下了整整一天，江水还一直在上涨。龙泉溪畔剑池乡湖村人季观宝（1913年9月19日出生，1983年9月15日去世），正带着吴湾水运站职工曾贤护、徐家德、季焕泉及2位青田籍员工，放着45米长的木排，通过瓯江上游丽水段。他们用力地控制着木筏，想找一处熟

图 11-13 季观宝

悉的水流缓慢的河段，准备靠岸过夜，躲过这场大暴雨。到了青田石帆的一个河湾，那里已经停放了大量的木排。作为组长的季观宝让其他组员的排靠里停放，轮上他这条排时，处在最外面，接近江中间，水流湍急，已经很难停泊了。此时又逢大雨，加上天黑路滑，一名排工跳上岸后，却没办法找到拴排的青石柱，慌忙之中还把系排用的"竹链"弄断了。在湍急水流的牵引下，用大量段木扎成的木排，带着巨大的惯性，如同一条巨龙，蜿蜒冲向水流最急的地方。排工们一下子慌了，长年在瓯江上讨生活的他们深知，在这种恶劣天气里，木排根本靠不了岸，又是在夜间放排，危险性极大，弄不好就会排散人亡。季观宝独自站在暴雨中，对其他人喊道："大家当心，我先把排流放到石埠下，看看能否靠岸。"木排完全处于失控状态，人已经根本没有办法控制它靠上近岸的地方。木排像脱了缰的野马越过了温溪、小旦都无法靠岸，岸上有人焦急地说："要出人命了，弃排逃命吧！"季观宝当然知道危险，若放弃木排，凭着他的水性，完全可以游回岸上。但他想到："这么多木头，都是国家财产，放弃了，损失实在太大了！一定要守住它，才能向站里交代。"而下游的瓯江，江面更宽，洪水滔天，汪洋一片，根本没有岸可靠。

刮着狂风，下着大雨，天更加阴沉。季观宝全身早已湿透，为了防止意外落水，他脱下了蓑衣，赤裸着上身，穿着短裤，站在木排排头。他把排头的树木重新扎紧，紧握着梢（就是安置在排头、用来掌握方向的大杉木做成的舵），借着向下的水流，全力调整排身，避免横折过来，导致整条木排散架。在狂风暴雨的黑夜，在滔滔江水之上，他忍受着饥饿与恐惧，始终紧紧地盯着前方，与洪水抗争着、

搏斗着……

第二天一早，大约过去了 10 多个小时，天已经蒙蒙亮了。这时，雨也停了，水流也缓了，木排也慢下来了。一夜未曾合眼的季观宝，疲惫至极，眼前一片白茫茫，隐约看到的，是极远处的一带山峦，自己根本不知道漂哪里了。已经一天一夜没吃东西的他，也顾不上别的，伸手掬了一口水，直接喝了下去。他"哇"就吐了，原来喝下的竟然是咸水。他这才明白，他与这条木排，已经冲出了瓯江口，漂到洞头附近的海面上了。

木排保住了，国家财产保住了。温州林业局派出小火轮把他救起时，他双腿都站不起来了，嘴上全是泡，艰难地对救援人员说："我把木排交给你们，应该未流失吧。"现场的人无不感动流泪。

台风过后，风和日丽。9 月底，温州专署林业局隆重举行表彰大会，季观宝同志被授予"与洪水顽强搏斗保护国家资财安全的季观宝同志"荣誉称号。

这一场与洪水的生死搏斗，是他一生中最深刻的记忆；这一次用生命换来的荣誉，也是他排工经历的最高褒奖。这张奖状（图 11-14），高挂在他家大堂的正梁之下，一直保存至今。他生前每年过年过节，总会取下来，轻拭上面的灰尘，重温那惊险的记忆。

1964 年国家实行精简人员政策，龙泉吴湾水运站有不少工人回乡。季观宝服从国家的规定，回到了生产队

图 11-14 季观宝所获奖状

务农，一直到 1983 年去世。这一段瓯江排工的艰难生死经历，成为他生命旅程中最精彩和最值得回忆的故事。

排运。八百里瓯江，峰峦重叠，沟壑纵横，来自东海的暖湿气流循坡攀岩，孕育了垂直分带显著、种群分类多样的植被环境，造就了浙江林海的生态景观，是浙江最大林区。全区所属 9 县（市）有 6 个县（市）为省林业重点县。据《丽水交通志》等史料记载，宋哲宗元祐时（1086—1094），温州造船业兴盛，所需木材，均从瓯江上游运至温州。北宋政和年间（1111—1118）"县有征木之入"，已有木材交易活动，木材已成为征税的重要收入。民国时期，树行就占县政府全

年税收的三分之一以上。据青田县《鹤城镇志》记载，县城水域具有得天独厚的地理优势，上游十里潭江面宽阔，水流平稳，两沿是浅水位，很适合树排停滞；下游潮汐能够到达，非常有利于将木材运销至沿海地区，达到货畅其流。因而很自然地成为经营木材买卖的集散地。明清以来青田县鹤城镇是浙南木材集散地，木材已成为征税的重要收入。青田明代始有木行（从事木材买卖的中介机构叫木行，俗称树行），是从事木材买卖的中介机构，分上山行、下水行。上山行大多在县城西门外，下水行大多在城内。上水行亦分为 2 类，一是专售大溪流域的树排（包括宣平、遂昌、庆元、松阳、龙泉、云和、丽水等县）；另一是专销小溪流域的树排（小溪包括景宁、青田等地）。而 2 类树行的经营方式泾渭分明，互不争利。下水行也可分为 2 类：一是专替来自台州府所属的温岭、玉环、临海等县和温州府所属的乐清、平阳、瑞安等县以及宁波、南通一带的下水客（买主）购树排的；另一类是专替永嘉县的客人介绍买排的。木行在清初显发展趋势，民国时期发展特别快，20 世纪 20 年代，青田县城共有木行 70 多家，40 年代增至 108 家。当时，温州西郭外的木行也兴旺起来，有叶进丰、王广记、余广茂、源森、龙记、大达、惠森、广源、森泰、源泰昌等一大批木行，其财富积累始于原木的采购、运输、加工和销售。西郭外木材市场还有若干个原木起水、落水的搬运班，每班有几十名工人，大班达上百人。

从事瓯江木（竹）排放运的排工，据 1933 年统计，从业人员 1231 人，竹、木放运量达 20 余万立方米。直至 20 世纪 50 年代，木材都从瓯江水运至温州，再由温州转运台州、舟山、杭州、上海、南通等地，年运量达 50 万立方米。从事放排的人数最多达 1500 多人，庆元林区、松阳松阴溪、景宁小溪也有放排工，当时景宁木材公司里也有 300 多工人专门放排。

中华人民共和国成立后，各地建设伊始，需用大量木材。温州港木材供应日趋紧缺，而龙泉林区木材大量堆积等待外运。利用瓯江以木排的方式运送木材是当时唯一的运输方式，温州地区木帆船工会接上级指示，派出首批工会会员补充龙泉放排工。他们分成 5 人一组，每组配备 1 名龙泉放排师傅带队当组长，帮教新手放排技术，每组共 6 人。木排放到温州西门木材公司储木场，每人每月计时工资 19 元，计件工资按放排的木材总量计算。每人发给流动购粮证，每月供应口粮 45 斤，还有草鞋、斗笠、蓑衣和手电筒。1952 年下半年，龙泉县约 3000 平方千米的原始森林收归国有。1953 年 3 月，浙江省森林工业管理局成立，下设温州办事处。龙泉、丽水、庆元、云和、景宁、青田、永嘉等县都设立木材收购站。在木材产区集散地各设多个收购组，办理收购木材、组织运输等业务。1953年11月，木材属于国家一类物资，纳入国家计划经济范畴，严禁私人买卖。1954年9月，浙江省各县设立林业局森工站体制，取代原来的收购站。这种体制模式一直沿用到改革开放期间，由森工站管辖下属收购组的木材收购业务。温州木材公司在小旦村江边划出大片滩涂、土地，设立小旦改排场。从此以后，木排只放到温溪下首对面的小旦为止。

龙泉林业局下设上圩、吴湾、城郊、道太、安仁5个水运站，专责收购木头、扎排放排。其中上圩、吴湾站原始森林范围最广，纵深直达福建松溪、浦城2县边界。1956年，龙泉林业局扩大招工人数。凡社会上待业人员都可以报名参加。有瓯江水运经验的人录用为放排工，没有放排经验的则录用为扎排工，少数有文化的人录用为检尺员、抄码员、打印员。因为收购到的木材每一根都要丈量材积（长度、直径尺寸、木材品种），进行书面记录、打上钢印。通常检尺员3人一组，各司其职配合完成收购任务。

后来到了三年困难时期，大多数龙泉籍放排工选择离职回家务农种田。因为那几年粮食奇缺且价钱太贵，依靠放排工作难以养家糊口，还是当农民种粮食合算。只是没想到三年困难时期过去以后，放排工待遇一步一步提高。每人每年发放一套工作服、高筒雨靴、五节电筒等，各种劳保福利齐全。优惠的福利让放排工在当时成为社会上让人羡慕的职业之一。而那些辞职回家当农民的放排工，生活艰苦，全年收入少得可怜，与放排工待遇相比真是天差地别，故而后悔不已。再想重新回去当放排工，因为编制已经变为固定工，所以无法重返岗位了。1960年以后，公路运输事业发展，地处松阴溪两岸的松阳县、瓯江中下游的丽水、青田所产木材逐渐被陆运所代替。其他产木材县也由于伐区不断延伸，林区公路修筑，开始由单一的水运转为水陆兼运，但瓯江主流及小溪仍为木材水运的主航道。据1975至1984年的统计数据，10年内仅林业部门通过瓯江运出的木材就达144.93万立方米，占木材总运出量的45.93%。其他部门每年约有5万立方米和150万支毛竹通过瓯江水运。一条木排的木材大小不同，体积总量一般是40—60立方米，大的木材一条排有70—80立方米。按最小的一条排40立方米计算，一个水运组一趟运送的木材有240多立方米。一个排需要解放牌汽车6至7辆车运输。有人说，一位放排工人值一辆解放牌汽车。龙泉县每年通过瓯江水运的木材达八九万立方米，相当于 18000 多辆解放牌汽车的载重量。

丽水地区龙泉县的住龙、遂昌县的王村口、湖山、黄沙腰等林区的木材历来都沿乌溪江放运至衢县。1979 年 1 月，乌溪江电站建成后，库区木排由遂昌县林业局乌溪江木材转运站用轮船拖至大坝交库。

1986 年 6 月下旬，瓯江上游紧水滩电站开始下闸蓄水，木排过电站时只能先拆掉再组扎，这样一来极大增加了劳力的投入和运输的时间，再加上当时便捷的公路运输业兴起，龙泉林业局在紧水滩建成以后，只安排了少量的木、竹用老的放排方式走水运，大量的木材则选择了从公路运往温州。渐渐地，这批放排工也从原来的瓯江放排转移到林场护林，从水中作业转向了山林作业。自此，放排工也随即退出瓯江水运舞台，完成了历史使命。

木球（图 11-15）。俗称树球。这一行业，不仅在青田全县唯鹤城镇平演村独有，就是在全国也独一无二。究其起源，是因为木排有其缺陷，单薄的排体局限于运放至温溪下首对面的小旦为止，无法冲出瓯江口，漂洋过海，这就制约了木材市场的拓展，使木材无法远销沿海地区。于是，智高谋深的平演村先辈放排人，在实践中几经改良，终于创造发明了可以在海洋放运木材的木球运输法，使木材市场大为扩展。始销乐清、瑞安、平阳、温岭、台州等地，实现了"生意兴隆通四海，财源茂盛达三江"。木球人工放运自兴起至消亡，有近 600 年历史。

图 11-15 成品木球

　　我对木球的概貌一无所知，为了进一步了解平演人在放排行业中的这一独门绝技以及他们亲历的那段历史，2019 年暮春里的一天，我专程前往探访。

　　平演村（图 11-16）位于青田县城东面，距县城 1 千米左右。后靠塔山，前临瓯江，沿山脚设居，49 省道穿境而过。因地处县城滩下，溪流较平，古称平溪，经迭次洪水冲积成一片溪滩堰，以字音关系，将"堰"改"演"而成现名。

图 11-16　青田县平演村（作者摄）

　　在村里，我有幸找到了一位慈眉善目、80 多岁的老船工，名叫詹国欣（1939 年 12 月 26 日出生），他是土生土长的平演村人。我们初次见面，便十分投缘。他热情地把我引到村里的文化礼堂，在一楼大厅，他抬手一指靠墙边的一张简陋的椭圆形展台，便用那亲切的乡音对我说："用玻璃罩着陈列的就是木球模型（图 11-17）。"

　　我连忙上去仔细观看，他在边上向我讲述：

图 11-17　木球模型（作者摄）

　　我爷爷、父亲都是扎、放木球的，当时村里有二三百人从事这门行当，我小时候跟父亲扎过木球，前几年村里建起了这文化礼堂，村干部请我做了这个模型。

　　他对木球熟稔于心，讲起来如数家珍：

　　下水客（除永嘉客人外）到了青田后，由下水行（以下简称行家）负责招待食宿，每日由行家陪同至各处察看自己所需的树排，看妥后拟定大概的价钱（行家与客人商量），由行家主人出面去上山行谈生意，讨价还价，敲定价钱后，由上山行签一草约给买方，另日付定金（定金由行家垫付），有的不付定金，其货款则将树排运到后再付。树排购妥后，行家立即通知"包头"（包头类似上山行的相排人），包头也立即雇请放树球的人，一切准备妥当后，包头带领放树球的人往上山行，请其"点排"，点清数量后，立即在树木上打铁印或书写记号，再把树排先放到潮路（潮路是指温溪下游小旦对岸的姑溪、桑溪一带），这儿江面宽、水位深、流速缓，便于做木球。

　　放木球要力大劲大、身体健壮，且有技术的人才能胜任，放木球要比放排辛苦得多。做木球时整天泡在海水里进行堆叠、捆绑、抬木头等吃重的工作。首先，将五六米、七八米长的原木（没有锯断过的整棵杉树），顶端朝中央插放，做好球底，以竹篾青编成的练枝做经，两边做好膀。然后，在当中排列堆积八尺段、丈三六，以用竹篾编成、直径约6厘米的粗练枝捆缚坚固，再用竹钉钉结实。于是，一批有150立方米的木材，在没有借用任何机械的情况下，被垒筑成一个直径6米、上下高度10多米，有3层楼那么高的椭圆形球体。

　　木球放在水中，一半沉入水中，一半浮在水面。后头装一把艄，叫后艄，由老大用以掌握航向。前头也装一把艄，称前艄，辅助掌握航向。两旁各装4把或6把艄，是人工推进木球的主要发力点。两旁装艄多少以球体大小而定，通常以各装4把艄、14至15人放运的木球为多。排艄是用整枝杉木劈成的，长约5米，非有力气者无法划得动。前端装置一根长6至7米、以优质木材制作而成的桅杆。帆通常是用篾片编制成的篾篷，上中下多处用竹片固定；也有用很厚的篷布制成的，非常坚固，但使用较少。帆（俗称风棚）是木球海洋航行的重要推进装置，边沿拉着几根绳，以其松紧来转换方向。同时，还装置一支用坚硬的乌栗木制成的沉重大木碇（重500斤以上，碇身长约一丈至一丈不等，碇叶长七八尺，一具碇在当时的价值大约为一二百银元），作用如同轮船的大铁锚，用粗约10厘米的竹索吊着，竹索另一头绕在撬筒芯上，撬筒芯置在固定的撬筒柱上，撬筒芯两头各钻一个直径约5厘米的洞孔，并备一根长1.5米的撬筒棍。抛"锚"或起"锚"时，由两位身手灵活、有蛮力的工友分别站立撬筒芯两头，一前一后紧握插入洞孔的撬筒棍，或顺或倒转动撬筒芯，木碇便顺势或下沉或上浮。木碇运回家不用时，必须浸放在木碇塘内养护，不能让其干燥爆裂，否则就会报废。

放木球必须随带租用一艘体形较大的光眼沙（舢板船），主要用于盛装淡水。在遇上坏天气，备用给养短缺时，将木球抛碇于海中，庞大球体难以动弹，则将舢板船划往沿岸补充给养。木球若是要放到宁波、南通一带，则要租用绞船。绞船是用一只宁波沙（大帆船），把长梢绞在船的两边，一船可绞数百只，船舱内则装八尺树段，树球利用帆船的风帆前进，同时用于歇息、烧饭、储存淡水等。放往乐清、瑞安等路途较近的木球，拖带一艘自有的舴艋船。运输目的地较远的木球，还要在球面上搭建一个"伙凉"，主要用作烧饭、歇息。歇息的位置，老大、伙头军（伙夫）是固定的，其他人可随意。用于连接球体的竹练枝，若遇太阳猛烈、天气干燥之时，要及时给予浇水，以防断裂。

木球在潮路做成后，即起程（图11-18）。途经闹水坑、叶头、横山、浮石山、桥头、垟湾、藤桥、梅岙、五旗、温州，然后出瓯江口。线路分南线、北线2条。南线目的地为瑞安、鳌江、平阳一带，俗称平阳排。北线目的地是乐清、楚门、港厦、石桥头、松门、石板岙一带。乐清最近，俗称乐清排；放出鸡头山，统称港厦排或外江排。航道走江心屿北侧的江北岸，过南溪港、七都头、乌牛、拐头、

图11-18 木球启运

磐石、饭撬地、里弄、荷花、鸡头山，然后从鸡头山与洞头岛之间的海峡进漫潮港。这一段是全线较难逾越的航段，要西过地潭、翁垟、高松山，东避直通门。折西过清江口，便可抵达温岭的港厦。继续北上，即达石桥头、松门、石板岙。放运木球的工人以平演村人为主，自有木球后，原放木排的工人都改放木球，放排（木球）户占全村总户数90%左右，少数撑船户、农业户也兼放木球。周边的村庄或多或少也有放运木球的人，但他们技术不过硬，扎的木球在海面上航行时一遇上三四级台风就被刮散了，我们村扎的木球不怕风浪，七八级台风也刮不散。放木球又苦又极耗体力，我爷爷干到60岁干不动了，我父亲一直干到1952年。

正当我专心听詹国欣老人讲述时（图11-19），来了2位耄耋老人，一听我们在谈论放木球的话题，就勾起了他们对往昔的追忆，不时地插话讲解，显得格外健谈，也许在他们的岁月里，最闪光的记忆就是放木球的这段经历。他们叙述得清晰如昨：

工人放运木球，长期以来受包头的雇用。沿海木商在下水行的帮忙下买好木材后，便委托平演村包头（外村也有少数）承包放运，即总运费（工资）承包给包头，由包头雇用工人放运，工资多少由包头向买主说定，其中包括船租、伙食、碇租、大索等费用，除费用外再论工资，工资也有等级之分，老大较多，助手之类少一点，

图11-19 詹国欣在讲解木球（作者摄）

不像放排一样平分。老大、前头（副老大）有些津贴。江厦排每人大米400斤，乐清排每人200斤，老大、前头分别补100斤、50斤。1947年前后，发过银番钱（银元），江厦排每人20元，乐清排每人10元，老大、前头各补若干元。

1931年，平演村木球工人根据国民政府颁布的《工会法》，组织成立青田县木球运放业工会（简称木球业工会），西门外一带木排工人成立青田县木排运放业职业工会（会址在西门外夫人庙楼下）。木球业工会成立后，木球工人抱成一团，心齐力量大，很快获得木球放运的承包权与雇工权。随后制定"四定"（定技术等级、定劳动定额、定工资标准、定生活待遇）规章，深得工人拥护，工作

开展得红红火火、井井有条。工会在村中央盖起了三开间两层楼、砖瓦结构的办公用洋房，这在当时称得上是很气派的房子。中华人民共和国成立后，房子被农会占用，后来拓建为电影院并搭建了戏台，前几年村委出租给人开超市了。

木球航行大海的舵手就是老大。老大为木球之主，球上工人听从老大指令行事。老大指挥木球运行主要是"五靠"：一靠罗盘（俗称罗经）。罗盘置放在木桶内，底下垫一些米，使罗盘保持水平。木桶旁摆上一盏灯，便于黑夜看清罗盘。老大凭罗盘确定方向，参照海潮、风向的变化，指挥往往要走斜线或走偏角，甚至要走曲线。二靠"观天"。老大凭多年积累的"观天"本领，决定航行进止。三靠凑风向。去乐清、温岭、台州方向的北线木球要凑西南风，去瑞安、平阳方向的南线木球要凑东北风。老大时刻在"看风使舵"，指挥木球行动。四靠潮水。木球放运有时要趁涨潮前进，有时则趁落潮前进，取决于其所在的位置。而且，不仅白天要行进，夜间也要行进，主要看潮候。老大晚上往往不敢熟睡，只能打个盹，需时刻掌握潮汐涨落情况，适时叫醒工友行动，以免错过最好时机。五靠探海。老大备有一根特制的排篙，长6至7米，有时还用加长带有撑篙珠的竹竿，用以探海。木球在海岸边放运时，老大要经常探测海水的深浅，以判断潮水涨落情形，决定木球或行或止。

扎一个木球要1个星期左右，放木球从起航到至目的地少则三五天，多则1个月。因为海上的风浪大，风向变化无常，顺风顺水则快，若遇台风暴雨天气，则会耽搁在路上难以前行。放木球的工人有一首歌谣："海水白洋洋，吃剩用剩供爹娘。"意思是拖着木球航海有风险，先求自保再求孝敬爹娘。

出海前，都要做"顺风"（旧时，做"顺风"是瓯江一带船工、排工祈求水上安全的一种迷信习俗）、烧利市（纸钱），意思是酬谢神明保佑自己平安到达，实际上是借酬神之名，答谢放木球人的辛劳，"打牙祭"。出海吃住都在木球上，垫的是稻草破草席，盖的是麻袋被，穿的是百衲衣。晚上和衣而睡，一听老大招呼，立即翻身起床。工人吃包头的，平日菜肴以咸菜、咸水潺鱼为主。木球在外海漂浮不定，风大浪急，全靠风帆吃风前进，无风无潮时则要抛锚等待，无风有潮时那更辛苦，必须使尽全力掏排梢，才不会被潮水冲走。而最大的挑战，是海上的恶劣天气，有时遇到台风，加上木球上储藏的大米、淡水没多少了，木球根本靠不了岸，跟随的舢板船去附近的岛屿买粮取水，一时两三天回不来，放木球人只能挨饿忍渴，最长断粮断水长达7天之久，放木球的人有的都饿虚脱了，路过的舢板船见状，给了一点米，煮了几碗米汤，才维持了生命。但木球海运最怕的还是海盗，那时候海盗很多，放出海前，先要把粮食、衣服藏在不易被发现的地方，一般都藏在木材下面。有的包头出海前，为了避免在放运途中遭到海盗、劫匪抢掠，拿出三四块银元交给老大，海盗来了，破财消灾。有时碰到凶神恶煞的海盗，不给"买路钱"，又没有财物可抢，便会被毒打一顿，所以放木球的人知道情况什么也不敢带，吃粗的、穿破的才能避过海盗抢劫的厄运。木球到目的地后，先靠岸再把树球拆开，把木头抬至岸上清点，数量不缺才算完成任务，如果缺少还得照价赔偿，工资由包头从买主那领来再发给放树球的人。回家后头要做"顺风"，然后大家大吃大喝一顿，再把运回来的碇及其他工具送至包头家，碇被抬到帮头的水塘里养，其他的东西各自搬回家去，等待下一次的生意来临。

1949年6月，青田解放不久，新生的木球业工会于平演村成立，行使木球放运的派工权。后又获得承包权，工人工资始由工会统一发放。平演村虚龄15岁以上的男丁均列入工人花名册，由工会轮流派工，参加木球运输。1952年，国家对木材购销实行控制，成立森工部门统一管理，人工放运木球也画上了句号。木球工人都转到森工部门，或去上山放木排，或去温州木材厂小旦扎木球。此后，木球海运采用由轮船拖带，目的地拓展至舟山、宁波、上海等地。随着森林保护的加强，木材用途的减弱，轮船拖运木球终于在20世纪70年代中期完成历史使命。

数代平演放排工驾着木球，漂浮在江海上，在日晒雨淋的环境里战风斗浪，历尽艰辛。在命运的对角线旁边，划出了道道无声的重痕，那巧夺天工的绝技，对他们来说，也只是一个饭碗而已。

雪茄型木排（图11-20）。新中国成立初期，温州龙泉等县年产木材30多万立方米，大部分通过瓯江海运出口，由于海运工具不足，调运工作无法按时完成。1955年4月，浙江省森工局温州分局邀请大连港务局、上海港务局来温调查，会同温州港务办事处向交通部与林业部建议，

图11-20 雪茄型木排

将木材扎成雪茄型木排进行拖运。下半年，中国海运总公司责成上海港务局、大连港务局派遣技工来温州协助筹划捆扎雪茄型木排的工作。次年 6 月 18 日，组成温州区木排办公室，请上海港务局和大连港务局派员进行技术指导。经过勘察，决定选择流速较慢、风浪不大、船舶往来较小的瓯江支流——新卧旗涂北岸为扎排点。自 6 月 18 日开始至 7 月 21 日，扎成第一个长 80 米，头阔 4 米、中间阔 13.17 米，计 2006 立方米的雪茄型木排，均由上海港务局"生产号"拖轮从温州港拖运至上海。1957 年 3 月，运用扎木排的经验，开始试扎雪茄型竹排，毛竹圆滑，落水漂浮，不易拖带。几经努力，终于成功地扎成由 7 万余株毛竹组成的大型雪茄竹排。此后，捆扎竹排体积愈趋增大，最大的为 12 万余株毛竹的竹排。竹排运往全国各地，以满足渔业、农业、手工业和国防建设需要。

1960 年温州港工人共扎成大小雪茄型木排 34 个，雪茄型竹排 7 个，最大的雪茄型木排达 5400 立方米，同时还采取"雪茄加载法"，即一个雪茄型竹排捆扎毛竹 9.8 万株，竹排上再加载木炭与番薯藤等轻泡货物 200 吨，由"浙海（温）102"轮拖运至上海。

木帆船。 木帆船又称民船，因船身木结构，配有多以白色布匹制成的风帆（俗称风棚，图 11-21）而得名，有运货的舴艋船、大岙船，载客的航船、盘汤，捕鱼的渔船。

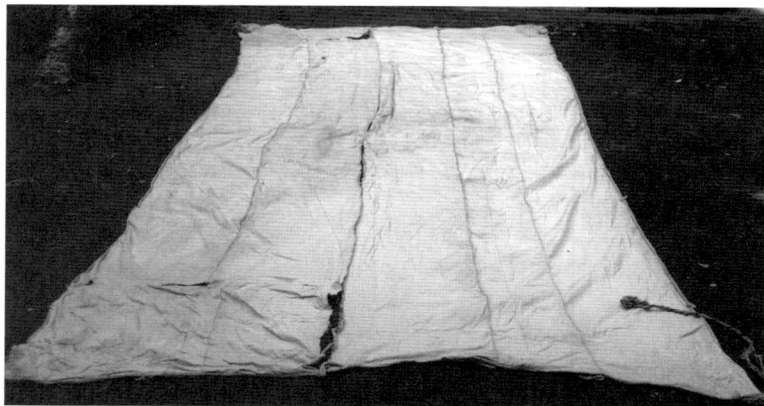

图 11-21 风帆（作者摄）

舴艋船（图 11-22）。 整条船中间宽，两头尖，呈梭形，这种轻盈的造型，可以最大限度地减小水对船的阻力。船从远处看很像一只蚱蜢，所以瓯江两岸人都管它叫舴艋船儿，亦称小木船、小划船、小帆船或麻雀船，俗称船儿。又因两头尖中间宽，乐清县称"两头尖"，瑞安、永嘉、瓯海一带称"梭船"。《广雅·释水》："舴艋，舟也。"《广雅》成书于魏明帝太和年间（227—232），由此推算，舴艋船儿应该在 1800 年前就已经出现。清乾隆年间（1711—1799）的王念孙在《广

图 11-22 舴艋船（初小青摄）

雅》的基础上，历 10 年完成《广雅疏证》上、下 2 册 32 卷，其中的《玉篇》写道：
"'舴艋，小舟也。'小舟谓之舴艋，小蝗谓之蚱蜢，义相近也。"简洁明了、
生动形象地解释了舴艋舟是形状像蚱蜢的小船。

　　据有关文字记载，晋代以前瓯江溪流上就已有舴艋船，但那时船上还没有硬
篾篷。到了 1200 年，南宋思想家、文学家、政论家叶适晚年在温州定居后，参
考画舫的设计，给瓯江舴艋船加上了硬篾船篷。船篷用竹片、竹篾和箬叶编成。
篷成弧状，分为 2 段（后发展为 3 段），中间隆起，可伸可并。叶适为此作诗：
"虽然一桨匆匆去，也要身宽对好山；新拗篷窗高似屋，诸峰献状住中间。"船
篷分 3 档，中间一段固定的叫"娘篷"，长 2.9 米，前头的叫"头篷儿"，长 1.3
米，后头叫"推篷"，长 2.9 米。"头篷儿"与"推篷"可前后移动，用以遮风
挡雨。船首还置一扇"篷头掩"，盖在"头篷儿"口，起门的作用。船篷高低规
格有 45 眼和 43 眼之分。还有两头两扇篷头掩，用来遮挡船头船尾，风雨时节
或者入夜休息时使用，平时挂在船篷外侧。船篷由专业匠人打造，俗称打篷人。
船篷的制作方法是：把毛竹劈成宽阔篾片，编织成内外两面竹篾，中间铺设箬叶，
用篷条绑扎坚固，具备防雨防风功能，冬可保暖御寒，夏可透气凉爽。有 2 根特
制篷撑，木头制造，夏天特别炎热难当之时，用篷撑将船篷撑起抬高，使船舱内
更加宽敞凉爽。船上的必备物件有箬笠、蓑衣、桅灯、火柴、水橇、水桶等。

　　这种木帆船早期为小四舱，后发展为小五舱、大五舱。其构造如下：

　　船体全长 11.10 米，中舱最宽处 1.83 米，底部宽 1.5 米，两头尖尖，船底
狭窄，科学地减小了前进中江水的阻力。造船材料以杉木为主，马腿、马脚、

驶风梁、锚儿梁、浪槽皮用樟木或硬木制作，因樟木坚硬耐磨；船舱底板用松木制造，因松木耐水浸抗腐蚀；前后兜金用柏木制作，船头千金板和船尾坐臀板均由三粒（青田话音译，即"块"的意思）板铺面，俗称"三粒板两条缝"，位置十分狭窄，专供前后两名船老大站立操作，常人在此是难以站立的，站三粒板的功夫十分重要，有"站稳三粒板，方能成船老大"之谓。船尾靠近坐臀板第一舱，巧妙地在舱面设计一个横向的有推门开关的柜子，里面可储存少量菜肴、火柴等。柜盖做坐凳，柜下面是水仓洞，摆设船用的特制缸灶和木柄铁锅，用以煮饭炒菜。还有陶土制的茶炉，上置铜茶壶，用以烹茶烧热水。缸灶与茶炉十分轻巧灵便，并且价廉物美。用餐时就在第一舱席地而坐，桌椅板凳全部省去了。船老大在船尾，可以一边煮饭烧菜和用餐，一边看顾船只，第一舱就是名副其实的厨房兼餐厅。

入夜，铺上被褥，就是床铺，可以躺下睡眠休息，兼具卧室功能。中舱底板较高，可让舱底积水向船头船尾分流，便于船老大在水舱洞人工舀水向外排除积水，确保载运食盐、白糖之类的货物不致遭受水浸毁坏。船舱分为3格，再加前后2格小舱，共有5舱。8只马腿分列两侧，从舱底弯曲直向两侧船舷延伸，承受船舶的外部压力，是舴艋船儿的横向支撑骨架，类似人体肋骨的作用。两边船舷从舱底向上，全部用10米长的杉木制造，称为"一鸟、二鸟、三鸟、四鸟、五鸟"，依靠马腿支撑依次向上排列。船舷俗称浪槽身和浪槽皮，设计为内高外低，略向外侧倾斜，浪槽皮开数个小洞，有江水溅入或篷顶雨水流下，可由浪槽皮小孔洞排入江中。船头驶风梁有一个直径11厘米的圆孔，供桅杆插入。驶风梁下部是锚儿梁，有一个长方形孔洞，桅杆底部削成长方形，插入后坚实牢固，绝不会摇摆松动。旧时，因为船工没有科学意识，一味追求行船快速，所以桅杆的长度常有7米或8米，甚至9米多长，帆宽3.5尺，大都是用4至5块棉织布缝制而成（《甲骨文编》中就有28个"凡"字）。"凡，船上幔也。像受风之形，盖谓即帆字。"（《说文解字六书疏证》）因此，在大风时节，由于船速太快，经常造成翻船事故。中华人民共和国成立后，特别是1958年瓯江船工集体化，龙泉县临江造船厂经过广大船工的集思广益，科学论证，把帆杆长度统一为6.9米长，帆布宽2.5尺，大大提高了行船安全性。船头一根方向杆，俗称"站人柴"，意为和站立的人差不多高的柴木，但必须高于篷顶让船尾的船老大认准船头方向。前桨桩设船头右侧，左侧有备用桨桩孔，必要时左右2人划桨，速度会更快。后桨桩设船尾左侧，是船老大划桨的前进动力，也是操控行船前进的方向。前兜金长 1.73 米，后兜金长 1.55 米，前后兜金既是船的美观装饰，又是供船工抓举船只的着力点。由于船整体为木头构造，自重较轻，有 3 米宽的河道、水深 0.3 至 0.6 米就可以过船。几个人合力杠抬推拉，移动搬迁较为方便。

船的动力主要以人力为主，辅以风力与水流。一般人力用到的器具有：木桨、撑篙、韧拉、肚扛。木桨：主要用在深水、深潭区。桨上套有桨旋儿（牛筋制成的小圈），桨旋儿套在桨桩上。船老大们站在 3 块板儿上，右手握推自头，左手握桨柄，右臂用力推桨，桨翼划水，船儿就走了。划桨是个技术活儿，一般人上船划桨，只能在原处打转。撑篙：从上山农家或集市买回，再在火上烫直，篙底下套铁箍，中间钉铁锥，铁锥主要是让撑篙能牢牢插入石缝，好让船老大将力气用在篙上，而不打滑。撑篙行舟的效率要比桨好得多，都说一撑等于十桨。韧拉：为毛竹编成的竹索（就是纤绳），长度在 60 米左右。船到水流急，滩落差大的地方肯定是撑不上去的，那就得用到韧拉。船到滩前，有人下水肩套纤绳，将小柴儿绕在韧拉上就可以拉了。如单撑，那么拉韧拉的一般为自家小孩。上港或落港后都得放锅里煮一次，一来防蛀，二来越用越韧。肚扛：为一条手臂粗的硬柴，船上滩前，老大会把它套在千斤板儿上的 4 个铁圈里，然后老大下水顶着肚扛将船儿一步一步往上推。

大峃船（图 11-23）。因船工多为大峃（文成）人，习称大峃船，又称大峃艇。小平头、尾翘、底平。大峃船船体宽大高敞，有篷篷，长 4 丈 2 尺，宽 7 尺余，载重 1.4 万斤，既载货也带客，在瓯江中航行非常平稳，大峃船前头有左右 2 个孔，行船遇到浅水滩时，船工用木棍横穿 2 孔肩背过滩，前后各 1 桨，后者兼掌舵。航行于瑞安飞云江上游一带，水运最旺盛的时期，有 300 余艘大峃船。中华人民共和国成立之后，大峃船加大加宽，载重量增加 1 倍。7 吨位的大峃船全长 15 米左右，宽 2.5 米，底宽 1.7 米，

图 11-23 大峃船

6个货舱，上盖3搭篾篷，篷下有梁，人在篷背可以前后走动。有风帆、船舵，用人力以篙桨为推力，船员2名。船只笨重，需结队航行，上滩时要下水拔船和多人拉纤相结合。

清代始行驶于瓯江，一般在温州至丽水段瓯江航行，但空船上行可达云和县赤石镇。民国时期部分迁入瓯江，1957年随着航运体制下放，有数十艘大凿船从温州迁入丽水县。大凿船比舴艋船吨位大、舱面宽，适宜装运轻泡货物或旅客。但由于造船木材耗量大、航速慢，逐渐被淘汰。丽水于1974年停建大凿船，目前已绝迹。

航船（图11-24）。结构、船形同舴艋船，船身一般比舴艋船大三分之一，满载可坐十五六人，设备简陋，航船中有老大1人，船员2人。每日对开温州、青田两地。船上面有3搭篷，舱肚上面是依篷，后舱上面是推篷，高舱上面是篷头儿，还有一个篷头箪。篷用竹篾片编织而成，外用篾青，里用篾黄，中铺竹箬，非常牢固。依篷固定不动，推篷可以推前推后，热天可以用2支篷掌撑起来，散热又透风，雨天则可以推至厨房盖住锅灶。篷头儿也可以推开搬运货物，下雨天篷头箪可堵在篷头儿前挡住风雨，天晴篷头箪挂在篷外备用。另外还有布风篷1

图11-24 航船

张、捻缆 1 条、纤襻数条、篷掌 1 对、撑篙 4 条，桨 3 把、艄 1 把、背棍 1 支、铁锚带绳 1 个、矮木方桌 1 张、桅杆 1 条、桅灯 1 盏、备用蜡烛 1 包、水瓢 1 个、米桶 1 个及齐全的厨房用具等。

盘汤（图 11-25）。盘汤是轮船公司建造，租给别人经营的。盘汤木造，形似轮船，样子与小火轮差不多，前尖后平，比航船更大，分前舱、客舱、后舱 3 部位。船舱木造方形，舱顶平铺钉白铁皮，可堆放货物和划船的工具。船舱两边开玻璃推窗各 6 扇，船舱前后有门，船舷阔约一尺供人行走，舱内靠窗两边设木条做

图 11-25 盘汤拖带小木船

的长靠椅，供客人坐。舱后是厨房，舱中人可以立走，舱内可坐 20 人左右。厨房后是舵舱，是老大掌舵之处。前舱、后舱各置船桨 2 把，为行船主要动力；并置备撑篙，用于浅水域撑船。尾端置木舵，用于把握方向。其风帆比舴艋船、航船的风帆都大。

盘汤载客历史悠久。民国时期、中华人民共和国成立后，每日青田县城均有盘汤对开温州，起点为县城中坊埠，终点是温州西郊太史码道。起航时间同航船一致，县城至温溪水域需人力划桨撑篙，顺风时扬帆，温溪至温州航段由轮船拖驳。20 世纪 80 年代被淘汰。

渔船（图 11-26）。结构、船形似舴艋船，船身小于舴艋船，船篷、风帆也略小于舴艋船。置前桨、后桨各 1 把，也置备撑篙。不运货、不载客，故不远航，只在村庄附近水域从事捕鱼作业。有的捕鱼专业户，人常年居住在船上。渔船历来都有，目前仍有少数在作业。

图 11-26 渔船（初小青摄）

还有一种捕鱼船只叫小舢板船儿，俗称"挑鱼板"，木结构，设置风帆。小巧灵便，前舱不置桨，后舱左右两侧各置木桨1把，由1人操作。主要从事放丝纶捕鱼，放、收钓等作业。

早在唐宋时代，瓯江已经有了以渔船、渔网为主要捕捞工具，并以捕鱼为业的渔民。宋喻良能处州《旧州治记》中记载：

琵琶捍搂，横陈洲渚，渔舟贾楫，出没烟波中，欸乃之声，不绝于耳。

据有关史料记载，在瓯江沿岸，有一支系闽林九牧林氏家族，当地人称"渔船人"（图11-27），保留着自己的方言"渔船腔"，也就是有点变音的福州古田话，本地人不知所云。始祖文明公，当年是"犯官之子"，清乾隆年间由福建古田来浙，以避株连，见瓯江水秀鱼多，就在此流域捕鱼为生，至今200多年，后裔繁衍已达12代，人丁逾千，可谓源远流长，枝繁叶茂。

在封建社会，素有"渔、樵、耕、读"之说，渔民乃是下层社会的苦力，在社会动乱的艰难岁月里，瓯江渔船林氏始祖凭勤劳双手，以一船一网捕鱼营生，渐得生活安定，逐步发展。若干年后繁衍至第三

图11-27 渔船人（初小青摄）

代，得龙、得喜、得凤兄弟3人，分立3房，分片分段作业。大房得龙公在云和溪口以上至龙泉溪段，二房得喜公在大港头以上至局村溪段以及松阴溪流域，三房得凤公在碧湖至丽水大溪段。之后一代比一代兴旺，听闻民国初最盛时期，船户近百。古语说："鱼尾开叉，捉鱼不发家。"捉鱼人苦是苦，但凭手艺，总还混得下去，且有部分条件稍好的渔船人以妻娘家所在地为落脚点，买房产、置田地，上岸定居。

中华人民共和国成立后，大多数族人就近参加农村土改，分得土地住房，成为农业生产队员，亦有趁农闲捕鱼者，而专事渔业者越来越少。20世纪50年代初，龙泉林业部门为水运木材需要，成立筏业协会，一批年轻族人加入，成为林业部门职工。1953年，丽水渔民成立了渔业社，开始有组织地进行捕鱼。1956年，

根据当时形势，全地区渔民成立了丽水江海渔业生产合作社，下属丽水、青田2个队，共计108户，其中不少是渔船林氏族人。江海渔业合作社捕捞作业范围很广，下至温州近海，上至龙泉、松阳。每个渔民与农民一样，实行评工记分，正劳力10个底分，当时1个工分可分红8角钱，比起当时的生产队好不少。渔民所捕获鱼货全部上交水产公司出售，凭鱼货多少分红，分红所得35%交渔业合作社，积累用以再发展生产。几年下来，江海渔业合作社的经济实力远比其他个体如打铁社、拉车行和手工坊要好得多。

20世纪60年代国家困难时期，一批居民、职工、渔民开始下放农村落户，至1962年，108户渔民下放了80户。龙泉、云和、松阳等地渔民下放，从生产队分到田地，开始从事农业生产兼副业捕鱼，唯独丽水（即今莲都区）范围的渔民下放，没田地可分，只向生产队交管理费买粮食，这给本就生活清贫的渔民身上增加了新的困难。曾有瓯江渔船人作七律一首，吟叹历代族人的沧桑：

> 瓯江林氏苦渔家，漂泊篷舟度岁华。
>
> 戴月披星投钓网，熬寒顶热捕鱼虾。
>
> 不闻时务烦心少，长聚天论乐越奢。
>
> 世代清贫安守拙，勤劳自保乐无涯。

1972年，重新成立大港头、碧湖、水阁、城关4个渔业队，由渔政管理站负责管理。他们积极配合渔政部门进行护鱼管理，开展禁渔期禁渔巡查，举报瓯江上的炸毒电鱼案件，参与瓯江资源增殖放流，为瓯江渔业生产发展做出了贡献。1976年，丽水一带由政府拨出资金建陆上渔村，结束了渔船人长期水上漂泊、居无定所的历史，有利于家人在岸定居和就学。

几经变迁，现较为集中的沿江靠居村点有龙泉的宫头、水南坞、道太、安吉，云和的赤石、小顺、规溪，松阳的雅溪口、小槎，遂昌的金岸，莲都的均溪、玉溪、大港头、碧湖、水阁、中岸。林氏渔民多数转行，有的务工务农，有的经商办厂，有的从医从教，也有的走进机关当上公务员，逐渐融入当地社会。

目前，瓯江上仍有渔民从事老行当，青田县水利局还为全县160多位渔民购买人身意外保险，解除了渔民的后顾之忧。

龙舟。青田人把龙舟称为龙船，源于古瓯越先民的图腾祭。吴越人以龙为图腾，每年端午节都要在鼓乐中竞划龙形独木舟，举行求丰年保平安的图腾祭，故有"太平龙"的俗称。明清时期，竞渡逐渐演变为纪念屈原的活动，清石方洛有《且瓯歌》："一江竞渡胥寻乐，谁为汨罗三闾哭。"

龙舟（图11-28）的造型，传说是依照宋朝皇帝出巡时乘坐的龙船而造的。基本结构是：龙舟身长一般为18米，加上龙头、龙尾，全长约19至20米。船身最大阔度1.5米，龙舟分16档。在龙体上，依次为，龙头1个（由雕刻工精制作而成），龙斗1对，龙门1幅，龙篷1架，龙尾1条，舟舵1把；中部安排锣和鼓；划手32人，锣鼓手各1名，舵手1名。锣鼓手凭声指挥众划手齐心协力，舵手控制龙舟前进方向。制作龙舟，经历从开料、选龙骨（底骨）、起水（拗弯龙骨，呈流线型）到刨光、打磨、上色，最后安装龙头、安装尾舵等工序，一条完整的龙舟才算完成，一般需要六七天。

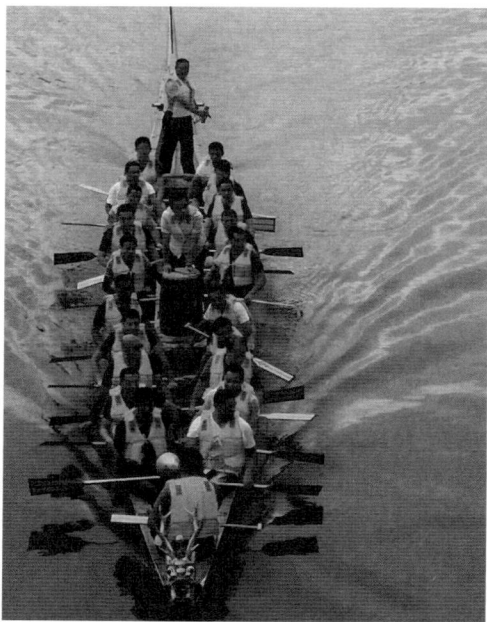

图 11-28 龙舟

划龙舟俗称"划龙船"或"划斗龙"，作为端午节的标志性习俗，宋代以来，瓯江沿岸民间竞渡盛行。

> 一村一船遍一乡，处处旗脚争飞扬。
>
> 祈年赛愿从其俗，禁断无益反为酷。
>
> 喜公与民还旧观，楼前一笑沧波远。
>
> 日昏停棹各自归，黄瓜苦菜夸甘肥。

宋·叶适《后端午行》

288

清董宪曾书《瓯江竞渡》："青雀荡摇交翠凫，纷纷齐逐瓯江趋。一声螺吹万橹发，群龙势挟雷霆驱。银河倒向半空激，十里江心争顷刻。忽然幻出都卢橦，何人已夺锦标得。"

数舟竞发，逆水相斗，水激流急，风大浪高，凌波破浪，锐不可当，似蛟龙翻江倒海。击楫声、锣鼓声、鞭炮声、欢呼声，此落彼起，一片欢腾。民国时期，划龙舟十分讲究规矩、程序，主要程序为准备、会盟、请香、上水、收殇。

机动船（图11-29）。机动船以机械为动力而得名，分小马力机动船、钢质敞口机动船2种。

图11-29 机动木帆船（作者摄）

小马力机动船。始自20世纪70年代，为解放人力繁重劳动，将木质船加以改进、扩大，配置12至15马力的柴油机为动力。这种小马力机动船，有舵无桅，不用桨划篙撑，靠螺旋桨进退，以舵转换方向。80年代后，新造的木质机动船船体进一步增大，有载重7吨、12吨、14吨、18吨等多种。其中载重18吨船舶长15米，高1.5米，宽3.3米，有装货舱12个；空船吃水前头15厘米，后头40厘米，满载吃水约1米，行驶吃水约1.2米。顺水时速15千米，逆水时速7.5千米。中速行驶每小时耗柴油4升左右，快速每小时7升。

机动船较木帆船而言，算得上是一次革命。一是人力减少，一艘船体比木帆船大得多的机动船，只需1至2人操作。二是装载量增大，木帆船一般只能载重2吨左右，最高达不到3吨，而机动船一般载重10吨左右，最高达30吨。

这种船舶航行，上滩完全靠机械动力行驶，从而结束了靠人力下水拔船的艰辛行船历史，而且成本省、载量大、稳定性好、效益高，是当时瓯江主要水运工具。1982年后，农副业船增长很快，全区达1230艘，而专业船仅664艘，同时小马力机动船增多（仅青田、丽水2县就达316艘）。1986年紧水滩、石塘库区形成后，周围各乡农民、个体运输户开始购置机动木帆船，在紧水滩至安仁口经营水运，紧水滩库区机动船已发展到135艘，石塘库区也发展到42艘，这些船只主要以承运竹、木、柴、炭和日常生活用品为主。

由于诸多原因，此类机动船自20世纪90年代始逐年减少。

钢质敞口机动船。 始于20世纪90年代，随着温州及周边地区市政建设步伐的加快，沙石料需求量急剧上升，而瓯江沙石料资源丰富，运输主要靠水路。小马力机动船运力远远不能适应市场需求，吨位较大的钢质敞口机动船应运而生，渐渐成为瓯江航运市场的主流。该机动船钢质结构，尖艏方艉，系双机双桨双舵推进的敞口货船，设宽大艏甲板，是载运沙石料最理想的水上交通运输工具，现最大吨位300吨左右。

机动航船。 1972年丽水县航运公司试制成小马力机动船后，于1974年12月1日起经营机动船客班，受到旅客青睐，并由2艘迅速增至13艘（其中4艘为拖船），计413个座位，由丽水开往青田、温州。

挖砂船。 挖砂船始见于20世纪80年代，是集挖砂、筛砂、输送一体的柴油机动船，经常在瓯江河内作业。

运砂船。 运砂船系配合挖砂船在瓯江水域运砂石料至码头的散装机动船舶，有木质和钢质2种。

岁月风霜的侵蚀消磨下，以上大部分水运工具终于化为一声无奈的慨叹，只能成为历史深处记忆的碑铭。但也正是以上水运工具的变革，才构成了那个时代瓯江的背景，成了瓯江船帮的文化符号，成了瓯江船帮不朽的标本，更是永远张贴在老一代船工心灵之壁上的一张画卷。

造船业轨迹

一

"伏羲始乘桴"和"伏羲氏刳木舟"等远古传说都非空穴来风，而是人民根据自然现象想象创作出来的。在远古社会，人类以捕鱼、打猎为生，不可避免要过河下水，于是就有了木舟、木筏。《庄子·逍遥游》："今子有五石之瓠，何不虑以为大樽，而浮于江湖。"释文引自司马："樽如酒器，缚之于身，浮于江湖，可以自渡。"从《物原》和《周易·系辞》等中的远古传说来看，最早的船只——筏和独木舟在原始社会末期已经问世。

自古以来，水行山处是越族人的生活方式，春秋时期（前770—前476），舟船已成为越人日常的交通运输工具。而瓯江的造船业历史悠久，最早可追溯至新石器晚期，距今约五六千年。《史记》说：孙叔敖为政，"秋冬则劝民山采，春夏以水各得其所便，民皆乐其生"。百越族擅长造舟航海，《越绝书》称其"水行而山处，以舟为车，以楫为马，往若飘风，去则难从"。

造船业无疑是越国重要的手工业，它在经济、军事、交通上的地位，是无可替代的。一方面越国是个水乡泽国，这里西靠大江，东临沧海，远望水天相接，看不到尽头。这就是勾践所谓"西则迫江，东则薄海，水属苍天，下不知所止境"。另一方面，长期生活在水乡泽国的人们，船只不可或缺。因此，发展越国的手工造船业，既有环境的驱使，又源于人们内在的需要。当时越国不仅有专管造船的"船官"，还有专供建造船只的"船坞"。《浙江通史·隋唐五代史》称：吴越国在湖州、越州、婺州、括州等地设有造船基地。这里的括州指的就是处州，说明早在五代时期，为了应对瓯江航运的发展，处州地区已有相当规模的造船业。

越国的造船业十分发达，造船技术较高，能够打造称为扁舟或轻舟等日常使用的船只，以及戈船、楼船等供政府及作战使用的船。同时，越国的造船规模更大，《吴越春秋》说：勾践"使木工三千余人，入山伐木"。吴、越两国都有官办的造船场和专业的工人。船场叫"船官"，造船工人叫"木客"。

处州地多深山密林，盛产木材，为造船业的发展提供了有利的物质条件。唐贞观二十一年（647），唐太宗李世民命令括、杭、婺等江南 12 州，造海鹘船数百艘以征高丽（今朝鲜）。处州造船业的发达和社会经济的发展，为唐时海外交通贸易的兴起，创造了有利的条件。唐朝更有"航船可载万石、驾船工人更达数百人之众"的记载，可见当时瓯江造船工艺已十分成熟，《唐国史补》下卷说："凡东南郡邑无不通水，故天下货剩，舟楫居多。"这都是对唐代贸易船舶水运盛况的历史记录。

唐代造船技术水平较前朝大有发展，特别重视加强船舶的纵向强度，底部以从头到尾的龙骨为主干，船壳是由多层板料叠加而成，采用榫合钉接法，将构件坚实地连接起来，精工细作的捻缝工艺保障了船舱的水密性，运用升降舵、平衡舵和披水板提高了船舶的操纵性，并采用了"其中填石灰、桐油，严密坚固"捻缝技术，其牢固程度甚至可比木材原质，从而彻底解决了木船的漏水问题。

唐代的造船地点，多为盛产丝绸和陶瓷之处。北方为登州、莱州，南方则是扬州、明州（宁波）、温州、福州、泉州、广州、高州（广东茂名辖）、交州（今属越南），内陆有润州（镇江）、常州、苏州、湖州、杭州、越州（绍兴）、台州（浙江临海市）、婺州（浙江金华）、括州（浙江丽水）。

宋朝在主要河流沿岸设有内河船的造船场。北宋时，各种船舶大都由南方建造，并设有船坊、船务、船场等管理机构。宋天禧五年（1021），处州奉命打造航船 605 艘，占这年各地造船的首位。宋元祐时（1086—1094），永嘉（今温州市）船舶制造业已相当发达，郭公山下沿江一带是当时温州规模最大的官营造船场，每年造船数占全国的 21%，居全国 11 处官营造船场中的首位，所用造船木料来自瓯江上游龙泉、云和、松阳、庆元、宣平、青田诸县林区。宋代对造船木材也极为讲究，多为楠木造船。历经北宋、南宋两朝，宋代全国漕运总管吕颐浩曾下过这样的结论："南方木性与水相宜，故海舟以福建为上，广东西船次之，温明州船又次之。"

宋代工匠还能根据船的性能和用途等不同要求，先制造出船的模型，进而依据画出来的船图，进行施工。金正隆年间（1156—1160），张中彦创制造船法："舟之始制，匠者未得其法，中彦手制小舟才数寸许，不假胶漆而首尾自相钩带，谓之'鼓子卯'，诸匠无不骇服。"宋代处州知州张翯"尝欲造大舟，幕僚不能计其值，觿教以造一小舟，量其尺寸，而十倍算之"。以上二人使用的都是船模放样技术，与现代造船放样原理相同。

明朝时期，我国造船业的发展达到了第三个高峰。据一些考古的新发现和古书上的记载，明朝时期造船的工场分布之广、规模之大、配套之全，是历史上空前的，达到了我国古代造船史的最高水平。明朝造船工场有与之配套的手工业工场，加工帆篷、绳索、铁钉等零部件，还有木材、桐漆、麻类等堆放仓库。当时造船材料的验收，以及船只的修造和交付等，也都有一套严格的管理制度。正是有了这样雄厚的造船业基础，才会有明朝郑和七次下西洋的远航壮举。据史料记载，明代处州仍是中国沿海地区主要的造船基地之一。明洪武元年（1368），由于大量粮食需要海运至北方，以供应北征的士卒之用，明政府便命令江、浙沿海军卫，建造大船百余艘，参加粮运。明官府所制造的海运粮船，称为遮洋船。除了粮船外，处州还建造了许多抗倭的战船。

年代的境遇相异，我无法和先人的命运融为一体。他们消逝的背影也不可追，只能朝历史的彼岸望一丝淡淡遗踪，寄一缕浅浅愁怀。

二

随着船运业的发展，瓯江船帮的队伍不断壮大，从事造船、修船、编纤者渐成规模。明清时期，各地的能工巧匠大多沿瓯江流域散布开来，瓯江帆船制作技艺在这一时期达到鼎盛。

虽然岁月瘦成了一段苍老和斑驳，但记忆还在。在世的造船老师傅叙述：

历史上，瓯江流域的主要造船基地有丽水城区、碧湖、大港头、九里潭、西滩下、局村、石浦、赤石、临江；松阳港的西屏、裕溪、王田圩、鸡关坛、金村圩、汤田圩、鸡冠坦。青田以下的温溪、沙埠、沈岙、渡船头作为修船基地，偶尔也会打造少量黄牛船儿，但由于木材采集较不容易，造船是不成规模的。这些船舶修造点，零星分散不成规模，纯属家庭式作坊，工匠们凭着原始的工艺技能，靠的是手工

图 12-1 修船（初小青摄）

图 12-2 造船

劳作，在简易的工棚里主要依靠人工修船（图 12-1）、造船（图 12-2）。

造船基地需要 2 个条件：第一，需要有临近江边且较为平整的高地，俗称"船坦"，既能方便新船制造成型，又要方便新船完工下水；第二，附近需有丰富的木材，因为造船的木头能就近取材，就可节约木材运输成本，降低造价。

位于青田县城西北瓯江大溪东岸的船寮村，相传，宋时有人在此搭草棚造船，故名船寮（寮是小屋的意思，船寮就是造船人住的屋子）。相传在 500 多年前，有个庆元船老大在此搭草寮以修造木船为业始居，后繁衍成村而得名船寮。船只也承载和见证着船寮不断前行和发展的过程。1913 年，村民在村北坡建房屋 43 幢，对面排列，建长 200 米、宽 1.5 米的卵石路，称船寮街。到了 1949 年，船寮村，有王、陈、卢、徐、舒、魏、邵 7 个姓氏。

约在清代至民国初期，丽水西乡至云和一带有一位著名的木帆船制造手工艺人汤云龙，丽水县碧湖镇人。2009 年，他所传承的木帆船制作技艺被列入浙江省第三批非物质文化遗产名录。位于瓯江上游龙泉溪畔的云和县石浦村一带汇聚了很多技术娴熟且技能全面的制船能手，其中张氏家族最负盛名，其兄弟 4 人都以造船为业，老四张冈昌得汤云龙真传，造船技艺精湛，远近闻名，所造之船质量上乘，深受用户赞许。为了发展造船事业，他曾举家迁往龙游开办造船厂，他办的船厂重视生产管理和产品质量，加之资金雄厚，平均每 4 天可出一艘新船。其船厂生意红火，知名度很高。

民国十二年（1923）至民国三十五年（1946）创办的造船户，丽水城关镇有季岩富、季岩龙、夏炳南、马阿宝、孙永进、张秀虎等 6 家；1949 年至 1951 年创办的有叶岩兴、叶三兴、陈再和、郭宝清、张志明、孙岳庭、刘碎水等 7 家（碧湖镇有 4 家，大港头镇有 3 家）：合计 20 家，从业 31 人。造船户所造的船只，在船上都刻有自己的牌号，以资鉴别：夏炳南为"金"字号，陈再和为"银"字号，孙永进为"永"字号，季岩龙为"仝"字号，孙岳庭为"全"字号，叶三兴为"和兴"号，叶岩兴为"吉利"号。丽水造船户除大港头、碧湖为本地人外，城关镇大部为永嘉籍人。造船户一般都自有简易工棚、手工工具和少量资金；大都自有手艺，独立劳动。只有少数在旺季时雇用 1 至 2 名帮手。大港头埠头船只停靠多，因此修船、补船、造船的造船厂也就特别多。镇上的张同昌、陈必武、叶火秀、叶达祥、刘金根等各自都办了造船作坊。抗日战争时期，日军飞机轰炸大港头时，这些造船作坊全被炸毁。除了造船厂，大港头还有撑船不可缺少的船棚，长年需要有人修补，当时大港头有陈选贤、杨必显、杨彪、叶秀月等人办有打棚作坊。

三

中华人民共和国成立后，随着国家对工商业社会主义改造的深入，瓯江水上运输业也走上了集体化道路，将瓯江沿线的船舶集中起来，实行统一运价、统一计划、统一调度的"三统"管理。船舶修造行业也顺理成章，纳入了改造的范围。

我翻阅过有关史料文献，查知：1953年丽水造船业组织了丽水造船联合委员会，各自独立劳动，处于滩涂作坊的造船方式。1956年3月成立丽水造船合作社，社员入股分红，共负盈亏。1958年冬并入地方国营丽水县运输公司，为公司的船舶修理车间。同时，为了归口领导，利于生产，经丽水县人民委员会批准，云和赤石、松阳裕溪、丽水西滩下、大港头、碧湖等造船社并入丽水，从业人员50余人。生产任务主要为为公司修造船舶，兼顾县境渡船、浮桥船的修建业务。1960年从县运输公司划出，单独成立丽水县国营造船厂。1961年又随同航运企业制度变革，恢复为集体所有制，为航运公司（社）的船舶修理车间（牌子仍挂"丽水县造船厂"）。

当时，造船业的归口合并，使技术力量集中，生产能力大大提高，技术革新运动蓬勃展开。先后进行了"双轨木轨道""绞滩机""脚踏翻水板"等革新项目的试验（双轨木轨道是利用小水门城头至水边的百余米斜坡，铺设木轨2副，上架滑车，专运稻谷、大米，以重载下滑冲力，拉另一架空滑车，循环进行，代替在溪滩的拉手车。当时温州地区交通局曾在丽水召开现场会，介绍革新经验。后因露天木轨易腐，且大水为患而作罢；绞滩机是在丽水开门滩，以一艘木船固定在滩头急流处，船两旁装置木水轮，中轮轴系绳索，利用水流冲力，牵引船只上滩，终因效益不佳而停用；脚踏翻水板是在舴艋船尾部装上翻水板，用脚踩动轴心，板翻水扬，推动船只前进，后因动力不济而告歇），并进行了船舶扩大吨位的改革，到1972年，在温州造船厂的援助下，成功地实现了瓯江木插机动化的技术革新。

在修造机动船的过程中，造船厂逐步购置了车床、铇床、钻床、镗床、风电焊等金工器具，培养了自己的技术人员，改变了原来以木工手工修建船舶的单一方式。

随着瓯江航运的进一步发展，瓯江沿线造船厂也应运而生，松阳西屏设立了船厂，技工8人，1961年建造厂房。青田巨浦乡巨浦村也建了造船厂。1958年4月创建的龙泉临江造船厂（图12-3），是当时整个瓯江沿岸造船基地规模最大的船厂。20世纪80年代随着公路运输的兴起和电站的建设，瓯江水路被切断，航运公司纷纷破产解散，工人或转岗或失业。由于造船厂的行业特点，一直以来，造船厂以造船修船为主导产业，没有生产其他产品的条件，在瓯江水运行业枯竭之时，伴随着运输船舶的停止，也寿终正寝完成了它的历史使命。

图 12-3 龙泉造船厂（此照片摄于 1958 年，地点在龙泉临江造船厂外首溪滩上）

我曾于 2015 年 7 月初，找到了当年龙泉临江造船厂的创始人之一单岩明（图 12-4）老人。他是青田温溪镇学神村人，1919 年出生（2018 年 6 月 3 日去世）。老人家精神矍铄，耳聪目明，我的来意让老人感到意外，冷落几十年的激情又澎湃起来，他说：

我小学毕业后，16 岁就开始跟父亲去撑船，于 1953 年加入了瓯江民船运输合作社，合作总社设于温州。1957 年，调入温州瓯江航运公司学造船，1958 年 4 月，领导将我从温州西门航运站委派到龙泉临江造船厂（位于龙渊镇临江村）当管理，与 40 多位同事一起创建造船厂。当时条件十分艰苦，在临江溪边一个荒凉空旷的杂草丛中，大家一起盖起了茅屋，搭建起简陋的厂房，大伙儿自己去深山老林里选择那些木材材质好、韧性强的天然老龄木材，买回来后大伙儿自己锯板，当时造船没有什么图纸，全凭经验，有时还要修补破船。同时，我们还建起了与船

图 12-4 单岩明（作者摄）

厂配套的五金厂、打篷厂等工厂。由于工作认真，且深受工友爱戴，于1969年出任厂长一职。

在他一旁的儿子插话说："他在造船厂十年没有回家，我爷爷实在忍无可忍，就狠狠责骂了他，后来一年才回家一两趟。一直干到62岁才告老还乡。"

图12-5 奖状

他接着说：

当时，造船厂设备齐全，技术力量也雄厚。20世纪60年代，为响应毛主席"深挖洞，广积粮""备战备荒为人民""战时公路桥梁易攻击，水路大发展"的指示，我带领全厂50多名员工加班加点，昼夜赶工，在几个月内造出了150多艘备战舴艋船儿，并招收了100多名备战船工。1年之后，这些备战船工都被疏散回原籍，成为温溪镇办企业和尹山头（红坭白坭）运输队的主体。

1959年为适应"大跃进"而开展技术革新，建造20吨位的驳船1艘，用于温溪至温州的水上运输。1962年因备战形势的需要，建造舴艋船只50艘。1973年建造1艘12匹马力、5吨位的机动船。1976年在外地师傅的协助下，建造60匹马力、85吨位的木质货轮（"浙龙机2"号）1艘。乘洪水之机，起航至青田温溪，在温州至上海的水上作业。由于管理不善，长期亏损，仅1977—1978年间便亏损5800元，之后根据职工要求，以8万元的价格出售给洞头县航运公司。1980—1985年间，为解决紧水滩电站水库区和外县航运需要，先后建造10吨以上机动船10艘。至1986年6月电站水库关闸蓄水，航运中断，修造船业终止。同时由于该厂场地属于紧水滩电站库区淹没范围，作价19万元迁移费，为国家征用。

龙泉临江造船厂成立初期，只有2个半老师：2个是温溪人陈洪喜和张兵江，龙泉人老汤算半个。造船厂的新人潘宗林、郑声豹、刘必岳、杜岳林、陈松标、陈良芳进厂后，在老师傅的"传、帮、带、教"之下，技术进步很快，后来开展技术革新，你追我赶，很快就青出于蓝而胜于蓝。原来的老师傅只能打造载重2.25吨的船，青年新手们解放思想，突破框框，能打造出3吨甚至5吨的船。后来还打造出了10吨、20吨的机动船。大锅饭时代，造一只船要40工到45工，后来改为按劳取酬，多劳多得，工期便被加快1倍左右。

我能体会到他回忆中的岁月的沧桑与日子的沉重，体现出了很多很多的怀恋、热望和力量。

四

木帆船带着曾经的辉煌，披着昔日的荣耀，在不断更新的制船材料与工艺中，却载不动岁月变迁，逐渐退隐江湖，淡出了人们的视野。据了解，目前在瓯江沿岸有制造传统瓯江木帆船手艺的工匠已是屈指可数。

2015年9月中旬，我到青田县温溪镇采访老船工，在温溪镇学神村文化礼堂二楼向东的一个房间里，偶然看到陈列着三艘做工精美的小船。小船被静静地摆放在玻璃制成的柜子里，其中一艘按1：10比例制作的舴艋船儿（图12-6），特别吸引人的眼球。透过玻璃，我能清晰地看清这艘舴艋船儿的每处细节，在惊叹这艘舴艋船儿做工精美的同时，也对它的制造者产生了兴趣。在当地熟人的陪同下，我找到了小船制造者潘宗林老人。

潘宗林（图12-7），1927年出生，温溪学神村人。我与他交谈时，他显得有些兴奋，说话时不停地挥舞着手臂。

图12-6 舴艋船模型（作者摄）

据他讲，他13岁时给人当"银伴"，19岁自己用米换得一艘二手舴艋船儿单撑，

30 岁时因他做事认真，且能修、补船被调到龙泉临江造船厂从事造船工作，在造船厂里一直担任技术骨干，也就是当地人常说的"老师头"。他在造船厂一干就是 25 年，因工作出色，也曾多次被船厂评为个人先进，直到 55 岁退休回家。

图 12-7 潘宗林（作者摄）

他与舴艋船儿打了半辈子的交道，如今虽已过鲐背之年，但仍然能熟背舴艋船儿的用料、规格（船舱数及尺寸）、船上各部件名称以及制作时需要注意的事项。用他自己的话讲："以前天天在厂里与舴艋船儿打交道，就算眼睛闭上，也能造出舴艋船儿来。"

2006 年，80 岁的他突发奇想：造舴艋船儿，留给后人观赏。于是他在自家二楼，前前后后共花去 2 个多月时间，成功打造了 2 艘 1∶10 比例的舴艋船儿。船儿虽小，但船上的每件物品都不缺，不管是千斤板儿、坐臀板儿，甚至是小到黄豆大小的柜儿屉，他都做得非常到位且精细，船儿做好后，就无偿捐赠给温溪老人亭。2014 年夏，已是 88 岁高龄的潘宗林老人再次造出 1 艘同前 2 艘一模一样的舴艋船儿，并赠送给学神村文化礼堂。

他讲道：

舴艋船儿制造的整个工艺流程没有一张图纸，也没有一点文字说明，自古以来这套繁复的造船工艺都是靠口耳相传延续下来的。主要以木材、油灰、钉、麻丝作为材料，先固定船主体骨架，然后把一块块木材用铁钉连接起来。从拼装船底板到船身定型的十几道工序，几乎全部由手工完成，所使用的也都是宽锯、窄锯、长刨、短刨、弯刨、板扣、斧头、手钻、铁锤、钉送、老虎钳、八字钳、宽凿、窄凿、圆凿、鲁班尺（也叫角尺）、墨斗等传统工具（图12-8）。

图 12-8 造船工具

一只核载2.5吨的舴艋船需要10立方米的木材，龙脊龙骨要用樟木，船板用杉木。全船用特制的船用铁钉连接，通常用2副铁钉，每副15斤，其长度分别是：浪槽钉长15厘米，脑钉8厘米，缝钉6厘米，板垫钉3厘米。因此，古人常说："破船还有三千钉。"整只舴艋船儿打造完工后，新船用生桐油涂漆一遍，具备防水防腐功能，使用过程中，每半年或一年都要油漆一次，作为通常的保养维修。

造船与做帆不是同时进行的，但造船老师都会特意给船帆留个位置，这样以后需要借力拉帆时，只要将船帆轻轻地插在造船老师留出的位置上就可以了。

2019年9月中旬，我再次造访潘宗林老人，他的身体大不如4年前了。他明显老了，动作很迟缓。之后不到2个月，就闻讯他已离开人世，一代工匠就这样悄无声息地离开了这个世界，但他的身影却深深地印在我心中。

2016年9月27日，我特意走访了瓯江木帆船制造技艺的第四代传人徐行顺

（图 12-9）。他是云和县石塘镇滩下村人，
1954 年出生。18 岁时开始踏上造船之路，几十
年的坚守，造就了他的工匠精神。2009 年，他
被省文化厅评定为瓯江帆船制作技艺传承人。

他微笑、真诚地接待了我这个不速之客，
一路指引到了他工作的地方。它不足 100 平方
米，里面到处摆满了长长短短的木板和各式工
具，简易的工作室和不简单的造船技术，承载
了他大半辈子的光阴。他造船的工具上面都布
满了包浆，这些老工具折射出了他为造船而辛
苦劳作的日日夜夜。

他爽朗地向我讲述：

当时，我们村里的小伙子一满 18 岁就有

图 12-9 徐行顺（作者摄）

自己的一条木帆船，一人一船、十船一帮，沿着瓯江跑货运。每条船一年的收益
是种田的五六倍！滩下村那时候的富裕可以通过当时流传的一个故事印证：云和
县城有户人家有待嫁的闺女，媒人上门时只说了句小伙子是滩下村的，女方父母
二话不说就把婚事答应了下来！

如此火热的航运催生了造船业的发达。在 20 世纪三四十年代，仅滩下村就
有 5 家造船作坊，每家每月可造木帆船三四艘。到 20 世纪 50 年代，丽水造船
合作社成立，老徐的父亲徐时兰到合作社上班。合作社有 40 多个造船师傅，20
多个学徒，每年可以造木帆船三四十艘，修补船只的活计也是一个接一个。

接着，他又说：

我的外公是当时云和县石浦村的'船王'张冈昌，他兄弟 4 人，都以造船为
业。他的技术是从碧湖镇人汤云龙那里学的，后来在龙游县、大港头镇等地办过
船厂，据说每 4 天就可以造 1 艘木帆船出来。我父亲一开始在船厂帮忙，边帮边学，
很快掌握了造船技术。大概 30 年前，由于紧水滩电站的建成，陆路交通的兴起，
水运一蹶不振，瓯江船帮四分五裂，'造船师傅不能造房子及家具'的行规，再
也阻止不了造船师傅纷纷转行。

不过，一生与造船业结下不解之缘的徐行顺依然舍不得他挚爱的造船行当（图
12-10），舍不得丢掉这门手艺，一直坚持造船。他介绍道：

10年前，瓯江沿岸的绿水青山渐渐引来了游客，木船生意慢慢'水回帆转'，有几个年轻人跑来跟我学手艺。现在只有一个徒弟还在坚守这个行业，其他的都已改行。如今，我这个在同县龙门村的徒弟饶文武也带出了徒弟，瓯江帆船制作技艺有了第六代传人。

图 12-10 徐行顺在造船

五

相比较船老大、造船者，船篷制作师傅则更为稀少，在当时人口上千的青田县巨浦乡巨浦村，也仅有 3 人，今年 70 岁的陈海龙便是其中之一。他依然清晰地记得，自己跟着父亲学习制篷手艺时，才 15 岁。制作船篷的原材料极为简单，不过是竹子和箬叶，但选材的门道颇深：竹子要选取农历八九月砍下的毛竹，"韧性最佳，且不易蛀虫"，箬叶则要选择在农历十月采摘的。"先把毛竹截成 1.35 米长的竹段，再削成细长的篾条，42 根篾条编成一张宽 1.1 米、长 1.35 米的篾席。"虽时过境迁，各组数字却仍清晰地保留在陈海龙的记忆里。"篾席的朝向也有讲究，篾青朝外，篾黄朝内，中间夹以箬叶，以竹丝捆绑，为的是防晒遮风避雨。"而这样的竹篾，需要 3 张，才能组成 1 个完整的船篷，为此必须耗费 1300 斤毛竹以及 150 斤箬叶，当然，还有他至少 10 天的工时。

20 世纪五六十年代，作为小溪流域重要的埠头，巨浦村上溯可通景宁，下行可达温州，"只只舴艋船自由航行"。那些年里，陈海龙的制篷手艺和小溪的天然航道一样火热，日夜赶工制篷是常有的事。最繁忙时，一年要制作三四十个船篷。他做的船篷牢固耐用，使用寿命长达 3 年，要是维护得当，"用上四五年也不成问题"。

那些年里，他常应邀前往景宁，为当地的船工制篷，对方只需备好材料等他上门。"一个船篷的手工费是 250 元"，这在当时是一笔相当可观的收入。

20 世纪 70 年代，随着陆路交通的兴起，景宁、青田、温州 3 地的物资流通从水运转向陆运，瓯江船运的繁华逐渐远去，到了 80 年代末，船工们基本歇业，船没了用途，"船篷被当成柴烧或者丢弃到埠头任其腐烂"。

在和船篷打交道的 20 多年里，陈海龙记不清自己做过多少个船篷，但在他家中，仍保留着当年制篷的工具。这些工具虽已锈迹斑斑，他却舍不得丢弃，对他而言，留下就是一种念想。

流年似水，万物微薄。历史以不动声色的沉默，掩盖了一代命乖运蹇的造船工匠们的奋斗足迹，没有人去追问他们曾经是怎样的存在，他们的存在又有怎样的意义。

但岁月的兴与衰，如潮涨潮落，如已经刻在额头的皱纹，谁还能轻易抹去？

无尽的诗路

瓯江船帮不仅用他们自己的勤劳和智慧繁荣了瓯江，也开拓了一条最富于情感的瓯江山水诗路，使八百里瓯江淋漓尽致地呈现出人文和自然景观的精华层面，有着较为深厚的历史文化积淀。

如果有人把瓯江喻为一部流淌的诗书，我想舴艋船便是它的书写工具。它曾是瓯江流域重要的交通工具，是瓯江历史文化与自然遗产的重要组成部分，更是瓯江山水诗路的核心文化符号之一。无论来去匆忙，还是随波漂流，每划过一朵浪花，书写就有了一行文字。著名画家吴冠中先生认为："船是中国诗词和绘画中长期启发灵感之母体，'只恐双溪舴艋舟，载不动许多愁'，成为千古绝唱。"诗仙李白名诗《宣州谢朓楼饯别校书叔云》（谢朓，与"大谢"谢灵运同族，世称"小谢"）云："人生在世不称意，明朝散发弄扁舟。"在古代，大概有过"舟楫泛中流"经历的才能被称为诗人，所以，秀丽的瓯江自然是诗人向往的"诗和远方"。

千百年来，瓯江山水诗路以瓯江—大溪—龙泉溪为主线，以瓯江为纽带，贯穿整个浙南地区，以秀水为底色，用青山做线条，勾勒出纯净的自然山水。许许多多的文人雅士登上瓯江船帮的舴艋船（图13-1），用文化的脚步丈量着曲折而行的

图 13-1 瓯江帆影

瓯江，他们随遇而适，放浪形骸，任情适性，灵动的诗篇响彻在流淌不息的江涛中，留下了大量光耀千古的诗篇和无数摩崖题刻，瓯江的秀山丽水中，一草一木皆被他们的诗意浸润。

我难以穿过时光隧道，全面完整地追寻千百年来文人墨客的文化留痕，在浩如烟海的诗史中，把他们无数瑰丽的诗句打捞上来，只能回溯筛选出一幅概貌。

一

东晋杰出书法家，有“书圣”美称的王羲之（321—379），曾溯瓯江而历好溪。这是哪一年的事，已不可考。好溪是瓯江的重要源头之一，位于括苍山与仙霞岭的交界处，源于磐安县的大盘山，经千年古镇壶镇，穿仙都至丽水，注入瓯江，全长 45 千米，是丽水与缙云间的水路通道，也是温、处两地北行赴省进京的必经之路。

好溪在古代因“暗崖积石，相蹙成滩，水势湍急，舟行崎岖，动辄破碎”，以致舟覆人亡，“尝变色而惴栗，失声而叫号”，丽水的先民们以为是水怪作祟，故名恶溪。至唐朝，处州刺史段成式全力整治，终改恶溪为好溪。

李白的族叔李阳冰曾著《恶溪铭》，这样描述：“天作巨堑，险于东南。岌邱豳呀，苍山黑潭。殷云填填，怒风飑飑。一道白日，四时青岚。鸟不敢飞，猿不得下。舟人耸棹，行子束马。……恒赫如此，人将畏之。水德至柔，狎侮而死。畏而不死，宁敢于彼。”明人王思任写《恶溪行》，首句就是“由恶溪登括苍，舟行一尺，水皆汗也”。

好溪航道曲折浅窄，滩多流急，礁石纵横。有“九十里间五十六濑名为大恶”之说。其中突星濑（在丽水市东 22.5 千米）怪石嶙峋、惊涛拍岸，王羲之游此恶道叹为奇绝，在好溪畔题“突星濑”墨宝于石，不仅见之于北宋《太平御览》，同时见之于北宋《太平寰宇记》，其中还进一步载明：“今犹存墨迹焉。”另康熙十一年（1672）《缙云县志》载："'突星濑'在东溪，王羲之游此叹其奇绝，书此三字于石。"乾隆《缙云县志》"东溪渡"条引"令狐志（注：乾隆年间令狐亦岱主编的《缙云县志》）'突星濑'在十二都，晋王右军书'突星濑'三字于石。后里胥苦募，塌沉之水"。

　　永嘉方志凿凿乎言及王右军曾出任永嘉郡守，五马蹄痕在，墨池水生香。而《晋书》等诸正史皆无此说，学者之见纷纭，也不排除推崇书法艺术的古人有傍名人之嫌。但是，后世的大诗人们到访温州，许多都把王羲之在温州的经历写到了诗词中。温州城关于王羲之的传说非常多，最有名的五马街的命名也跟王羲之有关。大意是说，王羲之曾任永嘉郡守，庭列五马，绣鞍金勒，出即控之。"时清游骑南徂暑，正值荷花百里开。民喜出行迎五马，全家知是使君来。"万人空巷，倾城而出随太守。诚如嘉靖《温州府志》所载："出乘五马，老幼仰慕。"所以，后来温州就有了"五马坊"，也就是现在的五马街，也留下了许多逸事遗迹。另相传王羲之出任永嘉太守，官邸华盖山脚，见山麓有一口小水池，池如镜面，云树倒映，一时技痒，便临池挥毫。此后，临池作书，一发而不可收，搁笔时，便洗砚于池。于是，"墨池"之名就传开了（图13-2）。至宋代，书法家米芾游访温州，闻此传说，也来凑个热闹，大笔一挥，送上斗大的"墨池"二字。至此，"墨池"所在街巷，也就顺水推舟地叫作"墨池坊"了。明代永嘉状元周旋作诗道："何以清池唤墨池，昔年临池有羲之。"温州郭公山曾有富览亭，"富览亭"3字相传为王羲之手书。楠溪江畔妇女洗衣用的鹅兜，据传也是为了纪念王羲之。

图 13-2 墨池

比如南宋著名词人姜夔，也是在瓯江"舟楫泛中流"，去追王羲之和谢灵运的脚步，因而有"不问王朗五马，颇忆谢生双屐"之句。

王羲之的外曾孙谢灵运（385—433），在南朝宋永初三年（422）六月，被贬斥出京，为永嘉太守，怏怏不乐地赴任而去。行至缙云，沿好溪乘筏南下。闻船工言，早年王羲之曾在东溪边题"突星濑"三大字于石。谢灵运对王羲之的书法艺术本来就是推崇至极，又因他是自己外婆的爷爷，故心中激动不已，惜已过了河段，溪水流急，不便回去瞻仰。于是，就将此事写成书信，告诉其弟弟谢惠连说："闻恶溪道中九十九里有五十九滩，王右军游山恶道，叹其寄绝，遂书'突星濑'于石。"（语见北宋《太平御览》引谢灵运的《与弟书》）

谢灵运于永初四年（423）称疾去职，溯长溪（恶溪）而上，再次畅游缙云，层云荡胸，穷目至极而收之于笔下。在著名的《归途赋》中曾特别提到过令人难忘的缙云山水："停余舟而淹流，搜缙云之遗迹，漾百里之清潭，见千仞之孤石，历古今而长在，经盛衰而不易。"在仙都著有的《游名山志》中记道："缙云山旁有孤石，屹然千云，高可三百丈，三面临水。"

二

公元 422 年，谢灵运出任永嘉太守，一路风尘抵达处州，于大水门码头登上舴艋舟，沿江行往永嘉。传说船行到青田地界时，天下起了暴雨，船工只好将船划到瓯江南岸石门湾内躲避，当晚就宿在船上。夜里他在船舱里看不到几页书就打起盹来，朦胧之间似有一神仙邀他上岸游玩。次日一早醒来，游兴大增，便涉足探幽，只见两峰矗立，擎云翳日，层岩峥嵘，树木繁长，郁郁葱葱，一株株古松弯曲盘生，松叶形成团扇，龙须倒挂，青苔布满山崖。在两峰中间的山崖上的飞瀑，气如白虹，垂如匹练，溅如跳珠，散如轻雾，在日光辉映下，形成的水雾散在潭中沙沙作响，果真发现了与梦中一样的"桃源仙境"。他十分高兴，于谷底寻得一瀑一潭一洞，惊讶之余，当场挥毫"石门洞"三字，将其命名为"石门洞"

（图 13-3），且称之为"东吴第一胜事"。并在石门洞留下了《石门新营》《石门最高顶》《夜宿石门岩上》3 首诗，其中 2 首留刻于石门洞崖壁之上（图 13-4），这些诗是迄今为止古代文人最早讴歌石门洞的诗篇。

图 13-3 青田石门洞

从此以后，历代书法家如唐朝的李阳冰、李邕，宋代的米芾，元代的赵孟𫖮，当代的沙孟海等，都曾在这里题字，留下的摩崖石刻震古烁今。遗存的 117 处摩崖题刻年代跨度长达 1580 多年，单位刻勒面积为江南之最。

"少无适俗韵，性本爱丘山。"谢灵运酷爱山水简直到了如醉如痴的地步。他出游行敝，少则两三天，多则十余日，不游赏尽兴决不回衙。"脚著谢公屐，身登青云梯。"在多年的山水游历中，诗人得山水之灵气，

图 13-4 石门洞摩崖石刻

发明了一种奇巧实用的旅游登山鞋，用木头制成，鞋底装有前后两根齿，上山去前齿，下山去后齿，后人称之为"谢公屐"，曾风行一时。《资治通鉴》中写道，谢灵运为了寻访好山水，费尽心思，"好为山泽之游，穷幽极险，从者数百人，伐木开径，百姓惊扰，以为山贼"。谢灵运在山水清音中体悟到瓯江之美，瓯江山水也促使他成了一代诗歌巨匠。

谢灵运深入瓯江流域，以兴奋和新奇的目光打量着这方古朴秀美的山水，胸中激荡起万千涟漪，深入桃花源的武陵人般，陶然忘归。瓯江流域隐藏在美景之后的恬淡、淳朴、清新和温情，真正抚慰了诗人的寂寥和彷徨，治愈了他心中的伤痛……

他任永嘉郡守一年多时间，遍历诸县，或轻舟荡漾于碧波之上，或策杖攀缘于山崖之间，用生花的妙笔描绘瓯江美丽的自然风光，他一生最为著名的诗句就是他在温州白鹿城中的池上楼写下的《登池上楼》中的一句："池塘生春草，园柳变鸣禽。"

他游历江心屿和瓯江的支流楠溪江（图13-5）最多，为其题写的诗文也最多，有《游南亭》《登江中孤屿》《郡东山望溟海》《晚出西射堂》等诗篇，其中《登江中孤屿》是他描写温州江心屿的第一首诗，也是历代诗人传世的第一首咏江心屿（图13-6）的诗："乱流趋正绝，孤屿媚中川。云日相辉映，空水共澄鲜。"从此，江心屿声誉远传。李白、孟浩然、韩愈、陆游、文天祥等都曾寻踪访迹，慕名景仰，留迹江心屿，并濡毫吮墨，为后世留下诗篇：

"江亭有孤屿，千载迹犹存。"（李白）

"众山遥对酒，孤屿共题诗。"（孟浩然）

"朝游孤屿南，暮嬉孤屿北。"（韩愈）

"好与使君同惬意，卧听鼓角大江边。"（陆游）

"罗浮山下雪来未，扬子江心月照谁。"（文天祥）

图13-5 永嘉楠溪江（作者摄）

图 13-6 温州江心屿

唐代杰出的文学家、思想家、哲学家、政治家，唐宋八大家之一的韩愈，其《题谢公游孤屿诗》表达了对谢灵运的尊敬："朝游孤屿南，暮嬉孤屿北。所以孤屿鸟，尽与公相识。"

最著名的是南宋著名政治家、诗人王十朋的千古名对："云朝朝朝朝朝朝朝朝散，潮长长长长长长长长长消。"据说这副对联就是当年王十朋看江心寺（图13-7）前潮涨潮落、云集云散的自然景观有感而发写就的。此联用词奇特，别出心裁，几种读法，含义深远，意境天成。千百年来文人留有叹咏江心屿的著名诗章近800篇，江心屿是名副其实的"诗之岛"。

图 13-7 江心寺

正是谢灵运纵情永嘉山水，使得楠溪风景名噪一时，"后，此邦山水遂闻于天下，凡天下之士行过是邦者，莫不俯仰流连，吟咏不辍，以诧其胜"。

他曾行脚景宁，现在沐鹤溪边有"浣纱潭"3个大字，下题"永嘉太守康乐公谢灵运题"。在云和、景宁一带，留下了一个有趣的传说。1982年，云和县傅瑜记录下了这一传说：

东晋年间，谢灵运就任永嘉太守期间，一日，来到沐鹤溪畔，只见波清水碧，风景如画。他诗兴大发，正想吟上几句，忽见前面垂柳下，有两位红衣姑娘在水边浣纱，轻轻的笑语顺风传来。谢灵运舍舟登岸，向两位姑娘走去。

两位姑娘突然见一个陌生人走到身边，立即收起笑语，低头不作声。谢灵运心想，我何不来个投石问路，试试两位姑娘的才气，就清了清喉咙，随口吟道：

　　浣纱谁家女，香汗湿新服。

　　对人默无言，何事甘辛苦？

两位姑娘听了，并不作答，只是抬起头来对谢灵运淡淡一笑。哎哟，姑娘真美，笑得更美。谢灵运眼前一亮，正待上前再搭话，谁知两位姑娘提起竹篮，顺溪岸跑了。谢灵运跟着沿溪而下，来到一个深水潭边，见两位姑娘放下竹篮，又双双俯身浣纱。谢灵运又想：好傲气的村姑，你们不理睬我，我偏要戏弄一番，看你俩开口不开口？于是又走到两位姑娘身旁，扬声吟道：

　　我是谢康乐，一箭射双鹤。

　　试问浣纱女，箭从何处落？

吟罢，只听得两位姑娘"吃吃"一笑，随即异口同声回吟道：

　　妾本潭中鲤，偶尔滩头嬉。

　　嬉罢自返潭，萍迹何处觅？

吟声刚落，两位姑娘双双挽着手，纵身跃入碧波深潭去，潭水溅起一阵水花，随即又平静如镜，仔细看时，只见碧波中游着两尾红鲤鱼，它们朝谢灵运点头三下，摇摆尾巴三下，双双潜入水底去了。

谢灵运见姑娘双双跃潭，大吃一惊，后见双红鲤对他点头摇尾，又仔细体味姑娘回吟的诗句，不由又惊喜又惋惜，对着丘潭长长叹了一口气。他取出笔墨，在深水潭旁题了"浣纱潭"三个字。自此，民间就传开了谢灵运对诗鲤鱼精的故事。谢灵运题字的"浣纱潭"，人们也称为鲤鱼潭（图13-8）。沐鹤溪的上游，也被称为浣纱溪。

图 13-8 鲤鱼潭

谢灵运一生留下山水诗不过百首，其中一半多是寄情于瓯江山水，尽管在此出仕仅一年多，却开创了中国文学史上的山水诗派。他所开创的山水诗，将自然美景融入诗歌之中，使得山水成为诗歌的一个重要主题。

这种"性情渐隐，声色大开"的新特征开始成为当时写诗的潮流，影响了南北朝的诗风，甚至对于之后的盛唐时期的诗歌也产生了一定的影响。

南宋中叶，这里又出了一个颇有名气的诗歌流派，且直接以"永嘉四灵"名之，乃生长于永嘉（永嘉郡）的徐照（字灵晖）、徐玑（字灵渊）、翁卷（字灵舒）、赵师秀（字灵秀）4 位，他们彼此旨趣相投，创作了亲近自然、天真纯朴、清丽雅致的田园诗歌，以独特的创作风貌在当时的诗坛掀起新诗风尚。其中，赵师秀诗名最盛，留下余韵悠长的名句"有约不来过夜半，闲敲棋子落灯花"。

三

自谢公始，追寻着谢公的足迹游历瓯江的大诗人很多，写作山水诗形成一种潮流、一种时尚。苏东坡曾感叹："自言长官如灵运，能使江山似永嘉。"对谢公的作品赞誉有加。

"一生好入名山游"豪气干云的李白甚至给谢灵运写了一首诗："脚著谢公屐，身登青云梯。" 当然，被谢灵运"踩"过的地方，那必然都是"半壁见海日，空中闻天鸡"。谢灵运是他的榜样，他慕其清新自然的诗意，更敬其劈山开道的豪举，也因此他打定主意，要去游谢灵运游过的山水，走他走过的路。他没有过多地陷入人生得意与失意交织的往事回忆中，而是想象着这次旅行会给他带来什么样的新的感悟。

也许是命运使然，开元十五年（727），李白乘舟沿京杭运河南下，沿瓯江上溯到括州城，再沿恶溪到达缙云县，经金华江到达富春江，至杭州。这是谢灵运当年来去永嘉的路线，也是温州通往中原和京师的最佳线路。这是一条秀丽且宁静得可以过滤人世多少浮躁和俗气的水上风光游线呵！

一路上诸峰耸拔挺秀，层层叠叠地群集在幽寂的瓯江溪流周围，衬着重重山影，满山浓黛消融在清流里。水中有山，山中有水，恍如置身人间仙境。对行侠生活的向往，注定了李白会与石门洞、仙都结一段长长的缘，好让他清新飘逸的诗雨融入瓯江的神魂底魄，滋润着它那古往今来的峻秀；同时，也好让诗人找到一块净土，让紊乱和不安的灵魂有一个可以调理的安适之地。

他弃舟跨入石门洞，见洞口两山对峙，形状奇特，走进去别有洞天，石门飞瀑壮观无比，形若垂练，溅如跳珠，散似银雾，令人叹为观止。诗仙仰望飞瀑，诗兴大发，当即赋诗：

> 何年霹雳惊，云散苍崖裂。
>
> 直上泻银河，万古流不竭。

诗中的气魄，与《望庐山瀑布》中飞流直下三千尺的浪漫想象相比，丝毫不会逊色。

有一天，李白获悉自己的追随者魏万为寻找他而历尽恶溪之险后，感叹地写下这首《送王屋山人魏万还王屋》送他：

> 王屋山人魏万，云自嵩宋沿吴相访，数千里不遇。乘兴游台越，经永嘉，观谢公石门。后于广陵相见。美其爱文好古，浪迹方外，因述其行而赠是诗。
>
> …………
>
> 缙云川谷难，石门最可观。
>
> 瀑布挂北斗，莫穷此水端。

喷壁洒素雪，空蒙生昼寒。

却思恶溪去，宁惧恶溪恶。

咆哮七十滩，水石相喷薄。

路创李北海，岩开谢康乐。

松风和猿声，搜索连洞壑。

径出梅花桥，双溪纳归潮。

（录自清钦定《四库全书》集部《李太白文集》卷之十三。原诗120句，录其第60—76句）

据史料记载，魏万后改名魏颢，他曾求仙学道，隐居王屋山。唐玄宗天宝十三载（754），因慕李白之名，从河南东浮汴水，从苏南进入浙江境内，杭越间樟亭望潮，看涛卷白马素车，若雷奔惊心动魄。会稽萧山美，且度耶溪水。诸暨万壑与千岩，峥嵘镜湖里。秀色不可名，清辉满江城绍兴。所经州郡沿途山峻水秀，风景极佳，然后经四明（今宁波）入天台山国清寺，再经台州（治今临海）到永嘉（今温州），由永嘉沿瓯江上溯到青田，观赏谢公石汀（石门洞天，图13-9），再沿好溪到处州，而后随着松风和猿声，径出梅花桥，双溪纳归潮，落帆金华岸，赤松若可招，沈约八咏楼，又波连浙西大，沿金华江—兰溪江—新安江入富春江，乱流新安口，经建德三江口北指桐庐严光濑，见钓台碧云中，邈与苍岭对。再后到吴都，徘徊上苏州，终于在扬州与李白会面。李白很赏识他，并把自己的诗文给他让他编成集子。

图 13-9 石门洞天

　　唐代"身无一寸禄，名扬千万里"的文学名家方干也沿着李白的足迹，游览了青田石门洞。他的本性在观瀑时表露无遗，他压抑的情感随着瀑布的飞珠泄玉喷薄而出，酣畅淋漓地写下了著名诗篇《石门瀑布》：

奔倾漱石亦喷苔，此是便随元化来。

长片挂岩轻似练，远声离洞咽于雷。

气含松桂千枝润，势画云霞一道开。

直是银河分派落，兼闻碎滴溅天台。

　　唐开元十九年（731）冬天，唐代著名山水诗人孟浩然在山阴（今绍兴）与诗友崔国辅告别后，即迎着江海风波奔赴温州。行舟途中，满腹诗情从心口飞出：

宿永嘉江寄山阴崔少府国辅

我行穷水国，君使入京华。

相去日千里，孤帆天一涯。

卧闻海潮至，起视江月斜。

借问同舟客，何时到永嘉？

　　表达了他对谢灵运笔下温州山水的向往，也表达了希望早日见到好友的急迫心情。

　　唐代最为著名的诗人除了李白之外，还有杜甫。天宝末年，杜甫的一位朋友裴虬被任命为温州永嘉县尉。杜甫没有跟随朋友来到温州，但他在《送温州裴虬作尉永嘉》这首赠行诗里写道：

孤屿亭何处？天涯水气中。

故人官就此，绝境与谁同？

隐吏逢梅福，游山忆谢公。

扁舟吾已具，把钓待秋风。

　　其对瓯江山水的神往之情，溢于言表。

　　杜甫用现实主义的手法，向人们表述自己对丽水的印象。

赠高式颜

昔别是何处，相逢皆老夫。

故人还寂寞，削迹共艰虞。

自失论文友，空知卖酒垆。

平生飞动意，见尔不能无。

这是一首送别诗。"故人还寂寞，削迹共艰虞。"在杜甫的眼里，处州大地是一片穷乡僻壤。

822年7月至824年2月，唐代著名诗人白居易来到杭州任刺史，官场失意的他在看到美丽的西湖山水时，极为振奋，后疏通六井并筑西湖湖堤，为杭州做了许多好事情。也就是在这期间，白居易游览了闻名遐迩的"意为仙人荟萃之都也"的缙云仙都（图13-10）。

图13-10 缙云仙都（吴品禾摄）

他来到了东靠步虚山，西临好溪水，如擎天一柱拔地千尺，状如春笋，直插云霄，人们尝谓"天下第一峰"的鼎湖峰下，久久凝视这座独峰，相传轩辕黄帝曾置炉于峰顶炼丹，丹成黄帝跨赤龙升天时，丹鼎坠落而积水成湖。独峰如苍龙昂首，精妙绝伦，气势非凡，令他神驰意迷，于是诗兴大发，一出手就写下了流传千古的名句：

> 黄帝旌幢去不回，片云孤石独崔嵬。
>
> 有时风激鼎湖浪，散作晴天雨点来。

白居易的到来，是为仙都之胜还是为祭祀黄帝（缙云是中华民族的人文始祖轩辕黄帝的名号，这里有唐玄宗赐名、享誉"天下第一祠"的"黄帝祠宇"），我很难得知。但从诗中可以看出，白居易于两者似乎兼得了。南宋诗人王十朋曾有诗写道："皇都归客入仙都，厌看西湖看鼎湖。"

唐代著名的山水派诗人王维，其诗中有画，画中有诗，备受人们喜欢，他写过一首《送缙云苗太守》：

> 手疏谢明主，腰章为长吏。
>
> 方从会稽邸，更发汝南骑。
>
> 按节下松阳，清江响铙吹。
>
> 露冕见三吴，方知百城贵。

（缙云即括州，天宝元年改为缙云郡，乾元元年复为括州，治所在今浙江丽水县西。苗太守，《全唐诗人名考证》谓即苗奉倩，天宝七载为缙云太守。）

王维先生这首诗并不算名篇，但其中"按节下松阳，清江响铙吹"一句写的就是瓯江上游支流——松阴溪畔的松阳，其治所当时在今遂昌境内，这是浙西南第一个设县的区域。

虽然王维无缘到丽水，但他的弟弟却在丽水当了数年的地方官。777年，王维的弟弟王缙来到丽水。王缙的名气很大，一是因为他来丽水前曾任宰相，二是因为他与哥哥王维兄弟情深。

王维曾被安禄山俘虏被迫为官，平息安史之乱后，王维原本当斩，是当时身为刑部侍郎的王缙恳请皇帝用他的官职换哥哥的性命，才使王维得到从宽处理。这种手足之情，受到世人的称赞。王缙晚年被贬到括州当刺史。可惜的是，我们并未找到王缙对丽水山水的评价，若有兄弟两人写丽水的文章，倒也是一段佳话。

虽然没找到王缙的文章，唐代著名诗人刘长卿为王缙写的送别诗，也是弥足珍贵的。

饯王相公出牧括州

> 缙云讵比长沙远，出牧犹承明主恩。
>
> 城对寒山开画戟，路飞秋叶转朱幡。
>
> 江潮淼淼连天望，旌旆悠悠上岭翻。
>
> 萧索庭槐空闭阁，旧人谁到翟公门。

刘长卿送别王缙时所写的这首七律，由于没到过丽水，因而只能靠想象来描述丽水城的状况，但丝毫不影响对朋友情深意切的表达。

段成式在处州期间，他的好友、中唐诗人方干（809—888），字雄飞，青溪（今淳安县）人，曾到处州探望。他在《赠处州段刺史》中对段成式在处期间的生活和处州府城的闲适环境是这样描写的：

> 幸见诗才镇括初，郡城孤峭似仙居。
>
> 山萝色里登台阁，瀑布声中阅簿书。
>
> 德重自将天地合，情高原与世人疏。
>
> 寒潭是处清莲界，宾席何心望食鱼。

他的《洞溪十咏》，成为为丽水山水扬名的大作。

唐代诗人姚合与贾岛齐名，世称姚贾。在他的《送右司薛员外赴处州》中，也有"瀑布云和落，仙都与世疏"这样的句子，诗中还写道"远程兼水陆，半岁在舟车"，说明丽水当时的僻远程度，京城到丽水，竟然需要半年时间。这一时期，高适、刘禹锡、贯休、陆龟蒙、皮日休的诗中，都出现了丽水大地的元素。

四

有"为括壮县"之称的龙泉因水而名，在城中心的龙泉溪上，有一江中之岛，发自龙泉山麓之间的蒋溪、秦溪在此交汇，长年溪水冲击积泥石，于溪中心成淤，故名蒋秦淤。其面积约 2 平方千米，形如木筏，相传是仙人乘槎所留，故名留槎洲，又名仙洲、沙洲。据《龙渊古迹寻踪》记载，留槎洲（图 13-11）古时又叫灵洲。其名源于蒋、秦二溪交汇的灵溪，灵溪淤积成洲，古称灵洲。清道光进士、内阁中书端木国瑚在《重建留槎阁记》中称"龙邑皆山，山之液注于灵溪，灵溪之淑聚于灵洲"，是故。古时曾有民谚云："灵洲到市上，龙泉出宰相；灵洲到寺前，龙泉出状元。"灵洲易名为留槎洲，乃出自天纵大才苏轼。宋元祐间，苏轼任杭州太守。元祐五年（1090）的一天，龙泉乡宦何才翁与苏轼一道泛舟西湖，言及灵洲胜状，激发起大诗人的想象，喜曰：你所说之处，不就是当年张骞所乘之槎搁于斯么！何才翁拍案称绝。兴之所至，苏轼当即书成"留槎阁"3字赠予何，

图 13-11 留槎洲上的留槎阁

图 13-12 龙泉留槎洲全貌

何携归刻匾悬于洲上高阁（图 13-12）。继而有吴兴进士陈舜俞题诗，诗曰：

闻说槎洲似沃洲，一溪分作两溪流。

长桥跨岸虹垂地，高阁凌空蜃吐楼。

浩荡乾坤供醉眼，凄凉风雨送行舟。

凭谁为问槎边客，未必无人犯斗牛。

时称阁之雄伟、榜书之遒劲、诗之警拔为"留槎三绝"，留槎洲遂名扬当世。

留槎洲因为有了文化人的熏染，声名大噪，无数文人游客沉醉在洲中的亭台楼阁里，吟诗赋词，赏景酌酒。据史料记载，清末遭特大洪灾后，洲上建筑物与树木荡然无存，近半个世纪均为荒圩。2002 年，龙泉市委、市政府以建设"山水古城，精品城市"为目标，做出了兴建留槎洲水上公园的决定。如今的留槎洲林木葱郁，桃柳相映，一座亭阁高耸在碧水之间，已成为山水古城龙泉的一大亮点。

留槎阁侧畔的济川桥，原名清化桥，阁畔的桥梁由北宋的右丞相何执中改换了名称，并经北宋书法家、画家、书画理论家米芾题额。所谓"济川"，意犹渡河，语出《尚书·说命上》"爰立作相，王置诸其左右。命之曰：朝夕纳诲，以辅台德。若金，用汝作砺；若济巨川，用汝作舟楫"，后即以"济川"比喻辅佐帝王。

苏轼在浙江为官时也曾游览松阳西屏山，与居松阳西屏山的祖谦禅师饮琼品茗，当即写下千古名篇：

> 道人晓出西屏山，来施点茶三昧手。
>
> 忽惊午盏兔毫斑，打作春瓮鹅儿酒。
>
> 天台乳花世不见，玉川风液今何有？
>
> 东坡有意续茶经，要使祖谦名不朽。

开了松阳县"有意续茶经"的先河。

苏轼之得意门生秦观（1049—1100），北宋文学史上的一位重要作家，为当时苏门四学士之首，后传说又与苏小妹喜结连理，成为苏东坡的妹夫。他才华横溢，一身正气，曾任朝廷太学博士、国史馆修编。后因跟从苏东坡抨击王安石变法而受牵连，绍圣元年（1094）4 月，秦观被列入"元祐党人"而被贬出京，任杭州通判。在赴任途中，他又因"增删神宗实录"的罪名被贬往处州任"监酒税"。从此，秦观在处州过了 3 年（1094—1096）的谪居生活。

在处州的 3 年，他就居住在古木参天，亭阁错落其间，素有"洞天烟雨"之称的万象山脚下。万象山位于市区西南隅，秀气而文质彬彬，是一座地道的文化山。宋参政何澹建万象楼于其上，山因楼名。他常常登上万象山上的烟雨楼（图 13-13）（为北宋处州郡守杨嘉言任内所建，比嘉兴的烟雨楼历史早百余年。北宋政和年间处州太守钱竽是这样诗写烟雨楼的：人在神仙碧玉壶，楼高壮丽壁成隅；风云出没有时有，烟雨空漾无日无。但得绿樽闲对酌，何须红袖醉相扶；郭熙去后丹青绝，剩作新诗当画图），倚栏托盏、醉眼蒙眬地望着对面秀丽的南明山，望着彩带般飘忽的瓯江，望着瓯江中那翡翠般葱绿的琵琶洲，瓯江的风光让他恋恋不舍。这期间，秦观没有洒泪悲叹，没有怨天尤人，他广交当地名士文友，遍游浙南的名寺古刹，他的举止很放达，他的目光很平静，这是秦观的无奈之举，

图 13-13 丽水万象山烟雨楼旧貌

也是秦观的处事风范。

他经常游迹于青田的山水散心，也常到寺庙场所去听暮鼓晨钟，喜与得道高僧交往。

一个暮春的午后，秦观想到鹤乡青田水南的栖霞寺拜访仰慕已久的住持法师。于是，他乘坐一叶舴艋舟顺瓯江而下，独自来到了瓯江南岸。

在水南埠头，秦观迎着和煦的春风，放眼瓯江：小船穿梭、白帆点点、渔歌阵阵，滩边草木吐翠，春意盎然。秦观被如此秀丽的自然风光吸引，暂时忘记了忧愁。在行人的指引下，他快步来到栖霞寺。

栖霞寺（图 13-14）始建于大唐天宝初，高屋垂檐，藻井回廊，规模宏大，气势不凡。寺住持原是朝廷命官，因看不惯时政腐败而弃官为僧。他喜爱文学书画，学问高深，喜交文友。久闻秦观高才博学，对他怀才不遇的处境极为同情，今见秦观突然来访，非常高兴，当即吩咐小和尚泡来一壶上等

图 13-14 青田栖霞寺

绿茶热情相待。

夕阳的余晖照着禅房客厅，二人并排而坐，若一对久别重逢的好友，他们边品茗边交谈，从诗词书画、为人之道谈到社会时政、国运民生，无所不谈，越说越激动，越说越激昂。

"话逢知己千句少"，转眼间，夜幕已悄悄降临。法师请秦观留宿寺内，饭后带他去观看寺院的夜景，秦观欣然依允。

当晚，法师牵着秦观的手，踏着月光一起走出寺外。见四周花影摇曳，落叶片片，"放生池"边柳絮飘飞，远处莺声呖呖，好不凄凉！秦观触景生情，不禁勾起了旧日的思绪。想自己身怀治国之才，却怀才不遇，壮志难酬，从繁华的京都大员一贬再贬，如今只身飘零到浙南处州这贫瘠的山城，心中黯然长叹，随口吟出一首词：

水边沙外，城郭春寒退。花影乱，莺声碎。飘零疏酒盏，离别宽衣带。人不见，碧云暮合空相对。

忆昔西池会，鹓鹭同飞盖。携手处，今谁在？日边清梦断，镜里颜改。春去也，飞红万点愁如海。

法师听其吟毕，便击掌连声称赞："好一阕《千秋岁》，此乃千古绝唱也！先生将此词写下，赠给我如何？"秦观听后，谦让一番，随后回寺泼墨写下了这首《千秋岁》。得到了秦观墨宝，法师非常高兴，不久，便将他的墨迹刻成石碑，珍藏于寺中，作为镇寺之宝。

秦观在栖霞寺一待就是数天，他与住持和尚谈得很投机，谈的内容很广泛。晚上，他们趁着月色，一起到瓯江边看夜景，瓯江上有几点渔火，在江风中摇摇曳曳，像是天上的流星落在江面上。其实，美丽不一定高高在上，可以如渔火随江水荡漾，即使有几分凄凉，在黑夜里却最能安慰看江人的心。这一条江，将喧闹与宁静隔离，将甘于寂寞和心浮气躁分开。江水一波旋着一波，永远没有尽头，也就没有昙花一现的短暂辉煌，这是永恒的美丽。

据说秦观从此以后经常来栖霞寺游玩和留宿，抄写经文，写诗填词，他还喜欢水南的山色与夕阳。水南的风景触及了他的灵魂，带走了在政治上失意带来的痛苦，慢慢地把他心头的皱褶抚慰得平平展展。

秦观一生喜爱莺花，后人为纪念秦观在水南栖霞寺留宿题词，就在此寺的"放生池"旁建起了"莺花亭"（图13-15），将"千秋岁"石碑竖立其中。此亭虽历尽沧桑，经多次修缮，旧貌依然，如今已被列为国家保护文物。

而词人于1096年春游尘溪（尘溪为流经青田王岙、舒桥汇入瓯江的小溪）后写下了《好事近》：

春路雨添花，花动一山春色。行到小溪深处，有黄鹂千百。

图13-15 青田莺花亭

飞云当面化龙蛇，夭矫转空碧。醉卧古藤阴下，了不知南北。

这种物我一体的人生境界，是词人人生遭遇的曲折反映。现实中无法排遣的压抑和苦闷，在词人假托的鸟语花香的美妙梦境中得到了完全的解脱。

此词名扬于时，苏轼有题跋云："供奉官莫君沔官湖南，喜从迁客游……诵少游事甚详，为予道此词至流涕。乃录本使藏之。"黄庭坚跋此词云："少游醉卧古藤下，谁与愁眉唱一杯？解作江南断肠句，只今惟有贺方回。"

词人贬谪处州期间，除以上两首词外，还有如《题酒务壁》、《题淮海平阇黎》、《留别平阇黎》、《处州闲题》、《文英阁》、《游文英阁》（二首）、《处州水南庵》（二首）、《清溪逢故人》、《满庭芳》、《点降唇》、《河传二首》等。苏轼、黄庭坚、李之仪、陆游、范成大、刘廷玑、伊汤安、端木国瑚、徐望璋、王尚赓等文人学士均有怀念或与之唱和的诗词之作。

几年之后，他再一次被朝廷所用，宋徽宗即位之后被任命为复宣德郎，在放还北归途中卒于滕州。秦观的一生，在历史文化的长河里尤见凄迷。

南宋乾道三年（1167），对于当时的处州来说，这是个值得记载的年头。这年十二月一个明媚的艳阳天，又一位久负盛名的大诗人范成大复出政坛，走马上任处州知州。他到丽水所办的诸多令人怀念的事之一，就是在今烟雨楼南边的南园（历史上的南园即为"处州名园"。据明代曹学佺编撰的《舆地名胜志》记载，南园始建于唐贞元之后的小括山。"东有翔峰阁，西有少微阁。又西为回溪阁、照水堂。"方位应在今烟雨楼的南边，即小括苍亭一带）建造了纪念秦观的

"莺花亭","写少游旧事,又取词中之语曰莺花",继建"莲城堂",供公务人员以及文人雅士品茗煮酒唱咏,为万象山的多姿多彩又增添了几多文化筹码的同时,更催化了这座"盖一郡之胜"名山的茶香酒韵。

随着茶香酒韵越来越浓,万象山的文脉也越来越盛。又过了600多年,清嘉庆元年(1796)十二月,又一任处州知府修仁慕秦观才情以及其为处州文化所做的贡献,在现今的烈士陵园处,修建了秦淮海祠,以寄托敬仰、缅怀之情。

从此,一代词人在处州的文化形象在这块土地上永驻。

但南园在抗日战争时期,被日机狂轰滥炸,夷为平地。随着岁月的流逝,南园的断垣残壁也不多见了,遗址上种了苗圃,旧貌几乎荡然无存。

北宋科学家、政治家沈括(1031—1095),字存中,号梦溪丈人,北宋浙江杭州钱塘县(今浙江杭州)人。宋神宗熙宁六年,这位被誉为"中国整部科学史中最卓越的人物",奉命察访两浙地区时,不辞劳苦地到各地巡视,足迹遍布两浙的山山水水,当地的民风民俗、农田水利建设等情况了然于胸。行经丽水,顺便游览了地处丽水城区南侧、大溪南岸的素有"括苍之胜"之美誉的南明山。他从踏进南明山的第一步起,就被南明山(图13-16)的风貌和灵气所震撼和包围,暂且放下一切人世的烦恼,梳理一下自己的心境,得到了片刻的宁静。他沿着石磴道而上,欣赏了诗云"荷香僧院静,泉响石梁幽,古洞夸仙迹,虚亭豁远眸"这一独特的自然风光佳景后,欣然留下了"沈括、王子京、黄颜、李之仪熙宁六年十二月十二日游"这样的字迹。

图13-16 丽水南明山

对于这样一个寺阁掩映在丛林之中,古迹隐现于丹崖的胜地,千百年来,历代文人墨客、名流政要纷纷到这里朝拜祈福、览胜观景、抒情赋诗,日积月累,形成了南明山深厚的题刻文化。明人屠隆说"好借南明一片石,同垂名字照千春",名流题咏,丘壑生辉。现有摩崖题记58处。石梁是南明山摩崖题刻分布最为集中之处,它位于南明山中心区域,横亘印月池旁,为一长达70余米的天然巨石凌空架成，气势宏伟，是我国三大石梁之一，可谓大自然的神来之笔。其中山顶云阁崖刻有"灵崇"二字，字径一尺四，深约半指，笔法古朴厚重却不失灵动之感。《处州府志·金石篇》赞其"飘若游云，矫若惊龙"，相传为东晋葛洪所书。右侧崖壁上"南明山"3个字为北宋杰出书画家米芾书写的正书，字径0.5米，笔力遒劲，飘逸洒脱。由一块巨石覆盖于山崖而形成的一个天然洞隙——高阳洞，洞壁上有许多题刻，其中就有沈沔、孙沔记载南宋绍兴十四年（1144）和十六年当地2次水灾的长篇题刻。还有南宋无名氏刻的绍兴甲子、丙寅岁洪水题刻，是重要的气候历史资料。除此之外还有历代政要如刘泾、张康国、叶清臣、晁瑞彦、孙沔等人的题刻。最晚的是民国二十八年（1939）温处师管区司令部朱传经司令的抗战摩崖题刻。

除了南明山之外，丽水城西北隅的三岩寺也是一处摩崖题刻集中之地。三岩寺是丽水历史上的名胜之一，素以幽暗清谧享誉于世。"三岩听瀑"是丽水古代八景之一，其自然风貌的特点是"白云""朝曦""清虚"三岩鼎足而立，独具特色。在岩壁和洞穴之间有唐宋以来历代题刻37处，其中唐代李邕作为书法史上与王羲之并称的杰出书法家，素有"括州象比右军龙"之誉（清王文治诗）。他两度任职括州，其留下的正书"雨崖"题刻在三岩寺诸石刻中年代最早，为楷书精品，字体为其存世书法中最大者。除"雨崖"外，南宋黄子耕等三岩题刻等亦具有较高价值，在《括苍金石志》等史书中均有记载。

如果说山水景观是瓯江的骨骼和血液，那么依附在山水景观中的文化积淀无疑是瓯江最具生命的灵性和魂魄。而摩崖石刻，无一不是透视瓯江山水灵魂的窗口，文化的丰厚积淀从这几处（包括青田石门洞）均可以找到有力的载体。

五

南宋著名爱国诗人陆游（1125—1210），字务观，号放翁，越州山阴（今绍兴）人。绍兴二十八年（1158），他被朝廷派往福建担任宁德县主簿。

他从山阴出发去宁德，需途经温州郡城和瑞安、平阳两县之后，才能进入福建地界。这一路上，陆游的心情是欢畅的，毕竟初涉仕途，对前程怀有美好的憧憬。在温州，他与新任的知州一起游历了江心寺，还在那儿住过一宿。当晚，他诗兴盎然，提笔挥就《戏题江心寺僧房壁》（亦称《同永嘉守宿江心》）一诗：

> 使君千骑驻霜天，主簿孤舟吟不眠。
>
> 好与使君同惬意，卧听鼓角大江边。

江心屿曾是宋高宗当年驻跸过的地方，夜泊孤舟的陆游想到金兵南侵，山河破残，故疆难复的情景，不免感慨万千、夜不成眠。此刻，最令他惬意舒心的是大江那边传来的鼓角之声，振聋发聩，催人奋进。他心中装载着的仍然是激昂青云的志向，剑未出鞘，锋刃未试，表达了诗人心中对收复中原失地的强烈愿望。

陆游离开温州郡城经过瑞安时，曾扬帆泛舟于飞云江上。他站立船头，举目四望，其时江面风平浪静，白帆点点，碧水似镜，与长天共一色。诗人心旷神怡，逸兴遄飞，欣然赋诗，写下了五绝《泛瑞安江风涛贴然》：

> 俯仰两青空，　舟行明镜中。
>
> 蓬莱定不远，　正要一帆风。

一直以来，他这首借景抒怀、充满浪漫主义情趣的《泛瑞安江风涛贴然》，成了飞云儿女最为喜爱的诗歌，受到千古传唱，经久不衰。

他在宁德任上没多久，便接到回临安的调令。他从福建乘海船抵达温州，又改乘小舟溯瓯江而上前往处州。归途中，浙南大地的山水给诗人留下了深刻印象，其间，他连写了好几首诗，在五律《至永嘉》中如是写道：

> 樽酒如江绿，春愁抵草长；但令闲一日，便似醉千觞。
>
> 柳弱风禁絮，花残雨渍香；客游还役役，心赏竟茫茫。

途经青田时，他寄情山水，写下了一首游历石门洞的长诗，诗中既生动形象地描绘了"喷薄三百尺，万珠落珊珊"的瀑布、"峭壁天削成，磐石容投竿"的石门等自然景观，又记述了"语我君少留，山瓢勿嫌酸"的道士，以及"扰扰尘土中，未易得此欢"的自我感触。全诗以"醉面索吹醒，坐待风雷翻"作结，平添了几分豪迈与浪漫，读来意味悠长，引人入胜。

陆游不止一次到丽水了，每次来都到南园。"安用移封向酒泉，醉乡只拟乞南园。"这是当年陆游至此吟诵的诗句，我想当时的南园除了亭阁楼台外，大概还有专门饮酒喝茶的场所。《南园四首》的名句"一到南园便忘返，亭边绿浸琶琶洲"应该是空前绝后了。

南宋著名的词人姜夔来到万象山后，在烟雨楼前凝思良久，词兴大发，用范成大的韵，写了一首《虞美人》：

次韵徐子礼提举莺花亭

古藤阴下醉中休，谁与低眉唱此愁。

团扇他年书好句，平生知己识儋州。

六

1127年，孤寂凄凉的宋词婉约派代表人物、著名爱国女词人、有"千古第一才女"之称的李清照追随皇帝南下温州避乱，看舴艋舟轻盈飘荡，愁国忧民，写下的一首《武陵春》让后人心心念念："风住尘香花已尽，日晚倦梳头。物是人非事事休，欲语泪先流。闻说双溪春尚好，也拟泛轻舟。只恐双溪舴艋舟，载不动许多愁。"特别是其中的"只恐双溪舴艋舟，载不动许多愁"，成为宋词中的千古名句，也是凸显舴艋舟元素的最精彩词句。

在南宋时期，形成了以叶适（祖籍处州龙泉县，弟子有叶绍翁等）为代表的"永嘉学派"，在诗文创作上，继承韩愈"务去陈言""词必己出"的传统，从观点到文字均力求新颖脱俗，提倡独创精神，主张"片辞半简必独出肺腑，不规仿众作"（《归愚翁文集序》）。其文雄赡，才气奔逸，尤以碑版之作简质厚重而闻名当世。

在龙泉城北隅九姑山麓，有一座精致的建筑，名叫杏园，它就是为了纪念本土南宋文学家、诗人叶绍翁建造的。他于宋政和五年中进士，曾任处州刑曹，后知余姚。建炎三年抗金有功，升为大理寺丞、刑部郎中，后因党事被贬。他擅长七言绝句，他的诗歌意境高远，力求平直、流畅、细致精巧，长于炼意。

游园不值

应怜屐齿印苍苔，小叩柴扉久不开。

春色满园关不住，一枝红杏出墙来。

诗中"一枝红杏出墙来"脍炙人口，成千古绝唱，成语"满园春色"即出自其诗。

宋宁宗嘉定年间，江湖诗人赵汝连来到了处州，在任处州金判期间，他写下了名篇《括溪停舟》：

树古半成槎，溪边历历斜。

寒林欲无路，小坞不多家。

去客背流树，停舟见暮鸦。

朝朝省秋水，频减一痕沙。

浅浅着墨，随意写出，图景历历在目，自具情趣。

七

青田古来是个"叠石成田，田无水，民无粮"的贫瘠地方。然而，这里的秀丽山水，却被誉为藏龙卧虎之处。青田历代人才迭出，而影响最大的当推明朝的"国师"刘伯温。

刘伯温（1311—1375）名基，是元末明初军事家、政治家及诗人，通经史、晓天文、精兵法。他以辅佐朱元璋完成帝业，开创明朝并尽力保持国家的安定而驰名天下，被后人比作诸葛武侯。朱元璋多次称刘基为："吾之子房也。"在文学史上，刘基与宋濂、高启并称"明初诗文三大家"。

他对石门洞更是钟爱有加，少年时代，每逢酷暑，他便来到这里，一边避暑纳凉，一边潜心研读，并写下了《题李太白观瀑图》：

忆昔李谪仙，泛舟彭湖东。遂登庐山顶，直上香炉峰。

遥望瀑布水，自天垂白虹。大声回九地，浮光散虚空。

万木震辟易，千崖殷钟镛。清凉入肌骨，如归广寒宫。

赋诗留人间，至今响泧泧。丹青极摹写，欲代玄造功。

逸驾不可追，举头睇飞鸿。倚歌无人和，引袖乘长风。

戈溪是古代水陆交通要道，从处州、景宁等地至青田县城，到温州必经这里。23岁就在元朝考取进士的刘基，元至正十三年（1353）十一月十日，42岁的他在江浙儒学副提举任上时，从温州乘舟往丽水，傍晚至青田戈溪泊舟过夜，写下了《七律·冬至舟泊戈溪》：

> 日薄云阴雪在山，野寒溪尽客舟还。
>
> 乾坤颠荡逾三载，风俗乖张似百蛮。
>
> 废井衰芜霜后白，空村乔木晓余殷。
>
> 独怜节序逢冬至，不得安溪学闭关。

此后5年，他因不得志弃官归隐，赋诗著述。明洪武元年（1368），刘基复出任御史中丞兼太史令，负责明朝历法的编订、军卫制度的建立、朝廷体制的整顿以及金陵皇城的工程和设计等。

刘基也喜作词，有《写情集》4卷。他的部分作品颇有飘逸轻松之致，如这首《浣溪沙》：

> 细草垂杨村巷幽，白纱素石引溪流，青苔矶上有扁舟。门外好山开莫画，屋头新月学帘钩，窗风一榻似清秋。

这首词描写的是青田水南一带的景色，很美，很清朗。读这样的作品，我们不仅能感受到山水景物之美，也感受到了作者的性情。其撰写的《少微山眉岩神仙宅记》更是飘然欲仙：

> 缙云之山桐溪出焉，东南流入于好溪，其南曰'少微'之山，是为括苍洞天，有观曰'紫虚'，山水清奇幽邃，瓯括间无与为比。自唐宋以来，神仙钟汉离、吕洞宾皆尝来游，而章思廉、徐泰定即其观之道士也，皆以羽化去，其事迹显著，人能言之不可尽也，履其地思其人，宁不飘然有凌云之志哉！

明代杰出的剧作家、文学家，在中国和世界文学史上都有着重要地位，被誉为"东方的莎士比亚"的汤显祖，明万历二十一年（1593）三月十八日，43岁时作为新任知县，来到了遂昌。

当时的遂昌（又名平昌），属处州府，境内山脉连绵，贫瘠偏僻，"县无城"，"虎入民舍"。汤显祖深入了解风俗，勤政倡廉，体察民情，兴教办学、劝农耕作、灭虎除霸、纵囚观灯；同时，他在这里开始了潜心著述，写下了大量诗文，创作了辉煌著作《牡丹亭》。他亲自传授的"昆曲·遂昌十番"，在遂昌农夫手里代代相传，被誉为"音乐的活化石"，"班春·劝农"列入联合国教科文组织人类非物质文化遗产代表作名录。同时，在这青山环抱、绿水逶迤、民风淳朴的小城里，他自有抑制不住的激动，写就了不少传世诗作。如《丽水风雨下船棘口有怀》：

> 石城双水门，落日远江介。
>
> 春潮风雨飞，暮寒洲渚带。
>
> 流云苍翠里，绪风箫鼓外。
>
> 分披悟曾历，合沓迷新届。
>
> 宿雾缅余丘，生洲隐遥派。
>
> 地脉有亏成，物色故明昧。
>
> 曲折神易伤，幽清境难会。
>
> 江花莞流放，岸草凄行迈。
>
> 不见林中人，自抚孤琴对。

清初著名学者王夫之在评论《丽水风雨下船棘口有怀》时指出："'宿雾'下六句只两句，如云起肤寸间，蜿蜒遂大。汉人固以此为绝境，不但康乐之然，汤诗的造境与谢灵运作诗手法相似。"在《明诗评选》中，除了对汤显祖诗作进行了多角度多方面的高度评价外，还在评论明朝其他诗人时，也不时以汤显祖为标杆，表明了他推崇汤显祖的鲜明立场。

汤显祖歌咏屈原的诗句很多，其景仰之情溢于言表，如《午日处州禁竞渡》：

> 独写菖蒲竹叶杯，蓬城芳草踏初回。
>
> 情知不向瓯江死，舟楫何劳吊屈来。

据载，竞渡起于唐代，至宋代已相当盛行，明清时其风气更加强劲，从竞渡的准备到结束，历时1月，龙舟最长的11丈，最短的也有7.5丈，船上用各色绸绢装饰一新，划船选手从各地渔家挑选。汤显祖认为，这样的场面过于豪华，因此在诗中加以表露。从诗中可见：一个清廉的地方父母官，是何等爱护百姓的人力财力。

明末重要作家陈子龙，一生饱经风霜，最终舍身，不惜以牺牲生命来保持他人格的完整。他具有多方面的杰出成就，其诗歌成就较高，诗风或悲壮苍凉，充满民族气节；或伟丽秾艳，直追齐梁初唐；或合二种风格于一体，形成沉雄瑰丽的独特风貌，被公认为明代最后一个大诗人。他在处州期间留下了许多诗篇，有著名诗篇《出括苍门渡江》：

旋行无停期，利涉有恒渡。日照阴岩幽，云开苍江曙。击棹此夷犹，停舟屡回顾。修堞冠危峦，飞甍出芳树。岸草覆丹霞，渚花衔翠羽。西迈双轮遥，东流千溪骛。悠悠寡遗迹，靡靡为长路。奉义当驰驱，徒怀税鞍处。匪畏渴与饥，引领故乡暮。

八

清初浙派诗的鼻祖、精通经史的大儒朱彝尊，其壮年作幕永嘉，曾客游处州，留下20多首诗作。34岁那年十月，为客永嘉，在县令王世显署中做记室，开始了长期的游幕生活。

正是到永嘉游幕的途中，朱彝尊路过缙云（图13-17）、丽水、青田，客游了处州。他最先来到当年的军事要塞——缙云黄龙山，写有《黄龙寺》诗：

黄龙隘口黄龙寺，法鼓空林十里闻。故老尚谈元总管，成功实倚耿将军。萧条象马金轮地，寂寞山河铁卷文（铁制契约）。古往今来意无限，仙坛瑶草几斜晖。（《曝书亭集》卷五）

一到缙云，他就在故友的介绍和

图13-17 缙云仙都

导引下，游赏了缙云城郊与仙都，踏访过李阳冰归隐的吏隐山、窪樽石、忘归台，到过罗鸥滩、西岩、仙岩寺、积翠亭、桂山等处，以诗会友，写下了《缙云杂诗十首》：

隐吏昔山栖，留题有真迹。将寻好奇人，结庐看青壁。（《吏隐山》）
连山积翠深，白石空林广。落景不逢人，长歌自来往。（《忘归台》）
朝闻谷口猿，暝宿崖上月。夜久天风吹，西岩桂花发。（《西岩》）

恶溪无行舟，高下惟乱石。溪中玳瑁鱼，可以荐佳宾。（《恶溪》）

咫尺仙岩寺，云峰望转亲。夕阳钟磬发，犹有未归人。（《仙岩寺》）

苍苍桂之树，树下幽人语。山中正可留，惆怅王孙去。（《桂山》）

诗歌表现出诗人对结庐山栖、"长歌自往来"生活的向往，也让我们看到恶溪的变化：唐末是"激箭溪湍势莫凭，飘然一叶若为乘"（方干诗），到清初是"恶溪无舟行，高下惟乱石"。对西岩夜景和仙岩寺庙宇颇感亲切可观。10首山水诗全是五绝，写得浅切通俗、清新可读，从而声名鹊起。

离开缙云县城，他由丹枫驿出发，过青云岭、桃花隘诸山，暮宿丽水舟中。这可从《由丹枫驿晓行，大雪度青云岭、桃花隘诸山，暮投丽水舟中三首》可知。诗云：

晓行丹枫驿，微茫出远郊。月斜吹积雪，风急烧黄茅。断岭羊肠折，寒沙虎迹交。军麾犹未靖，何处得安巢。

隘口屯师日，功臣汗马劳。空山无赤帜，废垒但黄蒿。乱插梅花尽，千盘细路高。由来设险地，未必尽神皋。

峻岭行还出，愁人迹转孤。饥寒催暮日，风雪遍穷途。土锉（小锅）须同爨，金刀可剩沽。莫辞舟楫小，今夜宿江湖。

3首纪行诗记述了诗人自缙云至丽水途中的所见所闻所想。诗作写景朴实，表现心理自然真切。诗人触景生情，身世感伤流溢于字里行间。

在处州做短暂停留后，朱彝尊换船顺瓯江东下，又游览了青田石门，激情澎湃地写下了《石门怀古，寄诸大九鼎》一诗：

石门山中瀑布水，奔流直下青云里。晴日遥看细雨飘，中林近见微风起。谢公当日此山栖，睠发阳阿路不迷。已遣连岩移密竹，还营高馆对回溪。昔贤胜迹今游眺，佳处犹能领其要。我亦沉冥山水人，振衣便可称同调。芳尘瑶席已无存，惟见岧峣双石门。不携江海同车客，何处相期论知音。

他自好溪乘船至青田瓯江，沿途欢快愉悦地又写下了七首《好溪棹歌》：

大瓮山前放棹行，云端遥指括苍城。风流不见永嘉守（谢灵运），依旧长江（瓯江）似镜清。

金莲城下采芙蕖（荷花），沐鹤潭边觅鲫鱼。濑似奔星溪似箭，更无人识右军（王羲之）书。

记从水怪息鲸鲵，来往行人路不迷。若比西湖堤上路（断桥，俗称"段家桥"），好溪应是段公溪。

东溪垂杨千万行，西溪花发水流香。西溪才过东溪接，那得行人不断肠。（原注：龙泉达郡城为西溪，由丽水达永嘉为东溪。）

烟雨楼头烟雨霏，白云山下白云飞。朝云暮雨人何处？花落溪头尚未归。

石帆山下送扁舟，溪水滔滔日夜流。莫怪石帆长不落，行人来往可曾休。

蓑笠年年江上鱼，梅虾稻蟹足村居。好溪更有汤泉好，十里鱼仓万队鱼。（原注：青田溪水冬暖如汤，众鱼归之，名鱼仓，见永嘉志。）

劝君莫厌乱滩多，要向滩头鼓棹歌。滩水有时消恶浪，人间无处不风波。（清光绪《处州府志》卷）

他走后，清代文人朱上杞来了，也写下了《好溪棹歌》：

移来三板柳荫中，青竹篙儿白篾篷。

知是上滩行不得，挂帆好待满溪风。

绿蓑换酒叩柴扉，酌括滩清尽醉归。

醉起却歌山月小，鹭鹚白白夜惊飞。

（录自民国十五年版《丽水县志》）

清代学者端木国瑚，青田县城太鹤山麓人，著有《太鹤山人诗集》13卷，其乘船途经碧湖、石牛潭、沙湾写下的诗篇如今依然鲜活：

帆与鸟争宿，川长云树昏。人烟青古社，山雨白遥村。晚饭铜盘冷，春灯瓦鼓喧。相思渺不见，回忆旧芳樽。澄天明夕霁，沙路白纷纷。乱礁春滩月，高帆拂野云。人传上巳日，溪浣碧罗裙。寂寞逢今夜，山鹃怆独闻。

（《碧湖怀旧》）

落日在滩舟，清滩碧玉流。映山看白鸟，归渡唤黄牛。客到花先著，春深竹乱抽。宿闻村酒好，取醉及沙头。

（《石半》）

恰好新晴放野航，轻鸥个个出回塘。

一溪绿水皆春雨，两岸青山半夕阳。

时节刚逢挑菜好，女儿多见采茶忙。

沙头剩有桃花片，流出村来百里香。

（《沙湾放船》）

清朝嘉庆年间，处州云和县知县陈治策在任职期间，也写下了许多诗篇，如《石川夜泛》一诗：

> 解缆横塘曲，澄奁荡碧空。
>
> 舟移千嶂月，岸夹一帆风。
>
> 鹤影撩天外，荷香透水中。
>
> 曙河瞻耿耿，差觉泛槎同。

又如《夜宿石塘》：

> 山径驰驱险，归途一散襟。
>
> 虚檐衔月影，老树冷虫吟。
>
> 只觉霜华重，宁知鬓发侵。
>
> 劳劳殊未已，何日遂抽簪？

清朝咸丰年间，官浙江候补知府吴唐林感怀身世飘零，时不我与，忧民伤时，在处州期间写下了：

> 淫霖狂挟水滔滔，人畜连踪逐怒涛。
>
> 劫过虫沙浑似水，威扬蛟蜃利于刀。
>
> 扁舟争唱公无渡，比野真成地不毛。
>
> 无计发棠空扼腕，自驮蚁粒慰鸿嗷。

（摘自浙江人民出版社 1994 年版县级《丽水市志》）

袁枚（1716—1797），清代诗人、散文家，与赵翼、蒋士铨合称"乾隆三大家"。清乾隆四十七年（1782）五月，67 岁的大诗人袁枚仍然精力充沛，他从自家南京的随园出发，在弟子陪伴下，一路南下游赏浙江风景。在《浙西三瀑布记》中，袁枚专门描绘了石门洞飞瀑：

过青田之石门洞，疑造物虽巧，不能再作狡狯矣。乃其瀑在石洞中，如巨蚌张口，可吞数百人。受瀑处，池宽亩余，深百丈，疑蛟龙欲起。激荡之声，如考（敲）钟鼓于瓮内。此又石梁、龙湫所无也。

袁枚以其鬼斧神工的言语刻画了石门洞飞瀑险怪之美，在最后更将飞瀑与天台石梁、雁荡龙湫的瀑布相对比，指出飞瀑远胜于其他 2 处，突显出石门之巧，瀑布之奇美。

袁枚观赏完飞瀑，拜谒了刘基遗像，心有感触，写下名作《观瀑石门刘青田像》：

> 远望一条白，高空落翠微。
>
> 甘霖真岳降，匹练作龙飞。

> 遗像瞻司马，隆中想布衣。
>
> 伤心山下水，能出不能归。

莲城的"莲瓣"中，最高挑的要数白云山了。丽水盆地最低处海拔才十几米，而白云山最高处却有千多米。白云山自古就是"东括名山"，白云蓝天，风霜雨雪，一年四季远近高低景不同。袁枚登上白云山瞭望处州城时，诗兴大发：

> 高绝白云岭，登临忘世间。
>
> 一州如斗大，四面总环山。
>
> 竹影春波绿，僧如野鸟闲。
>
> 羡他张仲蔚，到此闭禅关。

瓯江无处不展现出大自然神工鬼斧的独具匠心和神奇无边的魔力。清代诗人胡行之坐船经过瓯江上游龙泉溪畔"砻空寨扼其水口"的龙门，被这里两岸石壁夹峙，一川云水远上的美景感染，心中溅起诗思的涟漪，写下了《船过龙门》：

> 风雨晴阴一日俱，
>
> 黄梅时节听啼鸪。
>
> 沿途不尽天然景，
>
> 溪外青山山外阴。

又写下了《丽龙舟中即事》二首：

> （一）
>
> 天未半明上险滩，雷公赤壁使船滩。
>
> 舟人凭赖双肩力，抵挡风播不觉寒。
>
> （二）
>
> 朝朝坐卧豆篷船，两岸青山一水悬。
>
> 高层建瓴三百里，缘篙直斗到龙泉。

又有清代诗人夏奠帮为龙门作了八景诗，有《松林听月》：

> 苍松百尺几纶秋，一片涛声云外流，
>
> 夜起扶筇倾耳听。可人明月正当头。

有《柳岸观风》：

> 一片垂杨烟雨中，丝丝不断怯迎风。
>
> 阿侬罢钓支颐看，无数杨花复西东。

斗转星移，沧海桑田，曾经繁华的过往，如今只余下古老的物件铺成长长的石板道。古朴的泥房沿山势而建，依稀中，好像看到了曾经的龙门（图13-18），慢悠悠地摆渡着年年岁岁……

清代诗人吴德元乘船路过瓯江上游的龙泉溪规溪，看到眼前温婉、明净的河流，平静地在这里做了一个优美的大回环，温存地将村庄半搂入怀，村庄就像一艘庞大的船只停泊在湖边。他便弃舟上岸，走进以溪得名的规溪村（图13-19）游玩。《云和县地名志（1986）》记载："据《括苍金石志》记载称'龟溪'。地处龙泉溪西岸台地上，与规溪亭隔水相望，人渡相通。村以溪得名，因'龟'与'规'近音，雅称为今名。"他有感于风光之美，便写下了这样的诗篇：

图 13-18 云和龙门村原貌

图 13-19 1991 年规溪村原貌

一湾溪水妙如规，角带回环定不移。

隐约书图为半璧，完成天象俨单眉。

林墟沃润人烟茂，习俗淳良风景熙。

最爱书声遥接处，宦家累累步丹墀。

现代诗人赵朴初工于纪游之作，其诗清新明快，海内传诵。《过瓯江》（图13-20）此绝则于纪游之外别有寄托，颇能见其胸次之磊落：

敧帆侧舵夺中流，人立波涛怒打头。

阔水高山千里过，更乘风浪下温州。

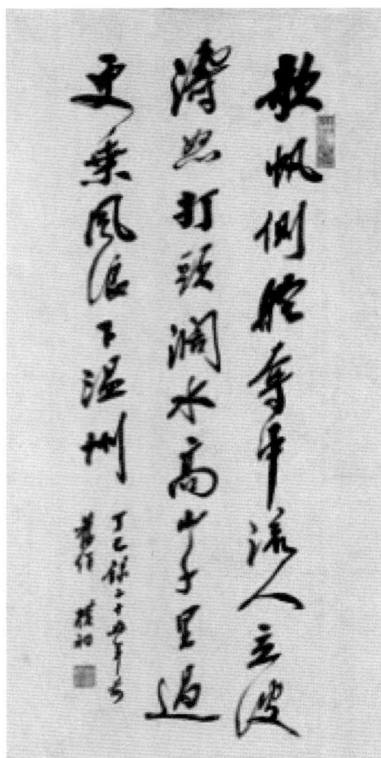

图 13-20 赵朴初《过瓯江》

现代诗人郭沫若于 1962 年的秋天慕名浏览了石门洞。他在浏览时大为悸动，展纸运墨，写下了"垂天飞瀑布，凉意喜催诗"的佳句。

九

那流传下来的灿若繁星的诗篇，被数不清的人物阅览评价和注释，穿越上千年的二维空间，依然震颤着我们的灵魂，留给我们的是不尽的文化财富与基因传承。那是一种难以言说的文化温暖，今天依然滋养着瓯江的文化生态。

诗与远方，就在瓯江山水之间。为更加凸显出瓯江山水诗路的深沉底蕴，

2018 年 11 月 16 日，"对话瓯江山水，共谋产业发展——全国媒体大咖瓯江山水诗路行"主题活动启动仪式和"让诗路旺在实景里"瓯江山水诗文旅项目资本对接会分别在丽水龙泉和温州永嘉举行。这些活动意在加快推进瓯江山水诗之路的建设，共推沿线地区文化产业发展，进一步打响"瓯江山水是我国诗与远方最佳旅游目的地"品牌，向社会展示瓯江山水诗之路建设文化产业带，共建"诗画浙江"大花园，共创高品质美好生活。

2019 年 12 月 18 日，省政府正式印发实施《浙江省诗路文化带发展规划》，提出以"诗"串文为主线，以"诗"为点睛之笔，着力打造浙东唐诗之路、大运河诗路、钱塘江诗路和瓯江山水诗路"四条诗路"文化带。未来 4 年将投入省级财政 20 亿元，打造"四条诗路"，将诗路文化带打造成传颂浙学深厚底蕴的魅力人文带，串联浙江诗画山水的黄金旅游带，树立"绿水青山就是金山银山"实践标杆的美丽生态带，聚焦高质量发展的富民经济带，推动国际文化交流的合作开放带。这是推进人文浙江建设的时代亮点，是"美丽浙江"大花园建设的诗意灵魂和标志性工程。

据了解，诗路规划以串珠成链的思路，提出以主要水系、古道和现代交通为纽带，打造"一文含四带，十地耀百珠"的诗路文化空间形态。根据梳理的文化地理版图，勾勒形成浙东唐诗之路、大运河诗路、钱塘江诗路、瓯江山水诗路"四条诗路"，形似金文字形的"文"。

我们相信在不久的将来，瓯江山水诗路会更加闪烁绮丽，会充分挖掘诗路历史文化、故事传说等各种文化形态，精心提炼出当地最为核心、最为鲜明的文化基因和文化符号，为瓯江山水诗路增添更多丰富多彩的诗画元素，让广大群众充分体验诗意的感受和文化的魅力。

后

记

在人类居住的陆地上，最早构成网络并且永远滋润大地的是河流。同时，人类历史总是与河流密不可分的，我们可以简单地从汉语字库中找到依据：几百个汉字都用三点水做偏旁。可见人类曾经十分钟情于水，钟情于河流。

瓯江流域曾是好川文化的发祥地，浙南人类的文明进程与瓯江息息相关。

瓯江，这条浙南流动的血脉，历史上，素以支流纵横、水流湍急、险滩林立、暗礁密布闻名于世。瓯江又在历史上以航运著称，是浙南地区物资输送的重要动脉。

瓯江，虽然有着辉煌的航运历史，但受地理因素的影响，其航行条件一直比较恶劣，有奔流直下的跌宕，也有九曲回肠的起伏。一代又一代船工在这条凶险的瓯江上，一路坎坷一路磨折，经历了那么多的艰辛困苦，表现着他们不同的人性幽邃，在漫长的岁月里展开着他们的命运、际遇和担当，他们的生命固然是卑微的，但又是一种倔强的存在。可以这样说，依附在瓯江中的瓯江船帮文化积淀，无疑是瓯江最具生命的灵性和魂魄。

每一代人有每一代人的命运，只是后来者看不到也体会不到罢了。瓯江船帮对今天的许多人，尤其是青年人来说，也许是一个空白。6 年前，我有了写一写苦难酿出的瓯江船帮这一个非常特殊的商帮的想法，希望用文字叙事的力量去重现、去记录、去表达，以唤醒那些日渐尘封和随着岁月流逝的记忆，以期能写出瓯江的整体生态脉动，写出瓯江船帮的整体性特征，为瓯江船帮文化的再次闪耀而努力。然而，面对这样的历史题材，我一方面力图还原历史具象，一方面着力写出他们的人性本真，让人看到历史的回溯在老船工日常生存状态的呈现中获得深挚、悲悯的表达。另外，瓯江船工对我来说是陌生的，他们的父辈、祖辈，是怎样从那个时代走过来的？他们在漫长的时光中如何战胜激流险滩？以一种什么样的生活方式持久在瓯江上生活？如何下笔的确是一种极庄重的事情，我有些忐忑，唯恐自己力不从心。

要全面理解感悟瓯江船帮文化，单从时间的经度上着眼是不够的，必须要从历史的陈酿中钩沉。要写这一类历史题材，常是"七分资料三分写"。为了达到史料的真实性，我翻阅过有关瓯江流域的各种文献，认真查阅了各地旧志及各地交通志、水利志等有关瓯江船运的史料、典籍，稽考钩沉，还不遗余力地努力收集众多散布民间的传说和故事，以期能以更理性的姿态、更宽阔的胸怀、更详细的史料，还原历史框架，保持历史的延续性。

同时，我还专注于还原瓯江船帮的真实历史、生活细节，抢救"活的历史"，以真实为根，让作品经得住风雨和时间的洗礼。近几年来，我不辞辛苦地走访了许多还健在的老船工，时间在他们身上体现的摧毁力量让我常感凄惶和悲怆，但他们的记忆是鲜活的。瓯江，对于他们来讲，不仅仅是一条河流，更是记忆，是生命历程中不可或缺的载体，他们承袭的文化基因，他们与瓯江世代相伴，对瓯江无限依恋，早已与瓯江结为一体。瓯江是他们生活的摇篮，是生命的活力之源，是他们的梦想和追求。我力争把每个老船工讲述的话原封不动地记述下来，坚持尊重他们的记忆，绝不遮蔽他们的记忆，改写他们的记忆，尽可能还原出一个真实的历史环境与氛围。

在某种程度上，我对史料的挖掘与对老船工的采访，表明实事是有重量的。但本书其实是一本再怎么写总是会留下遗憾的文本，因为于我而言，尽管自感费力不少，却因水平有限，难以全面叙述他们的生命和时代与自然节律的一切苦难生活，他们曲折成长的路向与印迹也无法完整寻回，更难以获得一种不可低估的社会意义与历史意义。我只能从他们生存发展的轨迹中，大体勾画出时代变化的印记，本真地写出他们以生命抗争的力量。

时间的横切面经不起对比，一对比便会生出很多的喟叹与感慨。不管怎么说，瓯江船工是不凡的，他们的境遇，他们的生与死、爱与恨、乐与忧，都是瓯江历史的血肉、魂魄和底色，是瓯江历史的表情、歌唱和呻吟，他们与险滩和死神进行过无数次拼搏与抗争，其精神是留给后人的宝贵财富，他们是瓯江航运历史的骨架，也是灵魂和血性。如果没有他们，瓯江航运的历史不能成为历史，起码少了厚度、硬度和力度，无法给后代一个堂堂正正的交代。

流年已老，时光依旧。我只想留存下瓯江船帮的集体记忆，让人们看到这种记忆的力量，哪怕是一种残存的记忆。

瓯江船帮于我，已经不是瓯江上飘扬的风帆，也不是惊天动地的呐喊，它有具体的形式，它鲜活、饱满、沉实，我越来越确信，自己的血脉里住着它的基因。

拙著里的主要篇章，我都经过考证、核实、实地采访、查找资料等准备，但仍有疏漏舛误，且有以偏概全之嫌，敬请阅者提出宝贵意见。

拙著的出版，花费了初小青、陈至立、陈光龙、程伟等先生的很多心血，也得到了许多朋友的大力支持和帮助，在此，对各位表示诚挚的感谢。

郑卓雄

2020 年 11 月